El vuelo de la

Paula Emme

El vuelo de la monarca

Paula Emmerich

A mis hermanos

Parte I

Capítulo 1

Londres, mayo de 2065

P asadas las siete de la noche, el termómetro registraba 35°C. Cuando Eli y Sam entraron a la abadía de Westminster, un aire glacial les brindó alivio. Eli, sin perder el tiempo, se dirigió al área de servicio. Sam la siguió, curioseando entre los pasillos y las puertas que se abrían y cerraban en un gran trajín.

Al pasar por la cocina, Sam asomó la cabeza y vio una fuente de dulces exquisitos: caramelos de vibrantes colores, bombones, delicias turcas y mazapanes con forma de frutas.

—Ni se te ocurra tomarlos —le advirtió Eli a su hermana—. Hemos venido a trabajar, no a comer. Podemos perder el empleo. Vamos, cámbiate.

Sam no recordaba la última vez que había comido manjares y se le hizo la boca agua. Se pusieron pantalones y chalecos negros y una blusa blanca de cuello alto, y se reunieron con la docena de muchachos que conformaban el servicio de camareros. Recibieron unas instrucciones adicionales y se dispusieron de inmediato a pasar los azafates y a servir copas de champán.

Cuando Sam pasó al salón principal, abrió los ojos fascinada. El piso inmaculado de mármol reflejaba el movimiento alegre de los invitados, quienes lucían esmóquines y vestidos de gala, peinados extravagantes y joyas resplandecientes. Era un retorno al siglo pasado, un pedazo de tradición no contaminado con la

1

coyuntura de la escasez. La mayoría portaba gafas y auriculares inteligentes.

Las columnas se alzaban interminables hasta la enorme cúpula. La luz brillante interior contrastaba con la oscuridad de la noche, que opacaba los vitrales. Los invitados apoyaban las copas en pequeñas mesas cocteleras mientras otros yacían cómodos en sillones enormes de piel blanca. Tigres blancos de Siberia virtuales recorrían los salones, libres, y se dejaban acariciar. Hologramas de visitantes interactuaban con la concurrencia. Un cuarteto de cuerdas completaba la velada.

Sam se quedó absorta y se detuvo un momento en el medio del opulento recinto. Su hermana vino a buscarla, pensando que requería dirección:

—Ellos no advierten tu presencia; eres parte del mobiliario, con la diferencia de que giras. Nadie va a hablarte ni a mirarte.

Sam siguió a su hermana y replicó sus movimientos. Sin embargo, se detenía por momentos para admirar a aquellas personas de extraordinaria belleza: altos, de piel avellana y facciones simétricas. El azul cobalto predominaba entre cabelleras doradas y negro carbón. Los ojos irradiaban destellos de colores insólitos; en su mayoría, en las gamas de los violetas y los turquesas.

Eli prosiguió con sus tareas sin perder de vista a su hermana. Quería que hiciera bien el trabajo para que la contratasen cuando terminara el colegio. Había reemplazado a una muchacha que se ausentó a última hora por enfermedad. Sam carecía de experiencia en aquel mundo y le impactó verlo en carne y hueso. Se desprendió de su cohibición, que más que timidez era asombro, y empezó a girar resuelta entre las mesas cocteleras.

Cuando llegó el momento de la gran presentación, Sam y Eli tomaron un descanso y observaron detrás de la multitud, desde las columnas. Se atenuaron las luces y, en el escenario del gran salón, surgió una mujer de mediana edad y de extraordinaria altura: Loren McQueen. Llevaba un vestido de color rojo muy escotado, lo que pronunciaba aún más sus anchos omóplatos. Su enorme tamaño desviaba la atención hacia las extremidades, eclipsando la belleza de su rostro. La audiencia aplaudió a la celebridad, quien les dio una afectuosa bienvenida.

—Cada año lanzamos al mercado, para el beneficio de nuestros seguidores, una versión superior, más audaz, más inteligente. Hemos escuchado sus recomendaciones y nuestros ingenieros no han parado hasta perfeccionar el algoritmo que les brinda a ustedes la experiencia ulterior en viajes y episodios astrales...

Las escenas virtuales presentaban los lugares a los que se podía viajar. Aparecieron imágenes de playas paradisíacas, olas rompiendo en la orilla y delfines en un océano azul.

—Maldivas, el Caribe, las islas del Pacífico... Si lo tuyo es la playa, sumérgete en el mar, siente el calor de la arena y la brisa marina. Explora arrecifes de coral o deslízate sobre dunas perfectas.

Loren anunciaba las posibilidades infinitas del producto.

—Cenas de gala a la luz de la luna y faroles. Exquisitos platos, bailes hasta el amanecer, conciertos de tu artista favorito... Un viaje inolvidable, sin mareos, sin incomodidad, sin despertar. Tus cinco sentidos percibirán una realidad magnífica. Puesto a tu disposición por Tecnologías Omen, al servicio del mundo: ¡Viadélum, Travesías Virtuales, Generación 3.0!

Una música sintetizada estremeció el ambiente. Fuegos artificiales digitales colmaron la gran sala, convirtiendo el espacio en un festival de color, sonido y vitalidad. Los fuegos destellaban en el aire, cerca de los invitados o en lo alto de la cúpula.

Sin otro preámbulo, Loren los invitó a probar el producto. Un ejército de técnicos en uniforme blanco trajeron las nuevas cápsulas, más pequeñas y estilizadas que las anteriores. El casco pesaba menos y los electrodos inalámbricos se habían perfeccionado para aumentar las sensaciones táctiles, olfativas y del gusto. En especial, la droga Viadélum había sido reformulada.

Los invitados, excitados, se acomodaron alrededor de las estaciones, esperando su turno para probar el entretenimiento.

Eli vio a Mark. Esperó a que terminara de inyectar a un usuario y se aproximó a hablarle.

—¿Es cierto que puedes viajar a cualquier parte de la Tierra? ¿Y que puedes sentir calor, el agua salada, la brisa…? —preguntó Eli.

—Sí y más, aunque lo que importa es que se percibe como real. Básicamente, sueñas… con esta droga maravillosa que hemos perfeccionado —dijo Mark en un tono lánguido.

—¿Qué pasa? ¿Ya no estás orgulloso de tus avances en la gran corporación Omen?

—Estoy cansado.

—Quizás deberías meterte en una de estas cápsulas e irte de vacaciones.

—¿A qué viene el sarcasmo? —dijo él, irritado.

—Perdóname, no ha sido mi intención. Yo también estoy cansada. Estos lanzamientos son agotadores y vengo trabajando cinco noches seguidas. Apenas duermo y estoy en época de exámenes.

—Ya sabes que te puedo dar pastillas.

—No. Drogas no.

—Vamos, son como vitaminas y las toma todo el mundo —dijo Mark.

—¿Y por qué no las tomas tú si estás cansado?

—Mi cansancio no es físico, ni siquiera mental. No sé… Es que nunca nos vemos, pasan las semanas y tú estás siempre estudiando. ¿Cuándo salimos?

—¿El lunes que es feriado…? —contestó ella mientras se daba media vuelta para continuar con su labor.

*

Mark atendió a una muchacha alta y atractiva, de cabello y ojos azules, que se había sentado en la cápsula.

—¿A dónde quieres ir? —preguntó Mark.

—Maldivas, por favor.

—Presiona el menú principal y escoge tus opciones; lo que desees.

—¿Puedes ir conmigo?

—No tengo tiempo de acompañarte. Si quieres, puedes escoger un avatar con mi aspecto físico.

—¡OK!

Mark se turbó, pero accedió:

—Tómame una foto y cárgala. El software hará el resto. Puedes cambiar mi cuerpo, escoger a alguien más alto…

—No, a mí me gustan los hombres de estatura normal. ¿Y cómo te llamas?

—Mark.

—¡Mark, nos vamos a las Maldivas! —exclamó la muchacha y siguió ingresando sus opciones con entusiasmo.

—Ahora, relaja el brazo, te voy a inyectar. En tu hogar, vas a usar las pastillas que te proporcionan una experiencia de una hora. Puedes tomar un máximo de cinco a la vez por día; recuérdalo. Aquí te inyectamos para acortar el tiempo de inmersión, así todos pueden probar.

—¿Y, cuando despierte, me olvidaré del viaje?

—Las memorias se difuminarán en unos días, así que no olvides descargar el video de recuerdo. ¡Buen viaje! —dijo Mark.

*

Eli buscó a su hermana entre la gente. Sam daba vueltas confiada y sonriente. En lugar de bajar los ojos, los clavaba donde la curiosidad la llevara y hacía contacto visual con los asistentes. Ellos no parecían irritados por la insubordinación; al contrario, se sorprendían con su gracia. Sam siempre había sido así. La chispa de sus ojos verdes encendía el interés de la gente. En el rostro ovalado, los hoyuelos de su sonrisa acentuaban las mejillas rociadas de pecas. Era optimista, segura de su atractivo físico y de su encantadora personalidad. De no ser por la baja estatura y el uniforme negro, Sam podría haber pasado por un invitado.

Eli no podía ser más distinta. Arisca e indiferente, descuidaba su apariencia y proyectaba poca seducción. Enfocaba la mirada en cualquier sitio, jamás en los asistentes. Sus movimientos eran mecánicos; hacía su tarea de camarera con una precisión científica. No tenía ningún interés en aquel mundo. Se concentraba en analizar la realidad, manteniendo sus sentimientos a raya. En ambientes familiares, se mostraba más serena y se podía apreciar su belleza natural. Una nariz angulosa le alargaba el rostro que terminaba en una boca pequeña y un mentón suave. Sus ojos negros rasgados proyectaban una inteligencia aguda.

Los invitados disfrutaban de quince minutos de placer y salían fascinados con el resultado.

—Es como si estuvieras ahí —dijo un usuario—. Lo crees de verdad. Esto sí es real, como si te transportaran.

—¿A dónde fuiste?

—A Marte. Floté sobre la superficie, vi el Sol majestuoso y la Tierra azul. Di brincos en el aire. Acaricié el polvo del suelo y lo esparcí como escarcha. Real, real... De verdad lo crees.

El mayordomo principal le hizo un gesto a Eli para que se acercara.

—Hay alguien enfermo en nuestros servicios —dijo Gastón en voz baja—. ¿Puedes encargarte? Sé discreta, no quiere que nadie se entere.

Eli fue hasta el anexo de los empleados, tomó el maletín de primeros auxilios y pasó a los baños. Una muchacha yacía en el suelo hecha un ovillo. Se trataba de una invitada. Llevaba un vestido azul de lentejuelas y el cabello rojo y corto hasta debajo de las orejas. Se agarraba el estómago y gemía llorosa.

—¿Qué te ocurre? —Se acercó Eli.

—No es nada, estoy mareada.

—Tranquila, voy a ayudarte. Déjame auscultarte. Soy Eli, ¿cuál es tu nombre?

—Olivia.

Eli le inspeccionó las pupilas, el pulso y el ritmo del corazón.

—¿Eres médica? —preguntó Olivia.

—Estudio Ingeniería Bioquímica, pero me gusta la medicina. ¿Has bebido alcohol? ¿Qué has comido?

—No, no he bebido mucho y apenas he comido. Es la cápsula, a veces me da vértigo.

—¿No se supone que ya no marea?

Eli reconoció los síntomas: pupilas dilatadas, piel fría, espasmos estomacales y presión baja.

—Has tomado más pastillas de la cuenta, ¿verdad? —continuó Eli.

—Por favor, no digas nada. Si Loren sabe que estoy enferma, voy a perder mi trabajo.

Olivia tuvo una arcada y empezó a temblar.

—Es mejor que te vea un médico. —Eli se levantó.

—¡Por favor, no! No estoy tan mal —suplicó Olivia—. La semana anterior me ocurrió igual y se me pasó en un par de días. No debí haber tomado en la mañana, sabiendo que vendría a este evento.

Eli dudó; sabía por los síntomas que su estado era serio. Pero también entendía su angustia. Olivia podía perder el puesto porque Loren no perdonaba faltas. Regresó a su lado y le dio a oler un algodón empapado con una sustancia tonificante. La muchacha recuperó la claridad de inmediato.

—Escucha —dijo Eli—, si sigues con estas prácticas extremas, te puedes hacer daño. Te voy a traer algo de comer, ¿de acuerdo?

Minutos después, Eli volvió con unos canapés, unas mantas y con Sam.

—Cómelos despacio —dijo Eli—. Ya sabes cómo es. Te puedes atragantar si te viene el hambre. ¿Tienes cómo irte? ¿Te podemos coordinar un taxi? Puedes salir por la parte de servicio. Nadie se va a enterar. Pero no te vayas todavía, esperemos unos veinte minutos hasta que te suba la presión. Quiero que estés bien, ¿de acuerdo?

Olivia asintió y tomó a Eli de las manos.

—Gracias por no decir nada… y por ayudarme.

—No te preocupes, no vamos a decir nada. Sam, llámame de inmediato si no puede pasar la comida. El azúcar la va a estabilizar, pero que solo coma la base de los canapés.

Eli fue a buscar a Mark; quería preguntarle discretamente acerca de los efectos secundarios de la nueva versión de la droga. Le sorprendía que aún ocasionara mareos.

Sam se sentó al lado de Olivia:

—¿Qué te sucede?

—Tomé Viadélum esta mañana; de seguro se ha cruzado con esta nueva versión.

—¿Tomas las pastillas en la mañana?

—Me gusta ir al mar cuando me levanto. Es hermoso. No hay gente; tengo un labrador que me acompaña y caminamos por la playa. La temperatura es perfecta, se siente una brisa cálida, no el aire acondicionado artificial ni el calor intolerable de la calle. Me hace feliz, aunque hay días que no me puedo levantar. No sé, quisiera quedarme en la cama y no hacer nada —dijo Olivia—.

7

Hoy solo quería dormir y me quedé en la playa hasta el mediodía. Me levanté para venir al evento; no puedo faltar, es parte de mi trabajo.

—¿Eres influente de Omen? ¿Vendes travesías virtuales?

La muchacha asintió.

—Pruebo el equipo y las pastillas y hago reseñas en mi canal acerca de los lugares. Comento actividades y recomiendo paquetes. ¿Nunca lo has probado?

—En casa no tenemos una cápsula, solo un casco antiguo; vemos películas tridimensionales, sin sensaciones; solo podemos ver y oír. Y lo usamos sin pastillas. Eli no quiere drogas en casa... Es solo una distracción. ¿Y esta versión cómo es?

—Esta versión es más poderosa. Lo sientes real, como cuando sueñas.

Sam le ofreció una mini tostada.

—Y con esta versión no te olvidas enseguida —continuó Olivia—, porque en realidad estás medio despierta.

—¿Y a dónde has viajado?

—A mil lugares. He subido el Everest, buceado en los arrecifes de Cape Town, he tocado pingüinos en la Antártida...

—¿Y cómo te haces influente de Omen?

—Abres un canal, compras un inventario de pastillas y creas contenido que atraiga a la gente. Sin embargo, Omen controla la distribución escogiendo a sus influentes. Tú eres muy guapa, podrías entrar al sistema.

Sam sonrió entusiasmada.

—Mira, ¿por qué no me llamas si necesitas consejo? —ofreció Olivia—. Han sido tan buenas conmigo, especialmente por encubrirme. ¿Y qué era ese perfume que me hizo oler?

—Los hace Eli.

Intercambiaron sus contactos a través de sus dispositivos de pulsera. Olivia tuvo una arcada.

—No te asustes, no es nada —dijo—. Ya me siento mejor. Me tengo que ir.

—Eli tiene que verte, estás muy fría.

Sam le mandó un mensaje urgente a su hermana. Cuando Eli regresó, volvió a auscultar a Olivia.

—Tu pulso está muy bajo, tengo que llamar a una ambulancia —dijo Eli—. Tranquila, Olivia. Vendrán por la entrada de servicio y, cubierta con estas mantas, nadie se va a enterar. Diré que se trató de una camarera.

—¡No! Llama a este número, es un servicio privado.

Eli accedió; sabía que una ambulancia privada llegaría mucho antes que la pública. Mientras esperaban, Eli pidió a Sam que buscara mantas adicionales. La piel de Olivia seguía helada y lívida. Podía caer inconsciente, así que Eli empezó a hablarle para mantenerla despierta: «¿Cuál es tu viaje favorito? Anda, cuéntame». La muchacha apenas contestaba y cerraba los párpados. «Olivia, Olivia… No te duermas. ¿Sabes lo que vamos a hacer cuando esto termine? Vamos a viajar a un lugar hermoso. ¿A dónde quieres ir? ¿A la playa? Qué buena idea… Eso, abre los ojos… Vamos a tomar el sol, ¿verdad? Abre los ojos, Olivia». La arropó y la estrechó entre sus brazos para abrigarla. «Debí haber llamado antes. ¿Por qué no llamé antes?», se cuestionaba Eli.

A los diez minutos, llegó un vehículo sofisticado por la parte de servicio, sin bocina ni emblemas llamativos. Unas letras blancas anunciaban un servicio médico: «Libergén Salud». Los enfermeros subieron a Olivia y la atendieron allí mismo. Al rato partieron. Eli respiró profundo: «Si hubiera muerto en mis brazos, jamás me lo habría perdonado. Debí haber llamado antes a emergencias. La vi en ese estado y pensé que me podía hacer cargo. ¿Por qué intervine? Dios quiera que esté bien; es tan joven…».

Gastón les agradeció la asistencia con una sonrisa y las hermanas se reincorporaron a sus tareas. Eli, turbada, aún no se quitaba la impresión, pero, típico de ella, hizo a un lado el malestar y se ocupó de su trabajo. Llamaría en una hora para indagar acerca de Olivia.

Sam fue a la cocina a buscar una bandeja de dulces. Los camareros entraban y salían y nadie se percataba de lo que hacía el resto. El mozo principal, ajetreado, daba órdenes. Por un segundo, Sam se quedó sola en el recinto con las bandejas de chocolates: bombones redondos con crema, almendras, caramelo… Sin pensar en las consecuencias, agarró varios y se los puso en el bolsillo. Acomodó el resto y tomó un azafate. Cuando se dio media vuelta para salir, un hombre de esmoquin negro la atisbaba desde el umbral. Había observado su insolencia, pero no dijo nada. Encendió un cigarrillo químico y le sonrió.

Sam le devolvió la sonrisa y se fue de inmediato a circular con la bandeja. El hombre, de unos treinta años, bien parecido, la siguió sigiloso entre la gente. Sam se perdió en la multitud y pensó que se lo había quitado de encima. Cuando descansaba detrás de una columna, una voz masculina interrumpió su pausa:

—¿No te vas a comer los bombones o los estás guardando para tu abuelita enferma?

—Yo no cuido de enfermos, me cuido a mí misma. Me apeteció tomarlos y los tomé. ¿Qué te importa a ti un manojo de chocolates? ¿Por qué pierdes el tiempo conmigo, con tanta belleza junta?

—A mí me gustan las bellezas naturales —dijo él—. Fíjate, son todos iguales, ¿no los ves? Cuando se descubrió el gen que protegía contra el cáncer de piel, las madres corrieron a elegir ese remedio. Sus pieles se tuestan como avellanas en una sartén. Por el uniforme y la altura, diría que tú has salido de las entrañas de tu madre sin ninguna intervención.

—No te metas con mi madre.

—Solo aprecio tu belleza, que la debes de haber heredado de ella. ¿No? ¿O de tu padre?

—Nunca conocí a mi padre, vino en un frasquito desde Dinamarca. Mi madre sí era bella, a su manera. ¿Ves a esa chica de ahí? Es mi hermana Eli; mi madre tenía esos ojos. Yo he salido a «mi abuelita» —lo remedó Sam—, que por cierto no está enferma.

—Conque tú eres la hermana menor de Eloísa... Siento que tu madre no esté en este mundo.

—¿Y tú? ¿Eres natural o un producto de la tecnología?

—La altura, el cabello y los ojos negros son de laboratorio. Mi madre quería que su descendiente fuera hombre y un dios romano. La nariz y la barbilla me las enderezaron a los dieciocho. De eso te quería hablar.

—¿Conmigo?

—Tu cabello es rubio natural. —El hombre le inspeccionó la punta del pelo—. Tiene una flexibilidad y un grosor extraordinarios. —Sam dio un paso hacia atrás—. Relájate, mi interés es meramente científico. Perdona, qué maleducado soy, no me he presentado: Remington Skinner, director de márquetin de Omen. Puedes llamarme Remi.

—Samanta Mars —dijo ella sin mayor entusiasmo.

—Tengo una propuesta para ti. Déjanos estudiar tu cabello y te afinamos la nariz.

—A mí me gusta mi nariz. ¿No dices que soy única? ¿Qué le quieres hacer a mi nariz?

—Piénsalo. Con esa boca y ese cabello podrías tener miles de seguidores. Una visita al cirujano y podrías ser parte del club Omen. Yo puedo presentarte a Loren. Lo único que te falta es una nariz más fina. Es muy regordeta; rompe la simetría de tu rostro.

Sam se palpó la nariz; jamás la había visto así.

—Anda, cómete un chocolate —agregó él—. Yo te cubro, a nadie le importa.

Sam accedió; había deseado comerse los bombones desde que los vio, pero el hombre la había cohibido. Ella sonrió. Al fin de cuentas, solo había recibido cumplidos, pero su nariz... ¡Qué insolencia! Se metió dos bombones en la boca y guardó los otros... para su abuelita. Eli no podía enterarse; la regañaría y no le permitiría volver.

Antes de marcharse, el hombre le dio sus datos de contacto.

—A ver si convences a tu hermana de que nos deje estudiar sus ojos y su cabello negro. Ha vuelto a la moda el estilo moreno.

*

Terminada la noche, Eli y Sam se cambiaron. Los muchachos se pusieron en fila y recibieron su paga. Uno a uno, pasaron sus dispositivos por el escáner. Sam y Eli caminaron hasta la estación del tranvía automático y esperaron el transporte.

—No puedo creerlo —dijo Sam—. ¡Cien elibras por una noche!

—Sam, no te gastes el dinero, necesitamos ahorrar. No te voy a decir cuánto debes contribuir, es tu decisión, aunque espero un gesto maduro de tu parte. Yo no doy abasto con los gastos, por eso te he traído.

—Podría ganar muchísimo dinero como influente —agregó Sam—. Pero tú insistes en que no, así que este dinero me lo

11

quedo para mis gastos personales. Yo no voy a pedirte nada. Tú tienes a Mark que te compra cosas; yo no tengo a nadie.

—Mark solo me da regalos en alguna ocasión especial. Sam, entiende, este mundillo es una basura. De cien chicas, solo una logra el éxito. ¿No sabes cómo funciona esto? Necesitan a cien que adquieran los productos, pero solo una hace dinero. Las otras financian a la reina.

—¿Y por qué no podría ser una reina? Tengo las cualidades para lograrlo. Me afino la nariz y listo. Y ya he encontrado al patrocinador que me subvencionará la inversión.

—¿De qué hablas, Sam? ¿Quién te ha ofrecido dinero?

—Un tal Remington, a cambio de estudiar mi cabello, y también quiere estudiar tus ojos.

Eli tomó a su hermana del brazo y la apartó:

—Sam, por el amor de nuestra madre, mantente alejada de ese tipo.

—¿Por qué reaccionas así? ¡Solo quiere un mechón de mi pelo!

—Pues no son mis ojos lo que quiere y dudo de que sea tu cabello dorado lo que le interesa.

Capítulo 2

Eli, somnolienta, cabeceó. El murmullo monótono de la profesora la adormecía. Los ojos se le cerraban y, por momentos, la enorme sala de conferencias, atiborrada de estudiantes, se oscurecía. Era tal el cansancio que estaba a punto de echarse al suelo de las gradas y dormir sobre los pies de sus compañeros. Una voz aguda la sobresaltó.

—Señorita Mars, ¿nos acompaña o prefiere dormir? —le llamó la atención la profesora Bishop.

Eli se espabiló. Había perdido la noción del tiempo y el hilo de la discusión.

—¿Podría ser tan amable de hacernos un resumen de lo último que hemos conversado? —agregó la profesora.

Eli chequeó la proyección tridimensional: la anatomía del cerebro, los neurotransmisores mermados, la droga del sueño y el equilibrio químico. En un segundo le vinieron a la mente los conceptos que ella conocía bien y resumió la teoría con rapidez:

—La droga que nos hace dormir tiene dos efectos. Primero, nos sumerge en un sueño de ondas Theta sin suprimir por completo la consciencia. Esto nos permite soñar semidespiertos. Cuando se reduce el químico a niveles mínimos, el segundo componente de la droga se activa y se restituye la consciencia completamente. Por eso podemos recordar sin sensaciones extrañas y nuestro cerebro permanece en equilibrio. —Hizo una pausa y agregó con ironía—: Viadélum, la droga perfecta.

—¿No considera usted que es perfecta? En el pasado, se administraban dos drogas, una para causar el sueño y otra para despertarnos. Dependíamos de un asistente que monitoreaba el sueño. Ahora somos independientes y logramos soñar y despertar a nuestro gusto.

—No dormimos para soñar, sino para descansar, remover toxinas… Los sueños son un efecto secundario.

—Señorita Mars, las funciones del sueño son varias. Soñar despiertos o medio despiertos tiene un efecto psicológico benigno. Incrementa las endorfinas, la energía y la creatividad, y es un analgésico. Los estudios así lo confirman: la droga es benigna.

—En dosis moderadas y esporádicas, sí...

—Por eso hay límites; las instrucciones son claras.

—Pero la gente está abusando de ellas. La droga fue concebida para resolver problemas psiquiátricos, no para entretenernos. ¡Y se están generando nuevos problemas psiquiátricos! —exclamó Eli.

—¡Ya descubriremos cómo resolverlos! —soltó uno en la parte de atrás.

Eli se levantó de improviso y se escurrió por la fila, golpeando con las rodillas a sus compañeros. Abrió las puertas dobles de la sala como un torbellino, dispuesta a atropellar a quien se le pusiera por delante. Lucas, que la había seguido, la detuvo en el corredor:

—¡Eli! ¿Qué sucede?

Ella jadeó nerviosa:

—Creo que voy a colapsar, hace noches que no duermo.

—Estás agotada, eso es todo. Ve a casa; vas a poder pensar con claridad cuando hayas descansado.

—No es solo eso. No he pasado el examen final de nutrición y tendré que repetir el curso. —Eli se balanceaba nerviosa.

—No entiendo, si te lo sabes de memoria.

—¡Sí, pero no estoy de acuerdo!

—Te he dicho que dejes de leer a Sanders; te estás llenando la cabeza de mierda. Vamos a tomar algo, necesitas calmarte.

—Necesito estar sola, Lucas; necesito pensar.

Eli se alejó deprisa. Bajó por las escalinatas y se perdió entre la multitud de estudiantes. Tenía apenas unas horas para dormir y estar lista para salir a otra noche de promoción de Omen. Tomó la bicicleta y pedaleó de Kings Cross a Old Street por los canales vacíos. Durante el verano se secaban y se usaban como vías para bicicletas. No quiso poner en marcha el motor eléctrico, necesitaba ahorrar, así que pedaleó el trayecto entero a pesar del cansancio y el calor insoportable. Pedaleó con ímpetu y el aire le ofreció un alivio temporal.

*

Al llegar a su casa, fue a ver a su abuela de inmediato. Era la que más sufría con la temperatura. La encontró adormecida en una sillón, en el sótano, el lugar más fresco de la vivienda. La abuela se despertó al escuchar pasos en las escaleras.

—Eli, querida, este sofoco me hace dormir —dijo Audrey.

—Abu, te he dicho que, en estas olas de calor, enciendas los ventiladores.

—Es que se gasta tanto conmigo en la casa durante el día… Ustedes pasan el tiempo afuera, estudiando, mientras que yo me quedo aquí gastando energía.

—Sabes que estos calores te pueden matar —dijo Eli y encendió el ventilador—. Prefiero ser pobre a quedarme sin abuela.

—Podrías ahorrar y conservar a tu abuela si me mandas al asilo público, allí se gasta menos.

—Abu, ¿cómo vamos a mandarte al asilo público? Además, te necesito y tú siempre eres una voz de autoridad con Sam. A mí no me escucha.

—¿Sabes que quiere ser influente? ¿Dice que se va a arreglar la nariz?

—Sobre mi cadáver.

—No puedes evitarlo. En unos meses es mayor de edad y tú pierdes la autoridad legal sobre ella. Tienes que ser más comprensiva; es una buena muchacha. Fíjate, esta mañana, antes de ir al colegio, me dio dos bombones. Me dijo: «Abu, los he robado para ti. Por favor, no le digas nada a Eli».

—Nos van a despedir a las dos por su culpa.

—Ella no ve lo que tú ves. Sam toma lo que quiere y no por egoísmo, sino por ese impulso hacia la vida, hacia la expansión. No tiene ni la mitad de la madurez que tenías tú a esa edad. Encima, tiene esa energía volcánica en el cuerpo. Tú, por el contrario, te retraes y analizas las consecuencias antes de actuar. Sam no ve la maldad en el mundo, ni los peligros…

—Ni las responsabilidades.

—Solo quiere vivir sin problemas, como cualquier persona normal. Tú te has cargado con los problemas de tu hermana, los míos y los del mundo.

A Eli se le humedecieron los ojos.

—Hija, ¿qué sucede? —preguntó Audrey al verla agitada.

—Apenas nos quedan ahorros y se termina la pensión de mamá cuando Sam cumpla la mayoría de edad.

—Por el momento, tenemos lo suficiente. Tú vas a terminar la universidad y vas a conseguir trabajo...

Eli rompió en llanto:

—Pues se me acabó la madurez, solo quiero llorar. Eso hay en mi corazón. Me van a expulsar de la universidad. En el examen de nutrición me pedían que resumiera los estudios que apoyaban la teoría de la adaptación intestinal. Me sentía agotada y no los recordaba. Sin embargo, yo tengo una opinión y, en un arrebato, escribí todo lo que se me vino a la cabeza. No es cierto que nos hayamos adaptado.

—Eli, no pueden echarte por expresar una opinión.

—¡Sí pueden! Va en contra del código ético de la institución. La opinión personal sin evidencia no vale, solo la verdad científica. No puedo respirar, ya no puedo respirar. No puedo dormir, no puedo estudiar. Estoy a punto de colapsar.

—Hija, ¡lo que te falta es dormir! Llevas noches seguidas trabajando, ¿cómo puedes estudiar si no duermes? Desde hoy solo te ocupas de los estudios. Sam y yo nos encargamos de lo demás, de las compras, la cocina y la limpieza. ¿Sí, querida?

Sam, que había escuchado parte de la conversación, dejó su mochila y abrazó a su hermana.

—Eli, déjame tomar tu turno en Omen. Duerme y estudia por unas noches. Además, tú quieres que me contraten, así que esta es la oportunidad perfecta para demostrar que puedo hacer el trabajo.

—Tienes que ir a la escuela —dijo Eli.

—Vamos, sabes que unos días que cabecee en clases no harán mucha diferencia en mí.

—Nos pueden multar si el colegio se entera de que has trabajado tantas noches seguidas.

—¡Nadie se va a enterar! ¿Quién del colegio va a saber que estoy trabajando? ¿Quién va a saber en Omen que aún voy al colegio? Si parezco mayor. Diré que ya he terminado, si me preguntan. Además, me divierte ir a los cócteles de Omen. ¡Tú los detestas!

—Eli —habló su abuela—, vas a enfermar si no descansas esta noche. Estás mal. Ahora tienes que usar la cabeza, hija. Si padecieras un colapso nervioso, nuestra situación se pondría peor.

Eli suspiró contrariada; no obstante, entendía que sus opciones eran limitadas.

—Con una condición, Sam. Mantente alejada de Remington. Es un diablo vestido de esmoquin.

—¿Quién es este Remington? —preguntó Audrey.

—El que le quiere arreglar la nariz —aclaró Eli—. Voy a llamar a Gastón para coordinar con él.

—Vamos a comer, que sales en un par de horas —dijo la abuela.

En menos de quince minutos, prepararon una cena simple de puré y salchichas, productos hechos a base de Supermaná, un cereal genéticamente modificado. Eli abrió unas bolsas de proteína en polvo y de fibra sintética para mezclarlo con el puré y reforzar la cena. Sam se quejó. Detestaba el sabor de las lombrices pulverizadas. Al menos, esa noche comería bombones; no perdería la oportunidad de tomarlos.

Antes de partir al evento de Omen, Eli le dio un beso a su hermana. «Por favor, aléjate de ese hombre». Sam sonrió sin prestar mayor atención y se marchó feliz.

Eli se puso a estudiar. Pasadas las diez, la abuela le llevó café químico y un trozo de pan de Supermaná:

—Recuerda que debes dormir.

Eli asintió.

—¿Crees que Sam va a estar bien? —preguntó la abuela.

—Como un pez en el agua.

***

Sam flotaba, encandilada por las luces, el ruido y la atmósfera moderna de hologramas y efectos especiales. Esa noche recreaban la vida atmosférica. Con gafas inteligentes, los invitados parecían caminar entre nubes blancas y sentían los rayos de sol de cerca. Aves de vibrante pelaje y un arcoíris decoraban el espacio. Se podía hacer un viaje en globo aerostático o en paracaídas, lanzándose desde una plataforma virtual. A Sam le fascinaba la realidad aumentada. Era la primera vez que ponía pie en un evento social tan majestuoso, en el cual celebridades y gente de dinero vestían los trajes más extravagantes, exhibiendo plumas, alas y crestas. Representaban la vida en el aire de los que deseaban volar.

En cuanto Remington vio a Sam, se le acercó.

—Tu hermana, ¿no ha venido hoy? —preguntó.

—No, yo he tomado su puesto temporalmente. Está con dolor de estómago.

—Qué pena. Y tú, ¿has pensado en lo que te he propuesto?

—Sí, me gustaría, pero por lo pronto mi hermana no quiere.

—¿No crees que ya tienes edad para decidir por ti misma?

Sam se percató de que había cometido una indiscreción.

—Sí, claro, pero yo escucho el parecer de mi familia, siempre —dijo Sam, tensa.

—Qué noble... Aunque no deberían intervenir, ¿no? Es tu futuro. ¿Qué estás estudiando? Supongo que ya ingresaste a la universidad.

—Todavía no. Estoy tomando un año sabático. Primero quiero ayudar en casa hasta que Eli termine la carrera. De momento, trabajo.

—Nuevamente, qué noble familia —dijo él con sarcasmo—. ¿Y qué quieres estudiar? ¿Qué rama de la tecnología?

—A mí no me gustan ni la genética ni la inteligencia artificial... Me gusta la gente, voy a estudiar Márquetin Virtual.

—Excelente opción, puedes combinar tu carrera con un puesto de influente.

—¿Por qué insiste, señor Skinner? Habiendo tantas muchachas dispuestas, ¿por qué insiste conmigo? ¿De verdad quiere estudiar mi cabello y los ojos de Eli? ¿O quiere otra cosa? —lo enfrentó Sam.

—Desconfiada y altanera. Mira, muchacha, tienes razón. Hay miles de chicas listas a pasar por cirugías estéticas para lograr un puesto con Omen. Estoy perdiendo el tiempo contigo. No voy a insistir. Sin embargo, ahora la propuesta ha cambiado: si quieres ser influente, vas a tener que traerme algo más que tu cabello. Convence a tu hermana.

Sam se sintió insultada y confundida. Pudo percibir el tono malicioso de su voz, una mezcla de amenaza con insufrible arrogancia. Resopló enojada y dio media vuelta para proseguir con el trabajo. Un invitado que, en acalorada conversación movía los brazos, le golpeó la bandeja. Las copas de champán se volcaron y se quebraron sobre el mármol. El joven, salpicado, hizo un gesto de enfado.

Gastón, que vio la escena, intervino y calmó al hombre. Enseguida le llamó la atención a Sam:

—He accedido a que reemplaces a tu hermana porque ella me lo ha pedido y le tengo muchísimo aprecio, pero, si no cumples, pierden tú y ella el empleo. ¿Está claro?

Sam sintió una rabia inmensa. No había sido su culpa. Ese invitado bullicioso y alcoholizado la había hecho tambalear. Cuando recogía los cristales, Mark vino a su encuentro.

—¿Estás bien? ¿Te regañó Gastón? No te preocupes, parece más ogro de lo que es, pero, si no te andas con cuidado, no va a ser él quien te eche, sino algún invitado pretencioso. Y tu sonrisa no va a bastar.

—Es que ni siquiera pidió disculpas. Ni siquiera se volvió a mirar lo que había tumbado. ¿Qué clase de gente es esta?

—Gente que no sabe apreciar su suerte.

—Si yo tuviera una décima parte de lo que tienen… —suspiró ella.

—Así se empieza, Sam, deseando lo que no se tiene. Tu hermana no exagera, este mundo es complicado.

—¿Hablan de mí ustedes dos?

—Sí, entre otras cosas. Tu hermana no quiere que caigas en las drogas y aquí hay mucha droga. Solo los más audaces llegan a la cumbre, los que saben controlar las dosis. El poder de control de esta gente es increíble. Loren o Remi las toman como medicinas, no para adormecer la consciencia, sino para realzarla.

—¿Y por qué yo no podría lograr el mismo control?

—Eres impulsiva, no sabes lo que quieres.

—Sí sé lo que quiero: salir del cuchitril donde vivimos y viajar a Islandia, donde se puede respirar.

—Son mitos, Sam. Se sufre en todas partes.

—Bueno, entonces me construiré un jardín artificial. Es lo único que quiero.

—¿Eso es lo que quieres? Creí que eras más ambiciosa.

—No, Mark, solo quiero rosas… y chocolate. —Ella sonrió más tranquila—. Hazme un favor, tú que eres tan buenito, ¿me consigues algunos dulces? Son para Abu.

Mark suspiró. Él no iba a arriesgar el trabajo:

—Puedo darte rosas.

Capítulo 3

El descanso de la semana había dado frutos. Eli, más relajada, hacía los exámenes con soltura y se mantenía despierta en clase. Sin embargo, la ansiedad bullía en su interior. El Consejo Directivo de la universidad la había citado y ella sabía por qué. Su opinión en el examen de nutrición no era un mero resumen científico, era un insulto y un desprecio a la institución. Esperaba lo peor, una reprimenda y una mancha en su inmaculado expediente.

Antes de partir al instituto, Eli vio un vehículo negro ovalado que pasó en frente de la casa. Le sorprendió porque en el vecindario, como en la mayoría de los distritos de la ciudad, apenas había autos, y menos uno de avanzada tecnología. ¿Quién podía comprarlos y mantenerlos? Solo los ejecutivos mejor pagados podían darse el lujo. Mark tenía uno eléctrico, antiguo y pequeño, para dos personas. El resto de la gente usaba bicicletas solares o el tranvía automático, que era ineficiente y de horarios limitados.

Audrey y Eli se asomaron por la ventana. El vehículo había dado la vuelta y aparcado en su puerta. Un hombre de edad madura, bajo, regordete y de protuberante frente a causa de la calvicie se bajaba del vehículo con una enorme canasta de frutas. Tocó el timbre.

—¿Será para Sam? ¿De parte de ese tal Remi? —preguntó intrigada la abuela.

—¿Remington? ¡Dios quiera que no! —dijo Eli.

El hombre se presentó como Thomas Price y preguntó por Eloísa Mars. Traía un obsequio del padre de Olivia por la asistencia brindada a su hija.

—Señor Price, no hay nada que agradecer —dijo Eli—. Es mi campo de acción, cómo no voy a ayudar a un enfermo. Supe, por el servicio de emergencia, que ella está mejor.

—Sí, gracias por llamar. Los doctores encontraron muy útil la información que les brindó... No es necesario que se preocupe más.

Eli se inquietó. Más que agradecimiento, parecía una invitación a que no volviera a contactarlos.

—No he querido inmiscuirme; solo llamé para saber cómo estaba Olivia y confirmar mi diagnóstico con los médicos que la atendieron. Apenas he llamado...

—Sí, sí... —dijo Price—. El señor Harding agradece su preocupación y por eso le envía este obsequio.

—Pues, es maravilloso, gracias. ¡Es enorme! —dijo la abuela, contemplando la canasta de manzanas rojas, naranjas, uvas y frambuesas, de un perfume exquisito.

—La canasta no es el único regalo que el señor Harding quería hacerle llegar. Él quisiera ofrecerle a usted y a su hermana diez mil elibras por la molestia, la extraordinaria asistencia y... la discreción —dijo Price bajando la voz.

—Señor Price, Olivia nos pidió total reserva y así lo hicimos. Me pidió que llamara al servicio privado y así lo hice. Incluso, el mayordomo principal jamás supo siquiera el nombre de Olivia. No divulgamos nada en absoluto. Yo llamé para indagar por su salud, ¡no para chismorrear! ¿Qué es lo que está sugiriendo? —preguntó Eli, atónita.

—Comprenda, no es la primera vez... —titubeó Price—. La prensa está al acecho de cualquier información escandalosa, y los problemas de Olivia...

—Pues nosotras somos decentes. Jamás usaríamos una información personal para obtener un beneficio económico. Esta casa no tendrá más de cincuenta metros cuadrados, pero aquí vive gente honesta.

—Siento haberla ofendido.

—Somos decentes, pero descorteses —intervino Audrey—. Ni siquiera le hemos ofrecido una bebida. Disculpe que no tengamos aire, solo ventiladores. ¿Algo frío para beber?

—No es necesario —declinó Price, bajando la mirada—. Yo he sido el entrometido. Dé por olvidada esta conversación, señorita Mars. Por favor, acépteme siquiera la canasta de frutas. Ha sido enviada con genuino agradecimiento.

—Claro que aceptamos el regalo —dijo Audrey—. Ha sido un gusto conocerlo, y haga llegar nuestros saludos tanto a Olivia como al padre.

—Por supuesto —dijo el hombre—. Permítame darle mis datos, señorita Mars, por si necesitara algo.

El hombre se despidió y salió enseguida. Eli y la abuela contemplaron la enorme canasta, pasmadas. Comer fruta natural era un placer de dioses. Eli tomó unas fresas y la abuela un racimo de uvas.

—¿Te imaginas lo que cuesta esto? —dijo Audrey—. ¿Este Harding será muy rico?

—Debe de serlo. Contar con una ambulancia privada es un verdadero lujo. Aunque el nombre Libergén me suena familiar, no tengo idea de quiénes son o qué hacen. El que podría saber es Lucas. ¡Pensar que voy a chantajearlo!

A Eli se le había hecho tarde y se despidió deprisa.

—Deséame suerte, Abu.

Le dio un beso a la abuela y se llevó dos manzanas rojas fragantes.

***

A la hora acordada, Eli entró nerviosa al despacho del director Davies. Tomó el asiento que le ofrecieron en la mesa oblonga de la enorme sala. Jamás había estado allí y se sintió intimidada. Sabía que debía comportarse con cortesía y mostrarse apologética. La profesora Bishop, sentada al lado del director, la miraba por debajo de las gafas.

—Señorita Mars —empezó el director Davies—, usted sabe bien cuál es nuestro código de honor. No podemos permitir que usted difame a nuestra organización e insulte a esta prestigiosa facultad.

—«Sarta de rufianes que esconden la verdad» —intervino la profesora Bishop—. Palabras tuyas, Eloísa.

—Siento mucho el arrebato, no me sentía bien.

—Además, ¿qué evidencia tiene? —continuó Davies—. Si usted demostrara su posición, perfecto; creo que podríamos aceptar un par de insultos en nombre de la ciencia. Sin embargo, ¿dónde está la evidencia?

—Los estudios de Sanders dicen...

—El hombre ha sido desacreditado, Eloísa —interrumpió Bishop.

—Sí, lo sé, pero, así como se descubrieron anomalías en sus estadísticas, también hay defectos en los contraargumentos. Si bien el Supermaná no es canceroso en sí, lo es la atrofia del sistema intestinal.

—En algunas personas es posible, en especial en aquellas que no complementan su dieta con fibra sintética —continuó Bishop.

—El grado de acidez no ha disminuido. En algunas personas se genera lo opuesto, más acidez, y no se sabe por qué.

—Siempre habrá reacciones en un porcentaje minoritario de personas, ya sea por constitución genética o estilo de vida.

—Sanders descubrió...

—Señorita Mars, no vamos a perder el tiempo con Sanders. ¿Entendido? —intervino el director—. Además, tenemos prioridades. Hay temas más urgentes. Hoy al menos comemos y comemos bien. ¿Y usted quiere que reconsideremos este trabajo por una incidencia de cáncer que no es considerablemente mayor que la del pasado cuando no existía el Supermaná?

—No se trata solo del cáncer.

—¿De qué se trata, Eloísa? —la enfrentó la profesora Bishop.

—De la verdad —dijo Eli—. Es imposible garantizar la verdad si los estudios son auspiciados por los promotores del producto.

—Concluyamos esta reunión que no nos está conduciendo a ninguna parte —dijo Davies—. Con respecto a su solicitud, no, no podemos hacer excepciones. ¿Por qué le permitiríamos, señorita Mars, volver a hacer el examen?

—Porque conozco la teoría de la adaptación a la perfección, solo que la he cuestionado. Y expresar una opinión no debería ser motivo para no pasar el curso.

—¿Una opinión? ¿Quieres que te lea lo que has escrito? —La profesora Bishop había enrojecido de la furia—: «Egos, egos inflados, podridos, que quieren un podio para subir y que el mundo, a sus pies, celebre sus genialidades, porque se creen elegidos, parte de una élite extraordinaria».

24

—Director Davies —imploró Eli—, lamento lo que he escrito, se lo ruego. Estoy convencida de que puedo contribuir con la comunidad científica en el avance de la ciencia, si me dan la oportunidad. No puedo repetir el ciclo.

—¿Ahora quieres ser parte de la «élite extraordinaria»? —dijo Bishop.

—Señorita Mars, no le podemos dar una segunda oportunidad; debe repetir el curso. Usted fracasó *motu proprio*. Debió pensar antes de escribir barbaridades. Le comunicaremos en unos días si es sancionada por su comportamiento —dijo Davies y dio por concluida la reunión—. Por favor, retírese.

En el pasillo, Bishop la alcanzó y la detuvo:

—Yo en tu lugar, reflexionaría bien de dónde viene este malestar tuyo que te hace escribir atrocidades en un examen. ¿Crees que te podemos aceptar en el mundo académico para que lo asaltes, lo vapulees con teorías desacreditadas y manches nuestro nombre?

—¿Por qué me odia, profesora Bishop? Sí, me excedí en el examen, lo admito; escribí horrores y me disculpo, pero nunca me he comportado mal en clase. Siempre hago referencia a los estudios, a las estadísticas. Mis intervenciones han contribuido a un debate acalorado pero inteligente. Sin embargo, usted siempre está allí callándome, tratando de ridiculizarme. ¿Y por qué está usted en esta reunión? Usted ni siquiera es profesora de nutrición. El profesor Saraf me llamó a puerta cerrada y hasta se rio. ¿Cómo se enteró de esto? Un examen es un documento privado.

—Sabes muy bien que me ocupo de los asuntos éticos de la universidad. Tú persistes en hacerle la guerra a esta institución con posiciones desacreditadas. Yo te hago la misma pregunta, ¿a qué se debe esta rencilla conmigo?

*

Eli, furiosa, fue a buscar a Saraf. Él le había ido con el cuento a Bishop, o a alguien más, y la había puesto en un aprieto. Esperó en la puerta de un aula hasta que terminara de dar clases. En cuanto el profesor Saraf salió, rebosante de alegría —porque así era él, una sonrisa permanente pegada a los labios—, Eli lo enfrentó.

—Profesor Saraf, usted le dijo a Bishop…

—Doctora Bishop, señorita Mars. —Al profesor Saraf, como nunca, se le borró la sonrisa.

—¿Le dijo o no lo de mi examen? Pensé que a usted no le molestó.

—Personalmente, no. Sin embargo, esta es una institución con códigos de comportamiento y procedimientos. Si tú solicitas rehacer el examen, no hay forma de encubrir lo que has escrito. Yo seguí el protocolo y envié tu solicitud al director de Tecnologías Alimentarias con mi visto bueno, argumentando que escribiste desvaríos por estrés. ¿Qué más querías que hiciera?

—¿Y cómo se enteró la profesora Bishop?

—Eli, no sé. La solicitud es pública para el Consejo Directivo, y de ahí quién sabe. Ella se toma muy en serio el código de honor.

—¿Qué voy a hacer, profesor Saraf?

—Pues no lo sé. —Saraf se detuvo y le dijo en voz baja—: Eli, no puedes continuar cuestionando a los profesores de esta institución. La próxima vez que lo hagas en mi clase, te voy a hacer una seña para que te calles. Aparte de arruinarte a ti misma, vas a arrastrar contigo a quien te ve con buenos ojos.

—¿Usted también está en contra mía?

—No, Eli. —Ambos caminaron hasta el recoveco de un pasillo y Saraf agregó—: Haz la tesis. Esa es la única forma de decir lo que quieres. Lo estudias, lo investigas y lo demuestras. De ahora en adelante, nada de discursos ideológicos en mi clase. No lo voy a permitir. ¿Está claro?

Eli enmudeció. Se le erizó la piel, como si le hubiera caído un cubo de agua fría. Saraf, que solía ser tan amable con ella, había cambiado. Ante su semblante de piedra, sintió una ráfaga de hielo, como el aire acondicionado. Retrocedió y se fue al único lugar donde sentía paz: la gran biblioteca de St John, una antigua iglesia de elevadas columnas y cúpula blanca, que atesoraba libros del siglo pasado y contaba con una nueva biblioteca digital.

Ella pasaba más tiempo con los tomos de cuero verde. Le daba placer acariciar las cubiertas suaves y los grabados de letras doradas. Hacía más de veinte años que no se imprimían libros en papel y aquellos hermosos compendios eran símbolos inmortalizados de una época magnífica.

Además de esos tomos, el silencio le calmaba el flujo incesante de pensamientos, porque su mundo interior experimentaba una extraña conmoción. ¿Era producto del cansancio? ¿O se daba cuenta de una realidad que los demás no querían ver? Había empezado la carrera con ahínco. No obstante, a lo largo de los años, fue sintiendo la hipocresía del entorno. ¿Exageraba? Quizás se equivocaba y su malestar era físico, producto de noches sin descanso. ¿O acaso el incidente de Olivia había tocado una fibra de su corazón? ¿Qué hubiera pasado si la muchacha desfallecía y no volvía a despertar, si hubiera muerto en sus brazos? Olivia, que tendría apenas unos años más que Sam, podría haberse muerto. Joven, hermosa, perdida y drogada: la realidad de la mayoría de los jóvenes. ¿Cómo iba a proteger a Sam ahora que cumplía la mayoría de edad?

La biblioteca, con su silencio, le brindaba refugio o, al menos, una pausa en que se decía a sí misma: «En este señorial dominio, mantente acorde a las circunstancias: no pienses, no actúes, escucha el silencio de la sabiduría». Porque esa biblioteca había sido labrada por estudiosos que amaban el conocimiento y la verdad: químicos, físicos, médicos, artistas y humanistas. A fuerza de estudio y reflexión, con la dedicación de años o décadas, avanzaron en el entendimiento de la humanidad y buscaron la verdad.

Eli se sirvió café sintético de la máquina expendedora y caviló acerca de su tesis. ¿Quería llegar a la verdad o solo ansiaba denunciar la hipocresía? ¿Qué iba a lograr? ¿Qué podía hacer ella, una simple estudiante de bioquímica, sin recursos ni orientación? ¿Y si estuviera equivocada? El mundo continuaba girando sin cuestionar ni la dirección ni la velocidad. ¿Era ella una anomalía? ¿Un caso de malhumor y amargura que solo percibía problemas y no soluciones? Si al menos tuviera a su madre… Ella podría calmarla o guiarla.

Estaba en esas cavilaciones cuando Lucas la sacó de su sopor:

—Por fin te encuentro, te he dejado mensajes. He estado tan preocupado por ti, ¿por qué no me contestas? Te fuiste el otro día como un saco de huesos rotos, los nervios a flor de piel, como un erizo martirizado.

—Perdona, es que no me encuentro bien y necesito estudiar. Contigo siempre pierdo el tiempo.

—Gracias por la apreciación —dijo él—. Pero sabes que puedes confiar en mí y que, cuando dices chitón, yo me callo y te hago caso. ¿Qué sucede? Háblame.

—La tesis… A que no tienes nada pensado. Si alguien no te empuja, no vas a hacer nada, ¿cierto? Hagámosla juntos. Yo soy el microscopio, tú eres la informática. Una combinación perfecta.

—Atractiva propuesta. ¡Acepto!

—¿Ni siquiera me vas a preguntar qué vamos a estudiar?

—Me da igual. Bien me conoces, si no la hago con alguien, no termino la carrera.

—Supermaná —reveló ella.

Lucas se puso serio y se inclinó incrédulo para hablarle en voz baja.

—¿Vas a ir en contra de Montecristo? ¿Estás segura de esto? ¿Por qué, habiendo tantos temas? ¿De dónde vas a sacar el dinero? Vas a necesitar dinero. La universidad jamás te financiará un estudio contra Montecristo. Además, tenemos que comer. Es lo que hay.

—No es cierto. Aún hay granjas, ¿verdad?

—No rinden, mantenerlas cuesta un dineral —dijo Lucas.

—Cuestan un dineral porque se gasta en construcciones enormes de cristal, en sistemas de luz y temperaturas artificiales, en bombas de agua de una fuente incierta para producir lo que un número ínfimo de consumidores desean: fresas, tocino, trigo. ¡Usan el espacio para cultivar rosas cuando aquí crecen los geranios! Si regeneraran el campo como hacen tus padres…

—Mis padres están locos, subsisten con gran esfuerzo. No sé de qué te quejas. Tú no tendrás acceso a una granja, pero tienes la oportunidad de estudiar y sabes bien que eso es un privilegio. Puedes conseguir un buen trabajo. Te permitirá instalar el mejor equipo de aire acondicionado y, quién sabe, sembrar tomates con un mini equipo agricultor en un rincón del patio. No hagas una tormenta porque unos cuantos pueden sembrar rosas.

—¡Tú eres tan inconsciente como ellos! Prefieres estar enchufado a tus juegos virtuales. —Eli hizo una pausa y suplicó—: Por favor, ayúdame. Es un proyecto que necesita manos.

—Me pides lo imposible. Además, tú lo has dicho, no podemos trabajar juntos: tú quieres ver lo que no existe y yo solo quiero entretenerme con mis videojuegos...

Callaron de pronto. La profesora Bishop los observaba a una corta distancia.

—¿Y quién sería nuestro tutor en esta empresa descabellada? —preguntó Lucas.

—Bishop no, de ninguna manera. Saraf es una opción.

—No sé, Eli. Yo prefiero tener una existencia placentera. Lo siento, estás abusando de mi devoción.

Capítulo 4

En cuanto Sam llegó al evento de promoción de Omen, se esmeró en hacer el trabajo a la perfección. Quería que la contrataran, no solo por el dinero que podía ganar en una noche, sino porque esos cócteles significaban su entrada a un mundo esplendoroso, donde ella sí podía lograr el éxito. Era cuestión de sonreír, adornarse y vender. Y venderse a sí misma era lo suyo.

Aprendería la técnica, las herramientas y el juego de palabras para encandilar al espectador: «Conoce las fantasías de tu audiencia». Sam extraía ideas de un manual de márquetin digital que su nueva amiga Olivia le había recomendado. No había mejor destino para Sam. Y no había mejor lugar para lograrlo que con Omen.

En particular, aprovechaba para observar a los influentes más exitosos, cómo se movían y de qué hablaban. Sam aprendía, imitaba. Prestaba atención a la red social: quién hablaba con quién, quién buscaba a quién… Sabía que no bastaba con ser atractivo y crear una personalidad digital, debía ampliar sus conexiones en el mundo real. Costase lo que costase, ella ingresaría al club.

Apenas vio a Olivia, fue a su encuentro. Sabía que debía conducirse como una igual. Ella no era una simple camarera, sino una influente en su etapa de concepción. Aprovechó que Olivia conversaba con alguien y asió la oportunidad para entablar nuevas relaciones. Resuelta, saludó a Olivia y a su interlocutor. Olivia la presentó con gusto.

Sam siguió dando vueltas, observando y tomando el pulso. Dada su gracia natural, no pasaba desapercibida, no solo por su atractivo físico, sino porque se notaba que gozaba en ese ambiente: las galas, los rostros hermosos, la música al máximo volumen, los hologramas, los efectos especiales y el movimiento incesante de la gente. Sam había encontrado su paraíso terrenal.

Cuando vio a Remington, se le acercó. Debía enmendar esa relación.

—Buenas noches, señor Skinner. ¿Desea que le traiga alguna especialidad de la cocina? —sonrió Sam.

—Qué modosita estás hoy… ¿Has cambiado de opinión?

—Me encantaría ser influente y estoy dispuesta a ayudarlo con mi hermana. Eso sí, hay un límite a lo que puedo hacer.

—Quieres ser influente, ¿no? Convence a tu hermana y te doy una oportunidad.

—Un desafío… Me gusta, por qué no. Sin embargo, yo conozco a Eli y, si usted no me da un buen argumento para que ella acceda, el proceso va a ser imposible.

—Ciencia, niña, el avance de la ciencia.

—¿Para qué estudiar la textura del cabello o la forma de los ojos? —preguntó Sam—. No parece importante. Necesito un argumento altruista, si no, Eli va a reírse en mi cara. Vamos, señor Skinner, estoy segura de que usted en el fondo es un amante de la ciencia. A que puede expresarlo un poquito mejor.

—Tienes aptitud, muchacha; sabes conducir la conversación a donde quieres. Bueno, puedes decir que estos experimentos que parecen superficiales son un pequeño avance hacia un descubrimiento mayor.

—¿Digamos que hoy estudian la forma y el color de los ojos y luego este conocimiento es utilizado para implantar un microchip y curar la invidencia? ¿Que lo que parece irrelevante hoy es un paso necesario en la experimentación?

—Exacto. Eres inteligente, Samanta. Tal vez estudie algo más que tu cabello.

—Estoy para servirle —sonrió Sam y se retiró de inmediato al notar que Gastón la observaba.

Sabía que debía mantener contento a su jefe y fue a la cocina a llenar sus copas de champán. Alegre por los avances de la noche, se sintió osada y, reconociendo al joven que la hizo trastabillar la semana anterior, fue a hablarle.

—¿Champán, señor…?

Asombrado por su atrevimiento, el muchacho se presentó:

—Justin Taylor.

—Samanta Mars. Para servirte, Justin.

***

Sam regresó a su casa en la madrugada con una sonrisa después de una noche exitosa: había conocido gente, Gastón se mostraba contento con su trabajo y ella había disfrutado de cada momento. Unos eventos adicionales y ella pondría un pie en ese mundo y dejaría el suyo, uno de limitado espacio, de ventiladores maltrechos y Supermaná.

Se sentó en la cama y su placidez se disipó observando el constreñido agujero donde dormía, un cubículo producto de dividir una habitación en dos. Eli dormía del otro lado del tabique. Aparte de la cama, contaban con un tubo horizontal para colgar la ropa detrás de una cortina, un par de cajones y un estante. Eli le había cedido el lado de la ventana para que Sam no sufriera de claustrofobia. A Eli no le importaba, se abstraía en sus pensamientos en lugar de mirar afuera. La abuela dormía en un cuarto diminuto junto a ellas.

Sam se sacó los zapatos y notó sus pies doloridos; había estado de pie por seis horas llevando bandejas. Rendida, cayó dormida al instante.

A las siete en punto, Eli despertaba a Sam:

—Sam, tienes que ir a la escuela.

—Un poquito más, Eli; déjame dormir un poquito más.

—Tenemos un acuerdo. No puedes faltar a la escuela.

—Ya no quiero ir al colegio; tengo otros planes.

—Sam, levántate ya. Tú vas a terminar la secundaria y vas a estudiar. Inteligencia no te falta.

Sam permanecía en la cama y volvió a cerrar los ojos.

—¡Si no te levantas ahora mismo, no vas a Omen esta noche! Sabes que puedo llamar a Gastón y decirle que no vas.

Como un bulto, remolona, Sam se alzó de la cama.

—Esto es peor que una dictadura —se quejó Sam—. El sargento Eli está de mal humor y lanza amenazas. Ve en paz, que no me voy a dormir, ya me arruinaste el sueño.

Eli se dirigió a la cocina. Sam se limpió el rostro con un paño de alcohol.

—Me desgarras la piel —se dijo a sí misma—. Ya verás que en un abrir de ojos me desharé de ti y te reemplazaré con una tinaja de agua fresca con perfume a rosas.

*

Eli, como un verdadero sargento, desde la puerta, la vio marcharse al colegio. Suspiró agobiada. No sabía cómo controlar a su hermana.

—Le he dicho que no me traiga bombones —dijo la abuela—, pero insiste en traérmelos cada día. Me dice que es discreta. Te los he guardado para ti.

—No me hagas cómplice de sus crímenes. Cómetelos tú.

—Ya te he dicho que seas más comprensiva. Está deslumbrada con Omen y quiere trabajar para ellos. No me parece una mala idea. No tiene por qué caer en las drogas. Además, drogas hay en todas partes, o crees que solo los influentes toman drogas. Tú misma me lo has dicho, que es así como la mayoría pasa los exámenes en tu instituto. ¡Tú me lo has dicho!

—Sí, pero yo sé cuidarme. Cuando veo a Sam, la veo… arrebatada. Es de las personas que van a probar por el simple hecho de vivir la experiencia. ¿Y qué va a ser de ella?

—Es más inteligente de lo que crees. Quizás las pruebe; eso no significa que desarrolle el hábito. Ella sabe lo que le conviene. Fíjate cómo se levantó de la cama al instante que le dijiste que no iba esta noche. Tonta no es.

—Ya no sé qué hacer; ha crecido tan deprisa… Ojalá mamá estuviera aquí; la necesito, Sam la necesita.

Abu la abrazó.

—Yo también la extraño; siempre está en mi corazón.

—Su imagen se me está borrando —dijo Eli—. Cuando quiero acordarme, me duele; es un lugar al que no puedo ir.

—Es que tú eres así, haces el dolor a un lado. Sabes que lo que no se procesa volverá y con fuerza.

—Soy más dura que una roca…

34

—No te trates de esa forma; no eres dura, sino hermética. ¡Y no pides ayuda! Has tenido que quebrarte para que le permitas a Sam que te ayude. Ella, feliz de poder hacerlo. Tú crees que solo piensa en sí misma, pero no es verdad. Apóyate en tu hermana. Sam te adora, eres lo único que tiene.

—Cuéntame de mamá, alguna historia alegre que nos haga sonreír. Creo que lo que me hace sufrir es la última imagen que tengo de ella, la de la enfermedad. Fue feliz, ¿verdad?

—Claro que sí. Tu madre era como tú, sensible y analítica, pero con un amor inmenso hacia la vida. Tú le tienes miedo a la vida. Ahora que lo pienso, tu madre era una mezcla de Sam y de ti: mitad retraída, mitad extrovertida. En su época, se vivieron tiempos muy difíciles y ella mantuvo la serenidad y el optimismo a pesar de la crisis. Decía: «Vamos a encontrar respuestas». Llegaba de la universidad con una sonrisa y compartía con nosotros lo que había descubierto. Adoraba su carrera.

Recordando a su hija, la abuela lagrimeó. Se secó los ojos con un pañuelo, volvió a sonreír y prosiguió con su relato:

—Había noches que se levantaba en la oscuridad y anotaba en un cuaderno lo que le venía a la mente, escribía o hacía garabatos. Me dijo que no sabía por qué sus ideas más claras le venían de repente en el medio del sueño y que una fuerza la impelía a anotarlas. Por curiosear, una mañana abrí el cuaderno que ella guardaba en su mesita de noche. ¿Y sabes lo que descubrí? Rosas. Se había levantado a dibujar rosas.

—¿De allí le vino el gusto por cultivarlas?

—Creo que sí. La temperatura, aún estable, las hacía crecer. Tuvimos rojas y blancas. Cuando el agua empezó a escasear, el color de los pétalos se fue degradando. Luego ella enfermó.

—Recuerdo una enredadera seca con rosas marchitas. —Eli suspiró con la memoria de las últimas flores.

—No quiero que recuerdes a tu madre de esa manera. Ella amaba la vida. Así como un día descubrí rosas en su libreta, también descubrí poemas. Tu madre se levantaba en el medio de la noche y escribía poesía. Me dijo que el tumor le restaba inteligencia, pero que ella compensaba la lentitud con la pasión.

—Quisiera leerlos, aunque sean versos sin sentido —dijo Eli—, aunque no sé si estoy lista para recordarla tan de cerca.

35

—Todo está en el baúl del ático. Su corazón e inteligencia están guardados ahí. Pero, ¿por qué no terminas tus exámenes primero? Podría entristecerte. Tenemos una misión, ¿sí?

Eli asintió. Buscaría a su madre en cuanto se aligerara la carga universitaria y se armara de valor.

Capítulo 5

El domingo, Mark se apareció en la puerta de la familia Mars. Medianamente apuesto, ni alto ni bajo, ni gordo ni delgado, Mark Wells era de un aspecto regular que pasaba desapercibido, salvo la transparencia y el brillo de sus ojos, que proyectaban —decía Audrey— pura bondad. Eli insistía en que no había ni santo ni ángel, solo un hombre decente y gentil. Sam argumentaba que la decencia y la gentileza eran raras cualidades. Lo que nadie ponía en duda era su devoción por Eli y su cariño por la familia Mars.

—Mark, qué sorpresa —dijo Eli—. ¿No dijimos el lunes que es feriado?

—Vamos, no te he visto durante la semana. Necesitas un descanso, te va a hacer bien tomar aire fresco.

Mark cargaba en las manos una pequeña maceta.

—¿Para mí?

—No, esta es para Sam. ¿Está en casa?

Sam, que recién se levantaba, escuchó el intercambio de palabras y fue al encuentro de Mark.

—¡Oh, una rosa, te acordaste! ¡Gracias, Mark! —Y, empinada, lo besó en la mejilla.

Eli lo miró desconcertada y él se explicó:

—Tú te mueres si te traigo flores: que falta el agua, que no puedes tener lujos…

—¡Lo mismo es! —protestó ella—. ¿Cómo vamos a regar esto?

—Qué exagerada eres, si es una maceta minúscula… —dijo Sam—. Es hermosa, Mark. ¡Gracias!

—Es una rosa del desierto, no va a necesitar mucha agua. Sus pimpollos parecen rosas inglesas, pero se van a abrir como las magnolias. —Mark miró a Eli con cariño—. Para ti tengo un regalo diferente. Algo que tú valoras: aire fresco.

—No puedo, de verdad. Estoy estudiando.

—Eli, si no vas tú, voy yo —intervino Sam—. Y me quedo con la maceta, Mark y el aire fresco. Muchacha tonta.

Eli, desarmada, accedió a salir.

—¿A dónde vamos?

—Necesitamos tu bicicleta.

Acomodaron la bicicleta vieja y aparatosa de Eli en el soporte del techo. La de Mark estaba doblada en la parte trasera del auto eléctrico.

Dejaron los tugurios de Old Street y condujeron hacia el norte. El aire acondicionado del vehículo les proporcionaba alivio físico y mental. Se podía hablar con calma sin que el calor agotara y sin que el sudor empapara la frente.

Poco a poco, las calles grises y los barrios marginales de casas viejas y ruinosas quedaban atrás y emergían campos amarillos y secos.

—Pensar que a esto lo llamaban el cinturón verde, los pulmones de la gran metrópoli —dijo Eli.

—Vamos, hablemos de cosas más alegres.

Eli se quedó callada, contemplando el forraje amarillo. No deseaba hablar y apenas respondía con monosílabos a los intentos de Mark de entablar conversación. Del amarillo chamuscado, empezaron a emerger los campos de Supermaná, extensas hectáreas sostenidas por un sistema de riego artificial y manejadas con máquinas de avanzada tecnología.

—¿Qué pasa? Te noto más huraña que de costumbre —dijo él—. Una cosa es ser introvertido y otra cosa es agredir a quienes te quieren.

—¿Cuándo te he agredido? —preguntó Eli, irritada.

—No me llamas, ni siquiera contestas mis mensajes. Y yo no soy al único que ignoras. Tildaste a tu hermana de niña consentida y superficial solo porque quiere ser influente. ¿Qué esperas? ¿Que Sam vaya al instituto técnico y descubra una nueva droga? Si no se puede estar quieta. No me la imagino abstraída, sentada en un laboratorio analizando un virus. Entiende, ella tiene vida propia.

—Tú sabes cómo es ese mundo, tú trabajas para ellos. Drogas y más drogas.

—No son drogas, son entretenimientos. El que sabe vivir con moderación se beneficia de un viaje virtual de tanto en tanto.

—La verdad es que no sé qué me molesta —dijo Eli—; tengo algo clavado.

—¿No será porque no aprobaste el examen de nutrición? Cualquiera se sentiría mal si, después de años de esfuerzo, se tambalea a unos metros de la meta.

—¿Qué? Además de quejarse de mí, ¿te fue con el cuento del examen?

—Está preocupada por ti y yo también. ¿Por qué lo ocultas? ¿No confías en mí? ¿No estamos juntos? Lo veo en tus ojos…

—¿Qué? ¿Qué ves? —lo cortó Eli—. ¿Por qué no dices lo que quieres decir en lugar de traerme a Dios sabe dónde?

—Algo te está consumiendo y, si no lo extraes de raíz o lo aplacas, vas a terminar lastimando a quienes te quieren.

—Si supiera qué es, haría algo.

—Si tan solo cambiaras tu temperamento y tu idealismo…

—¿Idealismo? Mira estos campos, Mark. O es paja o es Supermaná. Los árboles que ves están muertos. Y, si el calor no los ha matado aún, viene Montecristo y los arranca para que no compitan por agua. Y, si tenemos agua para el Supermaná, ¿por qué no conservamos los árboles? ¿Por qué no protegemos las granjas naturales? ¿Por qué no sembramos lo que el clima nos puede dar hoy: olivos, cítricos y tomates? No ves un alma si sales de Londres, solo Supermaná.

—Si no se ha hecho antes es porque no rinde para alimentar a la población entera. Tú crees que, de haber otra solución, ¿el Gobierno no la hubiera fomentado?

—¿El Gobierno? Si el Gobierno es Montecristo…

—El Supermaná nos ha salvado, tenemos alimento. ¿Es que no lo puedes ver? Por favor, cambiemos de tema que vamos a terminar amargados y peleados.

Ambos callaron y contuvieron el malestar. Recorrieron unas millas en silencio observando campos de Supermaná, turbinas de viento y páramos ocres. Aparcaron el auto junto a la gran represa abandonada de Northampton, una gigantesca masa de cemento, vacía y a medio construir.

—Parece un paisaje lunar. —Eli tosió y bebió agua de una botella, la polvareda le irritaba la garganta—. En lugar de un cráter, tienes una represa con un agujero lleno de polvo. ¿De qué sirvió gastar tantos millones?

—No voy a contradecirte en eso; se equivocaron. Cuando se descubrieron mejores soluciones para extraer y conservar el agua, lo abandonaron.

—Maravillosas invenciones, cada litro nos cuesta un ojo de la cara.

—Eli, no empieces.

Mark sacó las bicicletas del auto.

—En fin, no es esto lo que te quiero mostrar —dijo él—. Sígueme y mantente bien pegada a la pared, que te puedes caer.

Empezaron a pedalear por una rampa de cemento, de pendiente muy inclinada, que conducía hacia el fondo de la inmensa represa. Cuando llegaron a la base, Mark empezó a dar vueltas como si estuviera en una pista de competición o en un coliseo vacío.

—¡Vamos, Eli! Que todo este espacio es para ti.

—Tengo calor, Mark. El sol es insoportable con el reflejo en el cemento; se pueden derretir las llantas.

—Ay, contigo uno no se puede divertir. Vamos, sígueme.

Mark entró por un túnel enorme y esperó a Eli.

—Ponte esta linterna en la frente para que puedas ver.

—Ecooo… —dijo ella y escuchó la resonancia.

—Así me gusta, que des rienda suelta a tu niña interior.

—Está fresco.

—Es un placer conducir la bicicleta por aquí.

Metros bajo la superficie, sintieron el alivio de la oscuridad y la profundidad.

—¿Qué son estos conductos? ¿Eran para transportar agua? —preguntó Eli.

—Sí, exactamente. Cuando se agotaron las reservas de agua, se les ocurrió traerse los icebergs del Atlántico norte y empezaron la construcción de estos acueductos.

—¿Traerse un iceberg? Pues me parece una locura. ¿Cómo sabes esto?

—Mi padre trabajaba para la empresa constructora. Me acuerdo que se quejaba de los planes. Era un crítico mordaz del Gobierno, como tú.

—Menos mal que no lo lograron y que archivaron el proyecto.

—No estés tan segura de ello. Sigue siendo un plan de contingencia. Si la Tierra siguiera ardiendo y la temperatura no se estabiliza, lo único que nos quedan son los icebergs.

—¿Sí? ¿Y después qué? ¡Qué locura!

—¿Cuál es la alternativa? —gritó él a distancia.

Ella se quedó callada, no sabía las respuestas. ¿Cuál sería la alternativa si se derretía el último iceberg, se moría el último árbol y arrasaba el fuego con la vida?

Mark paró al lado de un tenue rayo de luz que emanaba del techo. Dejaron las bicicletas y subieron por una escalerilla de metal. Cuando alcanzaron la superficie, Eli suspiró admirada:

—¿Dónde estamos? ¿Cómo has encontrado este paraíso?

—Gracias a los planos de mi padre. Estuve revisando sus cosas por nostalgia y encontré unos mapas. Cada diez kilómetros se señalaba una abertura sobre los acueductos. Supuse que eran bocas de alcantarilla para el mantenimiento o para recoger la lluvia. Hice cálculos y descubrí esta salida. Bienvenida a mi santuario.

Un oasis verde emergía alrededor. La vegetación no era abundante, pero unos árboles sobrevivían entre la maleza. Mariposas de color amarillo revolotearon sobre Eli y ella sonrió.

—Tiene que haber agua, ¿verdad? —dijo Eli.

—Subterránea. ¿No sentías la humedad en el fondo?

—¿Y por qué no lo estudian?

—No sé; tal vez creen que no es posible extraer suficiente agua o que es una simple anomalía.

—Este lugar es maravilloso. —Eli se tumbó sobre la hierba—. Ni siquiera hace tanto calor.

Los árboles hacían sombra y una brisa fresca les aligeró el sofoco.

—Gracias por traerme aquí.

—Te lo dije… Aire fresco —sonrió él.

Ambos descansaron bajo un roble. Un silencio adormecedor colmó el espacio y sintieron el movimiento de pequeñas criaturas: hormigas, mariposas y orugas.

—Creo que lo que me falta es salir al campo —dijo Eli—. ¿Sabes que mi madre cultivó flores hasta que se prohibieron los riegos? Yo recuerdo que lloró cuando se murieron las últimas rosas. Los pétalos se mancharon de amarillo producto de una peste. Yo tendría cinco años, pero percibí su tristeza y desde ese día amé las flores.

—A mí me pasa igual; por eso vengo aquí, a tirarme sobre la hierba y a escuchar el sonido de la naturaleza sin el zumbido del aire acondicionado. Ahora podemos venir siempre. ¿Te parece?

A Eli se le escapó una lágrima.

—Ey —dijo Mark con ternura—. ¿Qué pasa?

—No lo sé. He recibido una sanción formal en mi expediente y una advertencia por escribir barbaridades en el examen. La próxima me expulsan. Siento que nunca voy a ser parte de la comunidad científica. Ya ni siquiera sé si quiero ser parte. Empecé con tantas ilusiones y estoy a punto de sucumbir tan cerca de la meta. Voy a terminar en la calle o, peor, como Sanders. Tengo miedo.

Mark no sabía qué decir, ¿cómo sosegarla? Él mismo había enterrado sus ilusiones hacía mucho tiempo, por pragmatismo.

—Es un error pensar que tenemos derecho a soñar —dijo él.

—Lo sé. Soy ingrata y no me conformo con nada. Debí haber dicho lo que querían escuchar.

—Dime la verdad, ¿qué fue lo que escribiste en ese examen?

Ella, avergonzada, desvió la mirada y, suspirando, confesó:

—Entre insultos varios, que la ciencia sirve a un dios oscuro.

Capítulo 6

Eli llegó al edificio de Lucas ubicado a unas manzanas de su casa. Lucas no contestaba los mensajes. Subió hasta el segundo piso y llamó a la puerta. Él no abría, pero se escuchaba una música o el sonido del aparato de entretenimiento.

—¡Lucas! Sé que estás ahí. ¿Te encuentras bien? Ábreme, por favor.

Como estaba autorizada para entrar, pasó su dispositivo por el escáner de ingreso y entró al estudio. Estupefacta, vio una zona de guerra: desperdicios por doquier, ropa en el piso, un olor inmundo que provenía del baño… ¿Habría estado vomitando? Eli recogió restos de cajas de comida y apagó el equipo de viajes virtuales. Lucas dormía en el sofá cama con el casco de Omen puesto.

—Lucas, Lucas… Despierta, por favor.

Eli le sacó el casco y le refrescó el rostro. Maldecía no haber traído su maletín de primeros auxilios. Lo auscultó y suspiró aliviada al notar que su pulso y respiración eran normales. Buscó en la cocina algún producto desinfectante. Encontró un gel de limpieza, mojó un paño y se lo puso en la nariz. Lucas despertó de pronto y saltó de la cama.

—¿Qué haces? ¿Por qué quieres envenenarme? —dijo él, somnoliento.

—¿Qué estás haciendo? Este sitio es un desastre, tu aspecto es un desastre. ¿Por qué no vas a clases?

—Melancolía… ¡Pues nada! ¿Qué me va a pasar? Estoy en la semifinal del juego, tenía que jugar. No me queda dinero para el alquiler.

—Abusas, Lucas. ¿Quieres enfermar? A que no has comido nada en días.

—No te angusties, sé mis límites. ¿Y a qué se debe el honor de tu visita? Lamento que encuentres a tu servidor en circunstancias tan desagradables. Suelo tener mi palacio inmaculado para recibir diosas.

—Te conozco; tú no limpiarías ni para recibir a Loren McQueen.

Eli empezó a recoger los desperdicios mientras Lucas se refrescaba en el baño. Ella limpió unas tazas en la cocina con gel y preparó café químico y algo de comer. Lucas salió del lavabo con mejor semblante y su sonrisa perenne.

—Anda, siéntate, toma café y conversemos con seriedad —dijo Eli—. La tesis... ¿Cuál es tu decisión? Si no me ayudas, tendré que buscar a alguien más.

—¿Me reemplazarías así como así con el primer idiota que aparezca? No tienes conciencia.

—En realidad, si no me ayudas, tendré que trabajar sola. Pocos estarían dispuestos a estudiar este tema.

—¿Has conseguido que la universidad te lo financie? Necesitamos mucho dinero.

—No. La universidad ya me dijo que no, aunque me ha dado luz verde si consigo financiamiento —dijo Eli.

—Porque saben que nadie te lo va a financiar.

—De eso te quiero hablar. Voy a armar mi propuesta y necesito saber si puedo incluir tu nombre.

—¿Quién va a poner dinero para desafiar a Montecristo? —Lucas frunció el rostro.

—Si es que lo desafiamos. Mi trabajo es científico, yo no tengo ninguna agenda.

—Eli, no te engañes, te conozco desde que éramos niños. Tú, en el fondo, crees que el Supermaná o alguna droga son la causa del cáncer de tu madre.

Eli reprimió su fastidio y no respondió. Sabía que un resentimiento bullía en su interior, aunque no pudiera asociarlo con la muerte de su madre de manera consciente.

—El cereal ha sido perfeccionado —continuó él—. Es posible que al principio fuera cancerígeno, a fin de cuentas era un experimento. Nuestros padres no tuvieron otra opción que aceptarlo porque se morían de hambre.

—Entonces, no tienes nada de qué preocuparte.

—Abusas de mí porque sabes que no puedo decirte que no. Acepto si encuentras respaldo… Dime, ¿quién es la entidad que te va a financiar? Por más anárquico que me sienta, quiero confirmar que estén del lado de la ley. No me vayas a involucrar con alguna organización subversiva.

—Te lo explicaré en su debido momento —sonrió Eli, agradecida—. Ey, ¿quieres venir esta noche a la casa? Sam está organizando una celebración familiar.

—¿Fiesta? Por supuesto. ¿El motivo?

—No sé, cosas de ella; tú sabes que a Sam le gustan los festejos; razones no le faltan. Vamos, te ayudo a limpiar este lugar. ¡Necesitas orden en tu vida!

Eli, sin duda, agradecía tenerlo a bordo. No obstante, Lucas también era un motivo de preocupación. Aunque habilidoso con los programas informáticos, se caracterizaba por su inconstancia y su falta de carácter. Gozaba de picos de expansión y luego sucumbía, agotado. En especial, aquella vida intensa de juego lo consumía. Era cierto que ganaba competencias y, con ello, dinero para subsistir; sin embargo, Eli sospechaba que sufría una adicción. En ocasiones, exhausto, debido a la formidable concentración mental, se tumbaba en una playa paradisíaca por horas. En ocasiones, sin poder relajarse, mantenía alta la adrenalina con deportes de riesgo, saltos de esquí o carreras de motocicletas.

Eli temía por su salud física y mental, y sabía que debía velar por él. Además, si trabajaban juntos, necesitaba vigilarlo, manejarlo como un sargento y encauzarlo. Al mismo tiempo, él representaba una fuente de fortaleza para ella, porque Lucas era como un hermano. Aparte de su abuela, encontraba en él a un interlocutor benigno, sin prejuicios, alguien en quien podía confiar plenamente. En este proyecto necesitaría una mano amiga.

***

De regreso a casa, Eli encontró a Olivia y a Sam en la sala. Se alegró de ver a Olivia recuperada y alegre.

45

—Olivia, qué gusto encontrarte aquí —dijo Eli—. Se te ve muchísimo mejor, hasta creo que has subido de peso. Te sienta muy bien.

—Volví a la casa de mi padre y me alimentan mejor. Cuando vivo sola, se me olvida comer.

—No te importa que trabajemos en la sala, ¿verdad? —dijo Sam—. Hemos puesto todos los ventiladores aquí para que esté fresquito. Olivia no está acostumbrada a estos calores.

—No, para nada. Yo voy al sótano y le hago compañía a la abuela.

—Tu abuela es encantadora —agregó Olivia—. Nos trajo té frío y nos dio grandes ideas.

—¿Qué hacen? ¿Se puede saber? —preguntó Eli, intrigada.

—Oh, ¡ya verás! El secreto se revelará en la gran noche de lanzamiento —dijo Sam.

Eli bajó al sótano y encontró a su abuela acalorada.

—Debieron dejarte un ventilador como mínimo —protestó Eli.

—No te hagas malasangre, estoy bien.

—¿Qué hacen? ¿Dicen que las has ayudado?

—¡Sí! Recuerda que, de la familia Mars, yo he sido la única que ha viajado fuera de Europa.

Eli arrugó el rostro, entendiendo lo que Sam y Olivia hacían.

—No empieces —censuró la abuela—. Tu hermana no está haciendo nada malo. Déjala explorar, a lo mejor se le pasa.

—Sabes que a Sam cuando se le mete algo en la cabeza, no cambia de opinión —suspiró Eli—. ¿Y qué secretos de viajera les has dado?

—Bueno, tú sabes que hoy la gente tiene los viajes más espectaculares al toque de una tecla. Clic, clic, clic, y añaden lo que desean: hotel de lujo, excursiones, cenas de gala. En cinco minutos, sin preparativo alguno, se meten en la cápsula y llegan al paraíso. Al término, descargan el video con los mejores momentos del viaje. A los tres días se olvidan.

—Al archivo digital de los cientos de viajes que harán al año.

—Exacto —continuó la abuela—. Fíjate, a principios de siglo sí se podía viajar. Ahorrábamos y viajábamos cada dos años, luego cada tres, hasta que el costo y los riesgos hicieron los viajes imposibles. Por eso mismo, planeabas tus vacaciones con

46

gran ilusión. Tu abuelo y yo pensábamos en cada detalle: el destino, los sitios a visitar, la historia del lugar, la cocina... Y cada proceso era uno de gran expectativa. Hoy la gente no viaja, duerme.

—Técnicamente, sueñan...

—Por ello no los disfrutan, porque saben que todo lo que deseen está disponible al toque de una tecla. Se aburren y exigen más novedades y sensaciones. Para nosotros, los viajes eran unas vacaciones, un merecido descanso, y esperábamos con ilusión la fecha de la partida. ¿Ves lo que quiero decir? Para gozar hay que dosificar.

—Supongo que hasta la preparación del equipaje era divertido —sonrió Eli.

—¡Divertidísimo! Bueno, para mí, porque a tu abuelo le daba dolor de cabeza y yo terminaba haciendo su equipaje. A unos días de partir, cuando poníamos las maletas sobre la cama para prepararlas, desbordábamos de felicidad. Usábamos unas maletitas diminutas —la abuela hizo un gesto con las manos— porque cargar con más peso costaba una fortuna, pero yo siempre me las arreglaba para llevar un vestido de noche y unas sandalias de tacón.

La abuela recordó con una sonrisa y suspiró.

—Hasta que no se pudo viajar más y nos conformamos con ir a la costa aquí. ¿Sabes que con tu mamá cruzamos a Francia un par de veces?

La abuela hizo una pausa para tomar té frío y le sirvió un vaso a Eli.

—Bebe, Eli, que sin el ventilador nos sofocamos. Por lo tanto, a Sam y a Olivia, les he recomendado que se concentren en crear expectación. Que preparen los viajes como si fueran reales. ¿Me entiendes? Espero que me hayan entendido. Estas generaciones tan jóvenes no saben lo que es la realidad.

—Las veo entusiasmadas, parece que congenian. Olivia es una buena chica, dulce, sin arrogancias. Pensar que tiene una familia rica y prefiere pasar el fin de semana en una casa diminuta, sin aire acondicionado, ayudando a una amiga.

—Ha traído una botella de champán. Me dijo que la guardara en el refrigerador para la celebración de la noche. No digas nada; Sam no sabe.

—¿Champán? —dijo Eli, sorprendida—. Mientras no le empiece a regalar cosas a Sam que la mareen... Abu, preparo más té y me pongo a trabajar.

—Hija, no has parado de estudiar. Haz una pausa.

—Necesito terminar mi proyecto de tesis. Descansaré luego.

Eli subió a la sala y les ofreció a Olivia y a Sam té químico helado:

—Perdona, Olivia, es lo que tenemos en casa. No te importa, ¿verdad?

—Claro que no. Aunque no lo creas, en mi departamento, a veces compro los mismos sobres porque son prácticos y tampoco son tan terribles como dicen.

—Terminas acostumbrándote y ni siquiera notas la diferencia —dijo Sam.

—Tu estómago sí nota la diferencia... —murmuró Eli.

—Pues, ¿saben qué vamos a hacer? Van a venir a tomar el té a mi casa, el té de verdad, con *scones*, mermelada de fresa y genuinos sándwiches de cóctel. ¿Les parece?

—¿A tu departamento?

—¡No! A la casa de mi padre.

Sam abrió los ojos, encandilada. Eli sonrió a medias y las dejó trabajando.

Subió a su cubículo y encendió su procesador personal. Se puso a trabajar en el diseño de la tesis. Quería acabar el fin de semana para ir en busca de financiamiento con una propuesta sólida. Sabía que era su oportunidad de hacerse escuchar. La tesis, aunque de tema libre, debía ser aprobada por el director del departamento correspondiente. Saraf ya le había dado el visto bueno; él mismo la había alentado. Sin embargo, no había financiamiento. Necesitaba cinco mil, como mínimo, para alimentar a los roedores por seis meses y analizar el efecto del Supermaná en sus organismos. Sin distraerse ni un momento, escribió el primer borrador de su propuesta, haciendo cálculos y consultando trabajos similares: los de Sanders.

Pasadas las siete, escuchó jaleo en la sala principal y, cansada, dio por terminado el trabajo del día. Bajó a ver qué causaba tanta conmoción. En el medio de la sala, la abuela, coqueta, exhibía sombreros, parasoles y anteojos oscuros. Sam tomaba fotos.

—Ya tenemos la mascota del canal —reía Sam—: la Abuela Viajera. En dos minutos estamos listas para el lanzamiento.

—¿Mascota? —dijo la abuela, horrorizada, y luego se carcajeó.

A la abuela le fascinaba ser útil para algo, aunque hicieran de ella una caricatura. Una vez que tomaron varias fotos, subieron la imagen y crearon un gracioso personaje tridimensional: una abuelita gordinflona con las facciones y sonrisa de Audrey. El clip mostraba al personaje probándose sombreros, pareos y lentes de sol. Después, hacía una pequeña maleta y daba vueltas alrededor del mundo, el mundo como había sido a principios de siglo, con sus continentes bien delineados, áreas verdes de selva, cordilleras blancas y lagos azules. Las islas difuntas, los picos clausurados y los desiertos inhabitables resucitaban en la proyección. Surgían prístinas playas, rampas de nieve y paisajes coloridos. Aún debían trabajar en el eslogan; sin embargo, impacientes por lanzar el canal, habían cerrado el video de introducción con la frase: «Viaja al mundo secreto de la abuela Audrey».

Justo antes de lanzar el canal, llamaron a la puerta. Eli, Sam y la abuela se reían a carcajadas con la caricatura de Audrey que volaba alrededor del planeta con una maleta minúscula, así que Olivia se ofreció a abrir. Un joven moreno, delgado, de anteojos y de cabellera rizada y desordenada apareció en la puerta. Su barba incipiente escondía unas facciones enjutas. Detrás de los lentes de marco grueso, se vislumbraba una mirada pícara de ojos grandes y negros. Lucas demoró en reaccionar, contemplando a la chica de cabello escarlata que lo había recibido con una sonrisa. Olivia personificaba la dulzura y Lucas lo percibió al instante. Ella pestañeó tímida y entornó sus ojos almendrados.

—¿Me he equivocado de casa? —Lucas chequeó el número de la puerta, fingiendo confusión—. Lucas Chiarello. Un placer. ¿Y usted es…?

—No seas empalagoso con nuestra invitada —lo reprendió Eli, rescatando a Olivia, a quien le causó gracia la presentación—. Olivia, este es Lucas, un viejo amigo de la familia.

—Para servirle, señorita Olivia. —Lucas hizo una leve inclinación de cabeza.

—¿Quién habla así? —se rio ella.

—No le hagas caso, siempre está diciendo idioteces —acotó Sam.

—¿Qué celebramos? —preguntó Lucas.

—¡Voy a ser influente de viajes!

—¿Cómo no se te había ocurrido antes? —Lucas levantó a Sam y la zarandeó—. ¿Cómo no vas a poder vender viajes si puedes convencer al Gobierno de invadir Groenlandia?

—Ya, bájame, Lucas, que quiero empezar. Tú siempre jodiendo.

Sam recuperó la sonrisa y, respirando hondo, los invitó a acomodarse en la pequeña sala. Se sentaron unos en el pequeño sillón y otros en el suelo. Se pusieron gafas y auriculares de realidad virtual. Apagaron las luces y Sam lanzó la proyección tridimensional: la introducción de Sam como presentadora y dueña del canal, la caricatura girando alrededor del mundo y el eslogan. El personaje de la abuela revoloteaba en el espacio físico del usuario y se acercaba gentilmente a las orejas fingiendo revelar los secretos y la audiencia percibía un susurro. Terminada la introducción, la imagen de Sam aparecía y ella continuaba:

«¡Bienvenidos! Hoy es el lanzamiento de mi canal y espero de corazón que te unas a mi comunidad de viajeros. —Sam, con una sonrisa expansiva, lucía espectacular con el vestido azul de lentejuelas que le había regalado Olivia—. Quizás estás cansado de probar travesías que apenas te brindan un momento de relajamiento. Tal vez lo has hecho tanto que pensar en irte de viaje ya no es una fuente de entusiasmo. Al contrario, es repetitivo y has llegado al extremo del hastío. Por eso, ¡viaja con los secretos de la abuela Audrey! —La caricatura aparecía como una abeja revoloteando alrededor de Sam—. Vamos a hacer las cosas de manera diferente, vamos a soñar de nuevo y lo vamos a hacer juntos, tú y yo. Formaremos la gran comunidad de viajeros que ansían experimentar sensaciones diferentes: la alegría de esperar el viaje, la selección del destino, los preparativos… ¡La maleta! Y conversaremos acerca de estos lugares maravillosos, que, aunque no estén hoy a nuestro alcance, podremos reconstruir con la mente».

Sam mencionaba que ella no usaba Viadélum porque no poseía la licencia de comercialización. Su audiencia podía usar cualquier equipo y droga de su preferencia. Cuando tuviera seguidores, solicitaría un puesto formal de influente con Omen. Por lo pronto, el objetivo se centraba en juntar suscriptores.

Todos quedaron deslumbrados con la introducción, incluso Eli, que pensaba que, si la abuela iba a participar, podía mantener a Sam lejos de las drogas. La presencia de Olivia parecía benigna. Una botella de champán y un vestido, aunque no asequibles para la familia Mars, eran insignificantes para Olivia Harding.

Eli sirvió el espumante alcohol y brindaron: Sam empezaba su carrera de influente. Chequearon la respuesta en los medios y, en pocos minutos, había atraído una docena de seguidores.

Al rato llegó Mark con cajas de *pizza*. Se acomodaron en el pequeño patio en una mesa redonda a la luz de linternas solares que le daban al ambiente un tinte ámbar acogedor. Aparte de la pequeña maceta de Sam, con su incipiente rosa, no había otras plantas. Guirnaldas de minúsculas estrellitas solares colgaban de las vallas con las casas vecinas e iluminaban el espacio. La noche, a pesar del calor, se sentía placentera. Era, quizás, el resultado de la compañía y la alegría de estos jóvenes que, por un instante, se olvidaron de la temperatura y del planeta en llamas. La abuela, acalorada, se sentó junto a un ventilador en la sala y dejó a los muchachos disfrutar de la modesta fiesta.

Se pasaron platos y cubiertos y sirvieron té frío. Olivia, al morder con apetito su porción, advirtió que tanto la masa de la *pizza* como sus guarniciones eran a base de Supermaná. Discreta, no dijo nada y se pasó la masa acartonada con sorbos de té. Lucas, que se había sentado junto a ella, percibió su desagrado, mientras que el resto, acostumbrados a la textura gomosa y a los sabores artificiales, continuaron en animada charla devorando los pedazos como en un gran banquete. Comer *pizza* se consideraba un lujo.

—Cuarenta seguidores. ¡Qué emoción! —Sam no dejaba de monitorear su canal.

—Sam, estamos comiendo. Espera al menos una hora antes de volver a chequear —la reprendió Eli.

—Déjala, es su noche de lanzamiento —dijo Lucas—. La adrenalina puede más que tú.

Mark y Olivia sonrieron en conformidad. Era un evento para festejar.

Después de una hora, Sam apenas había agregado seguidores y se exasperó.

—Paciencia —dijo Olivia—. Así se empieza. ¿Sabes qué voy a hacer? Voy a etiquetarte en mi canal.

Y, en cuanto lo hizo, Sam atrajo un aluvión de visitantes y logró cien seguidores más. Entusiasmada, empezó a responder algunos de los comentarios de sus fans. Mark y Eli se dispusieron a limpiar y ordenar. Olivia y Lucas continuaron conversando en la mesa.

—Eres popular... —dijo él mientras chequeaba el canal de Olivia con sus gafas inteligentes—. Cincuenta mil seguidores. ¿Vendes travesías? Qué maravilla. Podríamos hacer unos viajes juntos...

—Por qué no.

—Además de popular, eres generosa. Etiquetar a la competencia con corazones y sonrisas es un acto muy noble, ¿no crees? Y comerte un engrudo a disgusto por no ofender a tu anfitrión es otra muestra de bondad.

Olivia se sintió halagada y a la vez perpleja. Pestañeó contrariada:

—No soy lo que tú crees.

Él observó sus pequeñas orejas, expuestas por el cabello corto, y continuó su contemplación por el fino perfil que terminaba en un pequeño mentón. Una nariz perfecta se elevaba entre pómulos pronunciados y un pimpollo de boca completaba el rostro de muñeca, porque, al menos para Lucas, ella era una muñeca. Él, encandilado, seguía flirteando.

A medianoche, Sam dio un grito indescifrable, mitad gozo, mitad espanto. Los presentes la miraron consternados.

—Remi... Remington Skinner se ha unido a mi lista de suscriptores.

Olivia la felicitó, diciéndole que era una noticia excelente. Eli refunfuñó y Mark lo notó. Cuando estuvieron solos en la cocina, mientras limpiaban los platos, él le preguntó acerca de su aversión hacia Remington, algo que ya había percibido antes.

—No es un mal tipo —dijo Mark—. Tiene reputación de ogro y le grita a sus empleados, pero hace bien su trabajo. Loren le tiene gran estima y le encomienda proyectos; es una máquina para impulsarlos. Dale a Remi un objetivo y lo conseguirá.

—Lo sé, por eso me tiene tirria, porque no dejé que experimentara conmigo.

—Nadie puede obligarte a hacer estudios.

—Sí, pero intentó echarme del trabajo.

—Eso no lo sabía...

—No fue tan serio... Gastón se rio cuando le expliqué lo que pasaba y se negó a echarme. No hay forma de que Gastón se deshaga de mí; soy la que más trabajo y no solo cargo bandejas, superviso la esterilización del lugar.

—Y haces de auxiliar médico. Lo que es una vergüenza es lo que te pagan. Ya sabes que si necesitan algo...

—Lo sé, pero tú estás pagando tu hipoteca. Cuando me gradúe, conseguiré un mejor puesto. Es cuestión de resistir un año más. —Eli sonrió animada—. Podremos reparar la casa y comprar ventiladores nuevos.

Él la rodeó y la acercó hacia su pecho.

—Sabes que la casa que estoy pagando es para los dos, bueno, para la abuela y Sam también, si quieren venir con nosotros.

Eli sonrió afable, aunque poco entusiasta. Lo único que quería era graduarse y empezar a trabajar. Lo besó y dieron por terminada la noche.

—Nunca me dijiste de qué experimentos se trataba —dijo Mark antes de irse.

—Cosas de él, tú sabes, sus proyectos siniestros en paralelo. Siempre está probando ideas nuevas. No te preocupes más, ya desistió conmigo.

Eli no quería revelar los antecedentes. Sabía que si Mark conocía los hechos en detalle, sentiría la misma aversión hacia Remington, quien ostentaba un cargo superior y un gran poder en la empresa. ¿Para qué enemistarlos? Una antipatía, incluso disimulada, podría perjudicarlo. Remington no volvió a insistir y ella se mantenía al margen; sin embargo, persistía una hostilidad encubierta entre los dos. Él la miraba con desprecio y ella lo ignoraba. Evitaba circular con su bandeja cerca de él y, si no tenía remedio, lo hacía con rapidez e indiferencia. Eli sabía que en un año se graduaría con honores y eso le permitiría encontrar trabajo. Era cuestión de mantener una relación neutral. No obstante, a Eli le preocupaba su interacción con Sam y el efecto que ejercía en ella: Sam buscaba y celebraba su atención.

Un vehículo negro ovalado vino por Olivia. Lucas se despidió de ella y, con una sonrisa inmóvil en los labios, observó cómo las luces del auto ultramoderno se difuminaban en la negrura de la calle. No había faroles. Solo el destello azul intermitente del tranvía automático alumbraba los recovecos de la ciudad.

Capítulo 7

E l lunes, Eli salió temprano y se dirigió al centro tecnológico en tranvía. Se bajó en Liverpool Street y buscó la Torre Esmeralda, un rascacielos que en algún momento fue el emblema arquitectónico de la ciudad de Londres por sus propiedades ecológicas: terrazas con plantas, enredaderas que cubrían parte de la construcción, paneles solares, manejo eficiente de la energía y eliminación del desperdicio. Cuando fue imposible mantener las enredaderas por falta de agua, se reemplazó la vegetación con proyecciones tridimensionales que imitaban su verdor. Era un espectáculo que engañaba al ojo y brindaba un alivio frente a la infraestructura gris de la ciudad, que había perdido sus magníficos parques.

Existían enormes edificios abandonados. El centro financiero de Londres había disminuido en importancia a raíz de la recesión global. Las grandes empresas de seguros habían sucumbido porque era imposible estimar los riesgos de los desastres naturales. En lugar de entidades financieras, surgieron, como alternativas, la tecnología energética, la industria bioquímica y la ingeniería genética. La mayoría de la población trabajaba en un laboratorio. Sin embargo, la posibilidad de crecimiento era nula. Un cuarenta por ciento de la población estaba desempleada y recibía un subsidio exiguo del Gobierno.

La ciudad de Londres se había convertido en una metrópoli de cemento, fea, sofocante y de poco dinamismo. Se clausuró el metro no solo por el intenso calor durante los meses de verano y las constantes inundaciones en el invierno, sino por la reducida actividad económica. Las zonas de turismo eran inexistentes debido a la escasez de visitantes. El Ojo de Londres, la catedral de San Pablo y los teatros habían cerrado. Aparte de un área comercial en el centro, la ciudad estaba plagada de barrios pobres y residencias precarias de beneficencia pública. La población contaba con una única vía de escape: las travesías virtuales.

A Eli le parecía una ciudad mortecina y abandonada. Durante el verano, los londinenses se refugiaban en sus oficinas, casas y laboratorios, escapando del sofocante calor y del polvo que irritaba las gargantas. Durante el invierno, hacían lo mismo para guarecerse de las lluvias.

Sin embargo, aún existían algunas empresas de éxito, las que tendían a monopolizar las actividades económicas. Aquellas que arrendaban un espacio en la Torre Esmeralda eran de las más prominentes. Cuando Eli atravesó las puertas automáticas, el aire acondicionado le secó el sudor de inmediato. Se acomodó el pantalón y la chaqueta, un traje azul de tela sintética que duraba años y no requería lavado, sino que se limpiaba con una solución química. Era la única vestimenta de aspecto profesional que poseía y que usaba en conferencias y otros eventos formales.

Eli se presentó en la suntuosa recepción de cristal y mármol y esperó a que la llamaran. Al rato, le indicaron que subiera al piso ciento tres. En apenas unos segundos, Eli llegó a su destino y se sentó en la sala de visita. Respiró hondo y revisó su propuesta, repitiendo en la mente los puntos más importantes. Minutos después, el señor Thomas Price vino a su encuentro.

—Señorita Mars, buenos días. Por aquí, por favor.

Ella sonrió inquieta y lo siguió, asombrada ante la opulencia de aquellas oficinas: una mezcla de modernidad con tradición. Ni los cócteles de Omen proyectaban semejante exuberancia. Eli pudo identificar una pintura de Damien Hirst y un cuadro de Picasso en un pasillo. Desconocía a los autores de otras piezas de arte, igualmente impactantes. Se sentaron en una oficina de igual esplendor.

—¿Le sirvo café, agua…? —ofreció Price.

—Un café, por favor.

Eli ansiaba una inyección de cafeína y pensó que el café en esas oficinas sería real y glorioso. Bebió el café, sintiendo el aroma y sabor natural, y fue al objeto de la visita.

—Señor Price, quería agradecerle que me haya recibido. Usted me ofreció dinero y yo no quise aceptar. Aún no acepto —dijo con firmeza—; sin embargo, necesito financiamiento para un proyecto, para mi tesis. Mi universidad no dispone de recursos por el momento. Necesito cinco mil elibras. El objetivo es estudiar los efectos del Supermaná en roedores, alimentados con y sin fibra sintética.

—Sería un placer poder ayudarte. No hay ningún problema. Te lo envío al instante.

—Señor Price, entiéndame, no quiero que me regale el dinero. Quiero un préstamo, que yo pagaré cuando termine mi carrera. Pareciera que volvemos a aquella discusión tan desagradable que hemos tenido. Si yo aceptara su dinero, sería como chantajearlo. Quiero seguir los procedimientos de mi institución al pie de la letra.

—¿Un donativo anónimo? ¿Diez mil y cerramos el trato?

—Cinco mil es suficiente y no puede ser anónimo; debo declarar quién es el promotor.

El señor Price, un personaje afable, gordinflón y de extensa calvicie, se levantó de su asiento. Esbozó una sonrisa. Le pidió su propuesta digital y llamó a un asistente. Le sirvieron más café y le trajeron una fuente de bombones, que Eli devoró por hambre y por nervios.

Price volvió y le dijo que el señor Harding quería hablar con ella. Le ofrecieron otra fuente de dulces. Eli lamentaba no tener un contenedor frío para llevárselos y compartirlos en casa. Se comió la bandeja entera disfrutando de cada bocado: pecanas en *fudge*, bombones de dulce de leche, crocantes de nuez. El placer saciaba su boca, llenaba su vientre y exaltaba sus sentidos, y por unos minutos conoció el paraíso, que de existir lo imaginó así: una fuente infinita de dulzura y felicidad como el chocolate. Y esperó absorta contemplando las maravillosas piezas de arte alrededor.

Al rato la hicieron pasar a una sala de muebles de una finura que jamás había visto. Obras de arte, inmensos ventanales y equipos inalámbricos de comunicación completaban la suntuosa sala. Un hombre esbelto y de mediana edad se presentó como el señor Joseph Harding. Llevaba en la mano la propuesta electrónica de Eli y la puso sobre la mesa. Luego elevó la vista para hablarle. Unos ojos grises, incisivos, se posaron en ella.

—Eloísa, he querido hablar contigo porque tengo una contrapropuesta —dijo sin rodeos.

Eli quiso explicar la suya, pero ante la escueta y fría introducción del hombre, ella se cohibió.

—Perdona que me dirija tan formalmente, es el peso de la costumbre. En esta oficina, tratamos de negocios y no hay ni tiempo ni consideraciones para charlas de otro tipo —suavizó la voz al notar la timidez de la muchacha—. Déjame agradecerte primero por la ayuda que le brindaste a mi hija.

—No hay nada que agradecer; es mi campo de acción.

—Sí, ya lo sé —esbozó Harding una ligera sonrisa—. Gracias por tu honestidad también. Sé que rehusaste la retribución financiera que Thomas fue a entregarte. Hay un motivo para la desconfianza; no es la primera vez que los medios sociales atacan a Olivia por rencillas comerciales conmigo. Pero olvidémonos de eso dado que tu integridad ha quedado demostrada.

Eli se relajó ante el tono más apacible del hombre, aunque seguía percibiendo su don de mando, que la intimidaba hasta los huesos.

—¿Tú crees que pedirme cinco mil elibras sería como un chantaje? —dijo él, condescendiente—. ¿Te has puesto a pensar lo que cuesta el café y los chocolates que te han servido? Cinco mil no es nada para mí, lo que demuestra que ni siquiera sabes lo que es un chantaje. No puedes lanzar una amenaza sin saber lo que significa para tu oponente. Un chantaje debe colocar a tu rival contra la pared. En mi caso, no hay nada más importante que la reputación.

Eli, quien en clase no escatimaba energía y cuestionaba a sus profesores, se quedó inmóvil sin poder expresar oposición ni comentario frente a Joseph Harding. Ante el sutil desdén de su interlocutor, ella sintió su orgullo lastimado. Bebió agua para calmarse.

—¿Ves estos cuadros? —Harding hizo un gesto con la mano señalando las pinturas alrededor—. Quizás eras muy pequeña. Los museos del Louvre, del Prado, del Vaticano… atacados por una horda de ignorantes, denominados activistas ecológicos.

Eli sabía del hecho, se estudiaba en la escuela como la Revuelta de las Esfinges. Los activistas ecológicos querían protestar pacíficamente ante la negligencia y explotación corporativa y la indiferencia del Estado. Organizaron una manifestación mundial en los únicos lugares accesibles para el público: los museos, las bibliotecas y otros edificios culturales. Sin embargo, delincuentes comunes se infiltraron para robar y saquear. En el caos, se destrozaron obras, se quemaron lienzos y libros. En Inglaterra, al acto violento se le llamó la Revuelta de las Esfinges porque los saqueadores cubrieron sus rostros con máscaras de esfinges y de bestias. En el 2039, las protestas coordinadas alrededor del mundo destruyeron museos, obras de arte y dañaron edificios del patrimonio histórico. Murió gente. Fue un acto de locura y de terror, declarado genocidio cultural y un acto de terrorismo.

—Yo era joven y los hechos me afectaron sobremanera —prosiguió Harding—. Los enormes lienzos en llamas, el *Guernica*, *La última cena*, uno tras otro...; las estatuas de mármol mutiladas a martillazos; los dioses y las Vírgenes... hechos añicos. Ya no se trataba de un ataque contra la empresa capitalista, sino de la violencia más brutal: la destrucción de la belleza.

Eli quería interrumpirlo y gritar: «¡La mayoría de los activistas y los ciudadanos no hicieron nada!». Se contuvo. Su determinación y rebeldía habían quedado subyugadas bajo la soberbia voz de Joseph Harding.

—Por eso he dedicado años a recuperar y proteger estas obras de arte que ves aquí, y destino parte de mi fortuna a su cuidado, porque la dignidad humana no se puede destruir. Además, dime, ¿se pueden comer lienzos, tapices o pedazos de mármol? —Harding había subido el tono de voz y su indiferente plática se había transformado en ira—. Lo sagrado no se destruye. Es preferible cortarse un brazo y sangrar frente a las autoridades que tirarle una piedra a los vitrales de Sainte Chapelle. Entiende: lo que vale no es el dinero, sino la genialidad humana.

Eli enmudeció frente al cruento veredicto de Harding y, retomando el aire, dijo:

—Comprendo que cinco mil elibras no signifiquen nada para usted, pero representan muchísimo para mí. Solo he querido ser honesta y contribuir en esa evolución humana. No soy de artes, sino de ciencia, y veo también belleza en el avance del conocimiento científico.

—En efecto, por eso quiero ayudarte. Y nunca he sospechado de tu falta de honestidad, que ya has demostrado pidiendo apenas cinco mil en forma de préstamo y rechazando una transferencia inmediata de diez mil. Eres la persona más honrada que conozco. Mira, vamos a hacer lo siguiente. Tu instituto recibirá un donativo. Será otorgado por una entidad benéfica, independiente del conglomerado Libergén, que pedirá que se destine a tu proyecto. Yo no quiero que nuestro nombre salga a la luz y darle material a los medios sociales para que escudriñe y retuerza mis intereses.

Eli, halagada y aturdida con la oferta rotunda de Harding, iba a agradecer la propuesta cuando él se le adelantó:

—Pero tengo una condición: quiero que estudies el Viadélum.

—Señor Harding, mi área de interés es la nutrición bioquímica —dijo Eli, turbada.

—Entiendo; sin embargo, sé por mi servicio médico que conoces el Viadélum a la perfección y que tu intervención oportuna evitó una situación más grave. Cuando hablaste con ellos, hiciste acusaciones serias. Quiero saber si la droga es adictiva, como tú sospechas. No me interesa en absoluto el Supermaná, tenemos que comer.

—El Supermaná puede ser un veneno...

—No me interesa el Supermaná. La gente lo ha ingerido por años sin mayores problemas. Me intriga el tema del Viadélum. Está matando a mi hija, que no puede dejar los viajes. No es la primera vez que he tenido que enviar una ambulancia a recogerla de alguna función.

—Disculpe mi atrevimiento, señor Harding. A usted no le falta dinero para llevar a cabo su propio estudio, ¿para qué me necesita?

—Porque quiero saber si tú y yo podemos trabajar juntos. Haz este estudio y, de ser prometedor, cuando te gradúes, tendrás un puesto aquí. —Harding le devolvió su tableta.

Eli se sentía apremiada, contra la pared. ¿Cómo iba a obtener la luz verde de Bishop?

—Señor Harding, yo no tengo problema alguno en estudiar la droga. En efecto, es un tema que también me interesa. Sin embargo, va a ser imposible obtener la aprobación de Teresa Bishop, la directora de Neurología. Ella es una acérrima defensora del Viadélum.

—¿Tú crees que la directora va a rechazar una contribución de veinticinco mil elibras? Estará agradecida, te dará diez y usará el resto para lo que le venga en gana. Ya lo verás, no va a rechazarte; es un gran incentivo. ¿Te das cuenta de que hay que conocer el valor de tu rival? Eso sí, mi nombre nunca saldrá de esta oficina. Ni mi hija puede saber. Mis negocios no son tema de conversación. ¿Está claro?

Eli sonrió, entre temerosa y complacida. Aunque no era lo que ella esperaba, una oferta de ese tipo no podía rechazarse; en especial, la promesa de un trabajo al término de su carrera. Sin indagar más, aceptó y le estrechó la mano. Él la miró con simpatía, suavizando el contorno de sus ojos grises:

—La belleza y el talento son solo superados por el valor de la confianza. No te he contado lo de las obras maestras para presumir de mi riqueza. Yo escojo y protejo a mis allegados como a mis piezas de arte.

Capítulo 8

El viaje a Grecia fue un éxito. Sam entretuvo a sus seguidores con preparativos por varias semanas, creando expectación. Estudiaba el tema con la ayuda de la abuela y utilizaba imágenes y videos de los archivos de la Unesco para recordar la gloria de las islas blancas, hoy reducidas en espacio, cubiertas de arena volcánica y sujetas a altas temperaturas. En sus videos, les hablaba de la cultura, de la cocina y de las actividades marinas que ofrecieron esos lugares en la antigüedad y que se podían reconstruir con la tecnología virtual.

Por último, una semana antes de partir, Sam simulaba los preparativos para el viaje: qué llevar y qué ropa. Ella lucía prendas frente a la cámara con una gracia especial, siempre sonriente, siempre feliz. Era un desfile digital de vestidos, gafas y sombreros, porque Sam no podía comprarlos aún. Ella dedicaba tiempo escogiendo prendas magníficas de las tiendas en línea y las promocionaba con la ayuda de un programa, intentando captar la atención de patrocinadores.

Sam necesitaba herramientas más modernas. Las imágenes tridimensionales sin efectos especiales ni sensaciones físicas aburrían a la audiencia. Su programa de desfile virtual no era perfecto y, por segundos, se superponían las imágenes del vestido digital y de lo que ella llevaba puesto, creando una reproducción difusa. Si contara con los programas adecuados, podría ganar dinero con la venta de sombreros o protectores contra el sol.

La recepción del viaje a Grecia fue excelente y Sam logró atraer más seguidores. Los comentarios fueron alentadores y dirigidos tanto a su persona como a su creatividad. La llamaron «única» y «especial», con ideas «novedosas» y hasta «cómicas». No faltaron los comentarios peyorativos, en particular, cuando se superponían las prendas: «Decadente. Si vas a usar un programa de la abuela Audrey, mejor quédate en ropa interior para mirar algo más interesante». «No te pongas nada, prefiero tu culo...». Sam suspiró; sabía que eso sucedería.

Los comentarios negativos o de contenido sexual eran frecuentes y eso fastidiaba a la abuela, que empezó a reprocharse el haber fomentado el proyecto. Sin embargo, Sam bloqueaba a los acosadores o los ignoraba con desdén. Olivia, que empezó a pasar más tiempo con Sam y le daba consejos de negocios, estaba asombrada de su madurez.

—No sé cómo no te afecta —dijo Olivia—. A mí me reducía a lágrimas al principio y, aun con los años que llevo en esta actividad, no logro sacudirme los comentarios negativos. ¿Por qué hay gente tan cruel?

—Hija —dijo Audrey—, hay gente mala. Sin restricciones de ninguna clase, ¡algunos saldrían a comerse a los demás!

—Abu, ¡no exageres! Vas a asustar a Olivia.

Olivia disimuló su malestar con una sonrisa sobria. El mundo la asustaba, la gente la amedrentaba. Respirando hondo, para darse ánimos, lanzó una idea:

—¿Sabes qué vamos a hacer? Tengo docenas de vestidos y sombreros que ya no uso, te los regalo. Los puedes vender y, con ese dinero, actualizas tus programas.

—¡Gracias, Olivia! Te doy la mitad de lo que gano, ¿de acuerdo?

—No, Sam, a mí no me hace falta. Necesitas modernizarte; si no, vas a perder seguidores.

Sam la abrazó con una enorme sonrisa:

—OK, pero solo si haces desfiles conmigo. ¡Salimos las dos!

Aunque a la abuela le preocupaba la velocidad con que Sam se adaptaba a su nuevo mundo, creía que la presencia de Olivia era una influencia positiva. Las veía como dos niñas que soñaban y creaban: un juego inocente de dos almas inocentes, una blanda y otra férrea. Se mantendría cerca para guiarlas, porque en este mundo había gente realmente cruel, o escondida detrás de avatares digitales o con falsas pretensiones en la vida real.

—Me contó un pajarito que Lucas es un ferviente seguidor tuyo —agregó Sam—. Te deja flores y perfumes en tu canal.

—Sí —dijo ella con timidez—. Ayer me envió un mensaje y me preguntó si quería salir con él.

—¡¿A dónde van a ir?!

—Todavía no he respondido… Creo que imagina algo que no soy.

—Olivia, eres la muchacha más bella y buena que conozco. ¿Por qué dudas? Dale una oportunidad. No será tan lindo como tú, pero es un loco de remate que puede hacerte feliz.

***

Pasadas las siete, Sam se preparó para ir a Omen. Ya lo había decidido. Si iba a empujar su empresa, necesitaba dinero. Obtendría un puesto permanente, aunque Eli pusiera el grito en el cielo. Al fin y al cabo, faltaban apenas unas semanas para terminar la secundaria y un par de meses para cumplir dieciocho. Sería libre del autoritarismo de su hermana. Jamás lograría una beca para estudiar en las áreas científicas o técnicas. Ella era inconstante para las actividades que le aburrían; sin embargo, cuando se le metía un objetivo en la mente, dedicaba tiempo y esfuerzo como cualquier apasionado de su arte u oficio. Esa noche lo lograría.

Se mantuvo callada en la cena, tratando de no revelar sus planes y causarle un disgusto a Eli, quien la miraba desconfiada debido a su inusual silencio. Sam no hablaba, no comentaba, no se reía. Hasta la abuela le preguntó si se sentía bien. «De maravilla», había respondido.

Luego de besar a la abuela y evitar a Eli, se marchó de inmediato. Quería llegar a tiempo y preparar su discurso.

En cuanto llegó, hizo sus rondas habituales y fue en busca de Remington con su mejor sonrisa.

—¿Le sirvo algo, caballero? —coqueteó Sam.

—Sam, Sam, Sam. Qué bella sonrisa tienes esta noche. Se podría decir que hasta es genuina —dijo él.

—¿Por qué no ha de ser genuina? ¿Crees que todos los que ambicionan fingen o engañan? Yo tengo un concepto diferente del éxito. Cuando sientes pasión por lo que haces, no hay hipocresía. Y yo amo lo que hago.

—Sí, lo veo en tu canal, muchacha.

—Mil seguidores, Remi, con un equipo viejo. ¿Te imaginas lo que puedo hacer si modernizo mis programas?

Él se quedó callado y, con un aire de desconfianza, añadió:

—Vamos al grano, ¿qué quieres?

—Un trabajo permanente.

—¿Nada más? No veo problema alguno. Gastón está encantado contigo.

—Y tú, ¿lo estás? —Sam lo miró con intensidad.

—Más de lo que imaginas. Hablo con Gastón esta noche; la verdad es que te lo has ganado.

—No, Remi, no me has entendido. Yo siento pasión por lo que hago y puedo llegar a ser tu vendedora estrella. Puedo llegar a la posición de Loren si tuviera los recursos con que ella cuenta. No quiero ser camarera. Quiero un trabajo en márquetin.

Remington la miró sorprendido e hizo una venia de respeto.

—Lo sabía. Tienes esencia de ganadora: arriesgas, te lanzas. Si tan solo tu hermana fuera así…

—No he venido a hablar de Eli. Esta oferta es individual.

—¿Oferta? Me tienes de sorpresa en sorpresa.

—Opérame la nariz y documentaré el proceso, desde cómo descubro la necesidad y el deseo de operarme hasta la magnífica revelación: el momento en que los cirujanos de Omen transforman esta nariz regordeta en una obra de arte.

—Me tientas, pero vas a tener que esforzarte más para impresionarme. Mil seguidores son una gota en un océano. Te pongo una meta: junta cinco mil y hablamos.

—No, Remi. Si completo el desafío, me vas a dar lo que quiero: un puesto en el departamento de márquetin.

—Yo soy el que tendré la última palabra, no te olvides de ello. Tú eres solo una mocosa ambiciosa que ni siquiera ha acabado el colegio.

—¿Cómo sabes eso? —preguntó Sam, desconcertada.

—Sé todo acerca de mis empleados, así que nunca jamás me ocultes nada. Y, ahora, vuelve a tu trabajo: hoy cargas bandejas.

***

Lucas no había podido dormir esperando una respuesta. Olivia le causaba ternura; parecía un ave asustadiza que buscaba protección. Él quería tenerla en brazos hasta que se durmiera como una criatura. Él, que pasaba las horas distrayendo la mente con juegos de video banales o violentos y cuyo eslogan en la vida consistía en disfrutar del presente, jamás pensó que podía ser capaz de semejante cariño.

Se levantó temprano y limpió su departamento como nunca. Pensaba que, si Olivia accedía a visitarlo, se iba a horrorizar ante el caos y la mugre. Además de querer causarle una buena impresión, él mismo se había hastiado con el estado del estudio: pegotes de grasa, desperdicios, desorden. Sintió unas ansias enormes de fregar, quizás para ocupar el tiempo mientras llegaba una respuesta o tal vez porque entendió de golpe que era un irresponsable.

Recogió los desechos, aspiró el polvo del piso, removió las manchas del sillón, pulió las ventanas, limpió la *kitchenette*, cambió las sábanas. Mantuvo las ventanas abiertas por horas intentando eliminar olores a comida y otros tufos. Terminaba de pulir un recoveco y encontraba otra suciedad. Cuando acabó la faena, exhaló complacido. Jamás el departamento había lucido tan resplandeciente; hasta emanaba un perfume a limpio y a fresca ventilación a pesar del calor que provenía de la calle. Cansado por el trajín, se tumbó en el sofá cama y cayó dormido producto del ejercicio físico, sin drogas ni entretenimientos.

A media tarde, sintió el tintín de una campanita en su dispositivo de pulsera. Por lo general, leía los mensajes de forma plana, pero en esta ocasión se puso las gafas y aceptó el correo tridimensional. Una mujercita, vestida de bailarina, revoloteó a su alrededor como la Campanilla del cuento, y le dio un mensaje: «Lucas, buenas tardes. Olivia, encantada, agradece tu invitación. Quiere saber si puedes salir esta noche, que el tiempo estará más fresco, y pregunta a dónde irán. Responder con premura para planificar la tarde. Adiós, Lucas». Y la muñequita se despidió con un beso en la mejilla.

Le palpitó el corazón con fuerza; Olivia había aceptado. ¿A dónde podían ir? Colmado de entusiasmo, respondió.

*

Lucas esperaba a Olivia al pie de la colina de Greenwich. Ella llegó puntual en su vehículo. Despidió al chofer, diciéndole que lo llamaría en cuanto terminara la noche. Lucas escondió su agitación tras una sonrisa. Se había afeitado la barba y lucía una camisa blanca de algodón, un lujo para esos tiempos. Olivia, bella como siempre, con el cabello escarlata y un vestido floral, sonrió inquieta. Se dieron besos en la mejilla y hubo un momento nervioso de silencio...

—Estás muy linda —dijo Lucas al fin.

—¿A dónde vamos?

—Al viejo planetario. —Y empezaron a subir la loma, que a falta de riego había sido cubierta por un moho cobrizo—. No se ven las estrellas como en el Centro de Astronomía, pero es más tranquilo. Yo en el fondo deseo tranquilidad, aunque no lo creas. Además, lo cerrarán pronto y quería volver a visitar este lugar.

—Nunca he estado ni en el moderno ni en el viejo. Las estrellas me dan tristeza.

—¿Por qué? —Lucas la miró extrañado.

—Las observamos desde la Tierra sin escapatoria, como si estuviéramos en una prisión. Es un espacio infinito al que no podemos ir.

—El mundo se nos hizo pequeño desde que no se puede viajar, ¿no? Yo me siento claustrofóbico; será por eso que me gustan las travesías virtuales, aunque sean fantasías.

—Adquiere el último equipo de Omen, es increíble. De verdad que sientes que te han transportado, que realmente lo vives.

—Sabes que en realidad no es el efecto del equipo, sino de la droga. ¿Lo has probado sin las pastillas? Una experiencia sin sustancia; sabes que no estás ahí. Las imágenes son tan artificiales... Eli piensa que el químico tiene un efecto psicodélico, que estamos alucinando, con la diferencia de que nuestras visiones son guiadas por el programa.

—¿Qué importancia tiene? Me gusta engañarme y escapar.

—¿De qué quieres escapar? —preguntó Lucas con dulzura.

—Del futuro... Me asusta. Me angustia que siga subiendo la temperatura y que la Tierra siga ardiendo... —Su rostro ensombreció.

—Ey —Lucas le acomodó el cabello—. Hoy estamos bien; el mundo se adapta.

—¿Estás seguro de ello? Las noticias son tan trágicas... La naturaleza está muriendo.

—Las grandes metrópolis están protegidas: aire acondicionado, Supermaná, ¡viajes virtuales! La gente se va adaptando y se olvida. Nuestra generación no ha conocido otra cosa. —Lucas hizo una pausa y sonrió—. Y no todo está muriendo. ¿Sabes a dónde te voy a llevar? A la finca de mis padres. Viven como ermitaños en las afueras de Londres, en el antiguo Cambridge, cultivando lo que pueden.

—Me encantaría huir de la ciudad de vez en cuando.

—¿Y tus padres? —preguntó Lucas.

—Separados. De ermitaños no tienen nada; son amantes de la ciudad, del consumo y de la tecnología.

—¿Y de dónde has heredado esa sensibilidad por los demás?

—Soy tan egocéntrica como mis padres, solo que lo disimulo bien... para que me inviten a ver las estrellas —sonrió ella—. ¿Entramos?

Capítulo 9

Pasadas las tres de la mañana, Eli cabeceó sobre su escritorio. Había trabajado durante horas redefiniendo el diseño de su tesis. No le fue difícil abordar el tema, lo conocía bien. Terminó el resumen de la literatura científica y planteó los interrogantes pendientes, indicando las limitaciones de trabajos previos. En particular, enfatizó que la última droga lanzada en el mercado, Viadélum Generación 3.0, promocionada por Omen, no había sido estudiada por entidades académicas, solo por laboratorios privados.

Llenó el formulario de financiamiento y declaró el donativo de veinticinco mil elibras a su disposición, ofrecido por la entidad benéfica Jóvenes Talentos Científicos, JTC. Adjuntó su firma digital y envió la solicitud a Lucas para que la firmase.

Su ansiedad y la hiperactividad del esfuerzo mental la mantuvieron despierta y dio vueltas en la cama. Oyó el ruido de un auto. Se extrañó porque Sam regresaba en tranvía, normalmente. Se asomó a la ventana y la vio bajarse de un vehículo ovalado, azul iridiscente, con el logo de Omen. Lo reconoció de inmediato: era el auto de Remington y a Eli se le encogió el estómago. ¿Por qué Sam se empecinaba en llevarle la contraria cuando ella había sido clara y tajante?

Sam, ignorando su advertencia, se bajaba risueña del vehículo y hasta se despidió con un beso en el aire. Por ella no había pasado la noche; se la veía fresca y radiante tal como había partido. Parecía que se energizaba en los eventos de promoción, como si tomara un elixir de vitalidad. Eli suspiró rendida y se fue a dormir. Hablaría con la abuela, quizás ella podría influir en Sam de manera más positiva.

*

A la mañana siguiente, ambas hermanas despertaron a la misma hora. Eli necesitaba alistarse; Mark pasaría a buscarla. Sam se levantaba tras unas horas de sueño porque, excitada, quería empujar su proyecto. La abuela miró el contraste de las dos: una molida por el insomnio, aturdida por el peso de las responsabilidades, pálida y ojerosa; la otra, lozana, imbuida de energía, como una flor de girasol iluminada, cuya cabecita giraba en busca de esplendor.

Eli tuvo el buen tino de no comenzar una riña y dejó a Sam sonriente con su café de achicoria y sus sueños de influente. Eli se acicaló, se puso unos vaqueros y, para disimular la mala noche, hidrató su piel con un suero casero, fórmula que había aprendido de su madre. Apenas le habló a Sam; quería evitar un roce o una mirada de censura que podría desencadenar un enfrentamiento. Cuando oyó el auto de Mark, le dio un beso a la abuela y salió lo antes posible con la rabia atragantada.

Mark, en cuanto la vio, no pronunció palabra. Presentía que Eli venía cargada y él quería empezar el día libre de discusiones. Le dio un beso en la mejilla, subió la bicicleta y partieron. Eli, por su parte, tampoco quería arruinar la salida. Se habían prometido pasar los domingos juntos, sin conflictos ni reproches, ya que no lograban verse en la semana por sus exámenes finales.

Eli, agotada, cayó dormida en el auto y no despertó hasta llegar a la represa. Mark la dejó dormir, no porque prefiriese su silencio, sino porque el rostro dormido, en un profundo sueño, parecía sereno, como una criatura pequeña o un ángel, y eso lo hacía feliz. Eli había madurado demasiado pronto y, con ello, había perdido la ilusión por la vida. Como una niña que intenta hacerse grande, había dejado los juguetes y la risa por un uniforme de camarera, una bata esterilizada de laboratorio y una pila de libros de contenido controvertido. «Duerme, mi niña, hoy será un día maravilloso», dijo Mark.

Eli despertó cuando se detuvo el vehículo. Descansar le vino bien porque se encontraba de mejor humor y sintió el rostro y el cuello relajados. Se olvidó de Sam y se propuso disfrutar del día. Sabía que en algún momento debía comunicarle sus novedades a

Mark, noticias que podrían distanciarlos aún más si no manejaban la situación con cuidado. Esperaría hasta el fin del día, cuando la naturaleza los hubiera sosegado y la intimidad sirviera de amortiguador.

Sacaron las bicicletas y se lanzaron a través de los conductos con sus linternas. El frescor de la oscuridad y la humedad adyacente ofrecían un alivio para la piel y los sentidos. A unos diez kilómetros, subieron por la escalerilla hasta el oasis de Mark.

—¿Sabes? —dijo Eli con entusiasmo—. A este lugar debemos ponerle un nombre, como hacen aquellos que viajan a Marte y clavan su bandera con símbolos comerciales. Este es un descubrimiento y debemos hacerlo nuestro.

—¿Alguna idea? No he traído ningún banderín.

—Ya se nos ocurrirá algo.

Se echaron sobre la hierba verde junto a un árbol. Las pequeñas flores amarillas sobresalían alrededor de sus cuerpos y la brisa les calmó el sudor. Hablaron de trivialidades, mirando las ramas que se balanceaban sobre sus cabezas. El movimiento rítmico y el susurro de las hojas arrullaron a Eli, quien volvió a dormirse. Mark la dejó descansar y se acomodó a su lado, contemplándole el perfil, que para él era perfecto. Se adormeció él también, escuchando su suave respiración.

Cuando Eli despertó, tuvieron un pícnic con pan rústico y queso de cabra, exquisiteces que Mark se podía dar el lujo de comprar de tanto en tanto y que él siempre reservaba para compartir con ella. Abrió una botella de licor dulce y bebieron. Las preocupaciones de Eli parecieron desvanecerse con la corriente de aire y el sabor del pan crujiente, con su deliciosa corteza y miga suave. Degustando placeres inmemoriales, Eli parecía otra persona bajo la sombra de aquel roble.

—Pensar que nuestros abuelos gozaron de la naturaleza día a día... —dijo ella de pronto—. Hay tanta felicidad en un pedazo de pan casero y en la sombra de un árbol, ¿por qué no lo vemos?

—No valoramos lo que tenemos hasta que lo perdemos...

—Pero ¿por qué?

—¿Porque nos distraemos? —agregó Mark—. Como estas mariposas blancas: van de flor en flor extrayendo el néctar. ¿Las ves?

—Las mariposas llevan el polen de un lado a otro —dijo Eli con una sonrisa—; nosotros solo exprimimos el néctar…

Mark le besó la oreja y el cuello para aligerar la conversación, que podía tornarse en una contienda ideológica, arruinando el día. Le desabotonó la blusa, el corpiño y le besó los pechos pequeños. Ella no deseaba discutir.

—¿Sabes que las mariposas hembras se aparean una sola vez en la vida? —dijo ella, dejándose besar y acariciar.

—Pues menos mal que no eres una mariposa —sonrió él, y siguió cubriéndola de caricias.

Se desplazaron hacia hierbas de mayor altura e hicieron el amor bajo los rayos de un sol que no quemaba, sino que irradiaba un plácido destello. Dormitaron unos minutos amodorrados por la cálida luz. Una mariposa de alas naranjas, venas negras y manchas blancas revoloteó alrededor y se posó sobre Eli. Mark la vio e hizo una seña para que Eli no se moviera. Era una mariposa monarca de alas grandes y brillantes colores. Habría viajado miles de kilómetros desde Norteamérica buscando un nuevo hogar, ya que la travesía de estas mariposas había sido perturbada con el cambio climático. Parecía cansada y cerró sus alas para reposar sobre la rodilla desnuda de Eli. Después desplegó sus alas y se despidió revoloteando. Otras mariposas coloradas siguieron el vuelo de la más vistosa.

—¿Cómo han sobrevivido? Las creía extintas —dijo Eli.

Cuando el cielo teñido de rojo se mezcló con la oscuridad, recogieron sus cosas, dando por concluido uno de los días más felices que habían tenido en mucho tiempo.

—Mark, tengo algo que decirte, es importante —dijo Eli con seriedad cuando partieron en el auto.

—Sí, dime —dijo él, cariñoso.

Ella se detuvo y sonrió. Era demasiado tarde para confesiones y no pudo comunicarle la desagradable noticia. Acariciándole el cabello, cambió de tema:

—No hemos pensado en el nombre de nuestro descubrimiento, bueno, tu descubrimiento. ¿Qué te parece Marcus Planetarium en tu honor?

—Suena distante y extraño —dijo él—. No quiero dejar este planeta.

Eli pensó en la hermosura alrededor y en la inteligencia y fuerza de la naturaleza por sobrevivir.

—¿Qué te parece el Santuario de las Monarcas? —propuso ella.

Él asintió con una inmensa sonrisa.

Capítulo 10

D espués de un fin de semana revitalizante en la naturaleza, Eli se sentía alegre y serena, justo lo que necesitaba para entrevistarse con Bishop, quien había pedido hablar con ella para revisar su proyecto de tesis. No lo había rechazado en principio y eso era una buena señal.

Llegó con cinco minutos de anticipación, se anunció y se sentó a esperar. Aguardó veinte minutos más. Eli no vio salir a nadie de su oficina: Bishop lo había hecho a propósito. La sangre se le subió al rostro y la serenidad con que se había levantado aquella mañana desapareció entre pensamientos de rabia e impotencia.

Entró a la oficina y ofreció un saludo parco. La directora le hizo un gesto de que se sentara mientras seguía leyendo la propuesta de Eli. Teresa Bishop era una mujer de mediana edad, alta y regordeta, con una curvatura en la espalda. Quizás había sido atractiva en su juventud; tenía un hermoso cabello oscuro y sus facciones eran armoniosas, pero se perdían en el rostro redondo y carnoso. Sus ojos se achicaban, en especial, cuando se dirigía a los profesores de rango inferior. A los estudiantes los veía por debajo de sus gafas con aire despectivo. Sus brazos mostraban un vello oscuro, nada fuera de lo normal, pero lo suficientemente curioso para que los alumnos le asignaran apodos varios. A Eli, le parecía una oruga encorvada, peluda e hipócrita.

Mientras Bishop subrayaba y anotaba en el documento digital, Eli inspeccionó la oficina. Había estantes llenos de libros del piso al techo, ordenados por área: neurología, psiquiatría, bioquímica, etc. Títulos y premios: estatuillas de cristal, medallas de cobre, cartones con marcos dorados. Aparte del colorido que ofrecían los lomos de los libros, el lugar era oscuro y fúnebre, iluminado apenas con una lámpara de pie junto al escritorio. Gruesas cortinas de color ocre, a medio cerrar, obstruían la luz.

¿Por qué no corría las cortinas y leía bajo la luz natural? A Eli, ese lugar le hizo pensar en una cueva tenebrosa en que habitaba una monstruosa larva que devoraba libros. Empezó a impacientarse y suspiró, girando los ojos hacia la biblioteca con desdén. Bishop percibió su irritación y la censuró con la mirada.

Revisando de nuevo los libros, Eli identificó, para su sorpresa, los de Sanders, unos enormes tomos de cuero verde que había pasado por alto en su primera ojeada. El más conocido, *Medicina reparadora naturista*, era el libro favorito de su madre. La familia Mars lo guardaba como un tesoro en la pequeña sala de la casa.

—No sabía que fuera lectora de Sanders —exclamó Eli con genuino asombro.

—¿Tú crees que puedo criticar lo que no conozco? He estudiado a Sanders con el mismo rigor y objetividad con que estudio otros temas. Te equivocas, Eloísa, si crees que formo mis opiniones sobre la base de prejuicios. En esta biblioteca encontrarás libros con los que estoy de acuerdo, en desacuerdo y aquellos que detesto, pero los he leído todos hasta la última línea.

A Eli, eso le parecía una exageración, porque había miles de libros en esos estantes, sin contar los que habría en su biblioteca digital. Sin embargo, recordó que su profesora era una gran oruga devoradora de papel blanco, sin vida personal fuera de su guarida. No se le conocía ni pareja ni familia ni amigos, salvo aquellas relaciones superficiales con profesores distinguidos y galardonados.

—Vamos al grano —dijo Bishop—. Tienes errores y deficiencias en tu diseño. Pareciera que has hecho esto a último minuto. Pensé que te interesaba la nutrición y que ibas a estudiar el Supermaná. ¿A qué se debe tu giro?

—Nadie va a financiarme si replico los estudios de Sanders; voy a perder el tiempo —argumentó Eli, ya que, en el fondo, era cierto—. Viadélum 3.0, la nueva droga de Omen, no se ha estudiado en un ámbito académico.

—¿Lo has hecho a propósito para enfrentarte conmigo?

—De ninguna manera, ¿qué beneficio me trae a mí pelearme con usted que inevitablemente supervisará mi proyecto? Además, sería una batalla entre David y Goliat.

Más bien, Eli imaginaba una mariposa monarca que luchaba contra una gigante oruga. La imagen de la gorda alimaña le hizo gracia y soltó una risita.

—¿De qué te burlas? —preguntó Bishop, perpleja.

—Perdone, me pone nerviosa la falta de luz.

La profesora, fastidiada, se levantó del asiento y corrió las cortinas.

—Como te decía —continuó—, yo no tengo ningún problema en tratar temas con los que, en principio, estoy en desacuerdo. La ciencia progresa con dos pasos hacia delante y uno atrás. Sin embargo, no creo que puedas tolerar mi escrutinio; estarás sujeta a un estricto control de calidad. ¿Por qué someterte a este régimen, si tienes en Saraf a un aliado, alguien que, al menos, congenia contigo?

—Profesora Bishop... —Eli no esperaba este desafío y no sabía qué decir.

Pensó en la mariposa monarca que con su inteligencia encontraba rutas de escape y le respondió:

—¿Tal vez es usted la que quiere evitar la confrontación? ¿Por qué temerle a una conversación acalorada pero justa?

—Me asombra tu prepotencia y tu falta de humildad. ¿Sabes lo que me molesta? Que no me respetas. Llevo más de veinte años en este instituto, trabajando incansable por la ciencia, y tú atacas mi juicio y desafías mi posición —dijo Bishop, enfadada—. Como quieras, me da igual.

De mala manera firmó la autorización y agregó:

—Eso sí, el presupuesto está por definirse. Estás demente si crees que te voy a asignar veinticinco mil elibras a tu proyecto.

—Pero yo he conseguido el financiamiento; el dinero es mío.

—El dinero es del instituto. Es un donativo y llegó sin condiciones a nombre de la Universidad de St John, Instituto Biotécnico de Londres, Departamento de Neurología. Aunque manifiestan su interés en financiar tu proyecto, aquí seguimos

79

procedimientos formales. Yo te asigno cinco mil porque eso es lo que necesitas. Les escribiré con los detalles de mi decisión por si quieren retirar el donativo. ¿Lo tomas o lo dejas? ¿O acaso ya no quieres el desafío?

Eli no insistió y, rendida, masculló un «de acuerdo».

—Por último, ¿quién es esta organización? —preguntó Bishop.

—JTC es una entidad benéfica que busca estudiantes talentosos y les proporciona becas o financiamiento.

—«Jóvenes Talentos Científicos, en apoyo del progreso...» —leyó la profesora Bishop en la carta de presentación—. ¿Y dónde los conociste? ¿Cómo contactaron contigo?

Eli tragó saliva y siguió con la farsa. No era inusual que entidades científicas asistieran a conferencias para buscar empleados o sujetos de estudios.

—Vinieron a una de nuestras conferencias. Me puse a charlar con ellos en uno de los seminarios. Los impresioné y este es el resultado.

—No dudo de tus habilidades, Eloísa, que eso quede claro; dudo de tus intenciones o las de tus promotores. Verás, la edad nos hace cínicos y en el mundo real no hay refrigerios gratis. Espero que no le hayas vendido tu alma al diablo. —Bishop tomó aire y, devolviéndole su propuesta, concluyó—: Tienes que rehacer el diseño, está mal hecho. Sigue las anotaciones al margen.

—¿Por qué, profesora Bishop, siempre está en mi contra?

—Hazte la misma pregunta: ¿por qué siempre estás en mi contra?

*

Eli, contrariada, dejó la oficina de Bishop. Se había sentido tan segura y optimista en la mañana y ahora caía en las redes de una tarántula. Bishop, que de oruga pasó a alimaña, era un monstruo que le iba a hacer la vida imposible. Podría sabotear su proyecto, exigiendo que repitiera procedimientos, que cambiara la dirección del estudio y hasta las conclusiones. Era una locura continuar con esa empresa. ¡Encima se quedaba con su dinero!

Angustiada, salió a respirar a la pequeña plaza del instituto. Se recriminó; debió haber escogido un tema inocuo para su tesis, irrelevante, terminar la carrera y conseguir un trabajo como hacían los demás estudiantes adaptados al mundo. Ella, en cambio, lo cuestionaba. Debió haber sonreído durante los siete malditos años que duraron sus estudios. Ahora repetía el curso de nutrición y debía hacer la tesis con la mujer que la había hostigado a menudo.

¿A qué se debía ese acoso constante? ¿Era su culpa, por intervenir altanera en clase? ¿Por cuestionar la inteligencia de la profesora que había alcanzado uno de los puestos académicos más altos en la comunidad científica? Eli solo deseaba contribuir, discutir aquellas áreas en que la ciencia debía retroceder. ¿Pertenecía, por tanto, al séquito que forzaba la ciencia hacia atrás con el único objetivo de contrariar, criticar y negar? ¿Y si Bishop tenía razón? Había los que empujaban el conocimiento contra viento y marea, y los timoratos, los pudorosos o los moralistas que erigían obstáculos.

Exhausta, se sentó en un banco y tomó una decisión: había perdido la batalla y sería ella la que retrocedería. Tomó su bicicleta y, a pesar de que vestía unos vaqueros desgastados y una blusa descolorida, se dirigió a las oficinas de Harding. Llegó empapada de sudor y pidió conversar con Thomas Price. Esperó unos quince minutos y Price la invitó a subir.

El aire acondicionado le había calmado el calor, pero, entre el estrés producto de la entrevista con Bishop, la pedaleada frenética hasta el centro tecnológico y la corriente glacial proveniente de las rendijas, empezó a temblar de frío.

—Lamento, señor Price, lo que he venido a comunicarle —dijo Eli con la voz entrecortada porque el aire gélido le afectaba la garganta—. No puedo aceptar la oferta del señor Harding. Por favor, dígale que lo siento mucho. Me será imposible trabajar con la directora Bishop. Es una locura. —Estornudó y tiritó—. Ella les va a escribir preguntando si quieren retirar el donativo. Por favor, accedan.

Price la vio en tal estado que le ofreció chocolate caliente. Salió de su despacho y al rato regresó con un termo y una manta. El señor Harding apareció segundos después y le pidió a Price que los dejara a solas.

Lo último que quería Eloísa era ver a Harding, no solo porque ella había roto el trato que había aceptado, sino por su apariencia física y emocional. ¿Qué pensaría de ella ahora, vestida con prendas baratas y desvaídas cuando él lucía un traje de fibras naturales y una camisa de seda pura? Ella era una estudiante desharrapada con el sudor seco del que emanaba hedor, con una melena de cabellos desordenados sujetada con un lazo viejo, estremeciéndose de frío y de miedo ante la tajante realidad de que había tropezado con la primera piedra del camino. De socia potencial, pasó al rol de inútil. Al ver a Joseph Harding y sentir su imponente presencia, Eloísa se percató de que le había hecho perder el tiempo.

Él le puso la manta sobre las rodillas y le sirvió la bebida. Eli se calentó con un sorbo.

—Señor Harding, lamento presentarme de esta forma y volver a robarle tiempo. Usted es un hombre ocupado. Se lo expliqué al señor Price y lo siento mucho.

—Pensé que eras más fuerte y mis primeras impresiones son usualmente correctas. Este ha sido un traspié, nada más. Bienvenida al mundo real donde la gente se enfrenta, gana y pierde; donde entrega su confianza y luego es traicionada, un mundo de conflicto perenne.

—No debería ser así, podríamos cooperar. —Eli bajó la voz, intimidada por su penetrante mirada.

—Bebe, muchacha, que lo último que quiero es que te desfallezcas en mis oficinas y alguien llame a la prensa.

Eli bebió y, reconfortada, levantó la mirada. Harding ahora la observaba con un aire de compasión; sus ojos grises se habían apaciguado.

—Me gusta que seas idealista —dijo él—, pero necesitas urgente una dosis de realismo. Debes aprender a quitar. Aquellos que solo dan, acaban con las manos vacías.

—Es posible, pero hay gente que da sin esperar nada a cambio.

—¿Crees en la generosidad de la gente? —sonrió Harding—. La gente quita y la gente da, pero no por iniciativa propia, son seguidores. Si el fuerte da, ellos dan; si el fuerte quita, ellos quitan.

Eli, contrariada, bebió más chocolate para reponer las energías. Sintió calor al fin y se sacó la manta, dejándola caer sobre los pies, aún fríos.

—Acepta el reto, Eloísa —dijo Harding, cambiando el tono de padre comprensivo a hombre de negocios—. Aprende a luchar y tendrás un puesto aquí. Yo no necesito filósofos, sino empleados pragmáticos, astutos y tenaces. Voy a ignorar tu primer desliz, una debilidad la tiene cualquiera; eres joven. Yo no voy a retirar el donativo.

Eli se quedó atónita. Joseph Harding ejercía tal magnetismo sobre ella que no le quedó otra que asentir. En el fondo, sabía que su respuesta emocional ante la prepotencia de Bishop había sido exagerada. Tuvo miedo y huyó cuando debió dar un paso adelante o, al menos, mantenerse firme.

—Recuerda —dijo Harding antes de marcharse— que tú también le puedes hacer la vida imposible a Bishop; no te quedes con los brazos cruzados. Si retrocedes cada vez que alguien más fuerte te amedrenta, solo lo vigorizas.

Capítulo 11

Eli cayó enferma con una gripe. Le echó la culpa a las oficinas heladas de Harding y al disgusto con Bishop. Sin embargo, no era inusual para ella contraer una infección después de una época intensa de trabajo. Sus exámenes habían terminado.

El fin de semana, aprovechó para descansar y arrastrarse en la pequeña casa con el único pijama de franela natural que poseía. Guardaba ese pijama y sus pantuflas como verdaderos tesoros. Cuando enfermaba, sufría una regresión emocional y ansiaba el abrazo de un padre o una madre. La abuela suplía esa carencia, mimándola como a una criatura. Y Mark también, quien, cariñoso, le traía té de hierbas naturales o pan de cebada. Hasta Sam invadía su cama y le contaba tonterías del colegio o de su empresa de influente, siempre con esa alegría profusa que encendía cada espacio.

Sam había acumulado cerca de cinco mil seguidores y desbordaba de entusiasmo. Eli fue aceptando la idea; mientras no tomara drogas, ella se lo iba a permitir. El último viaje fue a Machu Picchu. Los abuelos habían recorrido los Andes en la juventud, viajando en burros y a pie. El recorrido por el famoso Camino de los Incas, hoy cerrado debido a los permanentes huaicos, fue un éxito instantáneo. Por tres semanas, antes de la partida, Sam entrenó con sus espectadores tal como si fueran a realizar la proeza, promoviendo caminatas y ejercicios aeróbicos diarios. Les habló del terreno andino y de la falta de oxígeno, de los días calurosos bajo el sol y de las noches heladas. Para este viaje, consiguió el patrocinio de una marca de zapatillas.

Eli, durante esos días de exagerada convalecencia y autocompasión, pensó en su encuentro con Harding. Sus palabras le sirvieron para recapacitar y reafirmar su deseo de completar la tesis, aunque Bishop le pusiera obstáculos. Tomaría unas buenas vacaciones, repetiría el curso de nutrición y terminaría la tesis. Se graduaría, conseguiría un trabajo permanente, renovarían la casa y se dedicaría a la investigación científica.

Parecía que Harding le hubiese transferido parte de su energía dominante y ahora ella estaba dispuesta a asumir los retos con determinación y sin miedos. Este hombre la magnetizaba; quizás se debía a su perfecta postura corporal o a sus gestos controlados. Por momentos, recordaba su imagen como un padre comprensivo, otros como un jefe estricto. A veces, como hombre. Quiso desvanecer el último pensamiento y hurgó entre las cosas de su madre. Se sentía con la fortaleza para abrir las libretas.

En el baúl que guardaba la abuela, Eli encontró una docena de libretas viejas de cubiertas negras o rojas. Eran pequeñas; se podían llevar bien en una cartera o en un bolsillo. Identificó las fechas y las ordenó por años. El contenido combinaba textos largos y cortos, garabatos, poemas y dibujos de flores, de árboles y hojas. A su madre le venía la inspiración usualmente en la noche y, por ello, las oraciones aparecían ilegibles o incompletas, como restos de imágenes oníricas. Había recetas que ella inventaba y frecuentes dibujos de rosas. Por partes, había párrafos claros; parecían notas que se tomaban en conferencias o seminarios. Las libretas de su madre reflejaban un corazón apasionado y una mente especial.

No quiso abrir la última libreta, que incluía los meses de su enfermedad. Tomó la del 2041, el año de su nacimiento, y buscó secciones que hablaran acerca de sus primeros días de vida. Saltó partes que trataban sobre su trabajo, buscando textos que hablaran de ella.

Enero

Cómo no llorar de alegría ante la noticia. Desbordo de felicidad, voy a ser madre. Esta vez la buena fortuna está a mi lado. Te has aferrado al fin, mi pequeña, porque sé que serás niña, gorda y saludable. Lloro con

86

*la esperanza de que en unos meses estés junto a mí y
ruego por que nada impida tu venida.*

Marzo

*Me has dado un gran susto, pequeña. No patees, que
aún no es tu tiempo. Por favor, no patees. Quédate
quietecita, disfruta de tu hogar. Aliméntate y sueña con
la vida que te regalo.*

Abril

*Luz de mi alma y cuerpo,
con amor persevero.
La dicha en el corazón
vence y supera al duelo.
Singular contradicción
serán tus ojos negros.
Serás llanto, serás llama
como el ardor de mi seno.*

Le dio tristeza el último verso; pensaba que su madre había
sufrido durante la gestación. Después del último poema acerca
del embarazo, encontró garabatos. Solo después del nacimiento,
reanudó una escritura legible y las flores volvieron a tomar
forma, con los trazos de pétalos abiertos, hojas detalladas y
hermosos buqués. Le dio alegría, no obstante, que su madre la
esperaba con amor, a pesar de que le auguraba lágrimas y fuego.

Seguía auscultando el pequeño tesoro cuando Mark entró,
trayéndole té de manzanilla. Ella escondió la libreta debajo de su
almohada.

—Se te ve mejor —dijo él con una sonrisa.

—Estoy mejor, solo holgazaneo. Mark, tenemos que hablar.
No supe cómo decírtelo antes. El domingo pasado estábamos tan
bien que no quise estropear el momento.

Mark se sentó en la cama y la miró atento.

—Mi tesis... —siguió Eli—. Voy a estudiar el Viadélum,
Generación 3.0. Lo siento mucho.

Mark se levantó y se frotó la frente, irritado.

—Entre los temas que has podido estudiar, ¿escoges este?
¿No ibas a estudiar el Supermaná? ¿Por qué has cambiado de

opinión? Parece que quisieras encontrar un motivo para que nos enfrentemos.

—No es así; son circunstancias que no puedo explicar bien. Una cosa trajo a la otra, y ahora estoy enredada con Bishop en este proyecto.

—¿Qué? ¿Te pidió que trabajes con ella? ¿Cómo es posible? Si no se soportan...

Ella se quedó callada. No podía divulgar lo de Harding. Él había sido claro: su participación no saldría a la luz, ya fuese por temas de prensa o políticas de la empresa. Sin embargo, Mark no era un cualquiera, era su novio, había confianza entre los dos; ella podía contarle la verdad y pedirle discreción. No logró hacerlo.

—Desde que Olivia colapsó, no me quito de la cabeza que hay un elemento adictivo —dijo Eli.

—No hay tal cosa. Ya lo hemos hablado. El Viadélum induce el sueño al nivel Theta, que es un estado hipnótico. No hay adicción porque la memoria no registra la gratificación. ¡Si estás dormido!

—Medio dormido.

—¿No te das cuenta de que has comprometido mi puesto de trabajo? ¿Ni siquiera se te ha cruzado por la mente? Tengo que ir a Omen a declarar el conflicto de intereses y seguro que me removerán de mi posición. ¿Cómo van a autorizar mi acceso a los laboratorios cuando mi novia los escrudiña?

—Yo no los escrudiño; es un estudio académico.

—¿Estás segura de ello? Tú, en el fondo, crees que los de Omen son unos malditos criminales; yo incluido. Crees que no tengo moral porque trabajo para ellos, que a mí no me importa el mundo como a ti. Ese es el problema, ¿verdad? Que cierro los ojos ante los excesos, por ambición o indiferencia.

—No es así. —Eli quiso alcanzar su mano, pero él se separó.

—¿Qué quieres que haga? Que viva amargado como tú, que no ambicione contar con un sistema de aire acondicionado moderno que puede salvar mi vida y la tuya. Porque yo te quiero en mi vida, y quiero que tú y yo, y tu familia y la mía, sobrellevemos los veranos y las lluvias y la escasez de agua y de alimentos. ¿A eso llamas ambición?

—Es solo un estudio.

—Entonces, ¿por qué no estudiaste otro tema, Eli? ¿Por qué? El Viadélum es lo único que nos da un respiro. Nos entretiene y nos hace soñar, literalmente. Nos transporta, nos distrae. ¿Crees que es bueno para la sociedad estar confinada en grandes metrópolis, unos encima de otros, pensando cuándo se acabará el mundo? El Viadélum nos brinda un escape y tú quieres acabar con ello —dijo Mark, y la miró con pena—. Has arruinado mi futuro y el tuyo porque, si te enemistas con Omen, te enemistas con el sistema entero.

Mark se marchó abatido y Eli contuvo las lágrimas.

La abuela, que vio marcharse a Mark y había escuchado parte de la discusión, fue a consolarla. Eli se recriminó en voz baja:

—Soy llanto y llamas, Abu. Lo presintió mamá.

—Querida, todos los jóvenes discuten, ya se van a arreglar. Y no es cierto que seas llanto y llamas. Tonterías de tu madre.

—La hice sufrir con el embarazo y ahora lo hago sufrir a Mark, y a Sam.

—¡Eloísa! —reprendió la abuela—. Tú no haces sufrir a nadie y menos a tu madre. Fuiste un consuelo. ¿Cómo puede un bebé inocente hacer sufrir a su madre? El cuerpo de tu madre era frágil, siempre lo fue. Tuvo dificultades para concebir por largo tiempo. Su cuerpo intentaba rechazarte, no su corazón, sino su cuerpo enfermo. Tú te aferraste, tú perseveraste. Por eso tu madre escribió que eras fuego, y no se equivocó. ¿No te das cuenta de que enfrentas la vida con pasión? Y las lágrimas, Eloísa, no son de sufrimiento, son de sensibilidad.

Sam, que había vuelto de la calle, asomó el rostro.

—¿Por qué siempre lloran cuando hablan de mamá?

—Ven aquí, conejito, para comerlas a besos a las dos —la abrazó la abuela.

—¿Y yo me aferré a su vientre también? —preguntó Sam.

—Ay, Sam, tú fuiste un milagro. Siete años después del nacimiento de Eli, floreciste como un pimpollo de rosa en la mejor primavera, sin inconvenientes. La vida es tan extraña. ¿Qué llevas en ese paquetito?

—Hoy vamos a tomar el té a la casa de Olivia, ¿no te acuerdas? Compré unos frasquitos para ella, para que guarde los tónicos de Eli que tanto le gustan. ¿Tendrás tiempo de preparar uno de lavanda? Es su favorito.

89

—No me queda lavanda, tengo jazmín. He estado tan ocupada que no he tenido tiempo de reponer las hierbas —dijo Eli.

—Deben de haber costado una fortuna —dijo Audrey, mirando los frasquitos de colores.

—Ahora gano mi propio dinero y Olivia ha sido tan buena conmigo que es lo menos que puedo hacer. —Sam se levantó de un brinco—. Eli, vamos, déjate de llantos y arréglate. Tú también vienes, abuela. Salimos a las tres en punto.

—¿Van a ir a su departamento? —preguntó Eli.

—¡No! Vamos a Hampstead Heath, a la mansión, ¿no te acuerdas?

—Mejor me quedo aquí, todavía no estoy bien. Además, he peleado con Mark y me siento baja de ánimos. Les voy a arruinar la fiesta.

—¿Qué le has hecho a Mark? Si es un santo, un caballero…

—Tonterías —dijo la abuela—. No ha pasado nada, ya se van a arreglar. Vamos, Eli, ¿vas a perder la ocasión de tomar el té inglés como se hacía en la antigüedad? ¡Basta de conmiseración! Has estado metida en tu habitación toda la semana.

***

Olivia había tenido la gentileza de enviar un vehículo a recogerlas. No quería que la abuela tuviera que usar el tranvía con el calor insoportable y sus continuas averías. Eli apenas hablaba en el auto. Le seguía afectando la discusión con Mark y sus nervios estaban a flor de piel por la posibilidad de cruzarse con el padre de Olivia. No sabía por qué le perturbaba tanto la idea de encontrarse con él. Diría «buenas tardes» como los demás, respondería cortés a cualquier pregunta trivial que se hacía en esas circunstancias y comería exquisiteces, una tarde fenomenal en compañía de amigos.

Sin embargo, su esfuerzo por arreglarse había sorprendido a Sam y a Audrey. Ella, que andaba siempre andrajosa con vaqueros viejos, llevaba un vestido lila de breteles delgados, sencillo y bonito. Se había soltado el cabello y se había puesto encima el chal de color marfil que usaba para celebraciones importantes.

El camino hacia Hampstead pasó de cemento a calles arboladas y disfrutaron con la vista de los cedros y los setos que separaban las majestuosas viviendas. Se detuvieron frente a una reja de hierro y puntas doradas. Cuando se abrieron las puertas automáticas y avanzó el vehículo, la mansión de los Harding apareció impactante tras un jardín de robles y de flores tropicales. Maravilladas, contemplaron el lugar.

Olivia las esperaba en la puerta con una enorme sonrisa y las hizo pasar al zaguán principal. Después de un *tour* breve, se trasladaron al comedor principal junto a un ventanal que daba al jardín delantero de robles y flores. Por un segundo, Eli deseó poseer riqueza: la opulencia exaltaba los sentidos y encandilaba la mente.

Olivia agradeció los regalos y las invitó a sentarse. Se escucharon voces varoniles provenientes del vestíbulo. A Eli se le aceleró el pecho. Creyó reconocer a Harding. Los hombres parecían intercambiar preguntas y respuestas. Suspiró aliviada cuando Lucas entró solo. Él besó a Olivia en la mejilla con delicadeza y a las demás con un beso rápido y húmedo. Llevaba un paquetito que entregó a Olivia.

—¡Cuánto regalo hoy! Ni que fuera mi cumpleaños. Gracias, Lucas, eres un amor. ¿Qué es?

—Es un programa. Vas a ver las estrellas como si se desprendieran del techo de tu habitación. No te van a poner triste, te van a acompañar cuando estés triste.

Lucas había llegado acalorado y desharrapado. Cruzar la ciudad en su moto eléctrica no había sido buena idea. Pidió ir al baño y regresó acicalado.

—Tu baño de visitas es más grande que mi departamento —dijo Lucas en broma; a él no le intimidaba la exuberancia ajena—. Por lo visto voy a ser el único hombre en la reunión. ¿Dónde está Mark?

Eli lo disculpó y cambió de tema. No quería discutir acerca de su novio en la casa de los Harding.

Lucas se había sentado al lado de Olivia y permanecía silencioso, asintiendo cautivado a cualquier comentario que ella hacía. Al otro lado se sentó Eli, quien le dijo en voz baja que no mencionara la tesis, que conversarían después. Él la miró extrañado, pero, como su interés era enamorar a Olivia, pensó que hablar de las estrellas sería más provechoso.

Hubo un silencio absoluto mientras un mayordomo servía la mesa con delicias: *scones* y mermelada; sándwiches de cóctel con salmón, queso o huevo; y una torta de zanahoria y otra de limón. Los semblantes se relajaron a medida que degustaban los manjares. Se animó la tarde; Sam y Audrey planeaban el viaje siguiente y Lucas y Olivia hablaban del universo.

Eli, deslumbrada, se concentró en disfrutar cada bocado. El sabor del té era excepcional y se preguntó de dónde lo traerían y a qué precio. Su mente se desvió un momento hacia la discusión con Mark. Se sintió culpable. La imagen dominante de Harding se cruzó entre la mermelada de fresa y el costo del transporte del té: una amalgama de culpabilidad, reproches y placer. Volvió a focalizarse en los manjares. Cada una de las delicias sobre la mesa era natural, provenientes de las granjas de lujo o traídas por empresas de importación que atendían a un número ínfimo de clientes.

El placer no acababa ahí; se levantaron para ir a la sala contigua y degustar un licor. En ese momento, Joseph Harding, inmaculado e imponente como siempre, entró con un aire relajado. Eli, tiesa, esperó a que los presentaran, lo que hizo Olivia con cada uno de sus invitados. Se intercambiaron palabras corteses de «buenas tardes» y «cómo está usted» sin aspavientos ni miradas sospechosas, tal como Eli lo había imaginado.

—Señora Mars, un placer conocerla —se dirigió Harding a Audrey—. Olivia suele hablar de usted y de las hermanas Mars. Así que tú, Sam, eres hoy una estrella de los canales.

—En realidad, la celebridad es la abuela —se rio Sam.

—Papá, este es Lucas, un amigo —dijo Olivia.

—Sí, ya lo conocí en la puerta.

Lucas y Harding sonrieron sobrios. Joseph le estrechó la mano a Eli, afable.

—Vamos a la sala a tomar una copita de licor —propuso Olivia.

El grupo se movilizó hacia la habitación contigua. Antes de que Eli cruzara la puerta, Harding la llamó con la mirada. Eli esperó a que todos se marcharan.

—Me alegra que estés de mejor semblante —dijo él—. Te veo recuperada y espero que estés entusiasmada con el proyecto. Quería preguntarte... Lucas, el amigo de mi hija, es con quien harás la tesis, ¿cierto?

—Sí, Lucas Chiarello; él es el especialista informático del proyecto. ¿Por qué?

—Por nada en particular. Me alegra que mi hija tenga tan buenos amigos. Olivia ha cambiado desde que las conoció a ustedes, aunque no sabía que hubiera un amorío de por medio.

—¿Lo dice por Lucas? No son pareja, solo amigos.

—No me dio esa impresión. —Harding hizo una pausa y, ante la mirada confusa de Eli, agregó—: El enamoramiento cambia el rostro de un joven, lo hace más transparente, más inocente. Y ambos están envueltos en un aura especial.

Eli se sintió turbada, parecía que él estuviera hablando de ella con sutileza. Él agregó:

—Ya sabes que nadie puede saber de mi participación en tu tesis, ni Olivia ni Lucas. ¿Está claro?

Se retiró y desapareció entre pasadizos y puertas. Eli se unió al grupo. Se quitó el sabor agridulce del encuentro con una copita de licor de almendras, y observó a Olivia y a Lucas. Era cierto, estaban enamorados, al menos él. Ella gozaba de su atención sin jactarse. Hacían una linda pareja. Olivia, dulce como un ruiseñor, y Lucas, vivaz como una liebre. Harding se había dado cuenta con la primera impresión. Por suerte, el padre decidió no volver y Eli respiró aliviada. ¿Por qué se ponía tan tensa en la presencia de Joseph Harding?

Capítulo 12

Durante las vacaciones de verano, Eli y Lucas decidieron preparar el laboratorio donde conducirían el estudio. Esto les permitiría empezar el experimento sin demora al inicio del siguiente ciclo universitario, el primero de octubre.

Les habían asignado el laboratorio número once, en el bloque «G». El edificio, apartado de las aulas y las salas de conferencias, se utilizaba principalmente para los alumnos que trabajaban en sus tesis. Se dirigieron al sótano. Unos pequeños cuartos proporcionaban incubadoras y equipos básicos de observación y análisis. Para estudios más sofisticados, se transportaba el material a habitaciones modernas en otros edificios. El escaneado para detectar la presencia de tumores o enfermedades debía realizarse en instalaciones especiales, previa autorización y reserva.

Nadie quería trabajar en el subsuelo, era un lugar oscuro donde el aire no corría bien. Unas rendijas en la parte superior de las paredes apenas ofrecían aire y luz. En el caso de lluvias copiosas, el sótano podía inundarse. Por ello, siempre se asignaban los pisos superiores en orden de llegada. Los últimos en presentar una propuesta de estudio recibían los subterráneos. No le sorprendió a Eli que le tocara una mazmorra porque Bishop le había exigido que rehiciera la propuesta, lo que retrasó su solicitud.

Cuando abrieron la habitación, Eli se cubrió la nariz e hizo un gesto de disgusto ante la suciedad pegoteada en el piso, las manchas de humedad en las paredes y el olor a orina de animales. Lucas contuvo una arcada.

—No digas nada —dijo él—. Sé bien lo que estás pensando. Ni siquiera yo, el rey de la mugre, podría trabajar aquí. Una cosa es un cartón de *pizza* en el suelo y otra cosa es… ¡Una rata!

—¡Abre la puerta, abre la puerta! —gritó Eli.

—¡Tú quisiste trabajar con el demonio, he aquí las consecuencias! No es posible que nos asignen esto. ¿Está permitido? ¿No podemos quejarnos?

—¡Ya protesté! Me dijeron que podía esperar tres meses a que se desocupara un cuarto arriba. Encima, me avisaron que no había nadie disponible para limpiar.

—Tres meses no es tanto…

—Yo quiero graduarme lo antes posible. Empezamos el primero de octubre después de las vacaciones, sí o sí, y terminamos el experimento en seis meses.

—Has estudiado siete años, ¿qué significan unos meses más?

—Ni hablar. Yo quiero salir de este instituto y encontrar trabajo. ¡A limpiar! —sentenció ella.

—Me engañaste, Eli. ¿No habíamos acordado que yo me iba a ocupar de los programas? Me vendiste gato por liebre, mejor dicho rata por liebre. ¿Habrá más? Ya me estoy angustiando. No me gustan las ratas, ¿por qué me haces esto?

—Deja de llorar como un bebé.

Restregaron con un gel aséptico cada recoveco del cuartucho. Las telarañas, las manchas y las inmundicias empezaron a desaparecer y se sintieron de mejor ánimo. El olor a desinfectante era reconfortante y, después de tres horas de arduo trabajo, lograron sentarse en el piso sin repulsión.

—Mañana repetimos la limpieza y solicito una esterilización. Este experimento debe salir perfecto —dijo ella—. ¿Quieres comer algo? Te veo esmirriado. ¿Qué te pasa?

—El sábado, en la casa de Olivia, me sucedió algo extraño con el padre. Llegamos juntos, yo en moto y él en su vehículo. Yo estaba sudado, desharrapado, en un estado deplorable. Lo saludé con la mano húmeda, me presenté. Te juro que me miró con desprecio. Eso no me molestó; tú sabes que a mí la arrogancia me resbala. Me miró como si supiera quién soy. Intercambiamos unas palabras corteses y empezó a interrogarme: qué estudiaba, dónde vivía…

Eli pensaba que, como Harding había leído el nombre de Lucas en la propuesta de su estudio, quiso conocer al otro socio del proyecto. Sin embargo, la interrogación que Harding le hizo a ella esa misma tarde sí le llamó la atención, por la sospecha del romance.

—Te aseguro que parecía una inquisición —declaró él.

—No seas melodramático. Olivia de hecho le habla de ti. ¿Qué padre no va a estar inquieto con los amigos y pretendientes de una hija, especialmente, una que es vulnerable y enfermiza?

—¿Tú la ves así? Es delicada, claro, aunque yo veo más bien sensibilidad que vulnerabilidad. Olivia es un alma que siente las cosas con profundidad —dijo él, con el rostro apenado—. Me gustaría que estuviese más alegre, más optimista. Entre tú con tu furia y ella con su tristeza, me van a causar un episodio maniaco-depresivo —bromeó él.

—Por lo visto estás enamorado.

—No lo sé, siento ternura. Quiero besarla y arroparla. ¿Sabes qué me extraña del padre? No encuentro información sobre él en los medios. No va a eventos sociales, no hace política. Tiene un conglomerado de empresas en medicina genética llamado Tecnologías Libergén, pero es difícil determinar qué hace en realidad. Quizás es el hombre más poderoso de esta ciudad y ¿no quiere hacerlo público? ¿Por qué no?

—A mí también me intriga, lleva una coraza metálica. Me pregunto si es solo una pose; creo que dentro tiene un alma generosa.

—¿Por qué lo dices? ¿De dónde lo conoces tú?

—Es un presentimiento… —aclaró Eli—. Si fuera narcisista, se exhibiría más, ¿no? Saldría en los medios para mostrarse como un pavo real, como hacen los magnates y las celebridades. Lucas, deja de investigar a Joseph Harding. Cuando seas aceptado en el seno de la familia, compartirá sus secretos y te nombrará heredero de las joyas de la corona Harding. Ahora concéntrate en limpiar.

—Dijiste que mañana.

—¡No, ahora! Voy a pedir una esterilización hoy mismo.

Repasaron las incubadoras, limpiaron las rendijas del techo y volvieron a desinfectar el piso. Cansados, dieron por terminada la jornada. Lucas recibió un mensaje de Olivia, un «qué tal» y «cuándo nos vemos».

—No te has comunicado con Mark —comentó él, extrañado—. Sam me contó que pelearon. ¿Qué pasó?

—No tiene importancia, ya nos vamos a arreglar.

—Mark es un buen tipo; haría cualquier cosa por ti. No abuses de su paciencia. Te conozco y, con frecuencia, solo ves lo que tienes delante, pierdes la visión lateral. Te focalizas tanto que ignoras quién está a tu lado. Hay gente que merece tu atención —la reprendió con cariño—. No seas tan huraña.

—El amor te está haciendo sabio.

—Al menos me hace limpiar. Tendrías que ver mi departamento. Lo limpio por si a Olivia se le ocurre visitarme.

Él se despidió con un beso:

—Estabas linda el sábado anterior. Cuando haces un esfuerzo, puedes ser una dulzura. Anda a buscarlo.

***

Habían pasado días en que ni Mark ni Eli se enviaron mensajes y ella empezó a impacientarse. Lucas no se equivocaba; Mark era una joya y ella había actuado sin pensar en las consecuencias. Debían hablar y llegar a un compromiso. Ella podría firmar un acuerdo de confidencialidad y presentar a Omen sus conclusiones preliminares para darles oportunidad de rebatir. A lo mejor, Mark podría supervisar otros proyectos por un tiempo. Dispuesta a encontrar una solución, decidió buscarlo a la salida de su trabajo. Se arregló con el mismo vestido del sábado y tomó el tranvía automático. En la puerta de Omen, esperó y esperó. Como hacía calor, fue en busca de una bebida helada y volvió a su puesto de centinela. Entrada la noche desistió. ¿Trabajaría hasta tarde?

Un aguacero cayó de repente. Eli no buscó guarida. Dejó que la lluvia mojara su vestido y caminó rendida por las calles. Albergaba tanta pena en el corazón que no le importó arruinar el vestido. En realidad, era una prenda vieja que había utilizado en innumerables ocasiones. Estaba cansada de lo viejo, del color desvaído de su ropa, de sus almuerzos de Supermaná, de contar el dinero, de las horas que trabajaba. Había aceptado —por imprudencia— el reto de una insidiosa oruga y la siniestra oferta

98

de un desconocido. Y ahora lo perdía a Mark, su compañero de los últimos años.

Recordó el primer encuentro. Ella tendría veinte años, cursaba el segundo año universitario y había conseguido un trabajo de camarera en el servicio de cáterin de Omen. La paga era excelente; en particular, si se hacían turnos de noche. Durante sus primeras semanas se sintió nerviosa. Ese mundo la apabullaba. La gente entraba y salía en costosos trajes de tela fina, conectados a gafas ultramodernas, sin percatarse de la presencia de los empleados. Al principio, le impactó la opulencia, pero, con el tiempo, se fue desencantando. Era una burbuja social hermética y superficial.

Una de sus primeras noches en Omen, trastabilló con un taburete. Cayó estrepitosamente y se lastimó la rodilla. Avergonzada, ante las miradas divertidas de los asistentes, recogió su bandeja, que por suerte estaba vacía, y corrió al área de servicio. Cuando un hombre apareció, ella, temblorosa, pidió disculpas, diciendo que no volvería a pasar, que solo se distrajo un momento.

—Por favor, no me despida —imploró Eli—. Necesito el trabajo. Sé que lo puedo hacer bien.

—No he venido a despedirte —dijo él con un tono sereno—. Tu rodilla está sangrando, he venido a ver tu rodilla.

Mark se había percatado de su presencia días antes. Una chica delgada ejecutaba su labor con gestos precisos y rápidos. Llegaba puntual y era la última en irse. Siempre hacía más que el resto. El camarero típico apenas se movía entre los invitados y demoraba en llenar y vaciar su azafate. Mark, curioso, la seguía con la mirada. Ese día funesto —o glorioso—, él la había visto caer y fue en su ayuda enseguida. Le limpió la rodilla con alcohol y la miró sorprendido: los ojos de la muchacha, de cerca, eran cuarzos negros alargados que irradiaban una inteligencia aguda y un aire de inocencia.

Cuando el jefe de camareros vino a verla, Mark asumió la culpa. Dijo que él había dejado la cápsula de prueba desatendida y el taburete donde se sentaba mientras monitoreaba al usuario, fuera de lugar. No era cierto, ni se trataba del puesto de Mark; sin embargo, se hizo responsable para evitarle un problema a la chica, que por fin se había calmado.

Eli se enamoró de los ojos transparentes de Mark y de sus gentiles movimientos. Los siguientes meses, no volvió a lamentarse, sino que sirvió en los cócteles de Omen con entusiasmo.

*

Después de caminar por horas, Eli llegó a su casa pasadas las nueve. Vio el auto de Mark en la puerta. Se habían esperado mutuamente esa tarde. Mark había salido del trabajo temprano para ir en su búsqueda.

La abuela la reprendió al verla empapada porque iba a enfermar de nuevo. Sam le increpó que había arruinado un vestido. Mark se levantó del sillón y suspiró con pena al verla en ese estado. Se abrazaron.

Eli se cambió de ropa y salieron al patio cuando cesó la lluvia. Se besaron con ternura y conversaron. Iban a encontrar una solución.

—¿Sabes lo que estuve pensando este tiempo debajo de la lluvia? —dijo ella—. Siempre estás rescatándome.

—No siempre, hoy nos rescatamos los dos.

Capítulo 13

Eli y Lucas, después de limpiar el laboratorio, decidieron decorarlo para darle vida. Olivia y Sam se unieron a la mano de obra. Pintaron las paredes de blanco, las mesas y gabinetes de gris plateado y la puerta de azul brillante. Olivia, generosa como siempre, les había regalado la pintura. Contentos con los avances, se sentaron en el suelo y comieron unas galletas desabridas. Eli quería grabar en la puerta alguna frase de inspiración, algún texto que le hiciera recordar la importancia de su misión durante los seis meses que duraría el estudio.

—«*Veritas liberabit vos*» —propuso Eli.

—¡Ay, me muero del aburrimiento! —dijo Sam y fingió roncar—. Escribe algo cachondo: «Prohibido el paso: Científicos chiflados en acción».

—Yo les dibujo lo que quieran —ofreció Olivia.

—¿Qué tal una salamandra devorada por una boa gigante? —propuso Lucas.

—No, mejor unas mariposas monarca —dijo Eli.

—¡Unas mariposas no van a asustar a nadie! —dijo Sam.

—Tienen unas alas poderosas y una inteligencia extraordinaria —agregó Eli—. Olivia, ¿nos pintas unas mariposas?

—Qué aburrida eres —protestó Sam.

—No tenemos naranja —dijo Olivia—. Le pediré a mi chofer que nos compre unos tubos.

—Olivia, no hace falta, píntalas de blanco. Sobre el azul se verán hermosas —dijo Eli.

—¡Pásales tinta fosforescente por encima! —exclamó Lucas.

En la parte superior de la puerta, Olivia dibujó unas mariposas de color blanco y gris. Luego tomó de su bolsa un lápiz labial color magenta y rellenó las alas. Por último, les pasó una tinta fosforescente amarilla que se usaba en los laboratorios para incluir advertencias de conexiones eléctricas, sustancias o rayos peligrosos. Las mariposas se veían rojizas bajo la luz eléctrica ordinaria y, cuando apagaban el interruptor, se veían de un colorado fulgente. Celebraron la habilidad de Olivia, no solo por la hermosura de las mariposas, sino por la ocurrencia de usar su lápiz labial para obtener un barniz bermejo.

Sam y Olivia se despidieron al final del día. Eli apagó las luces y se quedó mirando la puerta. Esas mariposas brillantes bastaban para alumbrar la habitación y hasta el pasillo oscuro. Con un mohín malicioso, inusual en ella, le dijo a Lucas:

—¿Has visto que no tenemos vecinos? Somos los únicos aquí. Estos cuartos no se han usado en años. Así que tú y yo vamos de expedición.

—¿Qué vas a hacer? —preguntó Lucas, un tanto preocupado—. Nos vas a meter en problemas. Además, podrías perturbar a las ratas, reinas y señoras de este subsuelo.

—Pensé que tus padres eran activistas, ¿no heredaste de ellos el afán de justicia? ¿Ni una pizca de rebeldía?

—No, yo soy un simple ciudadano conformista, respetuoso de las leyes.

—No seas aguafiestas. No estoy hablando de nada serio, sino de una inocente travesura. Los combates se pierden si no se pelean con las mismas armas. Bishop se quedó con mi donativo y yo no me quedaré cruzada de brazos. ¡Las pérdidas serán compensadas!

Eran pasadas las nueve y, salvo algunos signos de vida provenientes de bloques vecinos, reinaba un silencio absoluto. Iluminaron el corredor abriendo la puerta de las monarcas fosforescentes. Como habían pedido abrir un cuarto más grande para guardar los muebles y los equipos mientras pintaban, disponían del código de ingreso de la sala contigua. Tomaron lo que consideraron útil: buscaron las incubadoras y las cámaras de filmación más modernas y las reemplazaron por las suyas.

Abrieron gabinetes y escogieron todo lo que podría ser útil. Equiparon al máximo su centro de operaciones y se marcharon.

—Me sorprendes —dijo Lucas—. Jamás pensé que fueras capaz de robar. Bueno, no es robo. Técnicamente, es un préstamo y un intercambio. ¿Qué te ha dado a ti por agazaparte en la oscuridad como un vil ladrón? No es una reprimenda, hasta me divierte, pero me sorprende.

Eli sonrió entre complacida y arrepentida. Aún no sabía si se trataba de un grato autodescubrimiento o un patrón nuevo de conducta que lamentaría en el futuro. «Vamos —pensó—, no es tan terrible lo que has hecho: unos cámaras nuevas y una incubadora moderna no son motivo de preocupación. Yo jamás sería deshonesta».

*

Mientras esperaban el tranvía, se entretuvieron con los videos de Sam, quien lanzaba esa noche una exploración al Ártico. La abuela jamás había estado allí; no obstante, Sam decidió viajar entre témpanos de hielo y osos polares hoy extinguidos, no debido a su amor a la naturaleza, sino por su fascinación por los gorros de invierno de piel al estilo ruso; sombreros extinguidos también, salvo en aquellos inviernos extremos en que la ciudad era abatida por tormentas siberianas o del Ártico.

—¡Cómo ha cambiado Sam! —dijo Lucas con nostalgia—. Hace unos años se me colgaba del cuello mientras tú y yo estudiábamos.

—Y tú, por no estudiar, se lo celebrabas. Siempre le aguantamos todo. ¿Cómo no hacerlo? No tuvo a su madre y de pronto el mundo se iba a acabar.«¡El fin del mundo!», gritaba ese tronado de la esquina. ¿Te acuerdas?

Cuando llegó el tranvía, ambos subieron y siguieron conversando acerca de la niñez.

—Apenas recuerdo —dijo Lucas—. ¡Lo del loco sí me acuerdo! No estaba tan chiflado, a fin de cuentas.

—Lo que yo recuerdo es que tenía calor y hambre. Durante tres años sufrí calor y hambre. Si no hubiera sido por los abuelos y la ayuda de tus padres, no sé qué hubiera sido de las dos. Abandonadas en algún orfanato…

—Mis padres nunca lo hubieran permitido, adoraban a tu madre. ¡Ey! Sam está a punto de lanzar su video.

Sam recibía a la audiencia con saltos de esquí, trineos y lobos domesticados. Seguía una breve historia del Ártico y las expediciones que hicieron posible su conquista.

—El osito es muy tierno —dijo Eli.

Con las gafas de realidad virtual se podía ver un oso polar bebé, juguetón, que interactuaba con los espectadores. Luego Sam, coqueta, empezó un desfile virtual de gorros y abrigos de piel sintética. Se veía adorable. Sus mechones de cabello se escapaban debajo de los *ushankas*, los gorros de cosacos y las boinas; los gorros parecían suaves y esponjosos.

—Si tuviera equipos más modernos, los espectadores podrían sentir la suavidad del pelaje —dijo Lucas.

Abrigos del mismo estilo, de piel blanca, oscura o con destellos dorados, ceñidos a la cintura, completaban el desfile. Con las piernas descubiertas, Sam irradiaba seducción. Eli frunció el ceño. Tanto Eli como Lucas prestaron atención al video, atónitos.

—¿Ves lo que veo yo? —preguntó Eli.

Cuando Sam se cambiaba el abrigo con un programa que le permitía vestir prendas digitales, quedaba en ropa interior. Era un instante, aunque lo suficientemente claro para verle el cuerpo desnudo, cubierto apenas con un juego de lencería sugestivo.

—¿Será un error del programa? Sam mencionó este problema —dijo Lucas, queriendo apaciguar a Eli.

—No es un error. Los videos pasados mostraban una ligera superposición, ¡esto es a propósito! Usa el programa con ropa interior adrede y alarga la transición.

—No seas tan dura con ella. Hay miles de cosas peores en las redes. Al fin y al cabo, es un segundo. Apenas se ve nada.

—¿Un segundo? Mira los comentarios que su «inocente» desfile provoca.

Ella, furiosa, dejó de leer y esperó su parada. Lucas la siguió nervioso.

Cuando entró a su casa, Eli llamó a su hermana a gritos:

—¡Sam! ¡Sam! ¿Qué significa esto?

Sam, que soñolienta veía un programa con la abuela, se levantó del sillón, serena. Sabía bien que su hermana iba a enfadarse por lo que había hecho. No le importaba; era su vida.

—¿Es esta la audiencia que estás buscando? «Al fin nos hiciste caso, preciosa, ahora sácate el sostén». «Jovencita y durita». «Me gustaría chupar tu coño».

—Eli, no seas injusta —dijo Lucas—. Ella no tiene la culpa de los comentarios. La red está llena de pervertidos.

—Si tuvieras cordura, no atraerías aves de rapiña; les estás mostrando la carne como ellos quieren. ¡Y ni se te ocurra permitir la interacción!

—Deja de gritar, Eli. Ya no lo voy a hacer más. Ya cumplió su propósito.

—¿De qué hablas? ¿Qué propósito?

—Sam ya te dijo que no lo va hacer más —intervino Audrey.

—¿Tú sabías de esto y se lo permitiste? —Eli miró a la abuela—. ¿Por qué soy yo el ogro, mientras que la santa paloma se sale con la suya?

Eli, agotada por el día de trabajo y la tensión al descubrir las andanzas de su hermana, se metió en su cubículo. No quería ni hablar con la abuela ni con Sam ni con Mark, quien había dejado varios mensajes.

Lucas le echó a Sam una mirada de ligera censura y se marchó.

*

Eli se fue a dormir y refunfuñó sobre la almohada, sujetándola con fuerza. ¿Por qué Sam y ella eran tan diferentes? ¿Fueron los mimos y el consentimiento la causa de su egocentrismo? Eli, con apenas siete años, se quedaba despierta al lado del moisés de su hermana, quien lloraba con frecuencia por la falta de su madre. «Sam... Sam... No llores», imploraba Eli, sobándole el cuerpecito. A menudo, el abuelo la encontraba dormida en el suelo junto a la cuna y la llevaba a su cama. Eli quería proteger a Sam. Creía que se iba a morir como su madre porque, «tan chiquitita», no iba a tolerar su ausencia. «No te mueras, Sam, no te mueras», decía Eli cuando el bebé lloraba inconsolable.

Eli, por el contrario, era «muy grande» y su madre la había dejado a cargo. Le había dicho antes de su partida: «Cuida a tu hermanita». Y ella se lo tomó en serio: la arropaba, la besaba, le daba biberones de una leche que sus abuelos contrabandeaban en el mercado negro. Sam, esmirriada como un gusanillo, apenas pesaba, así que Eli cargaba al bebé en una manta como si fuera un conejito. «*Bunny, Bunny*», le decía.

Tenerla en brazos la reconfortaba y se inquietaba si no podía hacerlo. Cuando Sam o Eli padecían alguna fiebre y los abuelos no les permitían estar juntas, Eli se acurrucaba sujetando un almohadón. Lo hizo hasta los diez años y, de adulta, aunque infrecuente, se enrollaba como un capullo contra la almohada antes de dormir. Esa noche hizo lo mismo, hojeando la libreta de su madre. Buscó el año en que nació Sam.

Abril, 2048

> *Recibo la noticia de tu llegada con los brazos abiertos y, al mismo tiempo, me encojo ante la nefasta realidad. No es una anomalía, no es un error; el calor intolerable de este verano no deja un ápice de duda. Ha causado muertes, desesperación y sequías en lugares donde solíamos hacer pícnic. La hierba verde ha sido calcinada por los rayos de un sol airado. Hoy despertamos para vivir la pesadilla.*

Eli cayó en la cuenta de que, el año en que su madre tuvo a Sam, el mundo despertaba de un profundo sueño, «para vivir la pesadilla». 2048 fue declarado, oficialmente, un *annus horribilis*, uno de los peores años en cuanto a desastres naturales alrededor del globo: inundaciones, sequías, fuegos forestales, millones de desplazados, hambre y muerte. Los últimos picos nevados de Suecia desaparecieron y los bosques de California ardieron por meses. El mar cubrió las Islas Marshall y modificó el perfil costero del Reino Unido, empujando a los ciudadanos de Gales hacia territorio inglés. Los terremotos de Grecia y del sur de Italia causaron destrucción permanente. Millones murieron en la India por las altas temperaturas y una ola de infecciones. Los flujos migratorios se intensificaron y una embarcación de miles de africanos, que hambrientos y desesperados huían del ardiente continente, se hundió en el Atlántico luego de ser rechazada en varios puertos del mundo.

Eli recordó que la infancia de Sam fue una de escasez y pérdidas. Los tres años que siguieron a su nacimiento fueron tiempos de angustia. Faltaba el agua, la electricidad y el alimento. Se suspendía el colegio por semanas enteras porque las instalaciones se habían quedado sin agua. Los niños podían morir de deshidratación y los maestros no daban abasto para monitorearlos. En un par de ocasiones, vio a un profesor colapsar, sofocado o a causa de alguna fiebre. Las infecciones tifoideas eran comunes porque los servicios higiénicos, a falta de agua, propagaban el contagio y porque los alimentos llegaban a las mesas contaminados por el exceso de bacterias.

Sam nació en un periodo de escasez extraña: faltaba lo esencial para vivir a pesar de que las casas estuvieran colmadas de otras riquezas materiales y de los más sorprendentes avances tecnológicos. No había pan, pero las pantallas planas de enormes pulgadas colgaban relucientes en las paredes. Escaseaba el agua y se posponían las duchas para conservarla, pero los baños de cerámica fina contaban con mecanismos automáticos de limpieza. No había energía para enfriar o calentar los hogares, pero tremendos autos, inertes, custodiaban las entradas. El alimento y el agua, lo que sostenía la vida, costaban más que todos los aparatos y comodidades de una vivienda.

Aunque Sam era solo una criatura, pudo sentir lo que la familia experimentaba, desesperación y hambre. Lo que Eli y los abuelos pudieron darle no fue suficiente. Sam hoy quería asir con su propias manos lo que podía. Ya no era un bebé vulnerable y dependiente del amor de los demás; era Samanta Mars y había nacido en la pobreza más extraña. Eli, en el fondo de su corazón, comprendió. Renovó la promesa con su madre: ella cuidaría de su hermana.

Capítulo 14

E l domingo, Mark llegó temprano. Venía a recoger a Eli para ir al santuario. Percibió la tensión en la familia: la frialdad de Sam y el silencio de Eli, mientras que la abuela las evitaba. Eli se despidió y decidió olvidarse del asunto, no quería estropearle el día a Mark, quien, sonriente, le dijo que traía buenas noticias.

Después de una semana de conversaciones formales con sus superiores, en que Mark declaró el conflicto de intereses, Omen respondió que no tenían ningún reparo con la tesis de su novia. Al contrario, confiados en la inocuidad del Viadélum, le daban la bienvenida. Un estudio adicional en el ámbito académico confirmaría lo que sus experimentos privados concluían. Agradecieron su honestidad y propusieron unas reglas de interacción, que Eli, por supuesto, podía rechazar. No obstante, esperaban su cooperación.

En primer lugar, debía firmar un acuerdo de confidencialidad, según el cual Eli debía comunicar a Omen sus observaciones o hallazgos preliminares. Debía brindarle a Omen un lapso de tres meses para refutar. En caso de existir una discrepancia, se procedería de acuerdo con la Ley de Emergencia para el Desarrollo Tecnológico, apartado N.º 43, *Sobre los conflictos*, y se realizaría una auditoría independiente.

—Increíble —dijo Eli, que había escuchado atenta cada una de las condiciones y los pormenores de las conversaciones con Omen—. O sea, si a ellos nos les gusta lo que yo descubro, simplemente declaran una discrepancia y exigen una auditoría.

—Es lo que determina la ley. Si no, la ciencia estaría plagada de investigaciones pseudocientíficas y de charlatanes que quieren sabotear el progreso.

—Pero yo no soy una charlatana, estudio en una institución seria.

—Entonces no tienes de qué preocuparte. Si descubres algo, tendrán que seguir el procedimiento para refutarlo. Además, yo coincido, no vas a encontrar nada, ya te lo he dicho. Yo mismo he leído los estudios y son convincentes.

—Tú eres ingeniero neurosensorial, no investigador, y hay formas de manipular los números.

—Pues lo mismo puedes hacer tú, ¿no? Por eso, necesitan cubrirse. Son previsiones, nada más. Ellos no saben cuán honesta eres tú.

—¿Y quién va a hacer el control de calidad «independiente»? ¿Investigadores pagados por Omen? Yo no tengo dinero para contratar una auditoría.

—Alguien tiene que pagar —dijo Mark—. Los nombres de los investigadores serán públicos y tú podrás interponer un recurso de oposición.

—¿Cómo voy a conocer la integridad de esas personas? ¿Cómo voy a saber si son independientes o no?

—¿Podemos terminar de discutir? Tienes la oportunidad de hacer el estudio que tú quieres, muy a mi pesar. He intervenido a diestra y siniestra para que no haya problemas. Puedes proseguir bajo unas condiciones que son ordinarias en estos casos. Ni mi trabajo ni el de Sam están en riesgo...

—¿Sam? ¿De qué trabajo hablas? —dijo Eli, perpleja.

Mark se quedó tieso, creía que ella sabía. Pensó que la tensión de la mañana en la familia Mars se debía a ello. Hilvanando los hechos, agregó:

—Cuando le pregunté a mi jefe si debía cambiar de puesto, me dijo que no era necesario. Dijo que tu posición tampoco era un inconveniente porque tú trabajas para la empresa de cáterin brindando un servicio menor sin acceso a las oficinas o los laboratorios. Y mencionó que el cargo de Samanta Mars tampoco sufriría cambios. Me sorprendió, pero Remington me lo confirmó. Sam empieza en octubre como asistente de márquetin. Los tres firmaríamos el acuerdo.

—¿Asistente de Remington? ¿Cuántas horas? ¿Cuánto le van a pagar? —preguntó Eli, alterada con la noticia.

—No lo sé, Eli, no lo sé. Me imagino que es a tiempo parcial y que ganará poco. Nadie sin experiencia obtiene un puesto en Omen de la noche a la mañana.

—Dios, no quiero pensar qué hizo para conseguir ese trabajo.

—¿Por qué piensas lo peor? Sam ha progresado a zancadas con su proyecto de influente; sus videos son entretenidos, creativos, y tiene más de diez mil seguidores.

—¿Y sabes cómo los ha conseguido? ¡Desnudándose en cámara!

—Por eso pelearon esta mañana... —se dijo Mark a sí mismo.

Eli se apeó del auto, habían llegado a la represa. Bajaron las bicicletas en silencio. Ella pedaleó abstraída en un remolino de confusión. ¿Por qué su madre le había encomendado una misión tan difícil, velar por un alma explosiva? En lugar de ser un conejito dócil y asustadizo, era una loba e iba por sus presas sin miedo, hambrienta y astuta.

Sin embargo, en tiempos en que los jóvenes no encontraban ocupación, conseguir ese trabajo constituía una verdadera proeza. Los estudiosos seguían carreras en las áreas de la tecnología después de solicitar becas otorgadas por el Gobierno. Los que eran rechazados o los que no querían estudiar se entretenían con videojuegos y travesías virtuales y subsistían con un ingreso básico por desempleo, o tenían trabajos miserables.

Eli se adelantó y recorrió el acueducto pedaleando con fuerza. Mark se quedó rezagado con la mochila del pícnic sobre su espalda. A Eli, el ejercicio le contuvo la furia y el frescor de los túneles le alivió el sudor. Debía ser justa con su hermana. Sam había conseguido un puesto de trabajo en una de las empresas más importantes del país. En lugar de alegrarse y apoyarla, la censuraba. Ni siquiera le dio el beneficio de la duda, había imaginado lo peor. Sam poseía un talento especial con la gente, encantaba y engatusaba, y había encontrado la profesión perfecta para desarrollar su talento.

Eli solo había conseguido un puesto de camarera. Habrían estado mucho mejor con un sueldo de asistente de laboratorio. Sin embargo, su «visión de túnel», como llamaba Lucas a su defecto, no le permitía ver salidas laterales. Remington le había ofrecido una suma importante para hacerle unos estudios. Ella no quiso, empeñada en que no sería el conejillo de Indias de Omen. Remington dejó de insistir pero, como represalia, la hostigaba de una manera sutil. Sus oportunidades de trabajo en Omen desaparecieron.

Se sintió mal por su propio fracaso. Ella misma debía corregir sus deficiencias si quería sobrevivir en un mundo de limitadas oportunidades. Decidió no hacerle la guerra a su hermana.

Mark empezó a llamarla a la distancia. Eli tardó en reaccionar, aún cavilando acerca de Sam.

—¡Eli, la salida!

Ella se detuvo, sorprendida. Cuando volvió la mirada hacia atrás, vio la tenue luz del conducto.

—Te has pasado la alcantarilla, mejor dicho, la segunda alcantarilla —dijo Mark—. Hemos pedaleado más de cuarenta minutos.

—Lo siento mucho, no me di cuenta.

—No tiene importancia, nos hace bien el ejercicio. Creo que lo necesitabas, te veo más serena.

—Siento mucho haber sido injusta contigo y con Sam —dijo ella, afligida—. Afronto la vida como una especie de túnel y no veo la luz que se filtra. «Visión de túnel» la llama Lucas. No veo ni rutas de escape ni alcantarillas.

—Vamos, no seas tan dura. Ahora deja de obsesionarte e investiguemos qué hay arriba.

Subieron a la superficie y encontraron un terreno verde similar al anterior, aunque más vasto. Si bien las colinas a lo lejos se veían áridas, la maleza alrededor era abundante. Buscaron un lugar de hierbas altas para reposar. El ejercicio los había cansado y dormitaron un rato. Cuando les pasó la modorra, Mark empezó a besar a Eli. No había mejor afrodisíaco que la naturaleza. La ciudad, plagada de preocupaciones y limitaciones, aniquilaba el apetito sexual de los dos. Por el contrario, ese valle misterioso les ofrecía serenidad y belleza, lo que despertaba la sensualidad en ambos. Eran libres y felices.

Mark y Eli friccionaban los cuerpos cuando escucharon un ruido a la distancia. Detuvieron el balanceo y aguzaron los oídos para cerciorarse de que se trataba del canturreo de un ave o del berreo de algún animal, pero eran voces de hombres y mujeres. Se quedaron quietos unos segundos. Como el sonido se acercaba, se vistieron y se escondieron a ras de la hierba.

Una centena de hombres, mujeres y niños cruzaban la campiña, cantando, como en una procesión. No parecía una comunidad en un día de fiesta. Una gaita acompañaba un canto triste y un tamboril marcaba el ritmo de pasos lentos. La música se asemejaba a los antiguos himnos de la Iglesia, aunque los versos no hablaban de Cristo o de ángeles. Era un sonido de templada energía que se reflejaba en los rostros impasibles. Hasta los niños se mostraban reservados. Parecía más bien un cortejo fúnebre.

Llegaron hasta un árbol grueso y alto que había sobrevivido a la Gran Tala. Años atrás, se habían podado los bosques en un intento por contener una contaminación bacteriana producto de las intensas temperaturas. La tala no detuvo la infección y se destruyó la floresta. Milagrosamente, algunos árboles permanecieron intactos: los ancestrales, los que habían vivido miles de años gracias a su sistema extraordinario de defensa.

El árbol, ante el que se detuvo la procesión, medía alrededor de quince metros de altura y tenía un grosor imponente. Era un tejo ancestral de ramas copiosas, que siempre mantenía su verde oscuro. Eli lo reconoció de inmediato porque su madre recolectaba sus hojas puntiagudas y sus frutos coníferos. Eli había leído en los libros de botánica de su madre acerca de su poderosa toxina. Aparte de que se usaba como remedio para infecciones en plantas, podía tratar otros males del cuerpo humano, incluso matar células cancerígenas. Se preguntaba por qué, en lugar de talar, no se estudiaron las misteriosas propiedades de un árbol que había perdurado milenios.

—¿Sabes que el tejo es venenoso? —dijo Eli mientras observaba al grupo de gente—. Tanto las hojas como las semillas. Me pregunto si para subsistir debemos ser así de letales. Los pájaros saben de la toxina, comen de los frutos y descartan las semillas. Si tan solo fuéramos así de inteligentes...

—¿Crees que reverencian al árbol?

Eli asintió. El grupo se había sentado en silencio alrededor del tejo, bajo su sombra. Una mujer de mediana edad, de cabello blanco, lacio y largo hasta la cintura, vestida con un sari de tonalidades rojas, permanecía de pie con las manos extendidas, mirando al árbol. Parecía dar las gracias. Se volvió hacia la multitud y, compartiendo una cesta de pan, cantaron un himno.

—Parece una celebración religiosa. Fíjate, ella lleva un sari rojizo y una camisola verde debajo. Se asemeja al fruto del tejo, rojo por fuera con la semilla verde —explicó Eli—. ¿Por qué llevarán un símbolo de su veneno?

—Eli, se nos ha hecho tarde, vámonos. Están tan abstraídos que no advertirán nuestra presencia y, además, no creo que sean tóxicos. Solo han cantado y comido.

Sigilosos, se movieron entre las matas, juntaron sus cosas y bajaron por la boca de la alcantarilla.

*

En casa, Eli buscó las libretas de su madre. Le había llamado la atención la reverencia de esa gente por el árbol ancestral. Hojeó las páginas por curiosidad porque recordaba los dibujos. Encontró breves apuntes acerca de las peculiaridades del tejo y detalles de sus hojas y troncos. Era lo que su madre hacía: juntaba plantas, las categorizaba y las estudiaba.

Entre dibujos de pinos, Eli encontró un poema acerca de los tejos, que no había escrito su madre, sino el poeta William Wordsworth:

> *Hay un tejo, orgullo de Lorton Vale,*
> *Que hasta el día de hoy se yergue solo*
> *en medio de su propia oscuridad,*
> *tal como reinaba antaño.*
> *De vasta circunferencia y pena profunda*
> *¡Este árbol solitario! Un ser vivo*
> *Creció demasiado lento*
> *como para decaer;*
> *Demasiado espléndido*
> *como para ser destruido.*

¿Quiénes eran aquellas gentes que veneraban a los tejos como su madre? ¿Conformarían una secta? No parecían peligrosos. ¿Qué significaba el símbolo rojo y verde? Le sorprendía que vivieran en el campo, porque en esa comarca apenas había recursos. Los parajes verdes que habían descubierto eran aleteos

114

de una naturaleza expirante. Nadie subsistía sin una fuente confiable de alimento y agua, suministros que solo ofrecían las grandes metrópolis. La ciudad más cercana después de Londres era Birmingham y luego Mánchester. No había poblado alguno entre las monstruosas urbes.

Eli escuchó a Sam en su cubículo y golpeó el tabique de partición.

—Sam, ¿estás despierta? —preguntó Eli—. Perdóname por haberme enfadado ayer. No debí gritarte... ni criticarte.

Sam se mantenía callada. La verdad que no entendía por qué mostrar una nimiedad de su cuerpo alteraba a su hermana sobremanera. Ella no lo pensaba tanto: sus principios o servían un propósito o eran vanos reproches de moralidad.

Eli continuó:

—Entiendo que a veces hay que hacer cosas, aunque no queramos, tan solo para asir oportunidades.

—Entonces no interfieras. Sé lo que tengo que hacer.

Eli suspiró, rogando que Sam no se equivocara.

—Es un gran logro haber conseguido el trabajo con Omen —agregó Eli—. Te felicito, sé que serás una influente de éxito.

—No tienes que preocuparte por el dinero ahora. Voy a contribuir hasta que termines la universidad.

Eli no había pensado en los beneficios que traía el empleo de su hermana. Se le reduciría la carga considerablemente. Se levantó y fue a darle un beso.

—Gracias, Sam —dijo con sincero agradecimiento y la abrazó—. Por favor, cuídate.

—Lo mismo te digo a ti.

Capítulo 15

En agosto la temperatura era insoportable. Lucas, que había ofrecido llevar a Olivia a la finca de los padres, decidió invitar también a las hermanas Mars y a Mark. Era la perfecta oportunidad para escapar de la modorra y del vaho estancado de la ciudad. Esas semanas, se detenía la actividad laboral y comercial. Audrey se disculpó; prefería quedarse en casa con el ventilador y un mejor baño.

Por el mismo motivo, Lucas no iba con frecuencia. Él extrañaba la comodidad del aire acondicionado, su motocicleta eléctrica y el entretenimiento virtual. En la finca de sus padres, las conexiones al sistema de electricidad y a la red digital no eran ni estables ni potentes. Además, los padres siempre compartían alguna práctica ecológica con su hijo. Él prefería evitar la cháchara moral porque le agobiaba pensar en el negro destino si no hacía caso.

¿Qué impacto podía tener él? Mejor vivir el presente con la protección, beneficios y diversiones de la gran urbe que una vida de lucha constante para cambiar un sistema que la mayoría coincidía había salvado a la humanidad. Aceleración del desarrollo tecnológico, alimento genéticamente modificado, fronteras militarizadas y entretenimiento virtual: los pilares de la sociedad del poscambio climático.

Partieron en el vehículo de Olivia, que Mark ofreció conducir. Lucas le advirtió a Olivia de las penurias de la granja y se disculpó de antemano por cualquier comentario inapropiado de los padres.

—Son unos subversivos… —dijo Lucas—. He querido cambiarme el apellido para evitar la asociación.

—No exageres, nunca lo fueron. Los llamaron *vigilantes* sin justificación alguna —aclaró Eli.

—¿*Vigilantes*? —preguntó Olivia.

—Justicieros y protectores de árboles, plantas y tierra —se rio Lucas.

Saliendo de la ciudad vieron a lo lejos un centro de detención para inmigrantes provenientes del sur de Europa. Era, en esencia, una prisión controlada por el ejército. Nadie sabía —o quería saber— qué pasaba allí dentro.

Pasaron por la antigua ciudad de Cambridge con sus universidades ancestrales, hoy abandonadas por falta de fondos para mantener las antiguas estructuras, que las lluvias y tormentas erosionaban. Era un pueblo fantasmal de piedras mohosas y árboles muertos. A distancia, se podían ver las torres y los campanarios de las viejas iglesias. De cerca, el daño en las paredes era patente. A raíz de la caída de una bóveda, que sepultó a una docena de estudiantes y profesores, el Gobierno terminó clausurando el complejo universitario. Un reducido número de entidades académicas se mudaron a Londres y se transformaron en institutos tecnológicos. Los estudiosos de humanidades y arte pasaron a un segundo plano y fueron olvidados.

Gianluca y Mary Chiarello, los padres de Lucas, en lugar de seguir sus carreras académicas en la metrópoli, compraron una finca paupérrima y se dedicaron a estudiar la regeneración de la naturaleza con sus propios recursos. Lucas vivió algunos años atendiendo olivos hasta que la edad le permitió escapar hacia el confort de la gran urbe. Se mudó con las hermanas y la abuela Mars. Terminó el colegio y, cuando empezó a ganar dinero en competencias de videojuegos, alquiló un departamento de un solo ambiente cerca de las Mars.

—¿Qué es eso? —preguntó Olivia.

Una estructura inmensa de cristal se erguía entre campos verdes. Eli le explicó que se trataba de «una granja de lujo». Al menos, así la llamaba ella. Los invernaderos verticales y de avanzada tecnología producían lo que quisiera el segmento pudiente de la población.

Dejaron atrás la estructura de cristal y volvieron a ver los campos de polvo. El camino empezó a cambiar. Se asombraron al ver un paraje verde, moteado de brillantes girasoles, limoneros y otros sembrados. Los olivos, que Lucas había atendido en la niñez, hoy maduros, daban frutos anuales. Pronto sería la cosecha.

Gianluca y Mary los esperaban en la puerta de una pequeña vivienda de piedra y recibieron encantados a la tropa de jóvenes. El intercambio de abrazos y besos fue desmedido a los ojos de Olivia, no acostumbrada a manifestaciones tan efusivas de afecto. Ella se sintió incómoda y solo extendió una mano con un «mucho gusto». Mark aventuró besos. A él, el cariño no le molestaba.

Los Chiarello, con orgullo, los invitaron a conocer los frutos de sus esfuerzos: veinticinco años de estudios y cultivos experimentales. Habían logrado arraigar semillas propias de climas calientes y recolectaban el agua en pozos. Con unas plantas especiales, habían creado zonas denominadas «esponjas» que permitían manejar el exceso de agua en época de lluvias, reforzando las reservas subterráneas. En la comarca, se había desarrollado una pequeña economía de fincas en que los dueños y trabajadores rotaban para atender sembrados vecinos. Aparte de especializarse en unos cultivos principales, que compartían con la comunidad, las granjas contaban con una huerta para el consumo familiar. Los Chiarello se encargaban de cultivar limones y olivos y producir aceite de girasol. Los intermediarios comerciales compraban los productos naturales y luego los vendían en la ciudad a precios exorbitantes.

—A nosotros nos cae un porcentaje mínimo, pero es suficiente para movernos —explicaba Mary.

—¿Y no tienen pollos u otros animales? —preguntó Olivia con interés, fascinada con la granja y la hermosura de la vegetación silvestre.

—Tenemos gallinas para huevos y un estanque de ranas y peces. Mantener mamíferos es muy costoso.

—Los conejos y otros roedores han sobrevivido en la zona. Si hay alguna proliferación que atenta contra los sembrados, algunos vecinos salen de caza. De tanto en tanto, gozamos de un buen guiso de conejo —agregó Gianluca.

—Es maravilloso, jamás pensé que existieran estas granjas —dijo Olivia.

—Es un equilibrio muy frágil —continuó Mary—. Queremos seguir expandiendo la red ecológica, pero necesitamos comprar tierras y nos faltan manos.

—¿Y cómo va la guerra con Montecristo? —preguntó Eli.

—Competimos por tierras y agua en ciertas áreas, aunque ellos quieren campos de cientos de hectáreas para la automatización. Nosotros necesitamos terrenos más pequeños y podemos cohabitar.

El grupo caminaba a lo largo de la plantación de girasoles, cuyas caras amarillas brillantes y tallos gruesos los llamaban con alegría.

—Son plantas muy nutritivas, hasta podemos comernos los tallos —explicó Mary—. ¿Saben que en realidad no giran con el sol, sino que se mueven de acuerdo con un reloj interno que está sincronizado con el movimiento del astro? Cuando crecen y maduran ya no giran y las flores se quedan fijas hacia el oriente.

Olivia sonrió, admirando la belleza natural y escuchando con atención las explicaciones de los Chiarello acerca de la red ecológica.

Pasaron la tarde bajo un cobertizo de paja, degustando comidas naturales: una ensalada de tomates, cilantro y puerros; naranjas y aceitunas negras, y un guiso de calabacín con ají. Se pusieron al día con las novedades de cada uno.

—¿Así que estás de influente? —dijo Gianluca dirigiéndose a Sam—. Nosotros no tenemos equipos de realidad virtual. Nos gusta el mundo real, aunque no nos vendría mal un viajecito.

—Ya les he dicho que vengan a visitarme y los mando a donde quieran —ofreció Lucas.

—¿Y cómo vas con la tesis? —preguntó Mary a su hijo—. ¿Ya decidiste qué tema vas a estudiar o necesitas tres años más para decidir?

Eli lo miró con intensidad, como diciendo «no des más detalles de lo necesario». Contrariado, sin saber bien el motivo de la tensión, aclaró:

—La que tiene la batuta del asunto es la doctora Eloísa Mars; mi especialidad son los programas.

—Estamos en la fase del diseño —dijo ella—, todavía no lo decidimos.

—Me alegra que al menos trabaje contigo, Eli. Sin la disciplina de un sargento, no avanza —dijo Mary.

—¡Y tendré dos sargentos sobre mis espaldas, la doctora Mars y la salamandra! —se burló Lucas.

—¿La salamandra? —Mary los miró, curiosa.

—Así la llama él, para mí es una oruga peluda —se relajó Eli—. Es la directora que nos supervisará, la oruga Bishop.

—¿Teresa Bishop? ¿La llaman salamandra ahora? —se rio Gianluca.

—¿Era una antigua colega? —preguntó Eli, sorprendida.

—Teresa era amiga nuestra —agregó Gianluca—. En Cambridge, la gran mayoría frecuentaba un grupo ecológico y fuimos amigos, bueno, hasta el día de la Revuelta. Desde ese día, nos dispersamos y perdimos el contacto.

Eli sabía que su madre de joven había participado en grupos activistas ecológicos; su amor por la naturaleza no se limitaba a estudiar plantas. Sin embargo, nunca había escuchado el nombre de Bishop.

—¿Es cierto que los arrestaron? —preguntó Olivia, curiosa.

Ante la mirada expectante de Olivia, Mary empezó a narrar:

—Treinta años atrás, en lugar de tomar las armas, los jóvenes nos echábamos como cadáveres sobre las rutas, bloqueándole el camino a las monstruosas máquinas podadoras que destrozaban los campos. La temperatura seguía subiendo y el Gobierno no hacía nada…

—Eran épocas de confusión y desinformación, así que ciertos segmentos de la población nos hacían la guerra —comentó Gianluca.

—Pero ¿qué hicieron para que los arrestasen? —preguntó Olivia.

—Vamos por partes —continuó Mary—. Nuestro primer arresto… Ustedes saben que la primera planta de Supermaná fue producida por profesores de Cambridge. Sin sorprender a nadie, el cereal terminó en manos de Montecristo. Pese a que la universidad estuvo en disputas durante años por los derechos intelectuales, no se pudo hacer nada. Montecristo gozaba de la protección del Gobierno.

121

»A pesar del conflicto, nuestra propia *alma mater* vendió tierras a Montecristo para el cultivo de Supermaná, ¿pueden creerlo? Entonces vinieron las máquinas podadoras para arrasar con los tejos. Nosotros éramos jóvenes y estábamos dedicados al medioambiente, así que salimos en defensa de los árboles, encadenando los brazos unos con otros. Aguantamos por tres días con un sistema eficiente de relevo, hasta que llegó la policía con la orden del Parlamento para desalojarnos.

»Nos arrestaron… cuando nunca actuamos fuera de la ley ni usamos la violencia, solo nuestros brazos, enlazados unos a otros.

—Algunos sí pelearon con la policía a golpes y hubo heridos —aclaró Gianluca.

—Una protesta siempre termina mal si viene la policía con gases y garrotes eléctricos —protestó Mary.

—No puedo creer que Teresa Bishop haya participado en esto. ¿En qué momento se le acabó la pasión por la naturaleza y se convirtió en una oruga? —preguntó Eli.

—Los grupos ecológicos nos empezaron a llamar los Guardianes de los Tejos de Cambridge y luego acortaron el apodo, los Guardianes de Cambridge. De ahí se deformó y los grupos de derecha nos pusieron *vigilantes*. Nosotros nos fuimos apartando de la organización cuando el asunto se tornó siniestro, pero tanto Teresa como tu madre continuaron unos años más y siguieron a Sanders.

—¿Por qué ustedes no apoyaban a Sanders? —preguntó Eli.

—Sanders, a pesar de sus excelentes ideas, era considerado un terrorista por el Gobierno —dijo Gianluca—. Distribuir sus folletos era considerado un acto subversivo.

—¿Qué cosas tan terribles hacía? —preguntó Olivia, que no conocía la historia en detalle.

—Sanders era un biólogo que quería proteger el medioambiente —explicó Mary—. Se oponía al Supermaná porque el monocultivo terminaría destruyendo la biodiversidad. Como alternativa, propuso implementar, a lo largo del país, una red de lo que él llamaba, irónicamente, Superhuertas. Eso iba en contra de Montecristo y de la inversión que el Gobierno ya había realizado. Con el Supermaná se contaba con un cereal resistente a los cambios extremos de temperatura y de tiempos muy cortos de cosecha, con lo que se reducían los riesgos.

—Es, además, un cereal bastante flexible y equilibrado —agregó Gianluca—, porque se pueden extraer proteínas, aceites y carbohidratos de la misma planta y reconfigurar productos para la dieta humana.

—El plan de Sanders requería tiempo y mucho trabajo —continuó Mary—. Ante los oídos sordos del Gobierno, Sanders publicó unos estudios denunciando que el cereal causaba cáncer. Y empezó la guerra.

—No es cierto que cause cáncer, ¿verdad? —preguntó Olivia.

—Nunca lo sabremos con certeza si no se estudia de manera independiente —dijo Eli.

—El cereal ha sido mejorado y se sigue desarrollando —agregó Mary—. Sin embargo, nosotros pensamos que una dieta blanda, unidimensional y con interferencias químicas va a causar problemas a la larga, si es que no hay una pronta adaptación. Pero el problema principal es que se destruye la biodiversidad, lo que provoca una cadena de destrucción.

—¿Y qué pasó entonces? —Olivia seguía la conversación con interés.

—A Sanders lo persiguieron para que se callara —continuó Mary—. Protesta que había se la achacaban a él, cuando nos consta que lo único que hacía era distribuir folletos para que la gente no comprase Supermaná y sembrara hortalizas en sus jardines, en macetas o donde fuera.

»Luego sucedió la Revuelta de las Esfinges y lo acusaron de ser líder del ataque. Miles de académicos fueron arrestados, incluso los que no formaron parte de la protesta. Todo aquel que ostentaba un emblema ecológico formal o simbólico fue arrestado. A nosotros, la policía nos detuvo a los pocos días y ni siquiera estuvimos en la protesta ni envueltos en la organización.

Eli conocía parte de la historia y ella misma sentía respeto y admiración por Sanders, quien había criticado abierta y contundentemente al Gobierno y a Montecristo por la destrucción del medioambiente. Aunque sabía que su madre había participado en la revuelta, desconocía su grado de responsabilidad.

—¿Ustedes creen que tanto mi madre como Bishop estuvieron involucradas en la violencia? —preguntó Eli.

Mary y Gianluca permanecieron callados unos segundos.

—Nunca supimos a ciencia cierta qué pasó. La que te puede contar es Teresa. Ella estuvo cerca de Sanders —respondió Mary con sobriedad.

—No tengo una relación muy fluida con ella —aclaró Eli.

—Es posible que ni siquiera desee hablar de ello. Fueron tiempos difíciles. Después del arresto, tu madre se dedicó de lleno a sus plantas medicinales y a ustedes. Teresa, a su carrera académica. No la vimos más. Nosotros decidimos seguir con nuestro activismo ecológico a nuestra manera.

—Sin embargo, es de una escala pequeña —agregó Gianluca—. El trabajo duro y silencioso de una minoría no atrae seguidores ni publicidad. A la gran mayoría de gente no le importa en lo más mínimo. Mientras tengan qué comer y distracciones…

—Dejen de enviarme mensajes subliminales, yo no vuelvo a esta granja —dijo Lucas.

—Yo viviría feliz aquí —comentó Olivia—, sin el aire acondicionado helado o las ventanas herméticas.

*

Ya se había hecho tarde y se dispusieron a marcharse. Antes de irse, Eli se dirigió a Mary:

—Los Guardianes de los Tejos…, ¿siguen activos?

—No sabemos y tampoco queremos saber. Mientras nos dejen sembrar olivos y girasoles, somos agentes pasivos. De nosotros no habrá interferencia alguna, si nos dejan en paz.

—Pero no pueden forjar el cambio sembrando girasoles.

—Solo queremos vivir de acuerdo con nuestros principios e inspirar a otros —sonrió Mary.

—¿Es posible que algún allegado de Sanders quiera seguir la lucha?

—Sanders y su mujer murieron en prisión. Tuvieron una hija, que intentó reavivar el movimiento, pero también murió joven, creo que de una sobredosis.

—He descubierto a un grupo, en el norte, cerca de la represa abandonada. Es posible que su líder haya sido parte del movimiento de ustedes. Parece entender muy bien cómo funciona la naturaleza.

—Es posible. ¿Cuál es su nombre?

—No lo sé. En cualquier caso, no creo que formen una organización clandestina. Solo cantan y adoran a los tejos —sonrió Eli.

Eli aprovechó a renovar su provisión de lavanda y otras hierbas, que los Chiarello le daban gratuitamente. Sabían que Eli producía tónicos y cremas, como lo hacía su madre, para obtener un ingreso adicional. Se despidieron con afectuosos abrazos y besos. Olivia, encandilada con la calidez familiar, inclinó las mejillas para recibir los suyos.

Parte II

Capítulo 16

En el hemisferio norte, durante el verano, se registraron las usuales olas de calor. El número de muertes producto de la deshidratación y del estrés corporal alcanzó un nuevo récord en Alemania. En España, la población se guarecía en las grandes urbes de Madrid, Barcelona y Bilbao. Durante esas semanas, no se apagaba el aire acondicionado y se mantenían horarios mínimos de trabajo para ahorrar energía. En el hemisferio sur, una helada andina estropeó la cosecha de Supermaná. Los Estados de la región sobrevivían con las provisiones de emergencia y volvían a sembrar el cereal aprovechando los cortos tiempos de cultivo que esta planta requería.

El Reino Unido no fue ajeno a los estragos del calor y hubo muertes. Un huracán del Océano Atlántico devastó el sur del país y los damnificados se desplazaron hacia el centro de la isla, a un refugio temporal, hasta que pudieran ser reubicados alrededor de las grandes ciudades.

Hacia finales de septiembre, con el fin de la estación seca, la temperatura empezó a estabilizarse. El calor se replegaba, dando paso a un período frío de lluvias. Aunque nadie extrañaba el sofoco, tampoco era agradable ver días continuos de precipitación en que se podían inundar calles y sótanos. El péndulo se movía hacia el otro extremo y se padecían noches gélidas. Con el sol cubierto por nubarrones, se dificultaba la carga de baterías solares y se producían otros problemas, aunque se contaba con un suministro más confiable de agua.

Las últimas semanas de septiembre eran las más plácidas del año. La Tierra parecía sosegarse antes de sufrir oscilaciones peligrosas.

***

Sam había terminado el colegio y, con dieciocho años recién cumplidos, esperaba con excitación su primer día de trabajo en Omen. Aunque fueran pocas horas a la semana, era un paso firme hacia adelante. Pese a que no iba a ganar mucho, era suficiente para que Eli dejara de atender turnos de noche.

Con el dinero acumulado durante el verano, Sam invirtió en un abrigo de fibra sintética que combinaba perfecto con faldas y pantalones de menor calidad. Le costó una fortuna; sin embargo, sabía que debía esmerarse en su apariencia para llamar la atención en un mundo en que las novedades pasaban de moda en un cerrar de ojos y en el que perduraba quien se reinventaba con inteligencia o excentricidad. Esa oportunidad representaba su única salida de la pobreza hacia una existencia de comodidad sin la amenaza del calor ni del frío extremos. Además de seguridad y bienestar, con el tiempo, se garantizaría un estilo de vida opulento de champán, ropas finas y, por qué no, tratamientos de longevidad, porque, de alcanzar sus metas, desearía vivir para siempre.

Llegó a una recepción ultramoderna atendida por agentes automáticos de seguridad y se presentó. La hicieron pasar y subió a un piso alto del rascacielos. Para ella, la altura no constituía una metáfora de grandiosidad, era símbolo real de poder. Quien quisiera un lugar en una sociedad de limitados recursos y oportunidades debía erguirse alto y mirar a los demás por encima del hombro. Los rascacielos hacían lo mismo: observaban desde el firmamento a los edificios chatos de menor rango. Por eso mismo, la estatura humana representaba otro signo de exuberancia. Solo aquellos con poder económico podían propiciarse ventajas genéticas, conformando una clase anómala de hombres y mujeres espigados. Sam sabía que debía suplir su corta estatura con astucia y enormes zapatos de plataforma. Al menos —suspiraba ella—, la genialidad y la intuición no se podían replicar, aún.

130

Remington la recibió atareado y la hizo sentar en un cubículo cerca de su oficina. Ella, enseguida, le ofreció café. Había visto la estación de bienestar a la entrada del piso. Él le dijo que de eso se ocupaba el servicio automático, que tuviera paciencia, que ya la iba a atender, y continuó revisando una presentación para una conferencia virtual. Sam insistió: «Dime lo que quieres tomar, no tendrás ni tiempo para hacer tu pedido». «Café negro, sin azúcar, grado tres de intensidad, cafeína extra», respondió él.

Ella aprovechó para caminar por las oficinas, sonriendo a su paso. Que notaran su presencia, confiada y feliz, porque ella se sentía inmensamente dichosa. ¡Qué increíble era estar allí! Entendió el sistema de las máquinas de bebidas de inmediato. Para ella, la tecnología no implicaba ningún obstáculo. Aprendía con rapidez e, incluso, podía sugerir nuevos usos y mejoras, porque Sam percibía con facilidad lo que la gente sentía, buscaba y deseaba.

Entró a la oficina de su jefe y le dejó el café, aprovechando para mirar la enorme pantalla de conferencias. Loren McQueen percibió su presencia por un instante y volvió a la conversación. Sam, discreta, dejó la oficina de inmediato. Sabía cuándo se requería su presencia y cuándo hacer la retirada. También sabía que un gesto tan simple como ofrecer café era una gran oportunidad para hacerse ver y mostrarse amigable. La confianza debía crecer con Remington, quien se mostraba reacio a abrirse.

Dado que su jefe estaría ocupado un rato, decidió caminar por las oficinas y familiarizarse con las instalaciones y, en especial, con la gente que trabajaba allí. Algunos discutían; otros probaban gafas virtuales; equipos de dos o tres dibujaban en una pantalla digital... El lema parecía ser: «Muévete, muéstrate, pretende que trabajas, llama la atención».

Le sonrió a quien pudo y, aunque algunos se giraban para verla, volvían a su ajetreo al instante: Sam era una desconocida, sin introducción, y nadie dedicaba energía a los principiantes. Sin poder hacer amigos, volvió a su cubículo y se familiarizó con su equipo de trabajo y sus dispositivos inalámbricos. Siguió las instrucciones y cargó el paquete de programas de Omen en su equipo personal nuevo de la más avanzada tecnología, que solo usaba la clase privilegiada: un brazalete y unas gafas inteligentes estilizadas que se sostenían con una visera muy ligera que permitía levantarlas o bajarlas cuando se necesitara.

Cuando Remington tuvo tiempo para atenderla, ella retiró la taza vacía y le ofreció traerle un refrigerio.

—No has venido de camarera. Me sorprende que tú, con tus ínfulas de grandiosidad, quieras servirme.

—No te estoy sirviendo, Remi; estoy ayudándote a mejorar tu eficiencia. Déjame entender tus rutinas y seré el mejor asistente personal que hayas tenido. Las computadoras no logran leer entre líneas o anticipar tus deseos. Solo una persona puede hacerlo. Y creo que estás cansado, que esa conferencia te ha puesto de mal humor y necesitas respirar. ¿Un *snack*?

—Me fastidia tu atrevimiento. No tienes ni la experiencia ni la inteligencia para saber lo que necesito —dijo él, enfadado—. Pero ya que insistes, tráeme una barra nutritiva de vainilla y no me molestes en la tarde.

Sam se sintió ofendida con el último comentario acerca de sus facultades intelectuales. Contuvo su malestar y sonrió. Sabía que Remi lo hacía para restituir su superioridad. Ella aprovecharía el tiempo, aprendiendo lo máximo que podía en su puesto de trabajo.

«Giraré alrededor tuyo como un girasol —se dijo Sam—, anticipando tus necesidades y tus deseos, hasta que ya no me sirvas».

***

Lucas besó a Olivia en la nuca y ella sonrió, cautivada. Él amaba de forma especial: se detenía y volvía a empezar, descubriendo espacios que no había tocado antes. Esos juegos de caricias y besos, antes y después del sexo, eran un elixir para Olivia, acostumbrada a la soledad y a la falta de cariño. Esos abrazos cálidos y mimos la transportaban, como en el mejor sistema de realidad virtual, a un paraíso terrenal. Lucas gozaba viéndola desbordada de placer entre sus brazos. Su atención y gentileza natural habían logrado conquistarla. En la mutua compañía, parecían dos adolescentes inexpertos que hacían el amor por primera vez en perfecta compatibilidad emocional: ella demandaba cariño y él lo entregaba a raudales.

—Tus padres son tan amorosos —dijo Olivia, cubriéndose el cuerpo desnudo con las sábanas—. Deberías ir a visitarlos más seguido. Se ve que te extrañan, no dejaban de abrazarte.

—Lo sé. Es que, cuando voy, me lanzan algún discurso para que «enderece mi vida». Ellos querrían que trabajara en causas trascendentales, que deje los videojuegos, que haga más y duerma menos.

—Estoy segura de que tus padres se sienten orgullosos de ti, eres un niño inocente.

—¿Y te gusto así o quisieras más?

—¿Más qué? No necesito nada más; eres el hombre perfecto, cuerpo de hombre, corazón de niño. Qué más se puede pedir.

—Lo de niño no solo está en el corazón, me siento como uno —dijo él, avergonzado—. Prefiero abstraerme del mundo con mis juegos y ruego que no termine la carrera. ¿Qué trabajo voy a encontrar? Quisiera comprar una casa, instalar el mejor sistema de aire y agua, comer pan de cebada en lugar de polvo... No lo veo en mis manos.

—Yo sé que estoy en una mejor situación que tú, pero también me siento perdida. Nada es mío... Este departamento es de mi padre.

—Has conseguido un trabajo de influente y tienes cincuenta mil seguidores.

—No me importa en absoluto. Nunca me he acostumbrado a ser el centro de atención, a poner mi cara sonriente y pretender que soy feliz. Porque la gente quiere felicidad. Solo me siguen porque me apellido Harding.

—¿Por qué no trabajas para tu padre? ¿Por qué no vendes sus productos?

—Mi padre no produce nada, desarrolla tecnologías y vende las patentes. Yo quiero independizarme. Me agobia tenerlo encima. Está pendiente de cada movimiento que hago.

—Te quiere a su manera. Hay padres que son cariñosos, otros demuestran el afecto de forma diferente.

—No es su falta de cariño, es su control. No quiere que lo vaya a avergonzar, que su reputación sea dañada por las locuras de su hija.

—¿Y qué locuras puedes hacer tú? —preguntó Lucas, incrédulo.

De repente, se escuchó el clic de una puerta. Unos pasos llegaron hasta el medio de la sala y una voz llamó a Olivia.

—Anda al baño, Lucas, y no salgas… ¡Ya voy papá, me estoy vistiendo!

Lucas, angustiado, hizo lo que Olivia le pidió. Apenas pudo alcanzar su ropa y se escondió en el baño. Olivia fue al encuentro de su padre.

—Habíamos quedado en que los domingos vendrías a casa —dijo él.

—Lo siento, papá. Salí anoche y como ves me he levantado tarde. ¿Qué haces en el centro?

—Tenía una conferencia y preferí hacerla desde la oficina; me gusta leer los rostros en persona.

—¿Le pediste a tu gente que vaya a la oficina hoy domingo? Tú no cambias… Esa gente tiene familia. No basta con hacerlos trabajar horas extraordinarias durante la semana, ¿los invitas a discutir contigo un domingo en la mañana?

—Olivia, no he venido a pelear —dijo él. En ese momento, sonó un chasquido—. ¿No estás sola?

—Claro que lo estoy… Es el aire, hace ruido de vez en cuando.

—Vamos, termina de arreglarte.

—Hoy no. Voy con las hermanas Mars, me han invitado.

—No me mientas. —Harding miró a su hija, incisivo—. Haz lo que quieras, no voy a mendigar tu cariño. Y arregla ese aire, recursos y tiempo no te faltan. Que este lugar esté en perfectas condiciones, tal como te lo di.

Harding se despidió con un gesto de mal humor y dio un portazo. Solo su hija podía sacarlo de sus casillas.

Cuando se fue, Lucas asomó la cabeza por la puerta del baño, buscando a Olivia, quien le hizo un gesto para que saliera.

—¡Diablos! Debiste advertirme que tu padre podía aparecer aquí en cualquier momento.

—¿Ves? Controla mis movimientos. Un día que no voy y viene a ver en qué ando. Pues, hoy me quedo contigo —subió ella el tono de voz.

—¿No te has puesto a pensar que a lo mejor tu padre se siente solo y quiere compañía?

—Pues ¡maldita forma de pedir afecto! Cuando no le das lo que quiere, lo succiona luego con crueldad, como un vampiro.

—Vamos, no es para tanto. Solo te ha pedido que arregles el aire.

—No se trata de lo que pide, sino de cómo lo pide, haciéndote ver que eres un desastre, que no puedes hacerte responsable de nada. ¡Vámonos, salgamos de aquí!

Se arreglaron para salir y partieron en la motocicleta de Lucas. Un vehículo negro ovalado esperaba en una esquina. Harding vio a su hija aferrada a Lucas Chiarello.

Capítulo 17

L a lluvia empezó a caer en los primeros días de octubre. Eli sintió el frescor de la precipitación y se dirigió al instituto, entusiasmada.

El pequeño laboratorio, impecable y organizado para economizar espacio, estaba listo. Sin embargo, en la puerta faltaba el permiso de esterilización. No se había realizado. Cuando Eli reclamó, le dijeron que su solicitud, enviada el mes anterior, figuraba por error como tramitada. Ahora tenía que esperar una semana más.

Bishop lo había hecho de nuevo. Al menos, eso pensaba Eli.

—Estás haciendo una tormenta en un vaso de agua —dijo Lucas—. ¿Por qué Bishop se tomaría el trabajo de interferir en cada uno de tus pasos? Recuerda que, desde su punto de vista, un estudiante que no termine una tesis es motivo de vergüenza y se verá en el aprieto de explicar las razones del fracaso. Nadie puede culpar enteramente a un estudiante, salvo que haya sido negligente.

—O haya abandonado la tesis a voluntad. Eso es lo que quiere, que desista y abandone. No tendrá que explicar nada: «Ella fracasó por inconstante o incompetente», declarará ante el consejo.

—Pero tú no vas a abandonar nada. ¿De acuerdo? Porque, si tú no te gradúas, yo tampoco. Y así como yo he aceptado trabajar con ratones, tú aprenderás a trabajar con la salamandra.

—¿Y qué vamos hacer esta semana? —protestó Eli.

—Avancemos con la literatura científica... Vamos a la biblioteca.

***

Una semana después, Eli recibía a los roedores de apenas unas semanas de nacidas. Por suerte, no hubo retrasos en esto. Las acomodó en los contenedores de vidrio de observación con los típicos elementos de interacción: ruedas de ejercicio, comederos y bebederos.

Había dos grupos de sujetos: los que recibían el Viadélum, que se mezclaría con el alimento —un polvo de Supermaná especialmente formulado para ratones de laboratorio— y los roedores de control, sin la droga. De ser adictiva, los roedores bajo el régimen de la droga comerían más, subirían de peso, se ejercitarían menos y, en general, mostrarían comportamientos distintos a los de control. En especial, se perturbarían cuando se les removiera la droga.

Etiquetó a los ratones y los observó. Eran muy pequeños porque habían sido modificados genéticamente para reducir su expectativa de vida con el fin de acortar la duración de los estudios. Tenían un pelaje blanco brillante, con hocicos puntiagudos rosados, unos bigotes finos y graciosos dientes. El más chiquito, que inusualmente tenía los ojos oscuros en lugar de rojos, se subió de inmediato a la rueda y exploró su entorno con vivacidad, mientras que los demás roedores se mantenían sigilosos. Eli lo agarró con cariño.

—Lamento tratarte de esta forma —dijo ella, auscultándolo—. «Azulejo», así te voy a llamar, porque me parece que tus ojos no son negros, sino azules.

Cuando llegó Lucas sin la autorización de Bishop para acceder al escáner de diagnósticos, Eli estalló. Dejó a Lucas encargado del laboratorio y salió al encuentro de Bishop. El escáner era importante para detectar cambios en el cerebro: presencia de tumores, reducción de la masa cerebral, actividad eléctrica anormal, etc.

Esperó a la profesora, quien le mandó decir que reservara una cita con su asistente. «Cinco minutos, es lo que necesito», rogó Eli.

Eli pasó a su oficina y, sin preámbulos, pidió acceso al escáner. Insistió en que era crucial para detectar cambios en el cerebro de los roedores.

138

—«El objetivo del estudio es investigar si el Viadélum genera adicción» —leyó Bishop—. Tus palabras, Eloísa. Si querías ver la formación de tumores, has debido presentar otra propuesta. No hay presupuesto para que accedas al escáner. Y no es necesario. O genera adicción y las ratas comen de más, o no la hay. Ese es tu foco de atención.

—Sin embargo, los grandes descubrimientos son con frecuencia espontáneos.

—Entonces confórmate con observar si los ratones desarrollan colas más largas o se muerden entre sí —se burló Bishop.

—Eso no es de utilidad.

—¡Claro que lo es! ¿Tú crees que un ratón enfermo con un tumor en el cerebro va a actuar de manera normal? Perdería la coordinación, quedaría desorientado. Por lo visto, no has pensado en hacer pruebas de memoria. Pide una cita con mi asistente para discutir qué exámenes debes hacer.

Rendida, Eli se levantó. Antes de cruzar la puerta, agregó:

—¿Por qué nunca me dijo que conoció a mi madre?

—¿Quién es tu madre?

—Nina Mars.

—No sabía que era tu madre —dijo Bishop y la miró con detenimiento—. Ahora que me lo dices, puedo ver el parecido, tienes sus mismos ojos. —Hizo una pausa y añadió—: Jamás se me cruzó por la cabeza. ¿Por qué iba a hacer la asociación? Pensé que usabas el apellido de tu padre.

Eli se marchó. No creía, en absoluto, que Bishop no hubiera pensado en el posible vínculo. Físicamente, Eli se parecía a su madre. Estudiar carreras científicas representaba otro indicio. El fanatismo de Eli por Sanders de seguro lo habría heredado de ella. Cualquiera que conociera estos antecedentes, hubiera hecho la asociación. Eli pensaba que algo había ocurrido entre su madre y Teresa Bishop, si no, cómo explicar la constante antipatía de su profesora hacia ella; era un odio por extensión, como cuando se desprecia a una familia entera o incluso a una nación a raíz de una querella histórica.

Bishop siempre había sido una presencia incómoda que la azuzaba con críticas sutiles o comentarios que rozaban el menosprecio. Eli había respondido con la misma moneda, aprovechando cada ocasión para enfrentarla con opiniones controvertidas. Ya no recordaba cuál había sido la primera interacción tóxica entre las dos, solo que la animosidad había empeorado. A la vista de los demás, se trataba de una simple rivalidad intelectual que los profesores más atrevidos fomentaban. Sin embargo, para un alma joven en formación, sin la madurez o la guía positiva de un mentor, constituía una relación afilada. Cada crítica de Bishop golpeaba su autoestima y ella se defendía.

Dejó la oficina de Bishop con un propósito: debía conseguir un equipo sustituto. Ella le ganaría esa batalla a la oruga. Le envió instrucciones a Lucas y se marchó.

*

Al llegar a las oficinas de Harding, pidió hablar con Thomas Price, quien, después de una corta espera, la hizo pasar al gran despacho de Joseph Harding. El aire le helaba hasta los huesos. No había previsto la posibilidad de que Harding la atendiera en persona y lamentó su selección de ropa. Al menos, no sudaba; la brisa fresca de octubre le permitía pedalear sin que se le empapara la espalda.

—Señor Harding, gracias por recibirme, pero no era necesario. Quería hablar primero con el señor Price, tantear la posibilidad de mi pedido —dijo Eli con timidez ante la mirada intensa de Harding.

—Eres inteligente, pero te falta calle. —Se levantó de su asiento y, mirando la ciudad a través del ventanal, agregó—: No debes tantear el terreno siempre, porque eso significa anticiparle a tu rival lo que quieres. Debes hacer propuestas contundentes y tener en claro qué vas a hacer si es que no lo consigues en el primer intento.

—No pensé que fuéramos rivales. Usted apoya un proyecto mío y yo no quiero abusar de su generosidad. Por eso pido...

—«Por favor, gracias y perdón» no te van a llevar lejos. Debes aprender a manejar la docilidad y la agresión de acuerdo con las circunstancias. ¿Qué quieres y por qué?

—Bishop no me ha asignado el presupuesto del que hablamos. De los veinticinco que usted ofreció, ella me dio cinco mil —explicó ella—. Se ha quedado con el dinero, aduciendo que es un donativo sin condiciones.

—Estoy al corriente. No puedo financiar proyecto alguno a mi nombre.

—¡Ella hace lo que quiere en ese departamento! Incluso dijo que me alegrara por los cinco mil cuando el promedio recibe mil.

—Bien por Bishop —dijo él—. Ella no hace lo que quiere, sino que encuentra la forma lícita de avanzar en el juego. Te da más dinero a ti que al resto, conque nadie puede reclamar que te ha desfavorecido, y usa el dinero como mejor le conviene de acuerdo con los procedimientos establecidos.

—Sí, pero...

Harding miró su reloj, impaciente, y Eli se movió nerviosa en el asiento. No sabía si su presencia era bienvenida o indeseada, si era momento de partir o lanzar una propuesta tajante.

—Has recibido cinco mil, ¿qué más quieres? —preguntó él con un tono que, en lugar de constituir una orden, la invitaba a hablar con firmeza.

—Un escáner. Quiero estudiar el cerebro. Necesito un equipo pequeño y móvil que pueda esconder en el laboratorio. Uno de segunda mano podría costar mil elibras. Y no quiero un donativo, sino el dinero. Ya aprendí la lección.

—Se te ofreció dinero desde el principio y tú no quisiste tomarlo por seguir principios de honestidad extremos. El exceso de virtud puede terminar siendo un defecto, Eloísa. Autorizaré el pago con Price, no te preocupes.

Eli se levantó con una nueva fuerza. Había logrado lo que quería y se sentía vigorizada. Para despedirse, le extendió firme la mano, que por la tensión interna ahora estaba tibia. Él correspondió con una suave compresión de unos segundos mientras fijaba sus ojos fríos sobre ella.

Harding la confundía sobremanera. Por momentos, parecía un mentor, alguien que la guiaba o instruía y, por otros, emergía como un socio calculador o empleador exigente. En especial, sus ojos grises clavados en los suyos, sin pestañear, la turbaban. Ella respondía con lo opuesto, parpadeando nerviosa. A veces, Eli percibía una cualidad paternal en la forma en que él le hablaba. Joseph Harding era en realidad un enigma que la energizaba y perturbaba al mismo tiempo.

***

Al final del día, Eli se desplomó en su cama, exhausta. Una batalla ganada, aunque elevaba los ánimos, consumía las fuerzas, que debían ser conservadas para continuar la guerra. Así percibía ella la responsabilidad en sus manos. La abuela decía que se había «cargado los problemas del mundo sobre los hombros» de manera voluntaria. Mark la llamaba huraña e idealista. Sam la consideraba una madre sustituta tirana. Lucas había identificado su gran defecto, su «visión de túnel»: obsesiones y fijaciones que no le permitían ver flancos luminosos. Bishop la consideraba de por sí un conflicto. Y Harding... —padrino, socio, financiador y patrón— había dicho que le faltaba astucia. Sin embargo, este hombre era el único que la vigorizaba y, por ello, Eli escuchaba sus juicios con atención.

Antes de dormir, le surgió un pensamiento: ¿mencionaría su madre a Bishop en sus libretas? Si fueron amigas o colegas, ¿habría referencias? Buscó las libretas de notas más antiguas, antes de que su madre quedara embarazada. El año del supuesto arresto: 2039. Quizás encontraría menciones de sus actividades en defensa del medioambiente o poemas sobre ello. ¿Fueron o no amigas? ¿Qué sucedió para que rompieran lazos?

Sanders aparecía con frecuencia. Se notaba que su madre lo admiraba por sus conocimientos y que el gurú ejercía cierto magnetismo. Nina introducía comentarios del biólogo y reflexionaba acerca de ellos:

Junio, 2039

> *La temperatura ha llegado a niveles preocupantes, pero ni la ONU ni el Gobierno se atreven a declarar una emergencia. Sanders lo confirma: «Estamos caminando como zombis hacia un arrecife de muerte y caos». ¿Por qué negarlo? ¿Qué bien nos hace vivir a ciegas?*

Su madre era una ferviente seguidora y asistía a eventos organizados por él con regularidad. Se incluían notas de seminarios y días de conferencias.

> *8 de agosto: Campaña «Siembra tu huerto».*
> *15 de agosto: Reunión con Sanders.*

*3 de septiembre: Conferencia sobre el manejo de la
biodiversidad en espacios pequeños.
19 de septiembre: Sanders. Seguimiento.
7 de octubre: Vigilia contra el cultivo del Supermaná.
Lugar: Museo Británico.*

El 7 de octubre de 2039 fue el día de la Revuelta. ¿Sería
posible que su madre hubiera estado más cerca de Sanders que lo
que ella imaginaba? ¿Habría participado en la violencia o en la
organización de un acto subversivo? ¿Podría hablar con Teresa
Bishop al respecto? ¿Querría hablar? ¿O habría enterrado su
pasado?

*

A la mañana siguiente, antes de partir al instituto, habló con
Audrey y le preguntó si se acordaba de Teresa Bishop. Su abuela
debía de recordar a los amigos de su madre, si fueron cercanos.

—No me acuerdo de ninguna Teresa. Me acuerdo de una
Tess —dijo Audrey—. ¿Bishop? No recuerdo el apellido de
Tess.

—Abu, ¿crees que se trata de la misma persona? —Eli le
mostró una foto digital de la directora Bishop.

—Es posible, siempre fue gordita y tenía el pelo rizado.
—Audrey auscultó la foto—. ¡Qué seriedad! Parece un agente de
la policía. Tess era dulce, risueña. Eso sí, trabajaba como un
caballo, horas y horas en el jardín, podando y cuidando. Por eso
la recuerdo bien. Tess incluso venía sola para proteger las
plantas; las cubría si se pronosticaba una helada o venía para
regarlas si no había llovido. Las estudiaba, chequeaba si sufrían
pestes. Creo que se obsesionaba tanto como tu madre.

—¿Y eran buenas amigas?

—No lo sé. Eso sí, trabajaban con Sanders en el proyecto de
las Superhuertas. Tu madre apoyaba a la comunidad en la
creación de huertas y nos pidió usar el jardín en nuestra casa en
St Edmunds. Venían Gianluca y Mary, que en esa época eran
novios. Y recuerdo a Tess.

—¿Y qué pasó después?

—Todo cambió cuando arrestaron a tu madre. No volvimos a
ver a nadie de ese grupo, excepto a los Chiarello. Ellos
mantuvieron la amistad con tu madre. Nosotros estábamos

143

contentos con la transformación de Nina. Por fin, había paz en esta casa. La tonta pudo haber terminado en la cárcel, ¡por plantar una huerta!

—No la arrestaron por eso, sino por la Revuelta, ¿no es cierto? —dijo Eli.

—La arrestaron por estar detrás de Sanders. Tu madre jamás robaría o rompería una pieza de arte. Otros, no sé. Había unos que me asustaban. Como estábamos cerca de Cambridge y se habían prohibido los movimientos políticos en la universidad, venían a preparar y esconder pancartas para las protestas y escribían cada cosa… «¡Muerte al capitalismo!». «¡El Supermaná es un crimen contra la humanidad!», cosas por el estilo. Había uno que incluso insistía en que el primer ministro debía ser degollado por corrupción. Recuerdo el dibujo con el ministro ahorcado en la Torre de Londres. Un verdadero horror. Tu abuelo y yo creíamos que íbamos a caer en una redada de la policía. Un día nos cansamos y prohibimos la actividad política en la casa. No entraba nadie ni con pintura ni con emblemas. Tu madre se enfadó y dejó de venir por un tiempo.

—Y después del arresto, ¿mamá cambió y abandonó al grupo?

—No tuvimos ni que pelear, y eso que lo veníamos haciendo por años. Estuvo presa cuarenta días y eso fue suficiente para hacerla desistir. El día que salió de la cárcel estaba lívida, era un saco de huesos. Abandonó sus estudios en Cambridge y se mudó con nosotros. Reemplazó los vegetales por rosas y por plantas medicinales y a eso se dedicó, a vender tónicos y cremas naturales, hasta que empezó a secarse cada hoja, cada pétalo —gimió la abuela—. Tu madre murió con las rosas.

—Me acuerdo de las flores y de las pomadas medicinales. Las hacíamos juntas en la caseta del jardín. Yo ayudaba machacando con un mortero.

—El olor de ese lugar… ¡Dios Santo! Esas hierbas olían a estiércol.

—Pero luego las esencias se estabilizaban y emanaba un perfume agradable. Qué pena que nos vinimos para Londres; extraño el campo.

—No tuve otra alternativa. Nuestra comunidad se convirtió en un pueblo fantasma. La gente huía a la seguridad de la ciudad donde al menos había agua y electricidad. Incluso los Chiarello querían marcharse y comprar esa finca donde viven ahora. Nos estábamos quedando solos. Cuando murió tu abuelo, no vi otra solución.

—¿Te sientes sola, Abu? ¿Extrañas al abuelo?

—Sí, mucho, tu abuelo era un hombre bueno, pero le tocaba marcharse. En cambio, tu madre, tan joven... En ocasiones me pregunto qué otras cosas hubiera hecho, creado o descubierto. Qué poemas, qué dibujos, qué medicinas... Seríamos una familia muy bonita, cuatro mujeres, tres generaciones. ¿No crees?

—Claro que sí —dijo Eli y abrazó a su abuela.

—Siento mucho el que haya perdido el tiempo discutiendo con mi hija, insistiendo en que dejara sus actividades políticas, a ese grupo «subversivo», como lo llamaban. Recuerdo las peleas, los portazos. Vivíamos angustiados durante los períodos en que no venía a vernos. Debimos ser más comprensivos, apoyarla más, porque no estaba equivocada.

—Pero también tienes buenos recuerdos, ¿no?

—Claro que sí. Cuando decidió abandonar la contienda se dedicó a ustedes y tuvimos paz y felicidad por muchos años, a pesar de la incertidumbre y los cambios radicales.

—¿Por qué esperó tanto tiempo para tener a Sam?

—Quería darte una hermanita, pero, como tuvo un embarazo difícil contigo, postergó la decisión. Un día se resolvió y se dijo que, si prendía sin gran esfuerzo, la tendría. Y así fue. Sam llegó sin problemas ni dolores.

—¿Y nunca se preguntó si era conveniente traernos a este mundo? —preguntó Eli, sobrecogida.

—Eli querida... Lo único que sé es que tanto tu madre como nosotros estábamos felices con tenerlas. —La abuela la abrazó y la besó—. El mundo no es tan terrible como crees. Tú te focalizas en lo negativo y te olvidas de lo que ofrece. ¿No estamos juntas? ¿No tenemos alimento? Ya vas a encontrar tu camino y le darás significado a tu vida.

Capítulo 18

Eli partió al instituto. Pensó durante el trayecto en Teresa Bishop y en su madre, en las razones del cambio tan radical en sus vidas. Sin duda alguna, el arresto y el tiempo en prisión las marcaron, a tal punto de abandonar la vida que habían recorrido con pasión hasta entonces. Su madre, dedicada a sus plantas medicinales, y Bishop, entregada a perseguir el éxito académico. ¿Las habrían amenazado en la cárcel? Los cargos eran graves. «Genocidio cultural», decretaron oficialmente. El mundo entero vio horrorizado las imágenes de los museos destrozados y la acción de los oportunistas que se infiltraron, saquearon y destruyeron. ¿Cómo fue posible que un evento que se suponía que era una manifestación pacífica terminara en una zona de guerra, con muertos, miles de arrestados y cargos por terrorismo?

Aún se podían ver las escenas en la red, aunque algunos países las censuraban; no querían promover semejante violencia. ¿Cómo se descarrilaron las protestas cuando el objetivo era simplemente enviar un mensaje a las clases gobernantes? «Abran los ojos: la humanidad, su genialidad y belleza están a punto de extinguirse». Lo que se quería proteger, el símbolo de la superioridad humana, fue arrasado por hordas escondidas tras monstruosas máscaras.

¿Cómo se infiltró tal número de criminales y de ladrones? ¿Por qué se desató la violencia? ¿Eran delincuentes o gente hambrienta, iracundos porque un cuadro valía más que un ser humano? Para la gente famélica, una piedra preciosa, un marco dorado y una bóveda pintada no valían nada. Para los que

147

perdían el empleo o no podían pagar un suministro limpio de agua y veían a sus hijos enfermar y morir, una obra de arte o un artefacto milenario no significaban nada.

Entre cavilaciones acerca del pasado y recuerdos de su madre, sintió simpatía por aquellos que intentaron hacer algo por medios pacíficos y hasta arriesgaron la vida.

Cuando Eli llegó al instituto, vio a Bishop, que subía la escalinata de la puerta principal, y sintió respeto por ella. Entendió en parte que hubiera abandonado la lucha, porque su madre había hecho igual. Se preguntó si ella misma desistiría en el futuro, porque sabía que la pelea debía continuar.

Cuando llegó al laboratorio, Lucas la esperaba con una mirada desaprobatoria y exigió una explicación. Una caja yacía en el medio y dentro había un escáner portátil ultramoderno, enviado sin remitente a nombre de los dos.

—No tenemos autorización de Bishop para usar esto, así que dime cómo lo has conseguido —protestó Lucas.

—Tú no te preocupes, el asunto está arreglado. Me lo dio JTC, la entidad que nos está financiando. Lo vamos a usar al final de la semana, nada más.

Eli cubrió el logo y las descripciones de la caja con pintura negra ante la mirada atónita de Lucas, y colocó el equipo en una esquina del área de trabajo.

—Espero que sepas lo que estás haciendo porque crimen que cometas tú en esta empresa se me achacará a mí por cómplice —dijo Lucas.

—¿Crimen? ¡Es un escáner, por Dios Santo, no una bomba biotómica! —exclamó ella—. Vamos a trabajar, hoy empezamos con el primer ciclo.

Cada ciclo duraba una semana: cinco días de Viadélum y dos de descanso para replicar las recomendaciones de Omen. En total, se examinarían veinte ciclos durante seis meses a lo largo de la vida natural de un roedor de laboratorio, desde la adolescencia hasta la muerte. Esto permitiría observar los efectos del Viadélum a largo plazo. En un determinado momento, se removería la droga para analizar el efecto de la abstinencia en los roedores. Si ejecutaban el plan al pie de la letra, el experimento terminaría en marzo.

***

148

La vida de Sam en las oficinas de Omen era como ella se lo había imaginado: dinámica y esplendorosa. Aunque solo iba veinte horas a la semana, podía asistir, sin compensación, a cualquier evento de márquetin. Ella no desaprovechaba la ocasión para conocer a otros empleados de la empresa y buscar suscriptores, porque su empresa de influente marchaba viento en popa. Había logrado un hito en el número de seguidores: veinte mil. Había conseguido patrocinadores de ropa, de programas deportivos virtuales y de barras nutritivas. Sin embargo, apenas ganaba dinero y sabía que el negocio residía en la venta del Viadélum. Sam fantaseaba... Si sus veinte mil seguidores le compraran pastillas, podría hacer mucho dinero. Sus viajes virtuales eran divertidos y creativos; no obstante, no poseía la licencia para vender la droga. La seguían porque les proporcionaba un entretenimiento diferente: expectación y vida comunitaria.

Sin embargo, para Sam, su canal implicaba un trabajo descomunal, que dependía de la ayuda de la abuela. Había que tomar notas de algún viaje que hubiera hecho, identificar aspectos idílicos, placenteros o interesantes, investigar acerca del lugar, crear una ruta y comentarla. Tuvo que inventar la siguiente travesía porque la abuela, de experiencia reducida, ya se había quedado sin viajes de los que extraer inspiración. Imaginar un viaje completo era un trabajo para un apasionado de la historia y la geografía, no para Sam. Y lo que había comenzado como un proyecto espontáneo, terminó siendo una pesada carga que no se compensaba con la venta esporádica de gorros o bloqueadores solares. Sam empezó a perder seguidores, pero eso no le importaba: no era su público objetivo. Hoy ganaba lo suficiente como asistente de márquetin y esperaba convertirse en influente oficial de Omen y vender el Viadélum. Encontró la oportunidad: el lanzamiento de una nueva generación de influentes.

Cada cierto tiempo, Omen lanzaba una nueva generación de vendedores energéticos y entusiastas. Obsesionados por ser parte del imperio Omen, invertían un dineral en la carrera y en el inventario del Viadélum, que debían vender si querían recuperar el capital. Debido a su poderoso deseo de alcanzar el éxito, el pico de las ventas siempre se registraba en este segmento de influentes ambiciosos, hasta que sucumbían endeudados o agotados.

La mayoría de jóvenes que terminaban la escuela no continuaban su formación. Se requerían estudiantes de ciencias y tecnología: física solar, bioquímica, genética, etc. O entendías de inteligencia artificial o te dedicabas a vender entretenimientos virtuales. O conseguías una beca o vivías de un subsidio básico de desempleo. Las necesidades del mundo habían cambiado drásticamente y, en un entorno de escasos recursos, se priorizaba la educación de aquellos que sostenían las industrias del poscambio climático. Unos cuantos privilegiados se dedicaban a las letras o el arte.

Sam sabía que su talento residía en el entendimiento de la gente y que podía prosperar en el campo del márquetin. Primero debía conseguir un puesto oficial de influente en Omen. El proceso de selección no era fácil: debías poseer un número mínimo de seguidores y obtener financiamiento para comprar los equipos y el inventario del Viadélum. Un influente que no lograba vender caía en una espiral destructiva, endeudado con una tasa abismal de interés por morosidad, reflejo de la volatilidad del sistema financiero en una economía sin posibilidades de crecimiento.

El lanzamiento de la nueva generación de influentes implicaba además la depuración de aquellos que no rendían. Se exigía una productividad alta y constante. Se brindaba entrenamiento, formación y guía, por un precio. Era una competencia frenética. Aquellos que sobresalían lograban remuneraciones económicas sustanciosas y gran prestigio; los demás eran podados como árboles muertos.

Remington le dio la tarea a Sam de proponer quién debía ser depurado «a modo de ejercicio». Quería saber si tenía ojo para detectar el talento. «Si eres un buen vendedor, sabrás también quién lo es y sobre todo quién no lo es. Tráeme la mala hierba que ocupa espacio y desperdicia nuestro tiempo», había dicho. No bastaba con chequear si se habían alcanzado las metas de venta. El veredicto dependía de una cantidad de indicadores cuantitativos y factores subjetivos, un lenguaje que Sam aprendía con rapidez.

Su instinto le decía que la audiencia quería ser parte de la tropa. Por lo general, seguían a quien ya contaba con miles de suscriptores. Lo importante era pertenecer: ser un clon feliz y seguro.

Sam sabía que el truco para vender radicaba en hurgar en los deseos de la gente, y la mayoría de la gente quería optimismo y distracción, ser bellos como «los hijos del laboratorio» y vivir largas vidas sin preocuparse del agua, la energía o la muerte de la naturaleza. El márquetin del poscambio climático no había variado en absoluto: se satisfacían las fantasías de la audiencia.

Sam observó a cientos de influentes. Identificó de inmediato a los vendedores superiores: aquellos que combinaban un rostro atractivo, una sonrisa encantadora y un mensaje corto, impactante y emocional. Los siguientes influentes que triunfaban eran los de extraordinaria belleza que se especializaban en vender cirugías estéticas. La tercera categoría de influentes exitosos exploraban el placer sexual y el erotismo —y sus diferentes ramificaciones: el sadomasoquismo, el fetichismo, etc.—, categoría de la que Remington se ocupaba personalmente. Otros vendedores populares eran los estridentes y los jocosos; vendían los productos con gran optimismo, distrayendo a los espectadores que deseaban olvidarse de la escasez, la incertidumbre y de los desastres naturales.

Sam se detuvo en la carpeta de Olivia. Sus números de seguidores y ventas habían disminuido notablemente. En sus videos de realidad virtual, de publicación esporádica, mostraba un nivel bajo de energía. El último video correspondía al mes anterior. Sam sabía que Olivia jamás había estado interesada en ser influente. Había empezado como una forma de independizarse del padre.

No cabía duda de que Olivia nunca iba a sobresalir como influente y que tarde o temprano sería depurada. ¿Por qué no hacerlo ahora? Lucas servía de amortiguador de golpes. Si Olivia perdía el trabajo, al menos conservaría el amor. «No se puede poseer todo en la vida —pensaba Sam—. Y dinero no le falta. Su padre nunca la dejaría en la calle...». Aunque podría quitarle el departamento y eso sí la afectaría, porque era su refugio y su nido de amor. «No ha debido desatender su trabajo por un amorío que puede o no durar». ¿Y si se volvía a deprimir? Sam recordaba que se conocieron en tristes circunstancias: Olivia había abusado del Viadélum después de caer en una fase depresiva. Aunque fue rehabilitada a fuerza de otros químicos, un malestar permanente se cernía sobre sus hombros.

Sam dudó, caviló y se ocupó de completar la lista que Remington le había pedido. Pensaría con detenimiento si incluía o no el nombre de Olivia. Por lo pronto, se entretuvo podando y lo hizo con gusto.

Capítulo 19

O livia se transformaba junto a Lucas. Él la hacía sonreír con su dulzura de niño y su franca personalidad. Con Lucas «lo que ves es lo que es», había dicho Sam y era cierto, ni fingimientos ni agendas ocultas. Olivia poseía una esencia similar. Ayudaba a Sam en lo que estuviera a su alcance, ya fuera regalándole ropa para vender o presentándole potenciales clientes. Celebraba sus progresos con genuina alegría y la alentaba. Sentía devoción por la abuela Audrey, gran respeto por Eli y un amor sincero por Lucas. Su interacción con la familia Mars había sido tan positiva que incluso había dejado el Viadélum.

Había empezado a interesarse por temas ecológicos a raíz de su visita a la finca de los Chiarello. Leyó con interés un libro de botánica y varios folletos sobre la regeneración ambiental que Mary le había regalado. Entre estos había un cuadernillo antiguo con el diseño de la Superhuerta de Sanders. Olivia, fascinada con el poder de la naturaleza, quería sembrar un huerto en su casa. Como el invierno se aproximaba, Mary le había aconsejado que empezara con cebollas, zanahorias y brócoli, y que se familiarizara primero con el proceso. Ella estudió los folletos de los cultivos seleccionados con detenimiento.

Lucas se había ofrecido a ayudarla y traerle semillas de la finca de sus padres. El sábado, Lucas apareció a la hora acordada y empezaron a limpiar el invernadero abandonado al fondo del inmenso jardín. Para evitar infecciones, restregaron cada rincón con un gel antibacteriano natural que envió Mary. Limpiaron los vidrios y el suelo mohosos por horas, arrancando la suciedad verduzca.

Junto al invernadero había una casa de verano, que también requería arreglos. La limpiaron y, a mediodía, se sentaron a descansar. Era un refugio perfecto.

—Podemos poner repisas y alguna alfombra para hacerla más acogedora —propuso Lucas—. Una lámpara de lectura, tus libros de botánica y un taburete. Podrías volver a pintar.

Olivia sonrió e imaginó el espacio transformado.

—Sí, podría ser un lugar muy especial... Pero hoy nos concentramos en sembrar, ¿de acuerdo? Primero vamos a renovar fuerzas.

Olivia volvió a la residencia por una merienda y encontró a su padre en el comedor.

—No sabía que almorzabas en casa —dijo ella—. Pensé que ibas al club.

—Cambié de planes. ¿Con quién estás?

—Con mi amigo Lucas; estamos limpiando la caseta y el invernadero. No te importa que plante unas cebollas, ¿verdad? Es un proyecto; me ha dado curiosidad el tema.

El padre continuó cortando su bistec y no respondió. Ella fue a la cocina y pidió unos sándwiches de jamón. Preparó una canastilla y se marchó a la caseta sin pasar por el comedor. Harding ya se había levantado y tomaba un pocillo de café junto al ventanal del jardín, observando el movimiento de las sombras en la casa de verano.

***

En lugar de quedarse en el Santuario de las Monarcas, como habían llamado al hallazgo de Mark, Eli quería espiar a la secta de los tejos. Mark resopló en desacuerdo porque él quería pasar un domingo tranquilo, en soledad con Eli, sin pensar en el estado del planeta ni en las actividades del misterioso grupo. Eli insistió y ni siquiera lo discutió. Se pasó la primera alcantarilla y siguió de largo pedaleando a gran velocidad. Mark suspiró rendido. Cuando Eli se obsesionaba con algo, no había cómo contradecirla.

No se escondieron, se acomodaron cerca del gran árbol. Eli pensaba que la secta repetiría la procesión, porque parecía un ritual. Pretenderían tener un pícnic y fingir un encuentro espontáneo. Comieron en silencio mientras esperaban. Mark se distrajo mirando el paisaje, saboreando el pan natural de cebada y deteniéndose en el rostro de Eli, quien pensaba con intensidad. Cerca del mediodía, escucharon cantos y tamboriles. Cuando los peregrinos notaron su presencia, Eli y Mark se levantaron y se hicieron a un lado con respeto. La gente se sentó alrededor del gran árbol. La mujer del sari rojo llamó a Mark y a Eli con un gesto, invitándolos a reunirse con el grupo. Se acomodaron atrás y correspondieron con sonrisas ante la cálida bienvenida de los presentes.

Había mucha más gente que en la ocasión anterior, entre hombres, mujeres y niños. Los adultos llevaban el emblema del tejo colgado al cuello: un cordón simple sujetaba un trozo de madera redondo de color rojo brillante con un centro verde, igual que los colores del sari de la mujer líder y del fruto del árbol.

La mujer cerró los ojos y extendió sus brazos en acción de gracias. Los peregrinos imitaron sus movimientos.

—Damos gracias por este día hermoso de clemencia solar sin precipitaciones que anegan o fuegos que abrasan. Damos gracias porque podemos respirar el aire puro, beber agua y alimentarnos con el fruto de la tierra. Damos gracias porque podemos descansar y contemplar la belleza de la naturaleza. Gracias, porque no estamos solos.

Cantaron un himno de admiración hacia la naturaleza, cuyos versos hablaban de su grandiosidad, fuerza e inteligencia.

La líder retomó la palabra:

—Se aproxima la época de lluvias y debemos abandonar el llano hacia las colinas, recoger la última cosecha y sembrar alimentos en las terrazas. La faena será intensa. Las aves migran y las criaturas se desplazan en busca de agua, alimento o refugio. Nosotros haremos lo mismo. —Hizo una pausa y agregó solemne—: Ahora, hermanos, derramemos nuestra fuerza creativa para adornar esta tierra como lo hacen las flores, el canto de los pájaros y los copos de nieve.

Cantaron y compartieron el alimento, un pan rústico insulso. Eli y Mark tomaron trozos pequeños ante la escasez del pan. Mark sacó de su mochila lo que quedaba del suyo y se lo dio a unos niños que se sentaban cerca. El más pequeñito tendría cinco años. Eli notó su delgadez. Le hizo recordar al ratoncito de su laboratorio, Azulejo, porque ambos tenían dientes prominentes y ojos oscuros de un color incierto.

—¿Cómo te llamas? —le preguntó Eli.

—Mathew, pero me llaman Matty.

Los niños se agolparon alrededor de Mark y los padres los reprendieron. Eli no sabía si el interés era por la novedad de los visitantes o por el pan. Escuchó parte de las censuras: «Deja a los señores, nosotros no pedimos limosna». «Comeremos cuando termine el rito». Matty se replegó en las piernas de su madre con una sonrisa traviesa. Mark le había puesto en el bolsillo un trozo de pan.

Al rato, se levantaron e iniciaron la marcha de regreso. Eli miró a la líder del sari rojo; quería hablarle y saber más. La mujer percibió el interés, porque se acercó. Eli la saludó cortés y le agradeció la invitación a unirse al grupo. Mark permanecía en silencio.

—Nuestra comunidad está abierta a quien quiera unirse —dijo la mujer del sari—. Lo único que pedimos es que se respeten las reglas y se colabore con amor y esfuerzo. ¿Cómo nos han encontrado?

—Por casualidad. Nos gusta salir de excursión. Somos amantes de la naturaleza, al igual que ustedes —dijo Eli.

—Nosotros no somos amantes de la naturaleza únicamente, la reverenciamos porque es poderosa y hermosa, pero somos conscientes de su dureza. Es el hielo y el fuego, es el temblor y el alud. No hay hermosura cuando flotan los cuerpos o se calcinan las patas de los castores. Es dolor y placer. Lo que sentimos nosotros es respeto.

—¿Y cómo superan la inclemencia del tiempo?

—Sincronizamos nuestros ritmos con la naturaleza. Con el esfuerzo de la comunidad es posible.

—Quería preguntarle acerca del colgante que llevan. Mi madre era científica botánica y estudiaba los tejos en Cambridge como parte de un proyecto de conservación. Me llamó la atención el símbolo rojo y verde, similar al fruto del tejo. Mi madre hacía el mismo dibujo en sus libretas de trabajo. ¿Tiene algún significado?

—¿Quién es tu madre? —preguntó ella, intrigada.

—Nina Mars.

La mujer se quedó callada y bajó los ojos; o no le era familiar ese nombre o no quería recordarlo. Elevó la mirada y le respondió la pregunta:

—El corazón del hombre es como el fruto del tejo. Puede nutrir y dar vida, pero en el fondo de su alma existe un veneno mortal con el que puede destruirse a sí mismo y a otros. Llevar el colgante nos hace conscientes de nuestra dualidad.

—Entiendo —dijo Eli y le estrechó la mano para despedirse—. Disculpe, no le he preguntado su nombre.

—Los nombres son invenciones humanas que refuerzan nuestra identidad egotista. Yo soy la mujer sin nombre. Algunos me llaman la mujer del sari rojo, o Sara por convenciones sociales. Otros me dicen Madre, que he aceptado como una ofrenda de amor.

—No es mi intención perturbar la paz de la comunidad —titubeó Eli—. Soy científica y podría echarles una mano...

—Nosotros no necesitamos ayuda —interrumpió la mujer con dureza.

—Eli, no abuses de la confianza de la señora —intervino Mark—. Nos ha invitado gentilmente a su entorno y tú la incomodas. Ya es hora de partir.

Mark le estrechó la mano y Eli hizo igual. Se marcharon deprisa. Unos hombres de aspecto recio habían vuelto por su lideresa.

Cuando Mark y Eli llegaron a la alcantarilla, vieron que la mujer de rojo había desaparecido entre la breña. Los hombres permanecían allí, en pie, junto al tejo, como esperando a que Eli y Mark se fueran.

—¿Viste su rostro cuando mencioné el nombre de mi madre o que era científica? —dijo Eli en el túnel—. Qué gente más extraña. A que son unos locos naturistas que viven en el tiempo de la carreta. Esos niños están desnutridos.

Mark permanecía callado ante la cháchara de Eli.

—¿Y quién se hace llamar Madre? —continuó ella—. ¿Quién se cree que es? ¿La reina abeja?

—La gente la llama Madre, ella no exige ningún nombre —dijo Mark, a quien ya se le había agotado la paciencia—. Me arruinas el día porque quieres espiarlos, me haces sentar junto a

157

unos niños raquíticos y escuchar un sermón. Como eso no satisfizo tu curiosidad, te invitas a la comunidad como si fueras una antropóloga que quiere estudiar a los aborígenes de los tejos. Y debemos huir de los guardaespaldas. Gracias, Eli, por este domingo maravilloso.

—¡Qué exagerado eres! Fue una excursión y una aventura.

—Yo solo quería echarme en la hierba fresca, comer y dormitar a tu lado. Tú quieres investigar una secta. ¿Con qué propósito? ¿No tienes suficiente con tu carrera, tu tesis, Sam y el mundo? ¿Por qué desperdicias tu día de descanso?

—¿Y por qué no dijiste nada?

—¡Sí que eres injusta! Te lo dije en el auto y en la represa. Tú no me escuchas. Estás tan metida en tus preocupaciones que no ves las mías.

—Si tú no tienes preocupaciones, nada te preocupa. Mientras te paguen bien en Omen…

—O sea, porque yo no reniego, no me sumo a una protesta, no me rebelo contra mi jefe, a mí no me preocupa nada. ¿Sabes por qué no me rebelo? Porque trabajo como una mula y no me quedan ni fuerzas ni ganas. Lo único que me queda es el domingo y tú lo desperdicias con una nueva obsesión, que va a empezar a consumir las últimas neuronas que te quedan libres.

Empezaron a pedalear por el túnel y las voces se confundieron con los ecos discordantes. Mark aceleró y la dejó atrás. No veía la hora de llegar a su casa y descansar.

Capítulo 20

Sam había terminado su reporte y preparado la relación de nombres a depurar o a promover. Remington, sentado en su despacho con un rostro impaciente, miró la lista y le dio treinta segundos por persona para decir por qué debían ser eliminados. Sam empezó:

—Paul Adams: inconstante, sus videos pueden ser entretenidos o insufribles, confunde a la audiencia. Julia Watson: sus números han caído y ha perdido la confianza en ella misma...

—¿Por qué lo dices? —preguntó Remington, intrigado.

—Cada semana intenta una estrategia nueva; sin embargo, la sonrisa la traiciona, se la ve agitada y nerviosa.

—Continúa.

—Lucy Chang: no tiene creatividad alguna, repite la misma idea cada semana y los videos son largos; los espectadores se salen a la mitad.

Remington seguía los comentarios de Sam con una ligera venia, asintiendo complacido con la información. Cuando ella completó la relación de influentes, él la enfrentó:

—Olivia Harding. ¿Por qué no está en la lista? Te voy a dar su resumen: números atroces y publicaciones inexistentes. Has priorizado a personas que al menos suben videos. Olivia Harding parece que ya no trabaja para nosotros. Pensé que entendías las reglas del juego y, en lugar de depurar con objetividad, has optado por conservar la amistad con Olivia Harding. ¿O crees que no sé que son amigas? Si han salido en los videos juntas, exhibiendo vestidos. Te lo dije antes, sé todo acerca de mis

159

empleados, de qué pie cojean, si son leales, emocionales o fríos. Nunca jamás vuelvas a priorizar el sentimiento sobre tus responsabilidades.

—No fue por sentimiento —se apuró a decir Sam—. Fue por conveniencia. Olivia tiene acceso a un mundo social dinámico; no queremos perder esa conexión. La siguen porque es una Harding. Vende aunque no suba video alguno. ¿Por qué? Porque hay gente que quiere mantener la relación con ella, aunque les importe un bledo el contenido de su trabajo.

—En ese caso, has debido promoverla. ¡Quién no quiere a la hija de un billonario como influente! Ni siquiera tiene que mover un dedo. Nosotros le haremos los videos y ella pone la cara. A fin de cuentas, la mitad de nuestros influentes operan bajo esa modalidad.

Remington se levantó enfadado y miró la relación de las promociones. Se sorprendió al ver el nombre de Sam como una de las propuestas:

—«Samanta Mars». Me gusta tu ambición y tu forma de pensar, pero no estás lista. Por lo pronto, quiero que diseñes los videos de Olivia Harding de ahora en adelante. A ver cómo pones en práctica lo que has criticado. Yo voy a decidir quién es promovido y depurado. Ah…, tú informarás a tu amiga de la nueva dinámica. Quiero un video el sábado.

Sam le brindó una sonrisa fingida y dejó las oficinas de Remington con el estómago revuelto. Él siempre tenía la última palabra. Ella debía observar más, hablar menos. Supo siquiera conservarse ecuánime, no se dejó amedrentar. Anticipando un período de gran esfuerzo, exhaló con determinación y se dispuso a planear los videos de Olivia.

Antes de empezar, fue por un café natural, un lujo que pocos podían darse. Su bono de refrigerio le permitía comprar un sándwich de pan de cebada con una pasta de pescado. Ese día decidió gastar en un bocadillo de huevo. Esos placeres eran suficientes por el momento.

Se topó con Mark en la cafetería, quien, como de costumbre, comía un sándwich a base de Supermaná, la dieta que le permitía ahorrar. La saludó con entusiasmo y la invitó a sentarse con él. Sam le hizo el resumen de la semana y se quejó de las explosiones de Remington. Conversaron animadamente durante el breve descanso. Él se despidió apurado porque debía asistir a una conferencia. Ella lo contempló con una sonrisa.

***

Eli y Lucas tuvieron la primera reunión de supervisión con Bishop en su oficina, oscura como siempre. Las cortinas ocres estaban cerradas. Si no fuera por esa lámpara de pie, el despacho de Bishop podría confundirse con un agujero de polillas venenosas, insectos que habían empezado a invadir el planeta. Lucas frunció la nariz al sentir el vaho estancado de la respiración de Bishop. Ella los miró expectante, invitándolos a hablar.

Eli hizo un resumen de los primeros ciclos. Cuando los roedores tomaban el alimento dosificado con la droga, dormían, se despertaban y parecían desorientados. La gran mayoría trastabillaba al querer subirse a la rueda después de una siesta. Lucas confirmó que el efecto era importante, se resbalaban siete de cada diez. Sin embargo, la desorientación no duraba mucho. En un segundo intento, se subían a la rueda y se ejercitaban. No dormían en exceso. Tampoco abusaban de la comida. Bishop escuchó con atención, parecía interesada.

—Los siguientes ciclos se harán con dosis superiores, ¿cierto? —dijo Bishop—. ¿Dónde están las pruebas de memoria que pedí?

Eli no había introducido las pruebas de memoria: el simple traspié funcionaba a la perfección como un signo de desorientación. Eli defendió su posición argumentando que pruebas adicionales resultaban excesivas. Lucas no dijo nada.

—A ver, Eloísa. Tú crees que el Viadélum causa desorientación e intentas medir esto viendo el tiempo en que se demoran en subir a la rueda. ¡Ridículo! La prueba de memoria puede suplir esto a la perfección. Es más eficiente hacer estas pruebas estándares con regularidad. Si hay desorientación permanente, lo vas a observar en este análisis —dijo Bishop con firmeza—. ¡Tú haces lo que a ti te da la gana! Quiero esas pruebas. Ya te las pedí antes. Luego siéntate a mirar a tus ratas todo el día si te apetece.

Eli asintió y se levantó. Lucas la siguió apesadumbrado. Cuando volvieron al laboratorio, él la enfrentó:

—Estoy de acuerdo con Bishop. Si hay desorientación, los ratones van a tener problemas de memoria y es más eficiente ejecutar pruebas sistemáticas. Fíjate, las de control se despiertan fresquecitas; se suben a la rueda, enérgicas. Deberíamos ver cuánto se ejercitan, ¿verdad?

—Deberíamos analizarlo todo: si se resbalan, si engordan o bajan de peso, si se ponen agresivas y pelean, si duermen en exceso o no... Si me hubiera dado más dinero, habríamos contratado a un estudiante que se ocupe de las pruebas de memoria —se quejó Eli, quien se sentó a trabajar.

—Tú te has cargado con los análisis del escáner, que además mantienes oculto —dijo él—. ¿Qué haces? Ya terminamos por hoy, son pasadas las seis.

—Tú terminaste, yo continúo.

—Estás perdiendo la cordura. Eli, escucha, tienes que parar. Acuérdate de lo que pasó el semestre pasado: el fracaso en el examen de nutrición, tu exabrupto en la clase de Bishop. Debes aprender a parar. No todo es importante.

—¡Sí es importante! ¿No te importa que esta droga maldita queme el cerebro?

—Eso aún no lo sabemos.

—¿Por qué nadie ve lo que yo veo? ¿Por qué los demás continúan sus vidas como si nada?

—Es cierto que algunos prefieren distraer la mente; me incluyo entre los ociosos, si así nos quieres llamar. Pero ¿qué puedes hacer tú con un estudio insignificante?

—Si hubiera un estudio académico que contradiga a Omen, se podría pedir una investigación pública al Parlamento.

—Te has echado al hombro una pesada carga —dijo Lucas—. El futuro no depende de ti. Tú no lo quieres ver.

Lucas se marchó, fastidiado. Era inútil insistir. Eli iba a pelear hasta el último aliento, aunque no volviera a ver la luz del sol.

Capítulo 21

Eli se levantaba a las cinco y a la seis en punto empezaba a trabajar en el laboratorio. En el instituto, ella apenas salía del recinto, ni para estirar las piernas. Iba al baño, un agujero al final del pasillo. Era tal su concentración que se olvidaba de comer. Sentada frente a la pantalla, estudiaba el movimiento de los roedores, imperturbable. Esto le permitía dedicar la tarde para hacer las pruebas de memoria y ejecutar los programas de análisis con la ayuda de Lucas. Al final de la semana, pasaba los ratones por el escáner para detectar tumores o cambios en el cerebro. Terminaba su jornada pasadas las nueve de la noche.

Cuando se cansaba de trabajar, buscaba a Azulejo, al ratoncito de ojos inusuales, y lo acariciaba. La diminuta criatura dentada le llamaba la atención. Había pasado las pruebas de memoria sin errores, mientras que la mayoría de sus compañeros se demoraban en encontrar la salida del laberinto. El tiempo en que permanecían en el dédalo empezó a prolongarse con el consumo de la droga. Eli reconoció que Bishop había tenido razón y que el test de memoria reforzaría el estudio.

Decidió trabajar durante el fin de semana para avanzar. Le envió un mensaje a Mark cancelando los planes del domingo. Cuando se sentó frente a la pantalla, la vista se le nubló.

Tomó un descanso. Sintiéndose sola, buscó a Azulejo, que jugaba en la rueda. Se sentó en el suelo y lo tuvo en las manos. El ratoncito, familiarizado con Eli, no parecía asustado. Al contrario, jugaba retozón entre sus dedos. «Eres tan pequeñito. Cómo siento lo que te estoy haciendo, dándote ese veneno y quemando tus neuronas. Eres un superratón, ¿sabes? Haces las pruebas con el mejor récord y tu promedio no baja. ¿Sufres cuando duermes? ¿Qué sueñas? Te he visto excitado; mueves tu patita y tus dientecitos rechinan. Perdóname, Azulejo, no quiero hacerte daño, es mi trabajo».

Siete años estudiando sin respiro. Aunque pudo haber terminado en cinco, el dinero no alcanzaba, por lo que destinaba sus noches a servir champán en aquella burbuja fantástica de Omen, preguntándose por qué la vida era tan injusta. Porque para ella lo era. ¿Por qué otros no podían sentirlo? El mundo daba vueltas como las ruedas de los ratones que inconscientes se sometían a ellas. Las estructuras estaban tan arraigadas que no había forma de detener el movimiento. ¿Qué podía hacer ella? Si no era más que un ratón en un juego manejado por otros. Ella conducía un «estudio insignificante».

***

Apenas cabían en la pequeña sala comedor de la familia Mars. Una lluvia copiosa no les permitía usar el patio. No había parado de llover en noviembre y se anticipaban unas Navidades frías y húmedas. El Gobierno repartía instrucciones y recomendaciones para evitar daños materiales y personales: las ventanas y puertas de sótanos y pisos bajos debían cerrarse herméticamente; los suministros de electricidad debían apagarse en la noche; los muebles, cubrirse con fundas; las entradas a las casas, bloquearse con sacos especiales. Se debían preparar botiquines de primeros auxilios y suministros de agua y alimentos de emergencia.

La barrera de Londres sobre el Támesis, que había sido fortificada en décadas anteriores, se subía y bajaba con frecuencia. Cuando el agua provenía del mar a causa de una tormenta, se levantaban las barreras; cuando las lluvias amenazaban la ciudad, se bajaban para que el nivel del río descendiera. Lo que había sido un mecanismo para manejar la marea se convertía ahora en un sistema de avanzada ingeniería para lidiar con las lluvias, solución que incluía una estructura de canales interconectados que desviaban el agua.

A las nueve, la cena estaba servida. La abuela se había esmerado. Pudo comprar productos naturales: salchichas y vegetales de estación, aunque el puré seguía siendo a base de

Supermaná. Olivia, como siempre, trajo dos botellas de licor carísimas para compartir. Mark contribuyó con pan de cebada. Lucas había arrastrado a Eli del laboratorio. Era una noche para festejar.

Sam celebraba su promoción: ahora trabajaba a tiempo completo. Remington le había ofrecido una posición permanente. Empezaría a principios del año nuevo. Aunque estaba contenta porque ahora ganaba el doble, Remington no le había querido subir el sueldo y Sam refunfuñaba.

Quiso olvidarse de sus frustraciones y empezó la charla hablándoles de sus aventuras en márquetin y de la gente extraña que había en la oficina. Mark coincidía con sus observaciones. «No me había dado cuenta —dijo él—. Es cierto, sus ojos parecen espejos». Aparentemente, la modificación genética para que este colega tuviera ojos violeta arrastró un error y nació con unos ojos hermosos, pero invidente. Terminaron extrayéndole los glóbulos y los reemplazaron con dos esferas de cristal y un microchip.

—Míralo de cerca, Mark, te ves reflejado en ellos —agregó Sam—. ¡Y ya sé qué le pasó a Loren! Los padres eran tan pequeños y acomplejados por su estatura que además de introducir el gen de la altura, le dieron hormonas de crecimiento hasta los quince años. ¿Pueden creerlo? ¡La mujer mide como tres metros!

—No seas exagerada —dijo Eli.

—Un día le serví champán —se rio Sam— y les juro que me dolía el brazo de elevar la botella sobre mi cabeza.

Ella contaba los pormenores de las cirugías y anomalías de sus compañeros de trabajo, un revoltijo de gente deseosa de llamar la atención. Altura y belleza ya no eran suficientemente diferenciadoras en el mundo de los privilegiados y, como la inteligencia no se podía clonar por el momento, quedaban la excentricidad, la personalidad y el trabajo como medios para resaltar.

Una personalidad arrolladora es una cualidad difícil de imitar y el esfuerzo es siempre el último recurso, de modo que la ruta elegida por muchos consistía en distinguirse con manías al hablar, gestos histriónicos, relatos de anécdotas morbosas o un estilo de vestir extravagante. Sam se mofaba de sus colegas. Sin embargo, entre líneas, se percibía un grado de animosidad.

—Ya no sé ni qué hacer —dijo Sam—. Pensé que debía operarme la nariz para tenerla finita como la de Olivia, pero creo que me quedo con mi botón; de esa forma llamo más la atención.

—Deja tu nariz en paz —dijo Lucas—, que empiezas con la nariz y sigues con las orejas.

—¡¿Qué tienen mis orejas?! —protestó Sam.

—Nada, ni tu nariz ni tus orejas necesitan arreglo —comentó Mark—. Vente al piso de laboratorios, allí somos normales y llamamos la atención con el esfuerzo.

—¡Ya lo sé! —exclamó Sam—. ¿Por qué no me haces crecer una nariz monstruosa? En lugar de afinarla, me pongo un mamotreto en la cara como la de los monos narigudos extintos.

—Seguirías bella —se rio Lucas.

—Y pensar que están los que solo tienen que revolear su tarjeta de presentación, ¿no es así, mi querida Oliva? —dijo Sam, con resentimiento.

La mesa se quedó fría. Fue un comentario mordaz.

—Sam... —censuró Eli.

A Olivia se le encogió el pecho.

—Perdóname, Olivia, no quise decir eso —dijo Sam.

—Es verdad —susurró Olivia—. No tenemos que pretender que no es cierto. Ahora ni siquiera hago mis propios videos. Pongo la cara porque me llamo Harding. Ni siquiera me he ganado el derecho a usar el apellido, lo arrastro porque sí.

—No seas tan dura contigo —intervino Audrey—. ¿Tienes un apellido que te ayuda? ¿Por qué no vas a usarlo? ¿Acaso tú determinas las normas sociales? A algunos les impresionan los apellidos; nosotros no te valoramos por cómo te llames. Aquí te queremos de verdad.

—Olivia... —Sam no encontró las palabras para disculparse.

Se había hecho tarde y se levantaron de la mesa. Lucas y Olivia se despidieron con besos apresurados. Mark, antes de marcharse, le habló a Eli.

—No seas tan dura con tu hermana. Ha tenido una semana intensa en la oficina. Remi no quiere que sea influente de Omen y eso la ha desmoralizado. Encima, tiene que hacer el trabajo para otro, quien se lleva el crédito, los seguidores y las comisiones.

—Eso no se le hace a los amigos —dijo ella.

—¿A los amigos no se les puede decir la verdad?

—No, si la verdad es irrelevante. ¿Qué pretende Sam, que Olivia se quite el apellido? No consigue más que lastimarla.

Eli suspiró rendida, había sido un largo día de trabajo y una velada intensa.

—¿Nos vemos el domingo? —preguntó él.

—Estoy retrasada con el trabajo; mejor nos vemos el siguiente, ¿te parece?

Mark ocultó su decepción y se despidió con un beso frío.

Capítulo 22

Debido al roce con Sam, Olivia se distanció de las hermanas Mars, quienes ni siquiera pudieron saludarla por Navidad. Dio como excusa que su madre visitaba Londres y que pasaría un tiempo con ella. Lucas confirmó que la madre había estado unos días en la ciudad.

La energía de Olivia había disminuido y no le apetecía salir, ni siquiera con Lucas, quien iba a verla a su departamento al final de la jornada para subirle el ánimo. No le hablaba del incidente ocurrido en la casa de las Mars, sino de aquellos temas nuevos que habían empezado a ilusionarla. Le recordaba el proyecto de la huerta y que debía cuidar de los tubérculos. Le trajo de la casa de sus padres semillas de lavanda y de otras hierbas para sembrar. Mary le mandaba un libro de Sanders acerca de plantas medicinales. Lucas insistía en que Eli podía enseñarle a preparar ese tónico que la energizaba. Cuando yacían en la cama, después del sexo, ella solo deseaba dormir y no prestaba atención a las caricias de Lucas. A Lucas se le agotaron las ideas.

Olivia empezó a viajar a lugares remotos del planeta con el Viadélum. Soñaba por horas, despertaba y volvía a partir. Apenas comía, porque la combinación de la comida y la droga le daba náuseas.

Lucas fue a verla; quería sacarla del departamento para que tomara aire fresco en el mundo real. Ella insistió en hacer un viaje corto juntos. Escogieron su fantasía preferida: caminar por la playa con su labrador, una actividad que la sosegaba. La tibieza de la arena en los pies, los rayos de sol en la piel y una brisa cálida en el rostro eran sensaciones que compensaban la oscuridad y la humedad de la estación de lluvias. ¿Quién no quería escapar de los nubarrones y calentar los huesos con una brisa tropical?

Se sentó en la orilla junto a Lucas para contemplar las olas turquesas que se mecían con un ritmo adormecedor. Olivia se entregaba a las impresiones con tal concentración que caía en un profundo sueño. Se amodorraba en la playa y experimentaba un raro efecto del Viadélum cuando se prolongaba el uso: se mezclaba la realidad virtual con la actividad cerebral propia del sueño. En esa fase extraña en que se perdía la consciencia, ya no se soñaba despierto: Olivia alucinaba por completo.

Las olas tomaron una dimensión monstruosa y el cielo se tornó negro. Las gaviotas blancas que revoloteaban junto a los veleros chillaron como ratas y sus picos se abrieron hambrientos y atacaron al labrador a picotazos. Olivia, perturbada, se movió en la arena queriendo despertar, pero fue arrastrada por algas espinosas que zigzagueaban. En el mar, emergieron serpientes marinas, cuyas lenguas bífidas la amordazaron. Cuando su cuerpo se hundió en la profundidad del océano, sintió que la sal le quemaba la boca y despertó en un grito de desesperación. Lucas le sostenía la cabeza y le daba agua.

Mareada, con náuseas y una migraña insoportable, balbuceó palabras incomprensibles. Sus ojos no lograban seguir los dedos de Lucas. Viéndola en ese estado crítico, Lucas entró en pánico y llamó al número de emergencia de Olivia; sabía que enviarían una ambulancia privada. A los quince minutos, los paramédicos atendían a Olivia.

Lucas, angustiado, se había quedado tieso en un rincón de la sala mientras los enfermeros reavivaban a Olivia con una droga y estabilizaban sus marcadores. Jamás la había visto tan enajenada. Los viajes que hacían eran siempre cortos y placenteros. Disfrutaban más de la vida real, entretenidos con el romance. No obstante, en el último tiempo, Olivia había vuelto a caer en el hábito de tomar el Viadélum y los amoríos de Lucas no bastaban para extraerla de su sopor y depresión.

El padre llegó minutos después y ordenó a la ambulancia que la llevaran a su clínica.

—¿Fuiste tú quien llamó a emergencias? —preguntó Harding.

Lucas asintió, turbado.

—¿Tú crees que puedes usar a mi hija y luego presionar un botón para que otro se haga cargo? ¿Qué clase de amigo eres si no sabes que estos viajes la enferman?

—Señor Harding —titubeó Lucas—, desde que conozco a Olivia, esto nunca había pasado antes. Ni siquiera la he visto en días; vine hoy para invitarla a salir e insistió en un viaje corto. Yo no sabía que iba a reaccionar así. No es normal.

—No, mi hija no es normal, y por lo visto no te ha hablado de sus antecedentes. Te tiene poca confianza si te oculta la raíz del problema.

—Sé que es un ser sensible y que tuvo un episodio similar hace seis meses.

—Olivia es sensible porque su mente está enferma y necesita contar con un hombre que la proteja. Tú eres un irresponsable que hace dinero con videojuegos y se demora una década en terminar los estudios. Encima le fomentas las drogas que la destruyen.

—Yo no le fomento las drogas —intentó defenderse Lucas—. Desde que está conmigo, Olivia se siente mejor, se la ve más alegre.

—Hasta ahora, porque las fantasías se acaban. ¿Dónde está la solidez de tu vida? Si no quieres hacerle daño, mantente alejado de Olivia, y busca una profesión decente. ¿Crees que sembrando cebollas vas a subsistir en este mundo? Vas a terminar en una finca miserable como tus padres.

Con el orgullo deshecho, Lucas no encontró palabras para responder. En el fondo coincidía. Su rumbo había sido inconstante. Avanzaba con lentitud en los estudios, financiándose con los ingresos volátiles del juego virtual, del que era adicto. Harding no se equivocaba cuando despreciaba el valor de su romance. La ilusión del principio había menguado y su cariño por Olivia no bastaba para mantenerla ni feliz ni sana. ¿Debía renunciar y retirarse a su incongruente vida? ¿Dejarla al cuidado de un padre o un marido que podía enviarle una ambulancia al clic de un botón? A sus veintisiete años, se sintió un total fracaso.

***

Cuando Sam supo que Olivia había experimentado otro episodio negativo con el Viadélum, se sintió culpable. ¿Fue su comentario mordaz lo que desencadenó su enfermedad? Sam debía pedir perdón. Se armó de valor para visitar a Olivia, quien se recuperaba en la clínica privada del padre. Eli la acompañó. Además de que le preocupaba Olivia, quería aprovechar para hacerle algunas preguntas acerca de los efectos del Viadélum. Sería parte del análisis cualitativo que completaría su tesis.

Era un sábado temprano y las hermanas fueron hasta la clínica privada en las oficinas de la Torre Esmeralda. Le llevaron perfumes y tónicos naturales que Eli había preparado. Olivia seguía en cama, sin mayor distracción que entretenimientos en una pantalla plana. El padre le había prohibido la realidad virtual y desactivado su conexión a la red.

Las hermanas Mars la abrazaron y le dieron los regalos. Eli las dejó a solas y esperó en la habitación contigua, ansiosa. No había visto a Joseph Harding por un tiempo y temía encontrarse con él. No sabía por qué bullía ese sentimiento, una mezcla de angustia con expectación. Inquieta se asomó por el corredor cuando una voz la sorprendió. Harding la saludó y agradeció la visita.

—¿Cómo está ahora? —preguntó Eli, controlando sus nervios.

—Cuando deja el Viadélum está mucho mejor. La droga la marea, la atonta.

—Lo estamos viendo en el proyecto... La droga desorienta y afecta la memoria, y es peor con la edad o con el abuso.

—¿Estás segura de ello? ¿Son las pruebas suficientes para una conclusión contundente?

—Es probable que un uso esporádico no tenga efecto; sin embargo, estoy convencida de que hacen daño a la larga. Obviamente, este es un experimento de limitado alcance. —Eli hizo una pausa—. ¿Qué es este lugar? No sabía que sus oficinas contaran con una clínica privada.

—Lo conocerás a su tiempo.

Harding parecía impaciente, como queriendo ocuparse de sus asuntos.

—No quiero quitarle tiempo —dijo ella—, pero no he tenido oportunidad de agradecer todo lo que usted ha hecho por mí. Sin su financiamiento hubiera sido imposible hacer el experimento. El escáner es valiosísimo. Quisiera agradecerle y no sé cómo.

—No existe ninguna deuda; tenemos un acuerdo. Estoy invirtiendo en ti, ya te lo he explicado. Necesitas completar los estudios y graduarte, y volveremos a conversar acerca de tu futuro.

—Señor Harding, no sabe cuán agradecida estoy. ¿Hay algo que pueda hacer por Olivia... o por usted? Aunque sé que no le hace falta nada, a lo mejor puedo serle de ayuda.

Eli lo miró ansiosa. En ese instante haría cualquier cosa por él. Su aprensión o confusión habían cedido con el efecto de la confianza. A Harding se le veía jovial con la ropa de fin de semana. La luz de la ventana resaltó el color gris de sus ojos y Eli los vio de un celeste intenso.

—Por lo pronto me alegra que Olivia cuente con tu amistad y la de tu hermana; son buenas muchachas.

Se dio media vuelta para marcharse. Se detuvo y volvió a hablarle:

—Sí puedes ayudar —dijo—. No creo que Lucas sea una buena influencia para Olivia. Quisiera que le hagas ver que su futuro no está con mi hija. Ella necesita a alguien fuerte y este romance no ha traído nada bueno.

Eli se quedó estupefacta ante la intensidad de su mirada y la exigencia de su pedido. Ella le había ofrecido su asistencia, en lo que fuera, y ahora no podía retractarse. Asintió. En el fondo, coincidía. Lucas requería dirección y esa unión tierna de dos despreocupados no podía llegar muy lejos.

—No creas que lo tengo todo porque el dinero no me hace falta —agregó él.

En ese instante salió Sam, quien percibió la atmósfera de intimidad. Harding la saludó con una sonrisa y se marchó. Eli disimuló su turbación y entró a la habitación de Olivia. Distrajo la mente haciéndole algunas preguntas acerca del Viadélum. Olivia le narró los detalles de su episodio y le confesó que a veces tenía pesadillas cuando se excedía o había dormido poco. Eli pensó que quizás el daño en el cerebro era un mero producto de la alteración del sueño: se dormía poco y mal.

Las hermanas Mars se despidieron.

173

—Ya sabes, Olivia, empezamos esta semana —dijo Sam antes de marcharse y le dio un beso.

—¿Qué están planeando, mocosas? —preguntó Eli, animada por la aparente reconciliación de ambas.

—Olivia me ayudará en la documentación del cambio de mi nariz.

—No estoy de acuerdo en que se opere; su nariz es hermosa —dijo Olivia.

*

A Eli se le hundió el estómago. Discutieron durante el trayecto a casa y, en cuanto cruzaron el umbral de la puerta, Eli fue a quejarse con su abuela. Audrey se encogió de hombros:

—Tiene dieciocho años y poder de decisión. No estoy de acuerdo tampoco, pero es su carrera. Y, si se le exige una nariz perfecta para vender, y a ella no le importa, ¿por qué interferir? Déjala. Es su vida. Y se trata de una nariz. Hoy en día es un segundo en el quirófano y una curita.

—No es así de simple, Abu... —dijo Eli y, mirando a su hermana, agregó—: Y después, ¿qué más te vas a hacer?

—Lo que sea necesario —dijo Sam.

Eli abandonó la contienda y se encerró en su cuarto. Sintió frío y se metió en la cama.

Cuando discutía con Sam, la impotencia la dominaba y no sabía qué hacer. Hurgaba en las libretas de su madre queriendo hallar respuestas. Como diciendo: «¿Qué harías tú, madre, si estuvieras aquí? ¿Qué dirías? ¿Se lo prohibirías o la dejarías tomar sus propias decisiones como propone la abuela? ¿Cómo hacerme cargo de una niña engreída? ¿Y cómo influir en Lucas sin romperle el corazón? Háblame, madre, te necesito».

El viento levanta polvaredas
de la ajada y estéril tierra.
En los ríos, fango y arena.
No dan fruto ni los naranjos
ni los olivos ni las palmeras.

Sangra la selva vejada,
bosques y ramas en llamas.
Gime la naturaleza expirante
y nosotros: indiferentes o ignorantes.

«¿Por qué me trajiste a un mundo que arde y luego me abandonaste? ¿No crees que debiste haber pensado en mi sufrimiento? Claro que no sabías que te ibas a morir. ¿Pensaste acaso que siempre nos protegerías? ¿Pero no viste que los árboles eran segados y que la Tierra ardía? ¿Por qué, mamá, en lugar de traernos a un mundo expirante, como dice tu poema, no hiciste algo? ¿Por qué abandonaste la lucha? ¿Por qué me trajiste a este mundo viciado?».

*

La mañana del domingo, Eli le mandó un mensaje a Mark para postergar la salida hasta el próximo fin de semana porque no se encontraba bien. Mark apareció igual e insistió en salir, diciéndole que una escapada al campo le sentaría bien.

—Estoy cansada —se disculpó ella—; quiero dormir y no me apetece viajar hasta la represa. Necesito leer unos estudios.

—He empezado a pensar que son excusas, que en realidad no tienes ganas de verme.

—No es eso. Es época de lluvias y tengo frío. Prefiero estudiar.

—Van tres fines de semana que no te veo. Sería un tonto para no darme cuenta de que no quieres verme. Llámame cuando decidas si quieres hacerlo.

Capítulo 23

Lucas empezó a llegar tarde al laboratorio. Desastrado y con la barba crecida, entraba al recinto y apenas se concentraba. Un día apareció a mediodía después de recibir una docena de mensajes de Eli. Se sentó y permaneció estático frente a su computadora.

—¿No me vas a dar una explicación? —dijo Eli—. Esto no es un juego. Sin esta tesis no nos graduamos.

—Sé perfectamente que no es un juego. Juego es lo que hago fuera de este laboratorio: duermo y juego. No tengo otra explicación, lo siento.

Eli nunca lo había visto así, tan duro, sin la chispa en los ojos, sin la chanza en la punta de la lengua. Tieso, con la mirada fija en la pantalla, Lucas parecía otra persona.

—Háblame, Lucas. Sabes que puedes confiar en mí.

—No puedo comunicarme con Olivia... —dijo por fin Lucas.

—El padre le ha desactivado las conexiones con el mundo exterior para que descanse su cerebro. Deja que pase el tiempo, concéntrate en el trabajo. Es lo que hago yo. También me peleé con Mark.

—Yo no me peleé con Olivia, sino con el padre. Cree que soy culpable de que su hija haya caído enferma e insiste en que soy un irresponsable.

—Vamos, Lucas, ¿has visto a qué hora has llegado? Sé sincero contigo, ocúpate de tus cosas y demuestra lo contrario.

Lucas se levantó malhumorado y fue por un café. Se volvió a sentar y no dijo nada. Estuvo inquieto durante el día, a diferencia de Eli, quien se concentraba más en su trabajo cuando algo la

177

perturbaba. Él, en cambio, no podía fijar la mente; saltaba de una cosa a otra, recordando un intercambio de palabras, evocando imágenes, escenas... Por ello, los videojuegos eran su ancla, una forma intensa de controlar la mente.

En un momento de distracción, Lucas programó una dosis adicional de la droga. Eli se dio cuenta y reaccionó a gritos.

—¿Qué voy a hacer? —dijo él, sobrecogido—. El padre tiene razón, no tenemos futuro.

Eli lo abrazó. No quería alimentar sus esperanzas y, recordando su acuerdo con Harding, agregó:

—Pertenecen a dos mundos distintos. Ella necesita asistencia médica, dinero y una atención que no puedes brindarle. Yo sé que tú la quieres, pero ¿estás seguro de que ella te quiere a ti? Antes de caer enferma, ¿cuánto se veían?

Era cierto. El amor de ella había languidecido. Olivia solo quería dormir y viajar; en consecuencia, Lucas hacía igual. Se preguntó a sí mismo si había fomentado de alguna forma su hábito, como sugería Harding, y asintió en su corazón. Si se hubiera mantenido firme, insistiendo en hacer paseos o en cultivar el huerto, ella no hubiera enfermado. Él no era buena influencia. Peor aún, se arrastraban mutuamente por un camino sin rumbo y que, en el caso de Olivia, era peligroso. Lucas contuvo las lágrimas.

—¿Cuántos días han pasado y ella ni siquiera ha intentado contactar contigo? —añadió Eli—. Tuvo la perfecta ocasión para preguntarnos por ti o darnos un mensaje en secreto cuando la visitamos.

—Tengo que verla, que al menos me diga que ya no me quiere.

***

Al final de un día tortuoso de trabajo en que apenas logró avanzar, Lucas se dirigió a la casa de Olivia. Tenía que buscarla, saber si en verdad ella no lo quería. A pesar de que enero era un tiempo de fuertes lluvias, él decidió ir hasta Hampstead en moto. Las calles estaban resbaladizas y en parte inundadas. La moto, húmeda, se paró un par de veces. Esquivando baches y cambiando de ruta, demoró cerca de dos horas en llegar.

En la puerta, la seguridad no lo dejó pasar y volvieron con instrucciones de que Olivia no estaba disponible. Él dijo que esperaría hasta que ella lo atendiera. Ni siquiera lo hicieron pasar. Empezó a llover copiosamente y él se quedó junto a la reja mirando el centelleo ámbar de las luces de la casa. Aunque ella tuviera prohibido recibirlo, podría acercarse a la ventana y mandarle una señal... Esperó. A la hora, con la ropa mojada y una angustia interna, vio una silueta. «Olivia, soy yo, soy yo», imploró él. La imagen se disipó de repente y se apagaron las luces. Desconsolado, partió.

Pasada la medianoche, a medio camino, su moto dejó de funcionar. Ante el torrente de agua, el mecanismo automático de seguridad se activó. Lucas tuvo que empujarla. Sintió el peso del metal y la resistencia de las ruedas contra el caudal de las zanjas. Jamás se había sentido tan abatido, una sensación para él desconocida. Siempre encontraba distracción y adoptaba una actitud optimista. Esa noche de lluvia, no pudo evadir su dolor. Un escalofrío le recorrió la espalda y el agotamiento físico y moral lo venció. Se desplomó a unas calles de su casa. La corriente de agua le pasaba por encima como un río. Apenas se podía mover. Quiso levantarse, pero ni sus brazos ni sus piernas le respondían. Empezó a temblar y cayó en un sopor mental hasta que perdió la consciencia.

***

La tormenta fue extraordinaria. Eli se levantó varias veces en la madrugada porque el golpeteo constante de la lluvia no la dejaba dormir. Fue al sótano y, aliviada, confirmó que las rejillas de aire, cerradas herméticamente durante el invierno, resistían el raudal. Al día siguiente, subió al ático para revisar el techo. Si bien no había goteras aún, era cuestión de tiempo. El tejado no se había reforzado en años.

Salió hacia el instituto con urgencia. Temía por la condición del laboratorio al ver las calles anegadas. A pesar de que el centro de la ciudad, en general, estaba preparado para esos desastres con mecanismos de desagüe y otras protecciones, las áreas pobres de la ciudad quedaban expuestas debido al limitado mantenimiento que podían permitirse sus residentes. Durante precipitaciones colosales, el agua rebasaba las medidas preventivas.

Cuando llegó al bloque del instituto en que trabajaba, se le prohibió el paso. Los laboratorios del subsuelo estaban inundados. Eli entró en pánico. Si sus ratones morían ahogados, perdería el efecto acumulado de la droga y debería reiniciar el experimento.

Observó alrededor escenas de caos y confusión. Una tropa del ejército, que siempre lideraba en casos de emergencia, evacuaba residencias contiguas. Familias enteras presenciaban descorazonadas como se clausuraban sus viviendas. Una ambulancia militar atendía a personas con hipotermia o ataques de nervios.

En el instituto, los soldados controlaban el ingreso de la gente y trabajaban en recuperar los equipos. Eli ofreció ayuda de inmediato en su bloque y, con la dirección de un soldado, rescataron incubadoras y computadoras. Revisó los aparatos y los notó secos, lo que significaba que el agua no había llegado a un nivel alto. Cuando el oficial rescató sus dos contenedores de ratones, Eli exhaló, aliviada.

Sin embargo, necesitaba un lugar para llevar a sus roedores, calmarlos y alimentarlos. Se mostraban nerviosos, trepándose unos encima de otros, como queriendo escapar. Debieron de haber pasado una noche de terror ante el traqueteo incesante de la lluvia, los truenos y la oscuridad. En el bloque de Eli, un fallo del sistema había cortado la electricidad sin activar los generadores de apoyo. El mantenimiento que se le daba a partes del instituto era inexistente.

Cuando Eli recuperó los roedores, el escáner moderno y las computadoras, buscó ayuda para que le asignaran un espacio provisional. Sin embargo, se ocupaban primero de los académicos en un trajín frenético. Varias oficinas administrativas fueron evacuadas y el personal se reorganizaba en otros pisos. No había espacio, ni siquiera un cuartucho de limpieza, ni nadie que pudiera darle respuestas. Eli se desesperó.

La totalidad de su edificio fue clausurado. Las reparaciones durarían semanas, considerando los escasos recursos de la institución y la irrelevancia de su bloque. Era imposible continuar con el estudio. Tres meses desperdiciados. Eli llamó a

Lucas. Él no respondía. Necesitaba un vehículo para cargar a sus ratones y sus equipos. En pánico, llamó a Mark. Él entendió la seriedad de la situación y accedió a ayudarla.

*

Mark aparcó el auto a unas calles de distancia y fue a su encuentro. Cuando Eli lo vio, se tranquilizó. No intercambiaron ni besos ni discursos. Era una emergencia. Cargaron los roedores y los equipos. Ella le dijo que se dirigiera a su casa, al menos podría mantener con vida a los ratones mientras insistía en que le asignaran un espacio en el instituto. A los pocos minutos, cambió de parecer. Iban a pasar semanas hasta que alguien se ocupara de ella. Necesitaba un laboratorio. Eli le pidió que fuera a la Torre Esmeralda.

Ante el semblante sorprendido de Mark, ella dijo:

—El papá de Olivia tiene una clínica privada. Estoy segura de que me puede dar un espacio para que no se arruine mi estudio.

Cuando llegaron, Mark la ayudó a descargar los equipos y los contenedores de ratones, y esperaron en la recepción. Ella estaba empapada. Thomas Price fue a su encuentro. Eli le explicó la situación, lo que Thomas comprendió enseguida. Consultó con Joseph Harding a través de su dispositivo de pulsera y los hizo pasar a una sala del subsuelo. En menos de una hora, los equipos y los roedores fueron desinfectados e instalados. A Eli le dieron un uniforme blanco y se le pidió que se limpiara y rociara con un aerosol. Antes de conducirla al espacio asignado, el personal de seguridad tomó una muestra de su ADN para digitalizarle un pase, procedimiento ordinario en grandes empresas contra el espionaje corporativo. Impresionada con el nivel de precauciones, Eli seguía las órdenes al pie de la letra.

Mark esperaba en la recepción. Impaciente, le envió un mensaje a Eli. Ella no respondió. Él se aventuró por los pasillos y la atisbó. Conversaba con un hombre. Intuyó que era Harding por la altura, la actitud arrogante y la ropa. Jamás lo había visto antes. Era un hombre apuesto y más joven de lo que Mark había imaginado.

Al advertir la presencia de Mark, Eli se despidió de Harding y fue a su encuentro.

—Trabajaré aquí hasta que me den un lugar aceptable en el instituto —dijo ella—. ¡No sabes lo que son los laboratorios!

Impresionantes. Eso sí, tengo que tener extremo cuidado, seguir procedimientos estrictos de seguridad y pasar por una cámara germicida antes de entrar al laboratorio.

Eli había renacido con el resplandor blanco de los laboratorios de Tecnologías Libergén.

—¿Ya decidiste si quieres verme? —preguntó él.

—Mark, sabes que estoy con muchísimo trabajo, y Lucas no me ayuda. Desde que terminó con Olivia, está desconcentrado, es un zombi. Ni siquiera me ha contestado hoy. Ya no puedo confiar en él. He tenido que rescatar los equipos del laboratorio con la ayuda de un soldado.

—¿Y yo puedo confiar en ti?

—¿A qué te refieres? —dijo ella, irritada—. ¿No puedes darme un respiro mientras arreglo mis cosas? ¿No ves la situación en la que estoy?

—¿Respiro? No sabía que te asfixiaba. He dejado mi trabajo para venir a ayudarte. La próxima emergencia, llama directamente a Harding. ¿Y ahora? ¿Te quedas o te vas?

—Empiezo hoy mismo, sin demora y sin Lucas.

Antes de despedirse, ella agregó:

—Nadie puede saber que estoy aquí. Te lo suplico, no digas nada. Ni Lucas ni Sam pueden saber. Si alguien pregunta, estoy en Harlow, en el antiguo edificio de St John.

Él se despidió con un gesto indiferente y se marchó. Ella, entusiasmada con las instalaciones relucientes con las que contaba, se lanzó de cabeza a la tarea. De Lucas, no supo nada.

Capítulo 24

L a semana había terminado y Eli continuaba deslumbrada con el espacio que le habían otorgado en el subsuelo, que contaba con múltiples laboratorios. Le dieron una sala pequeña al fondo de un pasillo, junto al servicio de limpieza. Tenía más espacio que en el instituto, más luz, un control exacto de la temperatura y rendijas de ventilación que funcionaban. Thomas Price se ocupó de brindarle otros equipos menores que no pudo rescatar de su cuartucho por falta de manos. Debía ser discreta. Harding no quería que se supiera que ella trabajaba allí. Eli evitaba a la gente y, si se topaba con alguien que, curioso, le preguntaba cómo se llamaba o qué hacía, ella daba otro nombre y decía que asistía a Thomas Price. Entraba por el estacionamiento y traía su propio almuerzo. En general, la atmósfera era de absoluta privacidad.

A Eli no le importaba el aislamiento; ella florecía a solas, sin interrupciones o distracciones. Sin la ayuda de Lucas, debía esforzarse por dos. Trabajar era su consigna e iba a aprovechar ese maravilloso espacio. En sus pausas para comer algo, fantaseaba con la idea de trabajar para Tecnologías Libergén. Había visto un inmenso laboratorio con una docena de científicos de inmaculados uniformes blancos. Tubos, platillos, microscopios, incubadoras, computadoras: un paraíso de la tecnología y de la ciencia.

Le había enviado un mensaje a Lucas, diciéndole que, como el laboratorio estaba inundado, iban a postergar los estudios, que no se preocupara. Ella le avisaría cuándo debía reanudar el proyecto. Él no contestó. Eli, ensimismada en su trabajo, se olvidó de Lucas. Además, pensaba que podía perjudicar el estudio en ese estado emocional tan volátil. Distanciamiento y descanso le harían bien.

***

Fue una semana satisfactoria de trabajo. Se ocupó de las pruebas de memoria que había pedido Bishop. Monitoreaba el peso de los roedores y los pasaba por el escáner para analizar los cambios en el cerebro. Escribía el borrador de la tesis con las observaciones preliminares y consultaba estudios similares. Trabajaba en el laboratorio un mínimo de doce horas diarias. Pensó que si se quedaba allí se ahorraría el tiempo del traslado. Había visto gente trabajar hasta tarde. En ese espacio perfecto, un saco de dormir, una manta y una almohada le bastarían. Pediría permiso.

Entrada la noche, mientras procesaba los datos, sintió sueño y decidió descansar unos minutos. Se durmió en el suelo. Un guardia de seguridad la despertó a la mañana siguiente.

Se arregló como pudo porque Harding quería verla. Cuando él entró al pequeño laboratorio, irritado, Eli se disculpó enseguida, diciendo que no había sido su intención dormir allí; el cansancio la había vencido.

—¿Quieres caer enferma? —la reprendió Harding.

—Lo siento mucho. Es una tendencia muy marcada en mí.

—Te permití que usaras este espacio, pero, si no vas a trabajar con responsabilidad, es mejor que te marches. Aquí hay horarios y reglas que cumplir. Me traerías un tremendo dolor de cabeza si te pasara algo.

—Por favor, no —suplicó ella—. Siento defraudarlo y abusar de su confianza.

Él se movió inquieto y agregó:

—No me has defraudado. Obsesionarte con el trabajo es un defecto y una virtud, debes aprender a manejarlo.

Se acercó y la miró con intensidad mientras llamaba a Thomas a través de su dispositivo. Sus ojos grises se entibiaron con un brillo gentil. Ella parpadeó, incómoda. Harding pidió que limpiaran el laboratorio.

—De ahora en adelante, tu electricidad se apagará automáticamente a las once de la noche. No podrás trabajar hasta las siete de la mañana. Puedes quedarte si quieres, pero lo único que vas a hacer es dormir. Tampoco vas a poder usar tu dispositivo de pulsera, la conexión no estará habilitada. Tienes que salir del laboratorio una hora a la semana para que realicen un proceso de descontaminación. ¿Entendido?

Ella asintió complacida; a fin de cuentas, era lo que deseaba, quedarse allí y ahorrar tiempo.

—¿Y qué sabes de tu instituto? —preguntó él.

—Las reparaciones van a durar por lo menos cuatro semanas. Por favor, discúlpeme. Le prometo que no le voy a causar ningún problema.

Él se fue con un semblante de preocupación. Tal vez no había esperado que la estadía durara tanto.

Mientras limpiaban y ventilaban el laboratorio, Thomas la llevó a una salita con baño propio y le ofreció un uniforme limpio. Eli se sintió avergonzada. Fue Harding el que probablemente pidió el cambio. Miró su aspecto y se percató de que lucía como un cadáver. Su palidez contrastaba con las hendiduras oscuras bajo los ojos. Había perdido peso y se tocó las costillas. ¿Por qué se conducía por la vida como una maniática? ¿Por qué se obsesionaba de esa manera? ¿Por qué no encontraba equilibrio? Harding le impartía otra lección: ella debía aprender a manejar sus manías.

A las ocho de la noche, apareció Thomas, quien le dijo que Harding no quería que durmiera en el suelo y que le habilitarían una habitación de la clínica. Ella debía dejar su habitación antes de las siete de la mañana y volver después de las nueve. Debía ser discreta y silenciosa. Harding lo prefería de esa manera.

Su deuda con Harding seguía creciendo. Aunque él insistiera en que era una inversión, ella sentía que le debía una fortuna. Harding representaba protección y seguridad. Ella le devolvería su dádiva con creces: le ofrecería lealtad.

**

Eli volvió a su casa esa noche para buscar ropa, utensilios de aseo personal y sobres de Supermaná. Inventó que el instituto le había habilitado un recinto en la antigua universidad de Harlow a una hora de Londres y que había decidido dormir allí para ahorrarse el viaje.

La abuela y Sam la miraron consternadas.

—¿No sabes nada? ¿No te has preguntado dónde está Lucas ni una sola vez? —preguntó Audrey.

—Lucas es un irresponsable —dijo Eli—. ¿Qué ha pasado?

La abuela explicó que Lucas se había desplomado con hipotermia a unas manzanas de su casa la noche de la tormenta. Había pasado horas bajo la lluvia helada empujando su moto. Sucumbió en una calle inundada. Un transeúnte lo encontró sumergido en el agua y llamó a una ambulancia.

—Casi se muere —dijo Sam.

Eli se desmoronó en una silla, estremecida:

—¿Cómo está ahora? ¿Dónde está?

—Está mejor. Los padres se lo llevaron a la finca hoy —dijo Sam.

—¿Olivia sabe? —preguntó Eli.

—Nosotras nos acabamos de enterar. Mary nos llamó para contarnos —respondió la abuela.

—Sam, no le digas nada a Olivia —dijo Eli—. La preocuparías y ella tampoco está bien.

—Olivia tiene que saber.

—Deja que ambos se recuperen y que se contacten en mejores circunstancias —insistió Eli.

—Mary quiere hablar contigo, por la tesis —dijo Audrey—. Lucas no está respondiendo mensajes porque se arruinó su dispositivo y no creen que pueda trabajar por un tiempo.

—Iré a ver a Lucas el fin de semana. Me es imposible ahora, ya empecé un ciclo y no puedo cortarlo. ¿Están seguras de que está bien?

Audrey y Sam no respondieron, solo se encogieron de hombros. ¿Cómo estar seguras?

Capítulo 25

E li decidió acelerar su trabajo para tener libre el fin de semana. Le mandó un mensaje a Mary diciendo que Lucas no se preocupara por la tesis, que ella tenía el asunto bajo control y que iría a verlo pronto.

Trabajó como una máquina al tictac de un reloj. Se levantaba a las seis y media y empezaba a trabajar a las siete en punto. Tomaba tres pausas de quince minutos. Las horas que dormía eran revitalizantes, aunque hubiera preferido dormir menos. Por suerte, metida en su laboratorio en el sótano, no interactuaba con nadie. Pasadas las nueve, en que ella retornaba a su habitación, no había un alma. Escuchaba al personal de seguridad hacer sus rondas, pero ellos no interferían dado que su presencia era autorizada.

Había decidido ver a Lucas el fin de semana, por lo que se apuró a completar sus tareas. Ese viernes, apenas se detuvo a descansar y no había comido nada desde el desayuno. Thomas mandaba a su habitación paquetes de alimentos preparados, porciones frías para el desayuno y el almuerzo y una caliente para la noche. Eli calentaba la cena cerca de su habitación, en una *kitchenette* que unía dos corredores.

Hubo un par de noches que comió frío porque escuchó voces y no quiso toparse con el personal de la empresa. Ese viernes, con el estómago agujereado de hambre, quiso calentar su comida más temprano de lo usual. Chequeó que no hubiera nadie, caminó hacia la esquina y puso el recipiente en el microondas. Al sentir ruido de pasos, se alarmó, apagó el aparato y salió del recinto por el otro corredor. Evitó a dos empleados que se pusieron a comer y a conversar en la cocina. Eli, detenida en el medio del pasillo, no sabía dónde esconderse ni cómo volver a su habitación. Mientras tanto, se juntaba más gente en la cocina.

Quiso meterse en un laboratorio y esperar allí. Estaba cerrado. Intentó abrir otras puertas. Cuando una cedió, distinguió al señor Harding, quien, sentado en un sillón, recibía la transfusión de un suero. Ella, en pánico, cerró la puerta y, sin importar que la vieran, volvió a su recámara por la cocina.

Cuando alguien tocó la puerta, Eli sabía que se trataba de Harding. En un estado agitado, pidió disculpas:

—Siento haber interrumpido su sesión y que me haya visto la doctora que lo atendía. Es la primera vez que me aventuro tan temprano. He estado llegando a mi habitación pasadas las nueve como hemos acordado. Esta noche me venció el hambre.

—Eloísa, no he venido a reprenderte. Sé que has sido discreta y que no sales del laboratorio y que trabajas como una máquina. Conozco cómo eres. Ha sido un accidente. Quería saber si estás bien, saliste disparada de la sala.

—Perfectamente bien. Es que no quise inmiscuirme en sus cosas, no supe qué hacer. Estoy feliz aquí, con estos equipos, con estas instalaciones. Es un hotel de cinco estrellas; bueno, jamás he estado en uno real, nunca he viajado a ninguna parte...

—Tranquila, ¿por qué estás tan agitada?

—No lo sé. Disculpe, es el hambre, estoy cansada... —se calmó Eli—. Espero que usted no esté enfermo.

—Es un monitoreo de rutina, nada serio. ¿No has cenado, entonces?

Ella lo negó con la cabeza. Él ingresó una orden a través de su dispositivo.

—Hazme compañía, yo tampoco he cenado —dijo él y se sentó en el sillón junto a una mesa de café.

Eli tomó una silla. Harding parecía relajado y mostraba unos movimientos lentos. Ya no daba órdenes, sino que conversaba con un rostro gentil y su voz se había suavizado.

—¿Le puedo preguntar qué es lo que le inyectan? —preguntó Eli.

—Es una sustancia de proteínas para tratar un pequeño problema. El suero me ayuda; lo recibo cada cierto tiempo y monitorean mis marcadores. Disculpa si converso en exceso, esta droga me relaja al principio.

Eli notó que Harding se hallaba desinhibido y sus modos eran afables.

—Ya conocerás los detalles, Eloísa, cuando trabajes para mí, a su debido tiempo. Eres una máquina, no paras... Espero que al menos estés durmiendo.

—No siempre duermo, con frecuencia mi mente se acelera y sigo pensando.

—Entiendo, me sucede algo similar... Eso te pasa porque eres adicta al trabajo. Necesitas equilibrio, porque el exceso de virtud también es destructivo y yo no quiero gente que destruya. Puedes quemar los fusibles con la hiperactividad. —Hizo una pausa—. Me llamas la atención, Eloísa, con esa inteligencia tuya y tu capacidad extraordinaria de trabajo. Y ni siquiera lo haces por dinero o por posición, quieres cambiar el mundo —sonrió él.

—Su apreciación es muy amable, pero me encantaría trabajar para usted. Tener un puesto aquí sería un privilegio y una gran oportunidad. De alguna forma, lo hago por interés.

—Es posible. Sin embargo, tus principios siempre van a prevalecer. Si yo te encomendara un experimento controvertido, desde el punto de vista ético, estoy convencido de que te negarías.

—¿Controvertido? —preguntó Eli, intrigada—. ¿Como qué?

—Hay tantos temas que ni siquiera sabría por dónde empezar... Tomemos la ingeniería genética, por ejemplo. Si encontraras el gen de la inteligencia, ¿estarías dispuesta a introducir la modificación genética en la concepción?

—No hay tal gen. La inteligencia es un tema complejo, ni siquiera hay consenso en su definición. Hay múltiples genes que se asocian con la salud del cerebro. La nutrición de la madre y del bebé son cruciales, además de la estimulación temprana.

—De acuerdo —interrumpió él—. Hipotéticamente hablando, ¿lo harías?

—Si el método fuera seguro, se ofreciera universalmente... No sé, quizás.

—He ahí tu ética. Tú quieres cambios que beneficien a la humanidad entera.

—¿Y usted no?

Él se quedó callado y dibujó una sonrisa escueta cuando llamaron a la puerta. Un empleado traía un carrito con la cena. A Eli se le contrajo el estómago cuando vio las fuentes: arroz, salmón, espárragos, papas doradas y otras delicias. El aroma se filtró en su nariz y sintió un apetito voraz. Él agradeció el servicio.

—¿A qué se dedica, señor Harding? —preguntó Eli.

—Entre otros proyectos, desarrollamos la medicina genética —dijo Harding y se dispuso a abrir una botella de vino—. Aún no puedo beber, pero creo que tú te mereces una copa.

—Apenas bebo. Además de que es caro comprar una botella de calidad decente, me marea y a mí me gusta tener mi mente despierta.

—¿Y qué haces para relajarte? ¿O eres solo trabajo?

—Me gusta ir al campo, el que queda, aunque no he ido en semanas. Me revitaliza el contacto con la naturaleza. Aún sobrevive y florece la tierra en esta isla. He visto incluso mariposas monarcas, que creíamos extintas. Pensábamos que el calor incandescente de Centroamérica las había matado. Pues no es así, han encontrado una nueva ruta de migración. Son increíbles. Tan frágiles y fuertes al mismo tiempo.

Harding la miró, interesado, y ella continuó:

—Aunque sé que trabajaré en un laboratorio hermético por el resto de mi vida, en mis pausas saldré a buscar el último árbol que sobreviva y me sentaré bajo su sombra —dijo Eli con una ligera tristeza—. ¿Y usted qué hace para entretenerse?

—El último árbol... —repitió él—. Pensar que tengo un jardín y no lo uso nunca. El arte es mi refugio; la pintura, la música, la poesía.

—Mi madre era bióloga botánica y artista de corazón. Dibujaba flores, plantas, árboles. Amaba las rosas sobre todo. Le encantaba la poesía y creo que sus poemas son de gran calidad. Tal vez debió dedicarse a ello en lugar de pelear por el medioambiente.

—Tú lo has dicho. ¿Por qué pelear si podemos dedicarnos a nuestras artes? El tuyo es la investigación, el de tu madre, las rosas...

—¿Y el suyo?

—Admirar el arte —dijo él, mirándola con intensidad—. ¿Y tu padre?

—Mi madre nos tuvo por inseminación artificial. No encontró ni al compañero de su vida ni al padre de sus hijos y se fue directo a un banco de donadores. Tenemos padres daneses, aparentemente.

—Lo dices con resentimiento —dijo Harding y le sirvió otra copa.

—No, ¿por qué? —Eli se encogió de hombros—. Decisiones de mi madre. Ella nos amó, pero la vida tenía otro destino para ella. Nunca le reprocharé nada.

Eli se puso tensa de pronto y bajó la cabeza.

—Anda, bebe —dijo él—. No hablemos de temas tristes. Es doloroso pensar en los que ya no están con nosotros y en la muerte. Para eso trabajamos aquí, para curar enfermedades que son crueles con los más jóvenes.

Él sonrió mientras contemplaba el rostro de Eli que se había sonrojado por el vino y el calor del alimento. Ella había gozado de una cena excepcional y de una conversación apacible. Él había estado gentil y atento.

—Podríamos repetir la velada y hablar de arte y de ciencia, si quieres. Ceno aquí con regularidad —dijo Harding.

Eli asintió complacida y lo acompañó hasta la puerta.

Capítulo 26

Eli tomó el tren hasta Cambridge; solo se programaba un viaje en la mañana y uno de regreso a media tarde, tres veces por semana, con el fin de ahorrar energía. Era el único tren que seguía la ruta hacia el noreste del país. La estación de Cambridge era una vista fantasmal; ni pasajeros que llegaban ni partían, ni guardianes, ni cafés al paso. Los letreros que señalaban la boletería, la sala de espera y los horarios colgaban borrosos. Se montó en su bicicleta y pedaleó por las calles vacías hasta salir del pequeño pueblo desierto. Un viento frío le agrietó el rostro. Por suerte no llovía. Se aventuró por caminos de asfalto que no habían recibido mantenimiento en años. Esquivó baches y zanjas de fango. Pensó en Mark. Debió haberlo llamado y hacer las paces, con la excusa de ir a la granja. Sin embargo, sabía que discutirían.

Ahora que lo meditaba, ni siquiera le había agradecido la ayuda que le brindó durante el día de la inundación. Se despidieron con gestos: irritación, él; indiferencia, ella. Hacía tiempo que ni siquiera habían cruzado un beso cariñoso. «El trabajo absorbente... —pensó—. Estoy muy ocupada, no tengo tiempo». ¿Lo extrañaba? «Tendría que ser un tonto si no me doy cuenta de que no quieres verme», recordó el reproche de Mark. ¿No quería verlo? Él había significado el mundo para ella, ¿por qué de repente su imagen se asociaba con la irritación en lugar del amor?

«Amor». ¿Seguía enamorada? De improviso el rostro de Harding se apareció en su mente. ¿Qué es lo que le atraía tanto de él? ¿Su seguridad, su misterio, su poder? Había pasado tan solo una velada con Joseph Harding y quería volver a verlo. Sus ojos de acero perdían la frialdad cuando ella lo miraba. Se tornaban celestes. «Es respeto, por su generosidad —se explicaba a sí misma—. Somos similares, queremos lo mismo, el avance de la ciencia».

¿Querían lo mismo? Él amaba el arte, ella la naturaleza, aficiones relacionadas con la belleza. A ambos les apasionaba la medicina; querían curar, eliminar enfermedades y sufrimientos. «Queremos lo mismo». Él además le había ofrecido empleo y se tomaba la molestia de invertir en ella, guiarla y orientarla. Harding le brindaba confianza y seguridad, un futuro profesional garantizado, un camino a seguir y protección. «Sí, agradecimiento absoluto».

Sobre la tierra yerma había algunas pozas de agua y, por partes, una capa de moho. Árboles sin follaje dibujaban una cadena de estacas que parecían horcas. El paisaje se fue suavizando cuando divisó las granjas de la red ecológica de Cambridge. Motas verdes y olivos se alzaban entre las casas de piedra. Tomó el camino de los girasoles y llegó hasta la finca. Mary y Gianluca la divisaron desde la cocina.

La recibieron con un abrazo cortés, aunque distante. Le ofrecieron té de hierbas, que ella aceptó para calentarse.

—Debiste haber venido antes —dijo Mary con un ligero tono de reproche—. Lucas no ha estado bien, ni de salud ni de ánimo. Necesitaba un amigo.

—Nos preocupa que se meta en su cuarto y no salga por horas —agregó Gianluca—. No quería ni tomar desayuno hoy, sigue viendo cosas en su tableta. Dice que tiene frío. Le pusimos una estufa, le dimos una manta adicional y lo forzamos a tomar manzanilla.

—Pero no necesita trabajar, yo me ocuparé de la tesis hasta que esté bien —explicó Eli.

—Anda, habla con él, a ver si recobra su alegría, que es lo que ha perdido —dijo la madre.

Eli tocó la puerta y Lucas la hizo pasar. Metido en su cama, envuelto en frazadas y con guantes, leía en una tableta electrónica. Eli le dio un beso en la mejilla y se sentó a su lado.

—Perdona que no haya venido antes, estoy trabajando por dos —dijo ella—. Tú no necesitas hacer nada, ¿por qué no descansas?

—¿Dónde estás trabajando, Eli? Que yo sepa, nuestro laboratorio no está habilitado.

—Encontré un hueco en el antiguo edificio de St John, a una hora de Londres. Por eso no he podido venir, he tenido que armar un laboratorio provisional y hasta estoy durmiendo allí.

Lucas no contestó y siguió surfeando, saltando de pantalla en pantalla. Eli veía el reflejo azul en sus pupilas.

—El edificio antiguo de St John, el que queda en Harlow, ¿cierto? —preguntó Lucas y Eli asintió—. ¿Y cómo va nuestro proyecto? Porque sin luz creo que va a ser difícil monitorear a esos ratones, ¿no crees?

Lucas dio vuelta su tableta y le mostró una imagen del navegador satelital que revelaba una ubicación sin conexiones de suministros.

—¿Por qué mientes? —dijo él—. Ese edificio y los aledaños están clausurados.

—¿Por qué te preocupas? ¿Qué importancia tiene? Te he dicho que voy a trabajar por ti, que te recuperes, que hagas lo que quieras durante este tiempo... ¿Por qué te irritas por una tontería?

—¿Tontería? ¿Trabajar en las instalaciones de Harding te parece una tontería?

—¡¿Quién te ha dicho?! ¿Ha sido Mark?

—Al pobre se le escapó. Vino con Sam el otro día.

—¿Sam también sabe?

—¿Y por qué reaccionas de esa forma si es una tontería? A Mark no le parece una tontería. Y a mí tampoco. Te estás involucrando con el diablo.

—Fue una emergencia, ¿qué querías que hiciera? No tuve más remedio. Como Harding se siente en deuda conmigo, le pedí ayuda. ¿Cómo así te dijo Mark? ¿Me odia tanto ahora que no puede guardar un simple secreto que no perjudica a nadie?

—No la tomes con Mark. El pobre, ante mis preguntas, primero dijo que tú te habías mudado a Harlow, tal como se lo pediste. Siempre tan leal, mintió por ti. Cuando a mí me asaltaron las sospechas porque sé que allí no hay nada, que esos edificios están clausurados, chequeé la red de suministro eléctrico y de agua de Harlow. Ni una conexión. El pobre, sin excusas, tuvo que confesar que te había dejado en el edificio de Harding. Dijo que no te ibas a quedar, que buscarías otro sitio. Ya ni sabía qué inventar. ¿Por qué lo haces mentir si es una tontería?

—Harding me pidió discreción, es un tema de confidencialidad. Ahora tendré que sobornar a tres para que guarden el secreto.

—No te preocupes. A nadie le importa que uses sus oficinas para hacer tu proyecto allí.

—Nuestro proyecto... Además, estoy trabajando por los dos —dijo Eli.

—Como quieras. Lo que nos importa, a Mark y a mí, porque Sam ni pestañeó, es que ese tipo no es de fiar.

—¿Y en qué basas tus suposiciones? ¿No me ha ayudado en un momento de crisis?

—Pues he pasado estos días atando cabos. Y quería advertirte que Harding anda en asuntos oscuros.

Eli lo desafió con la mirada como diciendo: «¿Y qué verdad tan terrible has descubierto?». Lucas prosiguió:

—Un día, Olivia me contó algo extraño. Hablábamos de su padre, de su control enfermizo sobre ella. Y ella dijo, entre otras cosas desagradables acerca de su padre, que era un «vampiro» o algo así. No le di ninguna importancia y encima lo defendí —se rio Lucas—, diciendo que no era para tanto, que solo se preocupaba por ella.

»No sé por qué me vino eso a la memoria. Habrá sido porque me sentía como un desahuciado, falto de vitalidad, de energía, de vida: sin sangre. Un cadáver en pie. O, tal vez, porque lo odio con toda mi alma. Esa frase volvió a mí como una revelación: sí, es un chupasangre, me dije, un vampiro que succiona la vida, la esencia de nuestros cuerpos, que estrangula el amor, que asfixia a su hija poco a poco, quitándole lo que ama.

Eli miraba a Lucas con preocupación. Sus ojos se movían trastornados, su cuerpo temblaba debajo de las mantas.

—Lucas, dejemos esto para otro día. Solo he venido a visitarte, quería saber cómo estabas.

—¡No! ¡Tienes que saber! —dijo él, casi implorándole—. Cuando escuché la frase en ese momento, pensé en su significado figurado: es un padre que asfixia, que no te deja vivir, que te succiona la vitalidad. Esta semana pensé en algo distinto. Te acordarás de los estudios del plasma que leímos en segundo o tercer año, el tratamiento de longevidad que revolucionó la medicina geriátrica: la transfusión de sangre.

—El tratamiento no funciona, lo sabes bien. No es viable porque habría que desangrar a diez jóvenes por anciano. Se prohibieron los experimentos.

—Pero se hicieron y murió gente.

—¡No me vengas a decir que Harding estuvo involucrado!

—Baja la voz; mis padres van a oírte.

—Lucas, ¿quieres ir al grano, por favor?

—No funcionó y se prohibió. Ya lo sabemos. Acto seguido, escucha bien, se desarrolló una especie de diálisis para rejuvenecer la propia sangre. Maravillosa idea: si se purificara el plasma, se tendría el mismo efecto que la transfusión de sangre joven sin envolver a terceros, ni incompatibilidad genética ni infecciones. ¿Te acuerdas de la empresa que desarrolló el tratamiento? —Eli negó con la cabeza—. Pues yo rebusqué entre mis archivos viejos... «Organización para la Longevidad y la Vida»: OL&VITA. ¿Lo ves?

—No, Lucas, no tengo la menor idea de lo que quieres decir.

—OL&VITA es el nombre de Olivia: «Olivita». ¿Lo ves ahora? —se calmó Lucas, complacido con su descubrimiento, como si hubiera denunciado al diablo que habitaba entre los hombres.

—Puede ser una coincidencia. ¿Cómo sabes que Harding está detrás de esa compañía?

—No podemos saber quién es dueño de qué por un tema de privacidad, pero sí tenemos datos generales de las empresas. OL&VITA fue fundada en el 2046, el año de nacimiento de Olivia. ¿Otra coincidencia?

—¿Y qué si fuera verdad? La empresa tuvo éxito, vendieron la patente e hicieron millones. Ahora ya sabemos cómo Harding hizo su fortuna. ¿Eso es lo que descubriste?

—Harding tuvo suerte, mucha suerte, como un buen devoto del demonio. Vendió la patente y se comercializó el tratamiento.

Y empezaron los problemas, ¿cierto? Ese tratamiento también fracasó y se prohibió.

—Es así como evoluciona la ciencia —dijo Eli.

—No puedo creer que digas eso, la defensora de la rigurosidad en la investigación y de los altos estándares éticos. ¡Murió gente! ¿No te acuerdas?

—Ancianos obsesionados por superar la vejez.

—¿Cómo puedes decir eso? Pensé que rechazabas la extensión irracional de la vida y el sufrimiento innecesario que acarrean los tratamientos...

—Estoy en contra de ello —interrumpió Eli—, pero no puedo culpar a Harding por haber revolucionado la ciencia, si es verdad. Puede ser una mera coincidencia, porque, tú lo has dicho, lo odias con toda tu alma.

—¿Es una coincidencia que el tipo luzca como si rozara los cuarenta? Parece el hermano mayor de Mark. Haz un cálculo simple... A menos que Harding haya tenido a Olivia a los veinte, es imposible que tenga cuarenta. Nadie descubre una fórmula revolucionaria y hace fortuna a los veinte. El hombre es más viejo que Matusalén.

Lucas se quedó callado. Dejó su tableta y reposó la cabeza en la almohada. Se envolvió con las frazadas y suspiró.

—Coincido con Mark —agregó él y cerró los ojos—. Estás cambiando, ya no te importan las mismas cosas.

—No es cierto.

Eli quiso defenderse, pero Lucas lucía muy cansado. Ella lo arropó y le dio un beso en la mejilla.

—Vendré pronto. Por favor, recupérate, me haces falta —dijo con sinceridad.

Cuando salió de la habitación, Mary la esperaba en la cocina. Gianluca trabajaba afuera.

—Ven, siéntate a comer que tienes un recorrido largo de regreso —dijo Mary.

Mientras le cortaba una rebanada de pan y le servía una sopa de vegetales, agregó:

—No cometas el error de tu madre.

—¿A qué te refieres? —preguntó Eli, desconcertada.

—A las pasiones sin límites. Primero es tu trabajo, luego es algún hombre, luego tus hijos. Las mentes como la tuya y la de

198

tu madre son muy poderosas; tienen una capacidad extraordinaria de trabajo y concentración, pero se obsesionan con facilidad. Son mentes propias de artistas vehementes, de científicos enfermizos, de madres abnegadas. Y se genera un desequilibrio peligroso.

—Todos perciben mi falta de equilibrio —dijo Eli con tristeza—. ¿Es tan evidente?

—Te enteraste de que Lucas estuvo grave y decidiste priorizar tu trabajo antes de visitarlo. Vienes a verlo y discutes con él... Lucas es tu hermano; casi se muere, Eli.

—Nos oíste discutir...

—Subieron el tono y escuché parte de la conversación. Yo no sé quién es Joseph Harding, si lo que denuncia Lucas es cierto, pero no te obsesiones con él. No hay gente perfecta a la que debas tu devoción. Tu madre hizo lo mismo con Sanders.

—¿Crees que estaba enamorada de él?

—Es posible. Todas parecían estarlo, menos yo. A mí, el napolitano ya me había conquistado —sonrió Mary—. Sanders era un tipo confiado, atractivo, sabía cómo llegar a la gente. Hablaba de forma convincente e inspiradora. Las chicas iban detrás embelesadas y los hombres también, queriendo imitarlo. Era un líder innato, con tanta sabiduría, con tantas ideas. Había escrito libros, dado seminarios, proponía y demostraba teorías. En un jardín seco cualquiera, en cuclillas, acariciaba la tierra y decía: «Muerta. ¿Ves abejas? ¿Ves mariposas? La próxima primavera no crecerá nada». Y te miraba con un genuino malestar y hasta con amor. Su pasión era contagiosa. No la culpo si se enamoró, cualquiera lo hubiera hecho.

—¿Y qué pasó? ¿Por qué entonces todo terminó tan mal?

—Sanders, con esa voz firme y motivadora, hacía mucho ruido; el Gobierno le tenía miedo. Creían que iba a haber una revolución. Los alimentos ya no llegaban ni de España ni de América... Cosechas enteras se echaban a perder por sequías, inundaciones o contaminación. Una situación desesperada.

»Sanders insistía en que había que regenerar la isla y que todos debían colaborar, arrimar el hombro. Nosotros estábamos de acuerdo; sin embargo, la gran mayoría solo quería comer. La idea de reproducir gusanos en tu propia casa como alimento asustaba al hombre ordinario. Los millonarios, por su lado, preferían que la gran corporación se ocupara, pues a ellos la buena comida nunca les iba a faltar. El Gobierno desarrolló un plan con el tácito eslogan de «alimentar y distraer a la gente». Y la corporación prevaleció. Sanders, a pesar de sus mejores intenciones, empezó a cometer errores, quizás por frustración o agotamiento.

—¿Lo dices por la Revuelta? —preguntó Eli.

—Primero publicó esos estudios del cáncer sin la venia de una institución. Destrozaron sus números y lo desacreditaron. Y, a raíz de ello, la organización que él lideraba cambió; no sé, se oscureció la agenda y nosotros nos retiramos

—¿Y qué pasó en la cárcel? ¿Por qué mi madre cambió de esa forma tan abrupta?

—Cansancio, decepción... Falta de equilibrio. Cuando pones tus fuerzas y corazón en un proyecto que termina en cenizas, sin la posibilidad de resurrección, mueres. Mueres por dentro y te quedas vacío. Nina salió de la cárcel con una nueva obsesión, en este caso, la de ser madre. Debía llenar ese hueco tan atroz de muerte. Y quiso dar vida para combatirlo.

—¿Somos producto de una obsesión? —preguntó Eli, sobrecogida.

—No quise decir eso —se corrigió Mary—. Tú y Sam son el resultado de una mente apasionada. Tu madre gozaba de una energía singular y decidió encauzarla hacia la maternidad. Ya no quedaba espacio para el activismo ni la ciencia. Por eso te digo que no cometas el mismo error que tu madre, que encuentres equilibrio, porque ella decidió dar vida, mientras que otros destruyen. ¿Entiendes lo que te quiero decir?

—Es triste que un hombre que podía ofrecer tanto haya terminado con la reputación arruinada y sin legado —dijo Eli.

—Su legado está aquí. Lo hemos usado para construir nuestra red ecológica, un proyecto que avanza, aunque lentamente. Para los amantes de la naturaleza, sus libros son sagrados. El Gobierno no pudo deshacerse de ellos, ¿con qué excusa? Lo único a que incitan es a cuidar la naturaleza.

—¿No crees que en ciertos casos es necesario llamar la atención con más fuerza?

—La violencia es producto de un desequilibrio de energía —dijo Mary—. Lo único que puede restaurar el equilibrio es lo opuesto, la armonía. La violencia perpetúa el desequilibrio. ¿Cómo crees que regeneramos estos campos? Con dedicación y paciencia. Y vamos inspirando a otros. La red se va ampliando, lentamente... Eli, balancea tus fuerzas y actúa desde ese centro.

—¿Cómo? —preguntó Eli, ansiosa, porque se sentía fuera de control.

—Cada uno es diferente, tú debes encontrar tu centro. Nosotros tomamos inspiración de la tierra. ¿Ves lo que sucede aquí? La vida florece en equilibrio.

Eli suspiró, no era tarea fácil. Tomó la sopa en silencio y, cuando terminó, ofreció llevarle un tazón a Lucas. Quería pedirle disculpas.

*

Lucas reposaba cubierto de frazadas y Eli lo meció suavemente para despertarlo:

—Ey, te he traído algo caliente, te va a hacer bien.

Él percibió su ternura y dibujó una sonrisa. Se irguió en la cama y tomó unas cucharadas del caldo. Eran hermanos de verdad. Habían pasado la niñez juntos, o en la casa de los abuelos o con los Chiarello, y entablaron una amistad a temprana edad.

Viéndolo tan empequeñecido, Eli recordó aquella vez que Lucas la invitó a salir y ella se desternilló de risa en su cara. Él tendría once años y ella nueve. Avergonzado, Lucas no le quiso hablar por días. Eli, sin bochorno ni reparos, fue a buscarlo y le dijo: «Déjate de idioteces, Lucas». Y salieron a andar en bicicleta como si nada. Desde ese día, fueron hermanos para siempre.

—Siento no haber venido antes a verte, perdóname —dijo Eli—. Lamento tanto lo que te pasó. Debiste de padecer un frío terrible. Por favor, recupérate, te necesito.

Él le devolvió una mirada comprensiva y le habló con un ligero temblor en la voz:

—Yo también te necesito, ahora más que nunca. Es posible que esté exagerando con Harding; al fin y al cabo, no tengo evidencia, son meras conjeturas, pero él no quiere que esté con su hija y eso me está desgarrando. Por favor, te lo ruego, habla con Olivia y hazle saber que intenté buscarla, que he estado enfermo y que yo la sigo queriendo.

A Eli se le apretó el corazón, podía percibir su sufrimiento. Asintió, pero no sabía aún qué haría al respecto. Le había prometido a Harding hacer lo opuesto.

Capítulo 27

La semana siguiente, Sam tuvo su rinoplastia. Había llegado de la clínica, dolorida, con una dosis de calmantes y una férula en la nariz, que debía llevar por unos días. Eli, dispuesta a ocuparse de sus seres queridos y balancear sus responsabilidades, había decidido pasar las primeras noches en casa para ayudarla y monitorearla, aunque censurara su decisión. Por suerte, Sam no tenía dificultades para respirar y, con los analgésicos, el malestar era imperceptible.

A Eli le sorprendió saber que Olivia no iba a apoyarla en la grabación, como habían acordado. Sam le explicó que un equipo de Omen se encargaría del asunto y vendría a filmar la recuperación. Sam se grababa a sí misma a intervalos para relatar sus observaciones del proceso y darle un punto de vista personal y genuino. A través de su documental, publicitaría las cirugías estéticas de Omen. Ella ponía la nariz y ellos la financiaban.

El «antes y después» se revelaría en un video de promoción. La demanda por cirugías estaba en auge porque la población regular quería imitar a «los hijos de los laboratorios». Adolescentes y niños miraban las imágenes de las transformaciones con obsesión: prominentes narices eran reducidas; las puntas chatas, elevadas; los tabiques torcidos, rectificados. Cuando se cansaban de ver narices, pasaban a mentones, frente, pómulos y labios. La armonización del rostro implicaba una operación «simple y segura para renovar vidas», garantizaba la publicidad de Omen.

Eli miró a su hermana con pena: una nariz sin defecto alguno fue afinada porque sí. La punta redonda, terminada como un botoncito, era objeto de vergüenza y había que remodelarla. Contuvo su desazón; no quería discutir. Atendió a Sam y no dijo nada. Ya la vejación había ocurrido.

Antes de irse al trabajo, Eli le habló a su hermana. Quería saber por qué Olivia no participaba.

—No quiso hacerlo, está desganada —explicó Sam.

—Pero no está tomando Viadélum, ¿verdad?

—Imposible. El padre la tiene como una prisionera; ni viajes virtuales ni conexiones.

—¿Sabe lo de Lucas?

—Que yo sepa, no, porque yo no se lo he dicho. En cualquier caso, tampoco puedo comunicarme por el momento.

—Iré a verla lo antes posible. Sam, necesito hablar contigo —dijo Eli bajando la voz—. Sabes que estoy trabajando en los laboratorios de Harding. Eso se suponía que era un secreto. El papá de Olivia me brindó ayuda, pero, a cambio, quiere que yo sea discreta. Podría meterlo en problemas. Son temas de confidencialidad, ¿entiendes?

—No, no entiendo y no me interesa. Son cosas tuyas.

—Cuando el instituto me dé un laboratorio, dejaré las oficinas. Si alguien pregunta, he estado trabajando en la casa, en el sótano. Eso le voy a decir a mi supervisora.

Sam se encogió de hombros.

En ese instante llegó un numeroso y bullicioso equipo de técnicos de Omen con cámaras de grabación e invadieron el pequeño espacio.

***

Eli regresó a mediodía a su laboratorio. Limpió las celdas y repuso el alimento de sus roedores. Analizó el video de la noche. Azulejo, en especial, parecía más lento de lo normal. Le llamó la atención su falta de actividad y decidió hacerle un examen de memoria. Si bien le tocaba realizar las pruebas al día siguiente, preocupada por el pequeñito, quiso saber qué le pasaba.

Azulejo fracasó en la prueba, no encontraba la salida del laberinto. Se golpeó la cabeza contra las paredes, no parecía verlas; se volvía por donde había venido y chocaba contra otro obstáculo. Al verse atrapado entre dos tabiques, uno de ida y otro de regreso, empezó a excitarse. No quería estar ahí, encerrado en un espacio que ya no reconocía. La recompensa al final del dédalo consistía en un alimento dulce que activaba la zona de placer en el cerebro, pero, cuando Eli se lo ofreció, Azulejo parecía confundido. No lo olfateaba ni lamía; tal vez no recordaba que se trataba de un alimento que a él le gustaba.

Hasta ese momento, nunca había fallado en la prueba. ¿Qué le pasaba? ¿Tendría alguna infección? Lo examinó: su ritmo cardiaco, temperatura y otros marcadores estaban bien. Le pinchó una patita y le saco una gota de sangre. En quince minutos, hizo una prueba química. No había infección alguna. Lo acarició con pena y simpatía. «¿Estás cansadito? ¿Quieres dormir?». Lo puso en su celda y el ratón se quedó inmóvil en una esquina, una actitud de autoprotección. Lo usual era moverse en el espacio abierto con los demás o subirse a la rueda. ¿Tendría miedo? ¿De qué? «Es que estás muy viejito», pensó Eli. En equivalencia humana, sus ratones tenían cerca de sesenta años. En un par de meses morirían.

La edad promedio del ratón de laboratorio había sido modificada genéticamente para reducirla de tres años a siete meses con el fin de acortar el tiempo de los estudios. Esto permitía analizar el efecto de las drogas en un tiempo récord. Efectuar un experimento durante dos o tres años era un lujo que los científicos y las corporaciones ya no podían darse. La urgencia por encontrar soluciones a los problemas del poscambio climático demandaba medidas extraordinarias, tanto en el área científica como en la regulatoria.

Una de las áreas controvertidas eran los tratamientos de la longevidad. Con la misma tecnología y principios que se habían aplicado para reducir la vida de los ratones de laboratorio, se intentó revertir el efecto con el fin de prolongar la vida en los humanos. Los resultados fueron mixtos. A Eli le fastidiaba ese tema, entre tantos otros de la ciencia del siglo XXI. ¿Por qué prolongar la vida artificialmente? La vejez no constituía una enfermedad que había que curar, que resistir; la vejez era una etapa natural del ciclo de vida. ¿Cuántos miles de millones se habían invertido en la búsqueda de la fórmula de la eterna juventud? ¿Cuántos experimentos? ¿Cuántos fracasos y muertos con el fin de alargar la vida de aquellos que podían costearlo? Unos vivían cien años y otros cincuenta. Su madre había muerto a los treinta y cinco de una enfermedad para la cual todavía no se encontraba cura. Morir en la plenitud de la vida no era aceptable; morir a los ochenta, con dignidad, sí.

Eli se sentía contrariada. ¿Por qué trabajaba en los laboratorios de Harding? ¿Por qué confiaba en alguien que había hecho su fortuna en un tema que ella detestaba? ¿Fue esa la razón por la que no quiso quedarse en el laboratorio las noches anteriores con el pretexto de ayudar a su hermana? Sin embargo, deseaba verlo. Le gustaba hablar con él, le intrigaba su manera de pensar. Era el poder personificado, un ser misterioso que ejercía un gran magnetismo. Se preguntó cuántos años tendría en realidad. Lucas deducía bien, no podían ser menos de cuarenta.

Thomas Price fue a verla, preguntando acerca de su ausencia, si había estado enferma. Eli explicó que se trataba de su hermana, un tema menor de salud. Él le comunicó que Harding la invitaba a cenar.

—¿Dónde? —preguntó Eli.

—Te pasarán a buscar a las nueve.

El día transcurrió de ajetreo en ajetreo. Azulejo parecía estar mejor, pero Eli no le quitaba el ojo de encima. Sin duda alguna, la memoria de los roedores sujetos a la droga había empeorado con respecto a los de control. Su nivel de ejercicio también se había reducido. Los indicios de adicción, no obstante, eran inexistentes. No comían en exceso y, durante la semana que duró la abstinencia, no se trastornaron. Sus ratones, en conclusión, solo experimentaban embotamiento.

¿Por qué, entonces, la gente parecía adicta? No reservaban la travesía para el fin de semana o como una recreación esporádica. El Viadélum predominaba como un hábito diario, y un porcentaje alto de la población excedía el tiempo recomendado de inmersión. Así lo sugería su estudio cualitativo, que consistía en una encuesta en línea acerca de los hábitos de la población. Olivia había mostrado signos de dependencia. Eli la había monitoreado por meses y juntado información vital para presentar un caso cualitativo, bajo un seudónimo. Su tesis examinaría el tema desde varios ángulos. Lo que se observa en roedores no es reflejo fiel de lo que sucede con humanos, ella lo sabía bien.

Apresuró las últimas tareas porque quería arreglarse. Mientras pudo focalizar la mente en el trabajo, su encuentro con Harding no fue motivo de angustia, pero su ansiedad empezó a manifestarse. Anticipando una cena con él, había llevado el vestido lila, luego de limpiarlo varias veces, porque no tenía otro. Se puso el chal de color marfil para disimular el desvaído del vestido. Ella no usaba maquillaje, ni siquiera pintalabios. Su atractivo yacía en sus ojos y su cabello largo oscuro. Era un misterio por qué su apariencia le preocupaba de repente. Se avergonzaba, tal vez, ante la presencia inmaculada de Joseph Harding, quien vestía siempre trajes de fibra natural.

La hicieron pasar a una especie de galería en el penúltimo piso del rascacielos, donde colgaban cuadros magníficos y se exhibían otras piezas de arte. Ventanales inmensos permitían ver la ciudad y el zigzagueo del Támesis. Luces fosforescentes alumbraban el centro de la metrópoli. El horizonte desaparecía en una absoluta oscuridad. El núcleo latía, la periferia apenas parpadeaba.

Eli caminó a lo largo de esa sala tan solemne, admirando obras que no conocía. La genialidad del ser humano era indudable. Junto a cada pieza se podía activar un holograma o un contenido de voz para saber el nombre del autor y de la obra: Rembrandt, Matisse, Goya... ¿Cuánta belleza habían creado las manos y las mentes brillantes de la humanidad a lo largo de los siglos?

El arte material, ya fuese una estatua de mármol o un lienzo al óleo, moría ante la prominencia de la tecnología y las necesidades del poscambio climático. Eli recordó las rosas de su madre con cariño, simples trazos de lápiz en pequeños cuadernos de hojas crema recicladas, tal vez los últimos vestigios del arte manual. Se preguntó cuántos talentos quedaban enterrados hoy en día por la falta de recursos o escuelas. Sin embargo, a la mayoría de la gente no le interesaba. Había mejores entretenimientos que el cultivo de un talento. Las manos se tullían con la automatización, la imaginación se atrofiaba con la inteligencia artificial y la consciencia se adormecía con la realidad virtual.

Por ello, contar con una galería privada constituía un privilegio y Eli se sintió avergonzada de su simple apariencia ante la majestuosidad del lugar. Sin ropas a la altura de la galería de pisos lustrados y columnas de mármol y, sin el conocimiento para admirar las piezas, se quedó inmóvil en una esquina, como Azulejo, el ratoncito asustado y embotado por la intoxicación. ¿Era miedo lo que Eli sentía? ¿Era terror por estar en las manos de un hombre que la manipulaba como si ella fuera un roedor de laboratorio? ¿Estaba siendo manipulada? ¿Quién era Joseph Harding?

Por un momento quiso huir y, con el corazón acelerado, corrió hacia la puerta. Se detuvo en seco. Giró y caminó insegura hacia un ventanal. Aunque sintió vértigo, se acercó hasta el borde. Deseaba volar libre sobre aquellas luces y escapar...

—Eloísa, buenas noches —saludó Harding.

Eli apenas pudo responder y se demoró unos segundos en recuperar la compostura.

—Espero que hayas disfrutado de la sala —continuó él.

—Es... —titubeó ella— un paraíso en la tierra.

Él sonrió complacido y la llevó alrededor mostrándole sus piezas favoritas. El tratamiento semanal surtía efecto y se mostraba encantado con la presencia de Eli. Relajado y sociable, le contaba alguna anécdota del pintor o de la obra.

—Me dijo Thomas que tu ausencia se debió a tu hermana. ¿Se encuentra bien?

—Nada serio. Se operó la nariz y me quise asegurar de que durmiera sin dificultad. Cuando hay complicaciones, puede afectar la respiración. Pasé unas noches en casa.

Harding le preguntó acerca del proyecto y Eli le dio un reporte breve del progreso, pero parecía que ambos no querían hablar de trabajo. Ella pudo sentir su calidez, estaba contento de verla, de gozar de su compañía. Se detuvieron ante la *Piedad* de Miguel Ángel y Harding admiró la monumental obra en silencio, con veneración.

—No me canso de mirarla, es la cúspide de la perfección —dijo él—. El amor perfecto.

—¿De una madre hacia su hijo?

—No, del amor humano en general. Sentir compasión es propio de los humanos —dijo él—. El dolor y el amor son reflejados con tal maestría que te olvidas que es de mármol. Lástima que las manos fueron destrozadas a martillazos.

—¿Cómo logró juntar estas piezas extraordinarias?

—Me dediqué a rescatarlas durante años. Los museos públicos, sin recursos para el mantenimiento o la seguridad, decidieron darlas en concesión por cien años al mejor postor con la única condición de que se conservaran en buen estado.

—Debe de haber costado millones.

Él asintió y ella se quedó tiesa un momento como queriendo preguntarle algo. Elevó la mirada y entreabrió los labios. Tenía que saber.

—¿Cómo hizo su fortuna, señor Harding? ¿Es cierto que ganó dinero con un tratamiento revolucionario de longevidad? —preguntó con firmeza—. Creo que si vamos a trabajar juntos, no debería haber secretos.

—No hay ningún secreto. Es cierto; mi empresa desarrolló el tratamiento del rejuvenecimiento del plasma.

—¿Y no le importa haber hecho su imperio sobre la base de un tratamiento que mató gente? —ella preguntó sin parpadear, intentando controlar sus nervios.

—Yo no maté a nadie, solo concebí la idea, que fue experimentada en animales. El mercado mató a la gente.

—Usted desarrolló y vendió la patente.

—La historia es más complicada; no juzgues sin saber. Yo era joven, recién graduado en ingeniería genética, y trabajaba para una corporación inescrupulosa, protegida por la Ley de Emergencia. Esta empresa, difunta hoy, invertía en proyectos de longevidad. Tenían la idea fija de la transfusión de sangre joven. Aunque es un tratamiento potente, es una aberración. Obsesionados, las propuestas fracasaban y no encontraban la alternativa. Yo vi la solución.

»Renuncié y, con un préstamo, abrí una empresa emergente con dos colegas. Desarrollamos una diálisis para rejuvenecer la sangre con proteínas y químicos que, al aniquilar células viejas, incitan el crecimiento de nuevas.

—Sí, funciona como una poda. Lo estudiamos en los cursos de medicina geriátrica —dijo Eli.

—Nosotros no poseíamos el capital o la infraestructura para seguir adelante, había que vender. Nos ofrecieron cientos de millones por la patente. Pero, claro, exigían exclusividad. Nosotros no queríamos. Sabíamos que, si se vendía la fórmula inicial a varios empresarios, podrían desarrollar el producto en competencia y, con el tiempo, se mejoraría el tratamiento y se abarataría el costo. Yo era joven, impulsivo y hasta arrogante, pero amaba la ciencia, quería ver el producto final.

»Para nuestra sorpresa, vendimos diez licencias por mucho más de lo que imaginamos. Fuimos millonarios de la noche a la mañana. Sin embargo, la competencia entre estas empresas fue salvaje. Con el fin de ser las primeras en el mercado, obviaron pasos fundamentales en las pruebas de humanos e hicieron modificaciones para que el tratamiento, que se suponía era una limpieza y transfusión de la misma sangre, pudiera ser digerido. Imagínate un elixir de juventud en una botella.

»Nos equivocamos. Sin regulación, las prácticas fueron salvajes. El mercado quería una píldora mágica que se pudiera producir a bajo costo, y el consumidor, obsesionado por alargar su vida, no cuestionó nada. Nosotros nunca garantizamos que funcionara en humanos y advertimos de las limitaciones. Yo no maté a nadie.

Eli se quedó muda. Lo había juzgado mal. Ella sabía bien cómo funcionaba el mercado, era eso justamente lo que aborrecía.

—Siento haberlo interrogado —dijo Eli, avergonzada—. Entiendo que usted no tenga la culpa de que el Gobierno permita una jungla de predadores sin restricciones. Es eso lo que me irrita, la ciencia se desarrolla a puertas cerradas y luego se vende al mejor postor.

Hicieron una pausa. La confesión de Harding relajó a Eli y ella distendió el cuerpo. ¿De qué lo iba a culpar? ¿De haber sido innovador? Sonrió confiada y él la invitó a pasar al comedor, una sala contigua, preparada para ellos dos. Un camarero trajo el carrito de la cena, la sirvió y se marchó.

Harding abrió una botella de vino blanco y disfrutaron de un exquisito arroz con langostinos. Aunque ella despreciaba la superficialidad del segmento privilegiado de la sociedad, sintió placer en esa cena de lujo y en ese espacio magnífico de piezas de arte. Eli saboreó cada bocado y bebió con igual gozo, disfrutando de un cálido intercambio de palabras. Por un segundo, alcanzó la cúspide de la felicidad y con el influjo del alcohol sintió deseo por Joseph Harding.

Avergonzada de su propia atracción, prefirió hacer preguntas:

—¿Se abre la galería para el público general?

—Auspicio algunas exhibiciones especiales. El contrato de concesión me obliga a mostrar las piezas cada cierto tiempo y las envío al Museo Británico. Los últimos años, ha decaído tanto la audiencia que el museo ya ha desistido y se ahorra el costo del transporte. Una pintura antigua no entretiene a nadie.

»Me alquilan las piezas para eventos privados, pero en realidad nadie está interesado en ellas, son parte del decorado. Una obra de arte del siglo pasado es estática: requiere que fijes tu atención y que tu mente reflexione. Contemplas la obra, sientes la emoción que proyecta, piensas en el significado, te extasías... Hemos dejado de pensar. Saltamos de un estímulo a otro sin profundizar en nada ni generar pensamientos propios. Queremos un flujo constante de excitaciones. La realidad virtual ha arruinado la inspiración en el ser humano —dijo él, y su rostro se ensombreció de repente.

—¿Lo dice por Olivia?

—Tiene los recursos a su disposición para dedicarse al arte y me encantaría que continúe la labor de custodio de la galería, porque yo dejaré de existir. En cambio, ella se empecina en llevar un camino de entretenimiento banal, inconsciente, que la sigue enfermando. Yo ya no sé qué hacer.

—La compañía de Lucas le hacía bien... Él es muy buena persona.

—No quiero una «buena» persona, sino un hombre que sepa sin duda alguna qué obligaciones está asumiendo, y Lucas es un irresponsable. Yo, a su edad, ya había hecho mi fortuna.

—¿No cree que, en parte, fue un golpe de suerte? No digo que usted lo haya conseguido sin esfuerzo, pero se le presentó una oportunidad. Su experiencia en aquella empresa fue valiosa. No estuvo solo, lo acompañaron sus colegas, y descubrió una fórmula revolucionaria en un tiempo récord cuando pudo haber acabado en bancarrota, intentándolo por décadas. Se benefició de un mercado enloquecido que le arrojó millones antes de validar el tratamiento. ¿No reconoce su buena suerte?

—Yo no vengo de una familia adinerada. Conseguí una beca como tú. Estudié, trabajé y me esforcé —se defendió él—. No estoy esperando que el hombre que esté con mi hija tenga la misma riqueza, pero yo asía las oportunidades y nunca me desesperanzaba hundiéndome en la autocompasión como hacen los jóvenes de hoy, a los que constantemente hay que zarandear y decirles: «Haz algo productivo con tu vida».

—Lucas se mantiene a sí mismo, paga su renta y está estudiando. Si se ha demorado en terminar la carrera es porque ha tenido que trabajar al mismo tiempo. Él ama a Olivia y casi se muere esperándola bajo la lluvia.

—¿Y tú crees que quiero para mi hija a un hombre que esté dispuesto a morir por sentimentalismos? —Harding elevó la voz—: ¡Al contrario! Quiero que no se deje llevar por emociones y que sacuda a Olivia y le diga: «Vive, vive, ¿por qué quieres morir?». El hombre que esté con Olivia deberá asumir la responsabilidad de su vida.

—Quizás ese es el problema. Usted no confía en la capacidad de Olivia para dirigir su destino. Cree que ella debe apoyarse en alguien más, que necesita una muleta, un marido rico que le envíe una ambulancia cada vez que la necesite.

Él se levantó irritado y se frotó la frente.

—Tú no sabes nada de Olivia —dijo él—. Nunca terminó nada, nunca se interesó en nada. Es una balsa que se deja llevar por la corriente… ¿Qué sabes tú?

Ella se levantó y, en lugar de pedir disculpas por la intromisión, lo enfrentó jadeante.

—La gran mayoría de jóvenes son así. ¿Qué les depara el futuro? ¿Qué trabajos? Confinados en una ciudad que lo único que ofrece es aire acondicionado y un viaje psicodélico.

—Hay trabajos decentes a los que se puede aspirar.

—¿Cuáles? ¿Tecnología? ¿Qué sueños puedes forjar si no te interesa la tecnología o no tienes aptitud para desarrollarla?

—La vida es lo que es, o te adaptas con inteligencia o sucumbes. Tú y yo lo hemos logrado con esfuerzo. A que tú leías libros mientras Olivia y Lucas jugaban con videojuegos.

—Yo no tuve ni madre ni padre y maduré por necesidad. Mi hermana Sam era un bebé cuando murió mi madre. Mi abuelo falleció al poco tiempo, dejándonos unos ahorros de los que fuimos comiendo. —Eli empezó a estremecerse y bajó el tono de voz—: Si no fuera porque Sam consiguió un trabajo al terminar el colegio, creo que hubiéramos terminado en la calle.

212

—Eres fuerte.

—No, no lo soy y no lo quiero ser. Ojalá pudiera evadir la realidad como hace la mayoría. Lo deseo, pero no puedo. Aunque las drogas están a mi disposición, las desprecio con toda mi alma. Para mí, el mundo real es una maldita obsesión.

Eli se detuvo de pronto y se quedaron callados, procesando el intercambio fuerte de palabras sin bajar las miradas. Al verla angustiada, él le ofreció los brazos y ella se inclinó hacia él, ocultando el rostro en su pecho. Cuando Harding sintió que se había sosegado, le levantó el mentón y besó sus labios con suavidad. Se desprendió de pronto y dio un paso hacia atrás:

—Perdona, no sé qué estoy haciendo...

Eli se le acercó; quería su abrazo y sus labios. Le devolvió el beso. Por primera vez en la vida, se sintió vulnerable y protegida al mismo tiempo. Había expuesto su sensibilidad y, en lugar de sucumbir bajo la ansiedad, él la contuvo, como diciéndole: «Aquí estás a salvo».

Con el deseo a flor de piel, volvieron a besarse y acariciarse y él la invitó al departamento del último piso. Ella aceptó con el corazón confiado, hinchado por el enamoramiento. Sus pechos y su vientre se excitaron ansiosos por el encuentro sexual. Hicieron el amor y ella durmió a su lado.

Capítulo 28

E l doctor le dio a Harding un reporte acerca de la salud de Olivia. Había recuperado peso y su ritmo cardiaco y sistema inmunológico eran normales. La recomendación era la de siempre: «Que tome las pastillas a diario», una prescripción de por vida.

Olivia se hallaba mejor con su dosis diaria de fármacos; sin embargo, su percepción de la realidad cambiaba: cada espacio y objeto arrastraba un halo dorado. Ella se movía en cámara lenta; su cuerpo y mente se tornaban ligeros; parecía elevarse del suelo y flotar como si la gravedad hubiera cesado. No era una sensación desagradable, solo extraña. Pensaba que la vida después de la muerte, de existir, sería igual.

Además de las lentas ondulaciones de las cosas y la luz dorada que se filtraba en el espacio, Olivia percibía que sus pensamientos eran superficiales. Podía fijarse en aquellos objetos resplandecientes, pero nunca con profundidad. El cuestionamiento y su ineludible incertidumbre cesaron. No lograba articular porqués. Ella observaba sin preguntar. Y sin preguntas ni respuestas no hay acciones: reina la indiferencia.

En ese estado de neutral presencia, sin curiosidad ni excitación, se podía funcionar con placidez, pero no vivir a plenitud. Sin embargo, aceptó la solución de la prescripción permanente. Al fin y al cabo, se asemejaba al efecto del Viadélum, droga de igual potencia que embotaba su consciencia y reprimía preguntas que le generaban ansiedad.

En esa vida subconsciente, Olivia había alcanzado un estado de quietud, adornado con un fulgor áureo, en que su rutina diaria

215

consistía en desayunar, ir a la casa del jardín, pintar, cenar y volver a dormir. Unos días pintaba por largas horas; otros, clavaba los ojos en el lienzo en blanco. Cuanto más contemplaba el lienzo sin rellenarlo, más atracción ejercía su brillante blancura, que se expandía y contraía en círculos con un efecto hipnótico.

El padre quería que dejara los viajes virtuales, que desestabilizaban los químicos de su cerebro, convulsionándolos hasta el punto álgido en que se desplomaban sin retorno. El viajero quedaba suspendido en un limbo entre realidad e inconsciencia: un estado peligroso que podía terminar en coma.

¿Era Olivia un caso singular o el abuso del Viadélum podría afectar a la mayoría? Eli quería visitar a Olivia y aprovechar la oportunidad para indagar más acerca de la droga. También le había prometido a Lucas revelar la verdadera causa de su ausencia. Todavía no sabía qué hacer. Entendía el dolor de Joseph y el sufrimiento de Lucas. ¿Quién era ella para interferir en ambas relaciones?

Eli viajó hasta Hampstead, a la mansión de los Harding. Era domingo y Joseph la recibió en el zaguán. La besó con ternura en la mejilla y, con un murmullo, le pidió que fuera discreta. La hizo pasar al jardín.

Olivia daba trazos lentos a una pintura de colores ocre, terracota y naranja en maravillosos círculos en degradé. Unas espirales empezaban oscuras en el centro y terminaban en tonalidades claras, y otras, al revés. Se alegró de ver a Eli y detuvo su labor. Intercambiaron besos y se sentaron en una pequeña sala de muebles de mimbre y cojines florales junto a un ventanal. Los taburetes, pinceles y óleos estaban al frente.

—Este lugar es maravilloso —dijo Eli.

—Mi padre lo mandó a renovar y decorar, estaba abandonado.

—Veo que has vuelto a pintar. ¡Qué hermoso cuadro! ¿Qué es?

—No lo sé… Pinto lo que siento y ahora mi mente ve espirales de colores brillantes que se oscurecen y se aclaran en un constante flujo, como la vida. ¿Lo ves?

—Sí, es realmente hermoso. Tienes un gran talento, Olivia. ¿Puedo…?

Eli se paró y ojeó con respeto los lienzos terminados y arrinconados. Eran trazos abstractos, formas curvilíneas y bucles de vibrantes colores que imitaban flores o astros. Entre las pinturas, encontró unos retratos de Lucas a carboncillo. Eli acomodó los cuadros y volvió a su asiento. Le entregó un frasquito de tónico de lavanda y Olivia sonrió complacida.

Eli le preguntó por su salud:

—¿No sientes ningún impulso por viajar?

—La droga que me dan ahora restringe mi adicción.

—¿Consideras entonces que era una adicción?

—Si consideras que lo único que quería hacer era viajar y que volvía al Viadélum como si fuera mi oxígeno, yo diría que sí. No tenía ningún control.

—Y con Lucas, ¿no disminuyó el deseo de viajar?

Olivia pausó un minuto y respondió con calma:

—La novedad de un amorío o de una actividad siempre reduce la ansiedad.

Al verla estable en ese refugio maravilloso de colores radiantes, Eli dudó si debía hablarle de Lucas. ¿Fue Lucas un amorío que la distrajo por un tiempo? La angustia se apoderó de ella; no quería perjudicar a nadie, ni a Lucas ni a Joseph, y menos a Olivia, cuya fragilidad era evidente y se reflejaba en su cuerpo delgado y su aspecto de niña perdida. Quiso cambiar de tema. Tal vez, si hablaran de otras cosas, Olivia se relajaría y ella misma preguntaría por Lucas.

—Sé que tu padre tiene una hermosa galería de arte, ¿nunca te ha interesado ocuparte de ella? Combinaría a la perfección con tu vocación —propuso Eli.

—Lo hemos intentado antes y termina criticando lo que hago.

—A lo mejor, si hablaras con él y le explicaras lo que te fastidia, él cambiaría sus modos. Él te quiere y se preocupa por ti.

—¿Por qué lo dices?

—Es evidente —titubeó Eli—. Está pendiente de tu salud, tiene un servicio de emergencia a tu disposición…

—¿Crees que mandar una ambulancia es prueba de que me quiere? Lo único que le importa es evitar escándalos, porque soy su fuente de vergüenza.

Eli la tomó de las manos para que se tranquilizara y le habló con amor; no quería lastimarla.

—Fíjate, este lugar es hermoso. Lo ha hecho para ti, para que puedas pintar. ¿Crees que él se avergüenza de ti? Tus creaciones son bellísimas... ¿Lo haces partícipe de tu arte, de tu vida, o lo haces a un lado? —Eli sintió una pena honda en su corazón y dijo con serenidad—: Qué daría yo por tener un padre. Alguien que me regale un espacio para mis estudios, aunque sea de un metro cuadrado, y que apoye lo que hago. Y, si no tuviera un centavo, que al menos esté allí en situaciones de emergencia o enfermedad, al pie de mi cama. El mundo es aterrador cuando no tienes dónde apoyarte.

—El mundo es aterrador, tengas o no tengas en quién apoyarte.

—Pero tú tienes un padre y una madre. Ella estará lejos, pero existe. ¿No hablas con ella?

—Ella tiene una nueva familia y yo soy un recordatorio del fracaso de su primer matrimonio.

—Tu padre está aquí, a unos pasos de distancia. ¿No quieres abrazarlo?

Olivia se había entristecido y Eli sintió que debía desviar la conversación hacia un tema más alegre para que ella no se derrumbara.

—Perdóname por inmiscuirme... Sé que la vida es difícil y que el futuro asusta —dijo Eli con ternura—. Aférrate a tu arte, dedícate a crear cosas hermosas y verás cómo el mundo es más acogedor.

—Tú eres fuerte. Yo me quiebro fácilmente.

—No es cierto. —Eli le sujetó las manos con suavidad—. Mira dónde estás ahora, en esta hermosa casa de verano, pintando maravillas, cuando meses atrás yacías en una cama, inconsciente. Ahora no tomas Viadélum y hay que ser fuerte para no caer en la tentación.

Eli quería continuar y decirle: «Hay que tener coraje para recuperarte de un amor perdido, de una ruptura, aunque haya sido un enamoramiento pasajero». Se contuvo. ¿Afectaría su progreso? Quizás en el futuro, cuando estuviera mejor, le hablaría de Lucas.

—Gracias, Eli, sé que quieres ayudarme y voy a pensar en lo que me dices, pero no creo tener ni la cuarta parte de tu fortaleza. Jamás podría sobrevivir en este mundo sin el respaldo económico de mi padre. Tú, en cambio, te has ocupado de tu familia desde niña y trabajas como una mula. Te admiro, a ti y a Sam, y a...

Olivia calló, no mencionó su nombre, suspiró y entrecerró los ojos. Eli esperó... «Pregúntame por Lucas, Olivia; dime que lo extrañas y te contaré todo». Al verla indiferente, continuó:

—Me he ocupado por necesidad, pero no creas que no me aterro como tú. Cuando hay lluvias terribles o tormentas de electricidad, me levanto en el medio de la noche y chequeo con desesperación el ático, las ventanas...

Eli se detuvo. ¿Con qué objeto remover los miedos de las dos?

—No pensemos en ello. —Eli sonrió y la abrazó—. Vendré a verte con frecuencia.

Dejó el jardín aliviada, creía que poco a poco podía mediar entre Olivia y su padre. Ahora deseaba estar en sus brazos, en su cama. Tenía que esperar hasta el lunes para encontrarse con él. La noche del domingo sería larga, llena de excitación y ansiedad. Fue a buscarlo para despedirse.

Eli tocó la puerta del estudio y él salió a su encuentro. En el umbral, no resistió la tentación y lo besó sin darse cuenta, encandilada con la novedad del amor. ¿Cómo no despedirse con un beso? Era lo más natural. Olivia cruzó el zaguán en ese momento y percibió el acercamiento. Eli y Joseph se separaron abruptamente.

—Papá —dijo Olivia—, ¿podemos hablar?

Eli se marchó ilusionada. «El enamoramiento es un poderoso aliciente para vivir», pensó. No se podía quitar de la cabeza la noche de amor del viernes. ¿Cómo serían sus vidas de ahora en adelante? ¿Qué pasaría? ¿La quería Joseph de verdad? ¿O fue un mero impulso? ¿Sería un romance pasajero, como el de Olivia y Lucas? Ni siquiera estaba segura de cómo dirigirse a él. Él le había dicho que lo llamara Joseph, como hacían sus allegados.

La angustia se había desvanecido y ya no sentía miedo. ¿A qué se debía esa nueva seguridad? ¿Era a causa del respaldo económico de un hombre poderoso? ¿Su estabilidad y su actitud osada frente al futuro? ¿O era la simple química del amor que pintaba su entorno de un color cálido, como el halo dorado que producían las pastillas ansiolíticas de Olivia? Pensó en Mark. Si bien nadie podía acusarla de traición cuando la ruptura entre los dos había sido patente, sabía que él no se merecía su indiferencia ni su silencio. Debía contarle la verdad. ¿O mantendría oculta la relación con Joseph? ¿Declararían su amor abiertamente en algún momento? Contuvo su ansiedad. Ya se tomarían las decisiones al respecto; por ahora, a vivir el idilio que era lo más excitante que le había pasado en el último tiempo.

***

El romance transcurrió como ella lo había deseado. Durmió con Joseph cada noche. Evitaron temas quejumbrosos; para qué estropear el momento con cuestionamientos o expectativas. Eli, a ratos, se distraía en el trabajo. Por primera vez en su vida, algo excedía su capacidad de concentración. Era cierto que ella no tenía gran experiencia. Mark había sido el único hombre hasta ese punto y ella nunca deseó más. Su vocación y su afán de supervivencia contuvieron su curiosidad.

Terminaba su jornada a las nueve, se arreglaba y subía al *penthouse* por un elevador privado. Un guardia de seguridad la dejaba pasar. En ocasiones, se topaba con empleados. Ella saludaba con una sonrisa sobria y miraba hacia abajo para evitar la conversación.

En una oportunidad, el ascensor se detuvo en un piso y una mujer de bata blanca entró y se acomodó a su lado. Por el uniforme, se notaba que trabajaba en un laboratorio. La mujer advirtió que Eli se dirigía al último piso y parpadeó, ojeándola de manera extraña. Eli, embelesada con su amorío, ignoró el fisgoneo: «Que imagine lo que quiera», pensó.

*

Su última noche en la Torre Esmeralda había llegado; pasaría la velada con Harding y regresaría al instituto al día siguiente. Por fin, le habían rehabilitado su cuartucho. Eli embaló los materiales y los equipos. No sabía qué le deparaba el futuro, pero le daba miedo preguntar. La relación era demasiado incipiente como para demandar respuestas.

Cuando arreglaba el embalaje, una mujer entró al laboratorio. Eli tuvo la impresión de haberla visto antes, pero no recordaba si fue en el ascensor o en algún otro lugar. La mujer de ojos azules detrás de unas gafas doradas era alta y tan guapa como una de las influentes de Omen. Le sacaba una cabeza a Eli y portaba con orgullo una nariz perfecta. Tenía el cabello rubio recogido en un moño desordenado y el rostro cansado, sin maquillaje.

—Me han pedido que chequee si necesitas alguna ayuda —dijo la mujer y le sonrió—. Veo que ya estás lista... para marcharte. ¿Cuándo te vas?

—Mañana por la mañana —dijo Eli.

La desconocida paseó resuelta por el laboratorio y se fijó en los ratones; unos dormían plácidamente, otros daban vueltas.

—¿Terminaste con tu experimento?

—Falta poco.

Eli no quiso presentarse, así que tampoco le preguntó su nombre. Le notó un acento extranjero, quizás eslavo.

—No te preocupes, no necesito nada, gracias —agregó Eli.

—Eres una de las favoritas, ¿verdad? —dijo la mujer de pronto.

—No sé a qué te refieres.

—Que te brinden un laboratorio personal y te den ciertas atenciones, ¿no crees que es un privilegio? ¿Y no te has preguntado por qué? ¿Por qué estás aquí en realidad?

Eli no sabía cómo explicarle los antecedentes y quiso abandonar la conversación.

—Ya estoy casi lista, me tengo que marchar por hoy. —Eli pensó que se la podía sacar de encima de esa forma y volver luego.

—Entiende, ¿crees que eres la única? Ten cuidado, no tienes la menor idea de con quién estás tratando. Te lo estoy advirtiendo.

Eli cerró el laboratorio. Thomas Price las vio en el corredor junto a la puerta.

—¡Katarzyna! —llamó Price—. ¿Qué haces aquí?

—Ya me iba... —dijo ella, altanera, y le rozó el hombro a Thomas.

Thomas le sonrió a Eli, quien se había quedado turbada por el singular intercambio de palabras.

221

—Quería ver si necesitabas alguna cosa —dijo él— y decirte que el vehículo que te va a llevar mañana ya está coordinado.

—Gracias, señor Price.

—Te he dicho que me llames Thomas.

—¿Quién era esa mujer? Parece alterada.

—¿Kasia? Es medio loca. —Él hizo un gesto con el índice sobre la sien—. Le gusta inmiscuirse en la vida de los demás. No sé por qué Joseph la mantiene aquí; él, que valora tanto la discreción. —Y agregó en voz baja—: Joseph te espera a las nueve y media.

Eli pensó en el encuentro con Kasia. Harding era un hombre apuesto y, si esta mujer u otras habían tenido una relación con él en el pasado, le importaba poco. No esperaba que él fuera célibe. «Celos de mujer —pensó Eli—, o acaso de científica, contar con un laboratorio personal sí es un privilegio. ¡Cómo extrañaré este lugar y mis escapadas en la noche! Es un sueño».

En su habitación, encontró un vestido negro precioso de tela natural. Sobre él, yacían un colgante de oro con un pendiente en forma de mariposa y una nota en un papel fino con el nombre de Harding estampado en la parte superior:

No lo tomes a mal, no es mi intención vestirte o adornarte, y menos decirte que lo que llevas puesto es motivo de vergüenza. Yo no me avergüenzo de mi pasado que fue igual al tuyo. Es solo un regalo, has trabajado con dedicación y te lo mereces. Eres hermosa, Eloísa. Mi único deseo es resaltar tu belleza. Joseph.

El vestido de hombros descubiertos, ceñido, con un delicado pliegue vertical era de una elegancia inigualable. Parecía de seda al tacto y llevaba una muselina negra por dentro. ¿Por qué la opulencia tenía ese magnetismo? La mariposa de oro ostentaba un diseño minucioso. El mundo material también era hermoso y ejercía una fuerza irresistible en los seres humanos. Eli, como nunca, se quedó cautivada con la costosa prenda y la joya. Los zapatos de gamuza que acompañaban el traje eran suaves y altos. Eli jamás había poseído un par de zapatos como esos. Se sintió flotar en una atmósfera embriagante.

Su cabello, tan negro como el vestido, cayó como otra capa de seda sobre su espalda. Se olvidó de aquella extraña mujer y se entregó a su noche de pasión sin hacer preguntas.

Parte III

Capítulo 29

L a vuelta a la realidad fue abrupta. A principios de febrero, Eli regresó al sótano en el instituto y se percató de las deficiencias. Luego de trabajar cuatro semanas en un lugar ultramoderno con poderosas lámparas, le chocó el estado de su cuartucho. Yacía en penumbras y apenas había espacio. Era un misterio cómo había sobrevivido antes. Hasta los ratones sintieron el cambio, dado que la electricidad fluctuaba y las celdas no conservaban la temperatura ideal, lo cual los irritaba.

Lo único que realzaba esa pocilga eran las mariposas monarcas en la puerta, con sus centellas coloradas y luz fosforescente. Eli organizó el laboratorio lo mejor que pudo y suspiró: necesitaba conseguir un trabajo en un laboratorio decente. Sin embargo, la situación se había complicado con Harding, quien, de financiador y potencial empleador, pasó a amante. Apenas habían hablado del amorío. Él le había dicho que fuera pasadas las nueve, que le enviara un mensaje a Price y que este coordinaría con los agentes de seguridad. Le extrañó que hubiera un horario para hacer el amor, pero no quiso interrogarlo.

Volvió a mirar las mariposas y pensó en su propósito: terminar con el experimento, graduarse y conseguir un buen trabajo. No sabía qué sería de su relación sentimental, quizás terminara antes de tiempo. ¿Y si dañaba sus chances de conseguir un puesto con Harding? Debía conducirse con cuidado, sin exigir nada. Un arranque de celos o una irritación de su parte podrían poner en peligro tanto su romance como su futuro. ¿Sería eso lo que le pasó a Katarzyna? Fuera lo que fuera, seguía trabajando allí, lo que demostraba que Harding no le guardaba rencor ni abusaba de su poder. Tener a una ex en la misma empresa y que azuzara a las nuevas amantes no era una situación agradable. ¿Cuántas mujeres habría tenido... o tendría? ¿Era la única? Ahora que las circunstancias los separaban, él en el rascacielos y ella en su cuartucho, con unas reglas para verse, Eli sintió inseguridad. Se concentró en el trabajo y decidió no pensar en ello. El destino se esclarecería por sí solo. Ella se mantendría ecuánime y controlaría sus celos.

***

Lucas se reintegró al proyecto durante la semana. El descanso, el trabajo en el campo y los alimentos naturales le hicieron bien. Había recuperado peso y su semblante lucía de mejor color. Eli esperaba la pregunta en cualquier momento: «¿Hablaste con Olivia?». No sabía qué iba a responder. Sin embargo, él no mencionaba el tema; se dedicó a ponerse al día y actualizar las estadísticas. «El trabajo es bueno, muy bueno», había dicho.

Eli le hizo un resumen. Los roedores envejecidos trastabillaban aún más y fracasaban en las pruebas de memoria. Su análisis indicaba que el deterioro era significativo en comparación con los ratones de control. Lucas se encargaría de revisar el análisis estadístico. Eli se ocuparía de redactar el informe para Bishop, con quien no habían hablado durante un mes.

Lucas rompió su mutismo.

—¿Sabes que, finalmente, descubrí el placer del trabajo campestre? No sé, ensuciar tus manos, extraer los tubérculos de la tierra húmeda y ver las raíces claras y largas desprenderse... Creo que he tenido una epifanía: «De la tierra somos y a la tierra volveremos» —dijo él con un tono pomposo.

Eli sonrió al ver que había recuperado su gracia:

—Me alegra que estés mejor. Si en algún momento quieres descansar, hazlo, yo no te voy a perseguir como antes.

—¿Qué bicho te ha picado? ¿Tú, sin tu fusta y tu correa?

—Yo también he tenido una revelación: me falta equilibrio.

—Pues deberíamos celebrarlo, nunca pensé que fuera posible.

—Vente a la casa hoy. Sam muestra su nueva nariz a los millones de seguidores de Omen.

Lucas se retiró temprano, quería descansar y limpiar su departamento, que había permanecido cerrado por semanas. Eli se quedó trabajando, preparando el informe para Bishop.

***

A las nueve, la abuela sirvió una cena magnífica. No había escatimado gastos. El documental de Sam había sido un éxito y la empresa le dio un bono. Tres semanas de videos preoperatorios acompañaban la cirugía y la recuperación. La campaña de publicidad culminaba con el descubrimiento de su nuevo perfil. Omen manipuló las imágenes preoperatorias para aumentar el grosor de la nariz de Sam con el fin de mostrar un cambio radical. Un «antes y después» espectacular atraería una mayor audiencia.

A Sam no le importó en absoluto, era parte de su trabajo. La meta de Omen consistía en realizar trescientas operaciones mensuales, de nariz, pómulos o mentón. Si la gente seguía los enlaces en los documentales de Sam, ella recibía una comisión. Decidida a maximizar sus ingresos, creó unos videos publicitarios muy ingeniosos.

El márquetin típico consistía en presentar un constante flujo de personas bellas y felices: «Podrías ser más atractivo —y feliz— si corrigieras tu nariz». El simple hecho de comparar el propio rostro con el de modelos perfectos arraigaba inseguridades y generaba ansiedad, lo que se podía remediar con una cirugía estética de «mínimos riesgos y al alcance de todos», según la promoción de Omen.

Sam se centró en la idea de que cambiarse el rostro no tenía por qué ser una fuente de vergüenza. La transformación se haría, no porque la nariz era fea, sino porque el proceso era divertido y ofrecía una manera de «descubrir tu personalidad escondida», el eslogan de la campaña. Someterse a una cirugía equivalía a hacerse un tatuaje. Sam recorrió la historia universal identificando narices interesantes, y presentaba videos de realidad virtual: Cleopatra emergía de un baño de leche y se acariciaba la nariz con un pétalo de rosas; Marilyn Monroe aparecía sobre una rejilla de ventilación y el aire le subía el vestido; Napoleón se bajaba de su caballo...

El propósito era que se sintieran únicos y especiales, que encontraran «su identidad oculta», aunque terminaran con la misma nariz que los demás. Algunos pocos exploraban perfiles impactantes. Cyrano de Bergerac apareció en un video y hubo quien lo quiso imitar. El juego se puso de moda y los videos de Sam recibían clics de una audiencia cada vez más joven.

Lucas observó a Sam en silencio, fijando su atención en aquella prominencia minúscula con una ligera elevación en la punta. Eli ya le había advertido que no comentara nada. Ella misma había aceptado con resignación el ultraje. ¿Qué se podía hacer ahora? La abuela seguía diciendo que se trataba de una simple nariz. Lucas resopló y Eli masculló: «Contrólate, ya está hecho».

Al rato llegó Mark. Eli se sobresaltó y la miró a Sam.

—Lo he invitado yo —dijo Sam en voz baja—. ¿Qué? ¿Acaso está prohibido porque tú hayas terminado con él?

Mark miró a Eli con sobriedad y se acercó con respeto:

—Espero que no te moleste que haya venido.

—Por qué me va a molestar; eres amigo de la familia —dijo ella y se fue a ayudar a la abuela.

Durante la cena, Eli y Mark intercambiaron algunas miradas furtivas. Apenas hablaron. Eli se dio cuenta de que lo había extrañado; en especial, su cariño y atención.

Terminada la cena en que Sam no paraba de hablar de sus progresos en Omen y de lo que aprendía, se sentaron con sus gafas inteligentes en la pequeña sala para ver la «Revelación».

—¿Atentos? Vamos al canal... y listo —anunció Sam.

En el canal de Omen, una cadena de clips mostraban la evolución, desde el momento en que ella había decidido estilizarse la nariz hasta el punto álgido de la revelación: el «antes y después» desde numerosos ángulos.

—Así no era tu nariz —exclamó Lucas, quien se movió por la sala analizando la figura virtual de Sam—. ¿Qué le hicieron? ¿Inyectarla con silicona?

—Lucas, tú no entiendes nada de márquetin —dijo Sam.

Cuando terminó la presentación, los «Me gusta», «Me fascina», «Me encanta»... empezaron a borbotear como las burbujas de un champán recién descorchado y Sam se dispuso a abrir una botella similar que se había dado el lujo de comprar con el bono de Omen.

Antes de partir, Mark fue hablarle a Eli, quien limpiaba los platos en la cocina. Eli lo contempló con el corazón apenado. Dejar una relación en que ella había sido feliz no era fácil, a pesar de las discusiones del último tiempo producto de su turbación interna y del estrés. La distancia entre los dos había crecido, no necesariamente por culpa de Mark, sino por la suya, porque sus ideales se habían radicalizado. Ella quería luchar por un sistema mejor, Mark deseaba adaptarse a él. No obstante, extrañaba sus abrazos, caricias y cuidados, los que siempre habían sido brindados con verdadero amor.

—No te molesta que siga frecuentando la casa, ¿no? —dijo Mark—. Sam y yo somos buenos amigos, además de colegas de trabajo.

—No, claro que no...

En el fondo, le dolía verlo. ¿Por qué se empecinaba él en mantener la conexión? ¿No era preferible distanciarse por un tiempo hasta que el dolor languideciera?

—Me olvidé de preguntarte cómo va el proyecto —añadió él—. ¿Has descubierto algo que aún no sabemos?

—No hemos terminado, pero hay indicios de que el Viadélum afecta el cerebro con el uso prolongado y con la edad. ¿Tú no sabes nada de esto?

—¡Claro que no! La droga es benigna... No debí preguntarte. Me tiene sin cuidado. Termina y expón lo que quieras. Yo sé que Omen ha hecho las cosas bien.

—¿Y quién lo pone en duda? —entró Sam, risueña y exaltada por la bebida. Había estado escuchando desde la puerta.

—Nada, tranquila, tu imperio está seguro —sentenció Eli.

Sam, que llevaba la botella en la mano, le ofreció otra copa a Mark, quien no aceptó e hizo un gesto de marcharse.

—No te vayas... —imploró ella.

Mark se despidió porque era tarde y Eli lo acompañó hasta la puerta.

—Ya sé que no deberíamos hablar de trabajo. Fue insensato de mi parte —dijo él—. Espero que podamos vernos sin discutir.

Mark la miró como si quisiera besarla y se le quebró la voz:

—¿Puedo preguntarte si hay alguien más?

231

—No, Mark —mintió ella—, no hay nadie más, solo una tonelada de trabajo.

—Quizás en el verano, cuando termines la tesis y te gradúes, te sientas con ganas de retomar lo que hemos dejado... por circunstancias.

—Quizás —dijo Eli con pena.

Mark la besó en los labios con delicadeza y se marchó. Eli contuvo las lágrimas; habían terminado, sin lugar a dudas.

Entró a la casa y vio a Lucas y a Sam tontear con un videojuego, peleando por ganar. «Se te va a caer la nariz si te mueves tanto», le dijo Lucas. «¡Y a ti se te va a caer la pinga!», se rio Sam a carcajadas.

—Lucas, puedes quedarte si quieres y dormir en el sótano, como antes —sonrió Eli.

Le dejó unas mantas y se despidió de la abuela.

Afligida, revisó la libreta de su madre que guardaba bajo la almohada. Siempre que surgía la tristeza, rebuscaba rastros de su existencia entre los poemas y las flores. Aunque los versos la afligían como si escuchara música melancólica, no podía evitarlo: quería estar junto a su madre.

Cuando llueven perlas blancas
sin el furor de la tormenta,
cuando el sol presta su luz
sin agrietar la tierra,
reina la ilusión.

Cuando las olas se agitan
y engullen las riberas,
cuando el alud impera
y sacude la tierra,
gime mi corazón.

Capítulo 30

Eli y Lucas debían presentar su avance a Bishop, a la que no habían visto durante semanas a raíz de las inundaciones en la universidad. Eli se paseaba nerviosa por el laboratorio y demoró en iniciar sus tareas. No podía decir que estuvo trabajando en las oficinas de Harding.

—Lucas, déjame hablar a mí —ordenó Eli—. Tú y yo estuvimos trabajando en mi casa. ¿De acuerdo?

—No te preocupes, no te voy a contradecir delante de la salamandra, pero me has puesto en un aprieto. No me gusta mentir. Tú sabes cómo es ella con el código de honor. ¿Por qué no puedes decir la verdad? ¿Por qué Harding se opone? ¿Qué esconde?

—No empieces de nuevo con tus teorías de conspiración. Si no fuera por él, hubiéramos perdido meses de trabajo. Estaríamos recomenzando el experimento y no nos graduaríamos este año. ¿Acaso no quieres encontrar un trabajo lo antes posible?

—Ya ni sé lo que quiero. Por un momento quise quedarme con mis padres, ayudarlos y olvidarme de todo.

—Y puedes hacerlo. Terminemos esta tesis y empecemos a vivir como queramos.

Lucas, entristecido, pareció murmurar: «Como si fuera así de fácil».

—Sam me dijo que fuiste a ver a Olivia —dijo Lucas de pronto—. No he querido pensar en ella, pero necesito saber. Dime la verdad, aunque duela. ¿Cómo está?

233

—Está mejor. Se mantiene estable con una dosis permanente de químicos. Ten paciencia, estoy segura de que se comunicará contigo.

—¿Le dijiste que yo la seguía queriendo? —interrumpió él de repente.

—¡Sí, Lucas! Pero no quiso hablar de ello —mintió Eli—. ¿Por qué no haces lo que te estoy diciendo? Sé paciente, espera a que se recupere. ¿No ves que sigue delicada? Confórmate con que está mejor, pintando...

—¿Pintando? Eso sí que me alegra. ¡Cómo le rogué que volviera a su arte!

—¿Ves? Es cuestión de esperar. El padre le arregló la casa del jardín y Olivia está pintando sin cesar.

—A lo mejor ha sido beneficiosa la separación... —dijo él con pena.

—Escúchame: gradúate, consigue un trabajo y, con tus nuevas credenciales, vas por Olivia. Yo voy a ayudarte.

—Se olvidará de mí.

—No, no lo va a hacer. Yo he visto tus retratos y ella nunca se va a olvidar de ti.

—Porque hace retratos míos...

—Porque te pinta con un rostro feliz. Ella quiere que seas feliz, ¿cómo no va a amarte? Vamos, Bishop nos espera.

*

Como siempre, Bishop los hizo esperar veinte minutos. Pasaron a la caverna de telarañas y polillas venenosas. Terminada la introducción de Eli, la profesora frunció el ceño, sorprendida ante el avance.

—¿Dónde han estado trabajando? Que yo sepa los laboratorios inundados del subsuelo acaban de ser rehabilitados.

Lucas se quedó inmóvil y Eli explicó:

—En mi casa; en el sótano tengo un espacio.

—Esa cuenta de electricidad te ha costado una fortuna, con incubadoras, cámaras de grabación y computadoras. Debiste pedir autorización. En estos casos, el instituto se cerciora de que el laboratorio cumpla con los mínimos requisitos de higiene. ¿Hiciste una esterilización todas las semanas? Eso es carísimo. ¿Te volviste millonaria de la noche a la mañana?

—Me puse a pensar que, si no continuaba con el experimento, perdería el efecto acumulado de la droga y, con ello, meses de trabajo. Tendría que empezar de cero. Si no me gradúo este año, pierdo un año de sueldo, así que preferí invertir mis ahorros en terminar el maldito experimento.

—Deja las groserías, Eloísa. Estamos en una institución seria de gente educada. Voy a enviar a alguien para que haga un control de tus roedores, podrían tener una infección.

—No tienen ninguna infección.

—Ya veremos. Tú, Lucas, ¿no tienes nada que decir o Eloísa te arrastra a dónde ella quiera?

Lucas parpadeó y balbuceó. Ante su falta de articulación, Bishop resopló impaciente y les dijo que fueran directamente a las conclusiones, que no tenía tiempo.

Lucas hizo un resumen de los números: los ciclos, las pruebas realizadas y aquellos resultados significativos con respecto al grupo de control. Concluyó:

—Es indudable que con el uso continuo y, a medida que se envejece, el Viadélum afecta el cerebro.

—¿Y cuál es la explicación neurológica? ¿Qué es lo que daña el cerebro? —preguntó Bishop, sorprendida.

—Tenemos varias teorías —explicó Eli—. Estudios de investigación anteriores han reconocido que las drogas psicodélicas...

—No es una droga psicodélica...

—El Viadélum es prácticamente un alucinógeno —afirmó Eli—. La pérdida de memoria y los problemas de coordinación a largo plazo son un efecto usual con estas drogas, y es lo que vemos en el estudio.

—Lo de «alucinógeno» es debatible. ¿Otra posibilidad?

—La teoría del ejercicio —continuó Eli—. El consumo de drogas está acompañado con una disminución del ejercicio, lo que termina dañando el cerebro por falta de estimulación. No han subido de peso porque ajustan su ingestión de calorías. Es indudable que se vuelven sedentarias. Otra posibilidad es que el Viadélum trastorna la función reparadora del sueño: a más uso, más desperdicios y toxinas, que se acumulan con el tiempo. Por último, el cerebro deja de funcionar.

—¿Peligro para la vida?

—Aún no se ha producido ninguna muerte y no podemos comparar la tasa de mortalidad. Sin embargo, si el cerebro sufre una especie de demencia prematura, es posible que sí.

—Quiero que aumenten la dosis: quiero saber si el Viadélum mata.

—Pero, si aumentáramos la droga y matáramos a los ratones, Omen argumentaría que la dosis no es razonable —protestó Eli.

—Haz lo que te digo. Quiero que doblen la dosis. Es la única forma de observar algún efecto en un experimento tan pequeño.

Ante una orden tan tajante, Eli suspiró sin protestar. Cuando se levantaron para marcharse, Bishop la detuvo:

—La universidad no reembolsa facturas sin previa autorización. Déjamelas igual por un tema de auditoría; tiene que haber un reporte de gastos por experimento. —Mirándola con pena, reconsideró—: Voy a ver si te puedo pasar las facturas... Es un dineral para un estudiante y se trató de una emergencia.

A Eli le sorprendió el gesto de generosidad, pero ¿de dónde iba a sacar las facturas? «Maldita sea», pensó. No había considerado las implicaciones con claridad. Lo que pareció una solución inteligente podía volverse un dolor de cabeza.

Debían esconder el escáner de inmediato. Alguien vendría a chequear a los roedores. Lucas jadeó angustiado.

***

Sam era la nueva estrella de Omen. Su documental había sido un éxito y atraía clientes. Sam caminó orgullosa con su nueva nariz por las oficinas, intercambiando saludos con la gente. Meses atrás, nadie se percataba de su presencia. Hoy la oficina entera sabía que ella trabajaba para Remington y que era una celebridad en el campo de las cirugías.

Como siempre, regalaba sonrisas a quien se le cruzara y se detenía a hacer cumplidos: la estrategia más fácil para ganar admiradores, aunque había que hacerlo con sinceridad. Una lengua dulzona poco genuina terminaba siendo empalagosa y el receptor del halago identificaba rápido la adulación. Sam decía la verdad. Miraba a la gente y resaltaba lo positivo: un traje elegante, una piel lozana, un trabajo bien hecho. Era cuestión de prestar atención. Sam ganaba amigos y admiradores.

Contenta con los avances en Omen, se concentró en sus tareas de márquetin. Remington esperaba el reporte trimestral de ventas para realizar otra depuración. Esta vez, Sam haría la poda con ferocidad y no ocultaría nada: mentirle a Remi era imposible, olfateaba las pendejadas y la traición como un lobo. Un análisis detallado de las ventas indicaba que algunos influentes habían tenido éxito y otros habían reducido sus ventas considerablemente. Investigó y anotó sus observaciones. Se esmeró como nunca y, luego de preparar un resumen por influente, se reunió con Remington. Antes de que él cuestionara su lealtad, Sam presentó el caso de Olivia, quien apenas había vendido en el mes.

—Olivia Harding ya no quiere poner la cara en los videos, quiere dejar Omen. Hace más de dos meses que no hace viajes virtuales. Yo he mantenido la cuenta abierta reciclando material viejo, pero sin una participación mínima de ella, la audiencia es floja. Está perdiendo suscriptores. Creo que es tiempo de dejarla ir.

—¿Es cierto que está esparciendo en su círculo que el Viadélum la enferma?

—¿Olivia? —dijo Sam, sorprendida—. Ha estado enferma, es cierto, pero ella sufre de... inestabilidad emocional.

—No es lo que mis fuentes me indican. Hay un rumor de que ella ha estado grave a causa del Viadélum.

Sam enseguida pensó en dos influentes que no tuvieron ventas en el mes y recordó que estuvieron ausentes por enfermedad.

—Olivia no es la única que ha estado enferma. Paul Adams y Justin Taylor no han vendido nada. He analizado sus videos con detenimiento y, en los últimos, muy bajos de audiencia, se disculpan y declaran que harán una pausa para descansar del Viadélum.

—No pueden hablar del Viadélum de esa forma. Es una violación del contrato.

—Quizás son ellos los que están difundiendo los rumores.

—Enviaré una orden a Servicio Técnico para que les cierren las cuentas lo antes posible. Haz seguimiento: no quiero que permanezcan con Omen ni un segundo más —sentenció Remington.

—¿Y qué hago con Olivia? No podemos obligarla a que haga viajes.

—Claro que podemos. Mira el contrato. ¿Acaso no has leído el tuyo? ¿Crees que nos sometemos a los caprichos de los empleados? Me importan una mierda la mayoría de los influentes. Olivia es otra historia. Ella tiene que retirarse públicamente. La heredera de un billonario comatosa o afectada por el Viadélum sería un escándalo que nosotros no nos podemos permitir. Si es un rumor injustificado, que lo desmienta. No puede quedar ni un ápice de duda. Que haga un último viaje y declare que cambió de giro.

—Se está dedicando a pintar —titubeó Sam.

—¡Me importa un carajo lo que haga! Puede dedicarse a rascarse el coño si quiere. Lo que no puede hacer es retirarse de esa manera, no es profesional. Encárgate de arreglarlo. Un último viaje, con bombos y platillos, fuegos artificiales. Diseña el video. Ah, déjame tu lista. Voy a hacer una depuración radical: el que no vende está fuera.

—Y a mí, ¿cuándo me vas a dar una oportunidad?

—¿Tú? Tú eres la estrella de cirugías, ¿para qué quieres vender viajes virtuales?

Sam contuvo un exhalo de angustia y se frotó la frente en claro nerviosismo. No era su objetivo continuar con cirugías. La estilización de su nariz había sido solo un peldaño en su carrera para ganar seguidores y hacerse notar en la empresa. Su plan se descarrilaba ante la prepotencia de Remington, quien, además de ejercer una influencia emocional sobre ella, ostentaba poder legal a través de la letra minúscula de un contrato de trabajo, firmado en la excitación del comienzo. Revisó el suyo, que era estándar, y se estremeció al pensar que su empleador poseía el control absoluto. Tanto ella como Olivia debían lealtad y sumisión a la corporación.

Ahora más que nunca, Sam tenía que demostrar su valor y ampliar el espacio de maniobra frente a Remington.

***

Habían pasado unos días sin verse y Eli quería estar con Joseph. Su deseo no se aplacaba aún. Le mandó un mensaje a Thomas y quedaron a las nueve del viernes. ¿Con qué excusa pasaría una noche fuera de casa? Podría decir que se quedó trabajando hasta tarde o que estuvo en la biblioteca, pero Lucas podía desmentirla. Tenía que regresar a una hora razonable. De todas formas, Sam sospecharía de ella. Astuta como una zorra, husmeaba sus cambios de humor.

Tenía que mentir y guardar el secreto; no había otra solución. «¿Hasta cuándo?», se preguntaba. Entendía que Harding era un hombre importante y que su posición exigía ciertas formalidades, pero sintió desazón. Mientras esperaba el transporte que Thomas le había facilitado, dudó de la relación: ¿en qué embrollo emocional se había metido? La angustia de la espera terminó por turbarla. Una semana atrás no podían quitarse las manos de encima y, ahora, ¿ella no podía comunicarse con él? Dependía de un tercero para coordinar las citas. ¿Citas de placer? ¿Haría Joseph esto a menudo? ¿Enredarse con una mujer joven y descartarla después de un tiempo, para buscarse otra? ¿Habría sido Kasia una de tantas?

Si bien deseaba estar con él, la separación física y emocional y el no saber con certeza lo que él sentía empezaron a roerla. Claro que no era la única, ¡cómo iba a serlo! Un hombre atractivo con ese poder sensual y material podía tener a quien quisiera. Sería una verdadera tonta si pensaba que era la única.

Por fin, su transporte apareció. Pese a que ni fueron diez minutos de retraso, ella sintió que pasó la eternidad entre pensamientos de duda y celos. Sonrió apenas; el chofer se disculpó por la demora y la llevó a las oficinas. Le dieron acceso a un departamento espacioso. Cuando estuviera lista, subiría al *penthouse* por el ascensor privado.

Se puso el vestido negro que Harding le regaló y colgó su ropa en el armario. Otros vestidos de similar talla colgaban en el ropero. Suspiró. Sin duda alguna, ella era una más, como un vestido negro junto a otros de distintos colores: dorado, esmeralda, zafiro. ¡Qué tonta había sido! Ella era una prenda de vestir que duraría poco. Eso no le importaba demasiado; sin embargo, guardar los vestidos de otras mujeres en un ropero y dejarlos a la vista de las nuevas amantes le repulsó; el gesto mostraba una gran falta de tino o delicadeza.

Eli salió y, en lugar de subir al *penthouse*, bajó al laboratorio. Quería encontrar a Kasia e interrogarla. ¿Por qué le lanzó una advertencia? ¿O fue una amenaza? ¿A qué se refería cuando dijo: «Eres una de las favoritas»? Merodeó alrededor. Al rato desistió y esperó el ascensor. Cuando se abrieron las puertas, una empleada en uniforme blanco se bajó.

—¿Has visto a Katarzyna? —preguntó Eli.

—¿Kasia Kowalski? —dijo la mujer, sorprendida—. Ella ya no trabaja aquí.

—¿Dónde la puedo encontrar?

La mujer se encogió de hombros y se esfumó por los pasillos antes de que Eli pudiera interrogarla.

El malestar se apoderó de ella. No quería tener una discusión con Harding por unos vestidos o rivales que imaginaba. Contuvo la ansiedad, subió y esperó en una sala a que le autorizaran el ingreso. Minutos después, Harding salió a su encuentro con una afable sonrisa.

—Lamento que existan tantas restricciones —dijo él y la besó en los labios—. Comprenderás que, si no somos discretos, vamos a aparecer en los medios sociales. Cuando termines tu carrera y empieces a trabajar aquí, será diferente. Por cierto, ¿cómo vas con la tesis?

—Los ciclos de las pruebas han terminado. Las últimas semanas estudiaremos la tasa de mortalidad de los roedores. Bishop nos pidió que aumentemos la dosis, por lo que es posible encontrar algo.

—¿Me estás diciendo que el Viadélum puede matar?

—Está por verse. Los roedores llegarán al fin de su vida en las siguientes semanas. Si el uso excesivo o prolongado de la droga acorta la vida, lo sabremos.

—¿Y luego?

—Terminamos de escribir la tesis en marzo. Además, estoy realizando una encuesta en línea acerca de los usos y efectos del Viadélum. Esto puede ser interesante, aunque la ciencia no valora el trabajo cualitativo.

—Números, por supuesto. Bien, bien —dijo Harding—. ¿Cuándo terminas?

—En abril presentamos la tesis y la sustentamos en el verano. Me gradúo este año sí o sí.

La conversación era tan formal que Eli sintió que no hablaba con su amante, sino con su empleador y financiador. Adoptó una postura más seria y continuó hablando acerca del trabajo, queriendo apaciguar su ansiedad: era mejor que plantearle sus dudas como mujer. Al verla alterada, Harding la observó y la dejó hablar hasta que ella misma reparó en que discurseaba sin sentido.

—¿Qué pasa, Eloísa?

Ella calló de pronto. Tomando aire y, sin poder contenerse, protestó:

—¿No puedes tener la delicadeza de guardar los vestidos de tus amantes en otra habitación?

Él permaneció en silencio viéndola temblar de la rabia. Dio una vuelta alrededor de la sala y le sirvió una copa de vino:

—Anda, bebe. Deberías conocerme mejor. ¿Crees que obtengo algún placer en humillarte?

—¿Con qué fin los coleccionas? ¿Son tus trofeos? ¿Un recuerdo simbólico de tus conquistas?

—¡Son vestidos de Olivia! —exclamó Harding—. Cuando le pedía que organizara algún evento en la galería, le regalaba algún vestido, para motivarla. La sorpresa la esperaba en ese departamento y ella entonces subía a la galería, hermosa y dispuesta a ser la mejor anfitriona del mundo. Lástima que el entusiasmo le duraba poco. ¿Cuántos vestidos hay colgados? ¿Dos o tres? Me olvidé por completo de ellos. ¿Eso es? ¿Unos vestidos colgados?

Eli se sintió estúpida por imaginar lo peor, pero seguía con la duda en la boca del estómago. Él, al verla perturbada, continuó:

—Crees que voy a regalarle un vestido a una mujer y exigirle que lo deje colgado en el ropero. ¡El vestido que te regalé es tuyo! ¡Llévatelo!

—¿Quién es Katarzyna? —preguntó Eli con el corazón acelerado—. ¿Era tu amante? Me lanzó una advertencia…

—Tú te alteras por unos vestidos colgados… ¿No crees que una ex podría ponerse celosa con la presencia de una rival de carne y hueso?

Él se sirvió un vaso de *whisky* y se lo bebió.

—Tu falta de confianza es necesaria —agregó él—, pero no en alguien que ha hecho tanto por ti.

Eli, inmóvil, se percató del error que había cometido. Quiso disculparse. Titubeó. Él suspiró rendido y puso un dedo sobre sus labios para que ella no continuara. Hicieron el amor antes de cenar. La química sexual entre los dos era explosiva; ella sabía cómo seguir su mando y él la conducía con destreza. Quizás se trataba de un tema de poder o de experiencia: la batuta la llevaba él, ella tocaba la música. Si no estaban hechos para el amor, al menos lo estaban para el sexo. Eli, que había pasado su existencia en una biblioteca silenciosa y en un laboratorio esterilizado, preguntándose por qué la vida dolía tanto, encontraba una fuente de pasión temporal que no la destruía, una obsesión que alcanzaba un punto álgido y luego se desvanecía sin atormentarla. La atracción por Harding la tomaba presa.

Antes de marcharse, él le dijo:

—No desconfíes de mí, Eloísa. Tengo planes para ti, ya lo sabes. El chofer te llevará a tu casa.

Capítulo 31

Sam había terminado un diseño sensacional para el video final de Olivia: ella viajaría por los museos más renombrados de la humanidad con famosos pintores del pasado. Al final del recorrido, Olivia se despediría divulgando su nueva ocupación y mostraría parte de sus obras artísticas como prueba contundente de su vocación. La última sorpresa era el lanzamiento de una nueva versión del producto, «Viadélum, Travesías Virtuales, Generación 3.1», que Olivia también anunciaría y debía reseñar.

Sam se había esmerado como nunca, dedicando horas de trabajo y exprimiendo su ingenio creativo. En paralelo, Omen buscaba nuevos influentes en una carrera frenética contra el tiempo, con el único propósito de aplacar los rumores que se habían propagado como los fuegos forestales que calcinaban la Tierra. La fecha señalada para la introducción del nuevo producto era a fines de abril. La campaña de márquetin continuaba con un gran show de gladiadores y fieras en el magnífico Royal Albert Hall, al que se podía asistir física o virtualmente.

Angustiada por las responsabilidades que había asumido, Sam visitó a Olivia para garantizar su participación. Para evitar al padre, fue durante la semana laboral sin avisar. Llegó con un equipo de grabación y otros empleados. Olivia lucía fresca y despejada y se alegró de ver a Sam. Sin embargo, esta no venía en calidad de amiga, sino de empleada de Omen y le habló de manera formal.

243

Entre la comitiva de empleados, un representante legal monitoreaba el intercambio de palabras. Sam debía limitarse a repetir un guion, explicándole el problema originado por los rumores y lo que esperaban de ella. Olivia los miró perpleja y el abogado de Omen solicitó hablar con ella a solas. Sam titubeó queriendo interferir. Ante la insistencia brusca del hombre, no le quedó otro remedio que retirarse con los demás.

Después de unos quince minutos de conversación, Olivia les permitió que la grabaran en poses de trabajo y hacer fotos de sus cuadros, de su taller y de la espectacular mansión y el jardín. Pasada una hora, Olivia empezó a marearse y les pidió que continuaran otro día.

El productor del video, complacido con el trabajo hasta ese momento, accedió. Lo que habían grabado era suficiente para una primera edición. Antes de marcharse, Sam fue a despedirse. Olivia, pálida y cansada, levantó la mejilla y Sam le dio un beso.

—No es que no quiera hacerlo —dijo Olivia—, pero no tengo ni la vitalidad ni la alegría para presentarme delante de millones de espectadores y sonreír, exclamar y aplaudir. Seré la peor anfitriona del mundo; ¡les arruinaré el lanzamiento! ¿No te das cuenta? Por favor habla con Remi, dile que es una locura. Ni siquiera me importa tomar la droga, la he tomado mi vida entera. ¿Crees que un viaje adicional me puede hacer daño?

Sam suspiró y, bajando la voz, le rogó que participara, que con eso se rescindiría su contrato y se acabaría su relación con Omen para siempre.

—Este es el capítulo final —insistió Sam.

—Tengo miedo, voy a hacer el ridículo. ¿Por qué el mundo me abandona? Primero Lucas… Eli prometió regresar y no lo ha hecho. Tú vienes como reclutadora en lugar de amiga. No tengo nada, Sam, no tengo nada. —Olivia soltó las lágrimas y Sam la abrazó.

—Lucas no te ha abandonado… Intentó comunicarse contigo, pero le fue imposible con las medidas de tu padre. Volveré pronto y te lo contaré todo; te lo prometo.

**

Al día siguiente, Sam fue a hablar con Remington para darle el reporte de Olivia. Aunque quiso abogar por su amiga, sabía que, si el representante legal había dado luz verde para proseguir, no había nada que ella pudiera hacer. Remington bufaba con un humor de perros a causa del descomunal trabajo preparatorio para el lanzamiento: contratar a una nueva generación de influentes, despedir a los que no vendían y supervisar la campaña de márquetin. Sam sabía que interceder por Olivia en ese momento era una locura.

Remington le dictó una serie larguísima de instrucciones: que pidiera un informe de tendencias sociales; que Estadísticas analizara los números de venta de nuevo; que Legal redactara un contrato a prueba de balas...

—¿Dónde está la lista de influentes nuevos que pedí? —preguntó él, irritado.

—No he terminado aún; estoy coordinando lo de Olivia —dijo Sam—. Mandé el diseño a Creativos y ayer fuimos a grabar. Olivia no sabe nada del rumor. No tiene la menor idea.

—¡Este maldito rumor! ¿Están revisando los comentarios y los últimos videos? Tenemos que saber quién está hablando de ello.

—Remi, son cientos de videos, miles de comentarios...

—Pide a Analítica que haga una búsqueda con términos apropiados: qué sé yo, «enfermedad», «mareo» y cualquier palabra de insulto.

—He visto comentarios acerca de estados comatosos.

—¡Ponlo en la lista!

—¿Y si no fueran infundios? Si fuera verdad que... —musitó Sam.

—¡Claro que es una patraña, es una maldita campaña en contra de Omen! ¿Qué mierda estás hablando?

—Escuché a mi hermana... Dijo que el Viadélum puede afectarnos a largo plazo.

—¿Es ella la que está difundiendo esta mierda?

—¡No, por supuesto que no!

—¿Acaso no recuerda que firmó un acuerdo de confidencialidad? —Él circulaba furioso por la oficina—. ¿Y con quién más habla tu hermana?

—La escuché hablar con Mark acerca de su estudio. Fue en la casa, con la familia. Nada fuera de lo normal. Hablar en la familia es inevitable. Por ello, Mark y yo firmamos el mismo acuerdo, ¿no?

—¡Vete! ¡¿Qué esperas?! Necesito hablar con Loren. ¡Y dame esa lista de influentes ya!

Sam asintió turbada y salió. Tuvo miedo por Eli. No debió haber dicho nada. Era demasiado tarde. Remington hablaba con alguien a través de su dispositivo personal con un semblante irritado. Se escuchaba incluso su voz a través del grueso cristal.

Tenía que hablar con Mark y anticiparle que lo había involucrado sin querer. Y con Eli.

Sam no encontró a Mark; había una sesión de urgencia con los ingenieros. Volvió a su puesto de trabajo. Ya ni recordaba la lista de pendientes. Su ansiedad seguía en aumento. Había dedicado días en el diseño del video virtual y el agotamiento la vencía. «¡La lista de influentes nuevos!». Se dedicó a revisar la red para distinguir belleza y carisma. Ella no iba a sucumbir a la tensión externa, debía mantenerse ecuánime y acertar con la precisión de un francotirador.

En la tarde, su recuperada calma fue perturbada. Unos ejecutivos irrumpieron en la oficina de Remington. A través del vidrio, se veía al abogado que la había acompañado a la casa de Olivia y a otros dos más. De pie, con semblantes serios, discutían agitando las manos. Remington parecía increparlos. Las voces se elevaron. A los diez minutos, dejaron las oficinas con la misma brusquedad con la que habían entrado.

Remington llamó a Sam en un estado de furia.

—Cierra la puerta y no hables —le ordenó mientras se servía un vaso de algún licor—. Desde este momento, Legal se ocupará de Olivia.

—Pero yo soy el enlace...

—Te dije que no hablaras, ¡maldita sea! ¡Tú no eres nada! Eres lo que yo te digo que eres y ahora mismo eres una maldita muerta de hambre que ha conseguido un trabajo por un golpe de suerte y que está a punto de perderlo. Ocúpate de hacer las cosas que te he pedido.

Sam dejó la oficina temblando. Remington le había gritado antes, aunque nunca con esa vileza. Fue al baño a refrescarse. Esa noche debía quedarse a trabajar hasta tarde, no podía perder el puesto. Respiró profundo para serenarse. Iría por una taza de café. Antes, le envió un mensaje a Mark diciendo que necesitaba hablarle urgente.

Se encontraron fuera de la empresa y caminaron hacia un callejón poco transitado. Sam le hizo un resumen de lo que sabía, de los rumores, de la situación de Olivia y de la carga pesada de trabajo sobre sus hombros.

—Remi está como un demente preparando una nueva campaña de márquetin —dijo Sam.

—Sí, para eso nos juntaron esta mañana. Quieren que introduzcamos algunas mejoras al equipo y lo lancemos como una nueva versión. Es una locura... El programa requiere seis meses de trabajo y quieren que terminemos en dos. Nos esperan largas jornadas.

—Son patrañas, ¿verdad?

—¡Claro que sí! Venimos trabajando en la droga por años y cada versión es mejor.

—¿Por qué Eli insiste en que puede ser perjudicial?

—Déjale la investigación científica a los científicos, tú ocúpate del márquetin —dijo él, irritado—. Ya vas a ver que son infundios, pasan de tanto en tanto.

—En realidad, vine a advertirte que fui indiscreta; me dejé arrastrar por la tensión y le dije a Remi que los escuché hablar a ti y a Eli acerca del Viadélum. Quería que estuvieras preparado. Quizás vengan a hablarte.

—¿Quiénes? ¿Por qué...?

—Supongo que Legal, no sé. Han estado con Remi en la tarde y luego han dado vueltas por la oficina, interrogando a la gente. Algo feo pasa, Mark, y no puedo averiguar nada porque Remi está irritado. Investiga tú; seguro que conoces gente sénior en Legal.

—Tienes que advertirle a Eli. Ella también tiene que estar preparada. Una acusación de este tipo, de difusión de rumores infundados en contra de la empresa privada, tiene consecuencias graves. Y Eli tiene una reputación en el instituto de buscapleitos, peor aún, de anarquista. Encima está haciendo un estudio acerca de la droga.

—Habla tú con ella —suplicó Sam—. Ella se va a poner furiosa conmigo.

—Eli se desespera conmigo también y, además, peleamos por todo. La verdad es que no quiero meterme en esto. Perdona, me voy a ausentar de tu casa hasta que pasen los rumores. Y, si parezco frío en la empresa, es solo para disimular. Si quieres escabullirte por un café, OK, pero esto me tiene sin cuidado.

—¿Cómo puedes decir eso? Tú mismo lo has dicho, que las consecuencias son graves.

—Que le pida ayuda a Harding, ¿no? Yo no significo nada para ella.

—Estás dolido, eso es todo. Vamos, regresemos ya, quizás alguien nos está buscando. Yo voy primero; tú vas después, así no te asocian con las criminales Mars —dijo Sam en tono de burla.

Sam regresó a su puesto y recuperó la compostura a pesar del ambiente de crisis y del maltrato de Remington. Decidida a mantener el puesto y luchar por lo que quería, se ató el cabello en una cola de caballo y se dispuso a completar su larga lista de tareas. Ella no era una muerta de hambre y se lo iba a demostrar... al mundo.

Al final del día, una mujer pasó a la oficina de Remington. Conversó con él por quince minutos y salió para hablarle al equipo de márquetin, incluida Sam. Desde ese momento había cambios en la organización del área. Sam había quedado relegada a una simple interna y sus tareas de asistencia personal habían sido usurpadas. Ella ya no trabajaba para Remington Skinner.

***

Pasadas las once, Sam regresó a su casa. Eli vio a su hermana menor ojerosa y cansada y le sorprendió su desánimo. Sam le contó acerca de los sucesos en la empresa, de los rumores y de su destitución. Omitió información acerca de los planes de Omen. Se armó de valor y le confesó su indiscreción.

—¿Cómo has podido? —reaccionó Eli—. ¿Sabes lo que eso significa? Podrían tomar tu testimonio como evidencia y acusarme de que yo soy la difusora. ¡Yo no he hablado con nadie!

—Eli, perdóname, lo hice sin darme cuenta. Quería ser de utilidad... Es mi trabajo.

—Pues solo hay una forma de esclarecer esto. Dame la lista de la gente que crees que se ha ausentado por enfermedad.

—No puedo hacerlo, perdería el puesto. Además, ya no tengo acceso a la base de datos de influentes, me ocupo de buscar nuevos.

—¿Y qué crees que pasará cuando termines el trabajito? ¡Te van a echar igual! Me sorprende que te retengan si sospechan de mí. A menos que quieran extraerte información.

—No seas paranoide —dijo Sam—. Te puedo dar los nombres de quienes recuerdo, no tengo ni direcciones ni detalles de contacto.

—Dame los que tengas, ¡ahora!

Su única salida era investigar qué ocurría en realidad, porque en el fondo temía que los rumores fueran ciertos. Su tesis estaba bien hecha y los indicios de daño cerebral eran palpables aunque se tratase de un experimento de limitada escala. Debía acelerar asimismo la encuesta cualitativa, para saber si los usuarios sugerían síntomas de malestar o dolores de cabeza. Le angustió pensar que Omen sospechara de ella. ¿Podrían perjudicarla? ¿Arruinarle el estudio? Contaban con el arma perfecta: el acuerdo de confidencialidad, redactado para aventajarlos.

Capítulo 32

Eli interrogó a Lucas. Él, horrorizado, se defendió diciendo que no era de hablar acerca de su trabajo y que conocía bien el acuerdo de confidencialidad y lo que significaba. Jamás cometería una indiscreción de ese tipo, ni con sus padres. Los únicos que sabían de las conclusiones del estudio eran Mark, Sam y Bishop.

Sam aseguraba que Olivia no tenía ni motivos ni métodos para difundir rumores, ni la estabilidad mental. Había estado bajo el efecto de medicamentos fuertes y sin comunicación por meses. ¿Pudo su equipo médico cometer una indiscreción a pesar de la confidencialidad que exigía Harding?

Eli sospechaba que los rumores eran ciertos. Cualquier persona afectada por el Viadélum podría haber hecho comentarios casuales o adrede, propiciando la difusión. Debía interrogar al manojo de influentes que le había proporcionado Sam. Empezó a rastrearlos a través de la red. Al ser personas públicas, cuya presencia en los medios sociales era extensa, fue fácil encontrar sus perfiles o correos en otros canales, aunque sus cuentas de Omen estaban cerradas y no se podían leer los comentarios o los videos anteriores. Figuraban como «inactivos».

Era un misterio no encontrar nada de un par de influentes, ni siquiera las cuentas cerradas de Omen. Habían desaparecido de los medios digitales por completo: Paul Adams y Jenny Williams. A lo mejor, Sam no recordaba los nombres exactos o usaban un alias.

Eli envió un mensaje a los que encontró y esperó respuesta. Se dispuso a trabajar en la tesis, quería terminar lo antes posible para graduarse y olvidarse del tema. «Nadie puede acusarme de indiscreción por una conversación en familia», se dijo a sí misma. «Deberán juntar evidencia de mi comportamiento delictivo si quieren atacarme, y no la hay».

Al final del día, Bishop llamó a Eli y a Lucas a su despacho, quienes se sorprendieron por la urgencia ya que se habían reunido hacía poco. Bishop les anunció que Omen había pedido una audiencia para revisar el progreso del estudio. A Eli se le hundió el estómago y contuvo un gemido de angustia.

—No hemos terminado... —dijo Eli.

—Han terminado con los ciclos de ingestión y pruebas, y tienen los números listos, salvo los de mortalidad, y las conclusiones son fuertes.

—No he escrito la discusión acerca de los resultados.

—Sabes que tienen potestad para pedir un informe del progreso cuando les plazca —afirmó Bishop.

—Pero el capítulo de la discusión es importante...

—Están en su derecho, Eloísa. Escriban un borrador de las conclusiones para conversar conmigo. Yo voy a postergar la audiencia hasta el viernes. Es lo único que puedo hacer. Es tan solo una conversación, no sé por qué te angustias tanto.

—Entonces, no lo sabe —dijo Eli y, ante el rostro desconcertado de Bishop, agregó:— Hay rumores en el mercado de que el Viadélum afecta el cerebro.

—¿Rumores? No, no sabía nada. Aquí en Neurología no ha llegado esa información. —Bishop la miró con intensidad—. Eloísa, te lo voy a preguntar una sola vez y quiero una respuesta clara y rotunda. ¿Has sido indiscreta? Recuerda que tu comportamiento imprudente no solo te pone a ti en un aprieto, sino a la institución. Hemos firmado un acuerdo con ellos.

—¡No, claro que no! —exclamó Eli, y Lucas también lo negó.

—Lo único que podemos hacer, dadas las circunstancias, es mostrarnos cooperativos y plantear las conclusiones de una manera diplomática —dijo Bishop.

—¿Diplomática? ¿A qué se refiere? Usted misma lo ha dicho, las conclusiones son contundentes.

—En ciertas ocasiones debemos reformular las ideas de una forma que evite la confrontación; en particular, si te pueden acusar de difundir calumnias —dijo Bishop y, viendo a Eli agitada, añadió:— ¡Ni una palabra más, Eloísa! Tienen un día para darme el borrador, ¿está claro?

Eli y Lucas salieron de la oficina y se pusieron a trabajar. Lucas revisaría y resumiría los números y Eli redactaría las ideas principales. A medianoche, Lucas paró, exhausto. Eli se quedó trabajando hasta la madrugada; quería ocuparse durante el día de investigar los rumores. Visitaría a un par de influentes que le habían contestado.

Escribió una nota para Lucas, en la que le anticipaba su ausencia durante la mañana para «hacer algo urgente». Era fundamental saber qué sucedía en realidad.

***

Eli durmió un par de horas en su casa y se levantó. Le quedaban apenas tres días para sondear el terreno y extraer información de los influentes. Primero tomó el tranvía hacia el sudoeste de Londres, a Hammersmith, para hablar con Lucy Chang. Esta visita fue breve, pues su entrevistada había estado enferma con dolores de cabeza, pero no parecía estar al tanto de los acontecimientos en Omen. Eli no quiso darle explicaciones para evitar una mayor difusión del asunto. No le sorprendió enterarse de que Omen había ido a verla para indagar lo mismo.

Cabeceó de sueño durante el largo trayecto hacia Barnet, al norte de la ciudad. Justin Taylor era su única esperanza. Los demás no habían contestado.

Llegó a un edificio elegante y chato de ladrillos rojos. Justin Taylor le abrió la puerta en un estado deplorable. Demacrado y tembloroso, parecía alcoholizado. Su pequeño estudio era un revuelto de basura, un caos del que emanaba un olor desagradable, como a sudor impregnado.

—¿Conque tú eres la hermana de Sam? Conocí a tu hermana en una presentación, una chica muy simpática —dijo Justin con un semblante febril.

—Justin, gracias por recibirme —dijo Eli, conteniendo su disgusto por el estado del lugar, y tomó asiento en un sillón—.

Como te contaba en mi correo, estoy haciendo un estudio cualitativo acerca de los viajes virtuales...

Justin tuvo una arcada y Eli interrumpió su introducción:

—¿Te encuentras bien? ¿Te puedo traer un vaso de agua?

—No es nada. Acabo de tomar la medicina para controlar las náuseas y recién hace efecto.

Justin explicó que tuvo mareos y fue al médico, quien le dijo que podía tratarse de un virus. Sus síntomas mejoraron cuando dejó los viajes y retornaron cuando los reanudó. Convencido de que a él el Viadélum le caía mal, indagó con otros influentes. Los más experimentados le recomendaron hacer pausas y encontrar un ritmo personal. Algunos coincidieron en que se mareaban con el uso prolongado.

—¿Vino Omen a verte? —preguntó Eli.

—Vino una comitiva: un doctor, un abogado y hasta un psiquiatra, querían saber si mentía o si era capaz de dirigir una campaña de ataque contra Omen. —Justin lanzó una risa nerviosa—. Me dieron esta medicina para manejar los mareos, diciendo que yo había abusado de los viajes. Me enumeraron mis obligaciones legales, exigiendo que me mantuviera callado. Así lo hice y me dediqué a buscar una frecuencia de consumo que me acomodara mejor, pero los malditos me cerraron la cuenta. ¡Me dejaron sin empleo, sin ingresos! ¿Por qué me voy a callar? ¡Esos malditos me han arruinado! Encima me dijeron que o me quedaba callado o me eliminaban de la red y acababan con mi identidad digital.

—No pueden hacer eso. Puedes abrir cuentas en otros canales y volver a trabajar.

—Tengo miedo. ¿Y si borran absolutamente todo, tu nombre, tu número del seguro social...? ¿Cómo recibiría mi subsidio de desempleo sin mi identidad digital? «¡Justin Taylor no existe!», dice el sistema. «Ingrese su número: ¡No existe!».

—Justin, eso sería ilegal. Además, siempre hay quien te pueda identificar, tu médico, por ejemplo. Dime, ¿sabes dónde puedo encontrar a Paul Adams y a Jenny Williams?

Justin lo negó, no los conocía personalmente.

—Han desaparecido, ¿es eso? Dime la verdad —dijo Justin, enervado.

—¡Justin, tranquilo! Hay algo muy simple que puedes hacer si esto te angustia tanto. Da tu ADN a la Base de Datos Académica y tendrás un registro digital de tu existencia a prueba de balas.

—¿Qué tengo que hacer? —Las pupilas de Justin se desorbitaron aún más.

—Cálmate, por favor. Te registras en línea y te dan una cita para tomar tu ADN. Lo puedes hacer con cualquier institución académica. Hazlo con la mía: St John, Instituto Biotécnico de Londres.

—¿Y qué pasa luego?

—Te invitan a participar en estudios si tienes genes que les interesen.

—¿Y si borran esa base de datos también?

—Justin, estás demasiado excitado. Escúchame, deja la medicina de Omen y vuelve a tu médico hoy mismo. Estás mal; déjame revisarte.

Eli le revisó el pulso, la vista y le tomó la temperatura. La alteración cardiaca era evidente y las arcadas continuaban.

—Llama a tu médico ahora mismo y pide una cita —insistió Eli.

—Omen me dijo que era peligroso salirse del tratamiento.

—Me obligas a llamar a una ambulancia si no pides una cita ahora.

Él, temblando, accedió y pidió una cita de emergencia.

Antes de marcharse, Eli agregó:

—Si alguien pregunta a qué vine, fue para que llenes un cuestionario acerca de tendencias sociales. Por favor, mándame un mensaje diciéndome qué te dijo el médico. ¿Puedes hacer eso por mí?

*

Eli se quedó preocupada por Justin. ¿Estaría sufriendo paranoia a causa de la abstinencia? ¿Podría causar el Viadélum psicosis? ¿Por qué se encontraba en ese estado de turbación?

No había ningún rastro en la red ni de Paul Adams ni de Jenny Williams. ¿Sería posible que Omen los hubiera borrado? Ridículo. La entidad privada, aunque de enorme poder económico y político, debía someterse a unas reglas mínimas de convivencia. ¿Y si alguien la borraba a ella? ¿Qué sería de su futuro, sus planes? Imposible, estaría Bishop, Sam o Harding para identificarla. Se quitó de la cabeza esas ideas irracionales. Sin embargo, sintió miedo. Quizás fue la apariencia maniática de Justin, el hecho de que un joven pudiera terminar tan enfermo, con la piel lívida debido a las náuseas, enajenado, al borde de la locura.

O quizás lo que explicaba su perturbación era su propia tendencia a obsesionarse. ¿Podría Omen causarle daño? Su recelo no era irracional: ella había descubierto que un influente sufría efectos graves a causa del Viadélum y que Omen optaba por hostigarlo.

Angustiada, volvió al instituto. Revisó el borrador de su informe, hizo unos cambios de acuerdo con los números finales de Lucas y se lo envió a Bishop al final de la tarde.

A las nueve del día siguiente, Bishop le devolvió el informe con unos cambios. Moderó las conclusiones insertando «posible» o «probable». Reiteró la limitación del experimento por su reducida escala y sugirió confirmar los resultados con un estudio de mayor magnitud y duración. Recomendaba extensas pruebas y un estudio «profesional». Eso le dolió a Eli; ella sí era profesional.

Eli hizo los cambios a regañadientes, a pedido de Lucas, quien insistió en que lo único importante era graduarse y que se olvidara de atacar a Omen. «¡Reacciona, Eli, necesitas ver la luz lateral! Deja de obsesionarte, es una batalla perdida. Bishop no está cambiando la esencia, solo está moderando el texto para que no cause un sismo como pretendes tú», le había dicho.

Bishop envió el informe a la empresa y coordinó una cita para el viernes en las oficinas de Omen.

Eli fue a usar las computadoras de la biblioteca para investigar los rumores con la ayuda de unos programas de análisis de tendencias. Si había gente que murmuraba al respecto, el sistema lo encontraría en los *chatrooms*, canales y otros medios sociales en línea. Se sirvió un café y se puso a trabajar.

No encontraba nada concluyente. ¿Estaría Omen borrando interacciones entre usuarios para contener la propagación? Un programa de inteligencia artificial ordinario podía descubrir patrones de comportamiento colectivo y servir de barómetro social. Con el poder económico y tecnológico de Omen, era posible incluso interferir e impulsar el péndulo hacia el otro lado, uno favorable a sus productos. Estas injerencias se venían haciendo por décadas y ni siquiera se cuestionaban. Se consideraban meras estrategias de márquetin. La realidad quedaba oculta en un mar de confusión y contradicciones, unas introducidas adrede, otras por ignorancia. Jamás descubriría los hechos en línea.

La única opción para conocer la verdad residía ahora en su cuestionario cualitativo, fuente de información confiable acerca las tendencias en el uso de viajes virtuales. Regresó a su laboratorio y se apresuró a procesar los datos acumulados.

Entrada la noche, recibió un mensaje de Justin que decía que su médico le había dado unas pastillas diferentes y que se había registrado en la base de datos de St John. Esperaba con ansiedad la cita para dar su ADN.

*

Agotada, Eli regresó a casa. Sam la esperaba para hablar, impaciente. Mark había averiguado con Legal la causa del estrés de Remington. Omen había exigido que Olivia Harding cumpliera con las cláusulas del contrato. En respuesta, los representantes legales de Olivia interpusieron una contrademanda, culpándolos de su enfermedad. Defendían su derecho de rescindir el contrato con ellos y hasta exigían compensación.

—Estamos metidos en un lío legal atroz —dijo Sam.

—No me sorprende que el padre la proteja con uñas y dientes.

—Mark me dijo que, con los rumores circulando, el argumento de Harding tiene peso, pero Omen lo va a disputar.

—No he encontrado nada en la red —dijo Eli.

—No lo vas a encontrar así de fácil. Omen está trabajando para eliminar comentarios nocivos. Hay un rumor nuevo: que Omen está cerrando las cuentas de influentes que están enfermos. Eso no es cierto, siempre se cierran las cuentas de los que no venden, es un proceso regular. Doy fe de ello. Estoy convencida de que esto es una campaña contra Omen. Una conspiración absurda. Lo peor es que ahora sospechan de mí, por mi asociación contigo. Siento que me han relegado, que ya no cuento.

—Yo me he conducido con discreción; solo estoy haciendo un estudio, lo que ellos conocían de antemano. Firmé las cláusulas que quisieron. No pueden culparme a mí de una crisis de confianza en sus productos tan solo porque estoy haciendo mi tesis. No tienen ninguna evidencia de que yo haya difundido nada.

—Voy a perder el puesto. ¿Qué voy a vender? ¿En qué voy a trabajar? Hazte enemigo de Omen y se cerrarán otras puertas.

—Tranquilízate —dijo Eli—. Actúa con calma en la empresa. Si estás nerviosa va a ser peor.

—Voy a perder mi puesto, mi dinero. ¡Por tu culpa! ¿Quién te manda a meterte con Omen? Y si no es Omen, es el Supermaná. Y si no es la empresa privada, es tu universidad. Y si no es tu universidad, ¡es el Gobierno! ¿No puedes vivir feliz como el resto de los mortales?

—¿Feliz? ¿Te refieres a por qué no me drogo como los demás?

—Yo no tomo ninguna pastilla. —Sam la miró con rabia.

—¡Tú te sometes a cirugías para llamar la atención!

Despertaron a la abuela, quien las miró contrariada. Ellas callaron.

—Perdona, Abu. No es nada, no te angusties, vuelve a dormir —dijo Eli—. Sam, conversemos cuando hayamos dormido; yo llevo varias noches sin descansar. Omen nos ha pedido que presentemos los resultados y he estado trabajando sin cesar.

—Espero que tengas en cuenta mi futuro y el tuyo y que no digas ninguna barbaridad. —Sam cerró la puerta de su cubículo con brusquedad.

—Anda a dormir tú también —dijo Audrey—. Ya sabes lo que pasa cuando no duermes. Necesitas estar serena y descansada para esa reunión. Y piensa en el futuro; tu hermana tiene razón.

Capítulo 33

E l viernes, el día de la reunión con Omen, Eli se levantó ojerosa y angustiada. Apenas había dormido a causa de la ansiedad. Fue al laboratorio. Lucas había llegado temprano y monitoreaba a los roedores. A mediodía, se reunirían con Bishop y saldrían juntos hacia Omen.

Lucas advirtió que un ratón había fallecido en la celda de la droga. Una muerte no significaba nada y debían esperar a completar el ciclo de vida de todos los sujetos. Sin embargo, Eli, agotada por la falta de sueño, se estremeció aún más.

En la cita con Bishop, revisaron el informe y ensayaron preguntas y respuestas.

—Cuando vas a este tipo de reuniones —dijo Bishop—, debes tener en claro qué quieres conseguir. Lo importante es transmitir las conclusiones con objetividad. Es crucial señalar las limitaciones. Que tu estudio despierte su curiosidad para que lancen un nuevo estudio.

—Si lo dejamos a su voluntad, no van a hacer nada —argumentó Eli—. Yo tengo otro objetivo: que aclaren las advertencias en el producto ahora, que sean transparentes con la posibilidad de los efectos nocivos ahora. Que pongan «posible», «probable»... Que lo maticen como quieran. Tiene que estar allí.

—Eloísa, no hagas de Omen un enemigo. Trátalos con respeto si quieres su cooperación. Si no te comportas como es debido, yo voy a intervenir. No voy a dejar que arruines nuestra imagen con tu falta de profesionalidad y que nos arrastres en un asunto legal. Me olvidaba, ¿dónde están tus facturas?

—Con el estrés y la cantidad de trabajo, se me olvidó. Ya las voy a traer —dijo Eli con el estómago comprimido.

—Eloísa, si no quieres el dinero, allá tú, pero todo estudio requiere un registro de gastos por un tema de presupuesto y control. Me las mandas esta misma semana. ¿Entendido? Las facturas, ¿de dónde las iba a sacar? Sus recibos mensuales en electricidad no servían. Equipos de aire acondicionado, computadoras modernas e incubadoras con un suministro permanente de energía multiplicarían cualquier gasto residencial. No podía presentar las de su casa: era evidencia de que había mentido. Angustiada, no veía la solución. Postergaría el asunto, distraería la atención de Bishop... ¿Podría falsificarlas?

***

Eli, Lucas y Bishop esperaron en la gran sala de juntas de Omen para empezar la reunión. Era una sala inmensa, decorada con finos muebles y equipada con dispositivos ultramodernos. A las tres en punto, una veintena de personas encabezadas por Loren McQueen entraron y los saludaron con una afable sonrisa. La enorme mujer tomó asiento en el medio de la larga mesa en frente de Bishop. Su figura resaltaba como el mástil de una embarcación. Remington Skinner tomó asiento al lado de Loren, enfrente de Eli.

A Eli se le aceleró el pecho al ver a Mark, quien se sentó en un extremo y apenas la miró. Después de la introducción de los asistentes y del ofrecimiento de café y dulces, empezó la presentación. La mitad de la comitiva de Omen pertenecía al Departamento Legal.

Eli brindó un buen resumen de acuerdo con las directrices de Bishop. El Viadélum no era adictivo desde un punto de vista químico. El estudio presentaba evidencia de que el uso prolongado o en exceso podía afectar la memoria y la coordinación corporal, y que el efecto era más pronunciado a medida que se envejecía. Lucas presentó los resultados estadísticos. Eli presentó las teorías de causalidad: la falta de ejercicio, la distorsión de la función del sueño y el desequilibrio químico en el cerebro. Siguieron las limitaciones y las

260

recomendaciones. Eli concluyó pidiendo que se introdujeran advertencias en el producto.

Loren, que había hojeado el informe mientras Eli hablaba, tomó la palabra con una ligera sonrisa.

—No hay evidencia de adicción química —repitió Loren—, pero «...en los humanos podría haber adicción psicológica». ¿No crees que este tema ya está zanjado? El consenso es que, si no hay efecto químico, no hay adicción.

—Yo opino diferente —dijo Eli—. No toda droga tiene un efecto químico fuerte. Asociar la definición de adicción a un nivel químico determinado es un acuerdo conceptual que elimina la dependencia psicológica. Existe evidencia de que los videojuegos y los viajes virtuales alteran el comportamiento.

—Respeto tu definición, pero, sin dependencia química, quien abusa de un juego o de un viaje lo hace voluntariamente. ¿No sabes lo que es la responsabilidad personal?

—Más del cuarenta por ciento de mis encuestados abusa de la droga.

—Hay un sesenta por ciento que no lo hace —sonrió Loren—. Dices que el uso prolongado o en exceso podría afectar el cerebro, no has descubierto nada nuevo. Por eso hay un límite recomendado de cinco horas diarias y cinco días seguidos. Insisto, no podemos evitar que la gente abuse, es un tema de libertad personal.

—Sus productos incluyen una recomendación, no una advertencia. Son conceptos diferentes —dijo Eli con firmeza—. Además, el efecto en la vejez está por verse, veinte años en el mercado es un período muy corto y los usuarios no han envejecido aún.

—En nuestros experimentos no hemos encontrado lo mismo que tú. No hemos observado efecto alguno a largo plazo. Tus dosis son excesivas. Lo que has modelado en tu experimento es el abuso. No nos sorprenden los resultados.

—Podrían ser transparentes y advertir de los efectos en caso de exceso. De acuerdo con mi encuesta...

—No hemos visto tal encuesta, ¿dónde está?

—Es un estudio cualitativo acerca de las actitudes y hábitos de los jóvenes. La falta de ejercicio, de sueño y la ausencia de otras actividades estimulantes están afectando a la población joven.

—Nosotros somos un negocio de entretenimiento, no de asesoramiento personal. Eso es responsabilidad de las Iglesias o del Gobierno.

—Ustedes son el Gobierno... —dijo Eli ante el rostro absorto de Bishop.

—Disculpen el atrevimiento —intervino Bishop—. ¿Tienen alguna otra pregunta?

—No se disculpe; aquí hay libertad de expresión. —Loren miró a Eli—: No sé lo que quieres decir con eso de que nosotros somos el Gobierno. Por favor, explícate.

—Ustedes promovieron la Ley de Emergencia y ahora tienen poder absoluto. Desarrollan productos a puertas cerradas y luego financian estudios que los favorecen.

—¿Nos estás acusando de corrupción? —preguntó Loren, quien hizo una seña a Bishop con la mano para que no interviniera—. La Ley aceleró el progreso tecnológico ante la crisis ambiental. Se inventaron el Supermaná, nuevas fuentes de energía... Nosotros hemos resuelto el problema de los viajes. La gente se desespera si no puede viajar, si debe estar confinada en una ciudad. ¿A eso le llamas corrupción?

—Ustedes no han resuelto el problema. La realidad virtual sin la droga es muy pobre. No convence a nadie. El treinta por ciento de los usuarios usa el Viadélum sin la realidad virtual. ¡Lo que ustedes brindan es un viaje alucinógeno!

La sala pareció congelarse, no se sintió ni un suspiro.

—¿Podemos limitarnos al contenido del informe? —dijo Bishop, nerviosa—. Estas ideas no representan a nuestra institución y han sido dadas en calidad personal.

Alguien del Departamento Legal le habló a Loren en voz baja. La ejecutiva retomó la palabra:

—De acuerdo, doctora Bishop. Lo que nos ocupa aquí es el informe. Los comentarios sueltos de un individuo no son de importancia. Agradezco su franqueza, señorita Mars, pero su opinión no tiene cabida en esta presentación.

Loren McQueen se levantó con tranquilidad y volvió a sonreír:

—Volveremos a contactar con ustedes en los próximos días. Gracias por su amena participación, señorita Mars.

Eli bajó la mirada, avergonzada, y salió de la sala en silencio. Lucas, estupefacto, siguió a Bishop. La profesora mantuvo la compostura hasta que se alejó de la empresa. Encarando a Eli, que había empalidecido, dijo:

—Esta vez te excediste. No solo los has acusado a ellos de corrupción, sino a tu universidad. Yo no trabajo para la empresa privada, como tú crees, pero la única forma de sobrevivir en este entorno y progresar es atenerse a las reglas del juego. Bastaba con pedir una advertencia en los productos y tú lanzas un ataque frontal, arrastrándonos en un asunto legal muy serio. —Antes de subir a su transporte, agregó:— Ya me di cuenta, Eloísa. Te creía prepotente, pero eres ilusa y obsesiva como tu madre.

Se subió al taxi y los dejó inmóviles en la acera.

—¿Qué hiciste, Eli? —dijo Lucas— ¿Qué hiciste? Acabas de enterrarte viva y a mí contigo.

Eli se dio media vuelta para marcharse.

—¿A dónde vas ahora? —preguntó él.

Ella no contestó. Perturbada, se apresuró a tomar el tranvía automático. Iría al único lugar donde se sentía segura. Le mandó un mensaje a Thomas Price, pidiendo ver a Joseph. Era urgente.

*

Harding la recibió en una sala privada en el sótano. Al verla tan conmocionada, ordenó a Thomas que trajera un calmante. Eli explicó que había estado en Omen porque querían un reporte del avance del estudio y que ella terminó insultándolos. Le habló de Justin Taylor, quien había perdido el juicio; nombró a los dos influentes que habían desaparecido; mencionó porcentajes de su encuesta, uno tras otro, sin ningún orden; dijo que había arruinado a Lucas y a Sam; que sentía miedo... Harding le dio un sedante.

—No puedes venir aquí en un estado convulso —la reprendió Harding—. Estás en un problema por tu falta de cordura. Yo no puedo ayudarte en esto. Te dije que moderaras tu obsesión, que podía destruirte, y no lo has hecho. Has mostrado una mente débil, impulsiva. ¿De qué te sirve ofenderlos? Les has mostrado tus armas y son inútiles. ¿Un insulto? Te creía más inteligente o que ibas a aprender a manejarte con astucia. Eres un manojo de nervios.

Eli, ante sus incisivas palabras y entumecida por el sedante, detuvo su monólogo. Él jamás le había hablado con tal dureza y reprensión.

—¿Por qué no me dijiste que los ibas a demandar? —dijo Eli de pronto—. ¿Por qué no me lo advertiste? ¿Por qué me abandonas? ¿Me dejas sola ahora cuando todo se desmorona alrededor?

—No pueden vernos juntos. Es fundamental mantener la distancia mientras mi demanda está vigente. Es por tu propio bien. Podrían argumentar que actuamos en colusión. No puedes volver aquí, Eloísa. Si yo necesito verte, te lo haré saber.

—¿Y yo no tengo derecho a verte? —Eli se le acercó y quiso rodearlo con sus brazos. Él la rechazó con delicadeza.

—No estás en condiciones de hablar de amor; estás convulsa, ni siquiera puedes estar de pie. No puedes hablar ni de ciencia ni de amor.

—Sí puedo hablar de amor, porque es el único estado en que mi mente no elabora y no se angustia, solo siente —dijo Eli, queriéndolo besar—. ¿No lo sientes también?

Joseph se dejó abrazar y besar con suavidad, pero se separó.

—Unos meses más, hasta que se resuelva el conflicto legal y dejen a Olivia en paz.

—Joseph, te necesito. No me abandones cuando mi vida se derrumba. Te amo...

Él la abrazó y le acarició el cabello.

—Te pido fortaleza —dijo Harding y la acomodó en un sillón.

Eli, sedada, cerró los ojos. Harding la miró con compasión. Le dio un beso en la frente y llamó a Price para que la llevara a su casa.

Capítulo 34

Eli despertó con dolor de cabeza al día siguiente. Recordaba la reunión con Omen y que había ido a ver a Joseph. La escena con él se le presentaba difusa. Le había dicho que lo amaba. ¿Le había correspondido él? ¿A qué fue ella en realidad? ¿A implorarle que no la abandonara? Se sintió avergonzada tanto por su conducta poco profesional con Omen como por la súplica ante Joseph.

Lo que sí recordaba era el ultimátum, que no podía ir a verlo hasta que terminara la disputa legal. Ella comprendía las razones; podrían acusarlos de colusión en una campaña de difamación contra Omen con el fin de aventajar a Harding en el pleito. Los beneficios para ella no eran claros, aunque podrían aducir que lo hizo por dinero. ¿O por amor? «Pueden inventar cualquier cosa con esa información», pensó Eli.

Claro que entendía que la prioridad era Olivia. Si bien lo aceptaba, se sintió relegada. Lo que en realidad la hacía sufrir era sentirse tan sola. Si al menos pudieran verse... Él podía coordinar una cita discreta y darle unos momentos de amor para recobrar el aire, unas caricias para contener la angustia...

Sam ni le dirigió la palabra durante el fin de semana. Se había enterado por Mark de su exabrupto en la reunión con Omen y anticipaba duras consecuencias: una orden de que dejara la empresa en cualquier momento. Era insensato mantener en la organización a una empleada cuya hermana era anticapitalista, anarquista y difusora de calumnias contra Omen, porque de seguro se trataba de una campaña de desprestigio. Decididos a aplacar los rumores, irían en contra de cualquiera que los amenazara.

Eli, sin el apoyo de Joseph o Mark o su hermana y con la censura silenciosa de la abuela, se estremeció. Su mente empezó a girar, imaginando lo peor. Empezó a respirar con dificultad y agitarse como el día anterior. Omen podría denunciarla por difamación. La universidad podía acusarla de faltas éticas. Su hermana la repudiaba por poner en riesgo su futuro. ¿Cómo podía protegerse? Si al menos pudiera encontrar a Paul Adams y a Jenny Williams y descubrir la verdad... ¿Por qué no los localizaba. ¿Dónde se ocultaban? ¿Y por qué? ¿O los habían borrado de la red? Una duda se apoderó de ella y tembló de miedo. ¿Y si la eliminaban a ella también?

Inestable y paranoide, tomó un sedante adicional. Thomas le había dado pastillas para el fin de semana y le había recomendado que las tomara por unos días. Durmió el domingo con la ayuda de los ansiolíticos.

***

Eli se armó de valor para regresar al instituto el lunes. Esperaba una reprimenda formal y una sanción. Sin embargo, Bishop no se comunicaba con ella. Estaría digiriendo lo sucedido y coordinando con otros directores las medidas a tomar para restablecer relaciones cordiales con Omen.

Durante la semana, Lucas y Eli trabajaron en silencio. No hablaron sobre la reunión con Omen. Él quería acabar con los números e irse con sus padres. Lo que faltaba eran las cifras de mortalidad; las tendrían en cuestión de una o dos semanas. Bishop había dicho que, si no se producían otras muertes durante la semana, pediría la incineración de los roedores y concluirían el estudio.

No tuvieron que esperar. Los roedores sujetos al régimen del Viadélum empezaron a morir. Los roedores libres de la droga se mantenían vivos. En años humanos equivalentes, la diferencia apuntaba a diez años en promedio o veinte si se estrechaba la comparación.

Eli albergó un rayo de esperanza. Un hallazgo de ese tipo merecía seguimiento a pesar de las limitaciones del experimento. Cuando había peligro para la vida, lo usual era solicitar un estudio que replicara y ampliara los resultados. Si ella demostraba que había hecho su trabajo bien, nadie podría acusarla de nada. ¿Cuál fue su falta? ¿Diseñar y ejecutar un estudio riguroso y contribuir al avance de la ciencia? Miró a Azulejo que dormía en una esquina. Hacía días que apenas se movía o comía. Estaba muriendo. «Tú también te vas a ir —dijo Eli—. Has sido un compañero fiel y resistente. Voy a extrañarte, mi querido amigo. ¿Puedo hacer algo por ti? ¿No quieres beber agua? ¿O eso alargaría tu sufrimiento? Ya no quieres prolongar esto, ¿verdad?».

Eli decidió pasar a los roedores muertos por el escáner para conocer la causa. ¿Tumores? ¿Una infección y se contagiaron entre sí? ¿Vejez prematura? Eran preguntas esenciales que requerían investigación.

Hizo unas pruebas de sangre y luego pasó a los roedores por el escáner uno a uno y obtuvo un análisis computarizado. No había infección ni tumores; posiblemente se trataba de vejez prematura a raíz de la falta de ejercicio o de sueño. Eli pestañeó estupefacta: dos de ellos presentaban hemorragias cerebrales.

En ese momento, Bishop llamó a Eli y a Lucas a su oficina. A ambos se les revolvió el estómago. Eli, en especial, tenía la boca seca y las manos frías. Le dijo a Lucas. «Tú no te preocupes por nada, tú no has cometido error alguno». Lucas no contestó; estaba demasiado agobiado como para pensar en las implicaciones.

*

Bishop los recibió sin demora y fue al grano. Omen dudaba de la calidad del estudio. Aducían que, a simple vista, había inconsistencias y no confiaban en la ejecución profesional de Eloísa Mars. Realizarían una auditoría y, de confirmarse sus sospechas, el estudio no podría ser publicado y sería archivado de acuerdo con los procedimientos establecidos en el acuerdo de confidencialidad y la Ley de Emergencia.

—Nos ha llegado una carta legal clara y firme —continuó Bishop—. Hay que parar el estudio y esperar las conclusiones de la auditoría.

—Estamos a punto de terminar —dijo Eli—. Lo único que falta es la tasa de mortalidad; los roedores están falleciendo. Una semana más y concluimos.

—Creo que no has entendido la gravedad del asunto en que estamos metidos. Ni una semana más, ni un día más, ni una hora más. Quiero que recojan sus cosas y dejen el laboratorio. He ordenado la incineración de los roedores y la clausura del laboratorio. No hay quién se ocupe de ellos. Entiende, el estudio ha concluido. El equipo de auditoría vendrá en unos días y conducirán una revisión digital. Les basta con los datos, los registros de alimentación, las grabaciones...

—¿Tan pronto? —dijo Eli.

—¿Qué esperas? Tu estudio los perjudica; es claro que lo van a enterrar. ¿No te das cuenta?

—¿Y qué va a pasar con la tesis? —preguntó Lucas.

—Presenten lo que tengan en cuanto acabe la auditoría. Y recen para que Omen no encuentre errores graves —dijo Bishop.

—¿Y cuánto va a durar este proceso? —dijo Lucas.

—Días, van a terminar con esto en días —confirmó Bishop.

—¡No pueden hacer una auditoría en días! —protestó Eli.

—Sí pueden. Pueden hacer lo que quieran.

—Cuando hay conclusiones tajantes —continuó Eli—, se eleva una solicitud al Consejo de Investigación para continuar con la indagación. La universidad prosigue en nombre de la ciencia, sin importar auditorías o la opinión comercial de una empresa. ¡La auditoría no es independiente! —exclamó Eli.

—¿Continúas con tu actitud desafiante? No tienes la menor idea de lo que va a pasar aquí, ¿verdad? —dijo la directora—. ¿En qué universo vives que no captas la seriedad del problema?

—Yo lo único que entiendo es que los roedores están muriendo de hemorragias cerebrales y que eso debería ser suficiente para que la institución de la que usted se siente tan orgullosa detenga a Omen, imponga su propia auditoría y exija la inclusión de una advertencia transparente en los productos.

—¿Hemorragias? ¿De qué estás hablando?

Eli titubeó, pero ya no se podía dar marcha atrás.

—El escáner arroja como causa de mortalidad el aneurisma cerebral. Hay dos casos.

—¿Qué escáner, si yo nunca te autoricé a usarlo? —parpadeó Bishop, confundida.

—Es un escáner personal que yo aporté para el estudio.

—¿Y nunca se te ocurrió informarme? ¿Es que no respetas mi dirección? ¿Dónde están las facturas que te pedí? ¿Dónde está la factura del escáner?

—No pueden incinerar a los ratones. ¡Son la evidencia!

Lucas, pasmado, no podía respirar. Al verlo alterado, Bishop le ordenó que se retirara y pidió hablar con Eli a solas. A los veinte minutos, Eli regresó al laboratorio. Lucas la miró expectante.

—No me gradúo, Lucas. Omen se ha quejado de mí con la Dirección. En respuesta, Davies ha pedido al Tribunal Disciplinario que examine mi caso —dijo Eli, llorosa.

—¿Y qué va a pasar conmigo?

—Te llamarán a puerta cerrada: o eres cómplice o testigo.

Aparte de algún libro personal o algún tazón, era poco lo que podían llevarse. Debían dejar las computadoras, los archivos de trabajo, el escáner. Antes de marcharse, alguien de Administración vino a revisarlos y les firmó la autorización de salida. Eli apenas pudo despedirse de Lucas, quien, turbado por los sucesos, decidió irse a la casa de sus padres.

Cuando Eli se marchaba, llegó el hombre a cargo de la incineración y se llevó a los roedores. Eli reconoció a Azulejo; estaba rígido. Sin duda, había muerto.

***

Al día siguiente, Eli durmió hasta tarde. Se levantó y, sin nada que hacer, deambuló por la casa. Sam había ido al trabajo y la abuela había salido a hacer unas compras. Eli volvió a la cama. Su mente como nunca permanecía en blanco. El anuncio de que su caso sería presentado al Tribunal Disciplinario terminó agotándola. Ya no podía pensar ni tomar decisiones. Con la terrible sensación de que había arruinado su futuro, buscó las pastillas que Thomas Price le había dado; quedaba una. En un acto de recia voluntad, la reservó para otro momento de crisis, que de hecho vendría.

Por primera vez consideró las drogas como medios de salvación: esa píldora rosada y minúscula al fondo de un frasquito era una ruta de escape en el laberinto de un loco, una luz para levantar la terrible oscuridad que se había cernido sobre ella. No era una solución, solo un momento de evasión, lo sabía, pero ¡cómo deseaba tener un suministro de ansiolíticos por el resto de su vida! Estaba a punto de sucumbir sin entender por qué y cómo había llegado a esa situación. ¿Qué hizo mal? ¿Dar su opinión acerca de una droga tóxica sobre la base de evidencia científica? Si aprendiera a ser más diplomática, astuta y estratégica como exigían Harding, Bishop y la sociedad entera. ¿Qué le pasaba a su cerebro cuando veía una injusticia o una barbaridad? Se producía una erupción que ella no controlaba; una fuerza la impelía a enfrentar el abuso, a expresar su disconformidad. Su forma de comunicación siempre fue un problema, las palabras no pasaban por filtro alguno y decía lo que pensaba, llamando a las cosas por su nombre. La realidad virtual «es pobre», el Viadélum «es un alucinógeno» y el Gobierno «son ustedes», había dicho. No hay regulación, no hay control. Para Eli, era la verdad absoluta.

Volvió a mirar la pastilla del frasquito, tentada a tener unas horas de sosiego. «¿Y si estoy equivocada?», pensó. ¿Y si Omen en realidad brindaba un servicio a la sociedad? ¿Acaso no quería ella misma tomar esa maldita pastilla que le prometía quietud? ¿No ofrecían los viajes de Viadélum un momento de inconsciencia que la mayoría ansiaba? Mientas duraba esa travesía a una isla paradisíaca, al pico de una cordillera blanca, a una foresta…, ¿no se olvidaban del confinamiento, de la falta de oportunidades, de los desastres naturales? ¿Qué sería de la sociedad si no contaba con ese escape?

Eli giraba la pequeña pastilla en el frasquito de vidrio sin cesar. «¿Qué importancia tiene perder la memoria o morir prematuramente en un mundo que de igual forma está extinguiéndose?». Porque la humanidad se sostenía en una balsa: un subsidio básico de desempleo para comprar un alimento inferior y una droga que adormecía la consciencia.

Quizás los únicos cuerdos eran los padres de Lucas y aquellos que trabajaban en la red de granjas ecológicas. Sin embargo, ¿hasta cuándo duraría el esfuerzo de estos activistas silenciosos si las generaciones jóvenes no se comprometían con la causa? ¿Si, encandilados con el esquema de entretenimientos virtuales y químicos, se ajustaban al orden social imperante? La mayoría creía en el sistema con una fe ciega. ¿Quién no quería satisfacer sus necesidades básicas y contar con un flujo de distracción constante en un mundo que no albergaba esperanza?

La red ecológica era el manoteo final de unos marginados y repudiados, que dedicarían su vida a proteger los últimos árboles, que morirían con ellos. Omen lo había dicho y era cierto: cambiar actitudes era para la religión o para quienes se creían responsables de las conciencias ajenas. «Cada ser humano es responsable de su propia conciencia —pensó Eli—. ¿Por qué quiero hacerme responsable de los demás?».

Capítulo 35

E l resultado de la auditoría llegó al fin y Bishop coordinó una cita con Eli y Lucas en su despacho. No habían encontrado errores o faltas en la ejecución. Las grabaciones eran continuas, habían sido analizadas en detalle, los registros eran limpios y minuciosos, y los números habían sido procesados rigurosamente. Sin embargo, existían anomalías en el manejo administrativo del proyecto.

Se había utilizado un escáner ultramoderno a lo largo del experimento sin la autorización y supervisión de la directora de Neurología. Asimismo, se había encontrado un período de trabajo de cuatro semanas fuera del instituto durante las inundaciones de enero. La ubicación del laboratorio donde se realizó el trabajo y las condiciones de operación no habían sido documentadas.

Omen argumentaba que se había cometido una falta de transparencia al no declarar en su totalidad la fuente de financiamiento. Daban tres días para que se proporcionara la información faltante.

—¿Qué tienes que decir acerca de esto, Eloísa? —la enfrentó Bishop.

—El escáner me lo dio Jóvenes Talentos Científicos —inventó Eli—. Ellos querían donarlo al instituto, pero yo les dije que usted no iba a autorizar su uso. Preferí ocultar el escáner. Acordé con JTC donar el equipo al término de mi proyecto.

—Te lo regalaron así como así, un aparato que vale por lo menos cinco mil elibras. Increíble. ¿Y las cuatro semanas en que te evaporaste como un fantasma?

—Estuve trabajando en sus oficinas. —Eli no sabía cómo salir del embrollo y continuó con el argumento lógico de que JTC era su patrocinador en todo momento.

—Por tanto, ¿me mentiste cuando dijiste que trabajaste en tu casa?

—JTC me pidió que manejara esta información con reserva, que no la divulgara.

—¿Y no te pareció extraño? ¿No conoces acaso los procedimientos de esta institución? Debiste declararlo.

—Tenemos una buena excusa: no había tiempo... Yo necesitaba con urgencia un lugar para trabajar, pero ellos necesitaban pedir una autorización a niveles superiores, lo que podría durar semanas. Así que tanto ellos como yo ignoramos procedimientos. Generosos, aceptaron mi solicitud, aunque pudiera causarles problemas a ellos mismos. Fue un gesto altruista en un momento de emergencia.

—¿Sí? ¿Y dónde quedan sus oficinas?

—Puedo traerle la dirección y los datos de contacto si quiere...

—¿Es que no te acuerdas dónde estuviste por cuatro semanas? ¿Qué? ¿Te ponían una capucha sobre la cabeza para que no supieras la ubicación? ¿Se trata de una organización clandestina?

—Claro que sé. —Eli tragó saliva—. En el centro tecnológico, en la Torre Esmeralda.

—¿Y con quién coordinabas esta ayuda tan solícita que te brindaron?

—Con el señor Price. —Eli no pudo inventar un mejor nombre.

—¿Su nombre completo?

—Solo lo conozco por el apellido: Price.

—Pues Omen necesita evidencia de lo que afirmas —concluyó Bishop.

—Le ruego que no le hagan problemas a Lucas. Él no sabía nada. Cayó enfermo con un cuadro de hipotermia el mismo día de las inundaciones. Estuvo en cuidados intensivos en el hospital de St Barts y luego se fue a Cambridge con sus padres. Yo lo convencí de que arreglé el tema con usted.

—De Lucas me ocupo luego. Te dan tres días para aclarar esto.

*

Agobiada, Eli dejó las oficinas de inmediato y corrió a ver a Thomas Price. Este no respondía sus mensajes. En la recepción le dijeron que no estaba disponible. No quería ver a Harding; lo único que necesitaba era una carta de JTC confirmando lo que ella había inventado. Era para la protección de ambos, de ella y de Harding. Desesperada, le envió un mensaje a Thomas, diciendo que no tendría más remedio que hacer público el nombre de Harding si no la ayudaban.

A los quince minutos, un guardia de seguridad la hizo pasar y Eli subió al *penthouse*.

Harding la esperaba con un semblante duro y ni siquiera la saludó.

—¿Ahora me amenazas? —dijo él con la frialdad metálica que ella le conoció al principio.

—¡Por supuesto que no! Thomas no me contesta y me desesperé. Jamás revelaría tu nombre. Por eso estoy aquí, para que me den una carta de JTC. ¿No te das cuenta de que esta carta también te protege?

—Vas a tener tu carta, pero jamás vuelvas a amenazarme —dijo Harding.

—¿Y me has traído aquí solo para decirme eso? ¿No te importa en absoluto la situación en que estoy metida? Que mi futuro está arruinado...

—Tu futuro está asegurado —dijo él.

—Yo quiero graduarme, ser una profesional, trabajar en un laboratorio.

—Mientras estés conmigo, no te faltará nada.

—No necesito dinero, solo comprensión y dignidad. ¿Cómo crees que me siento tratada de esta forma? Me marginas y ni siquiera facilitas un encuentro para ayudarme, al menos para calmar mi ansiedad.

—Aquí estoy, ¿no?

—¡Para gritarme, reprenderme! Ni siquiera me has abrazado. ¿Quién te crees que eres?

275

La furia de Eli, acumulada durante las últimas semanas de estrés y de aislamiento, se hinchó en su pecho y lo enfrentó con un salvajismo que Harding no le había visto antes.

—Estás equivocado si crees que puedes controlarme. Si algo he aprendido en este último tiempo es que estoy sola y que debo dejar de sentir pena por mí misma. Estoy sola, siempre lo he estado, y voy a cuidar de mí misma. Siempre.

Joseph se acercó, haciéndola retroceder, y la arrinconó contra la pared. Se besaron con voracidad. Hacía más de un mes que no habían estado juntos. Hicieron el amor con el mismo ímpetu con el que habían hablado, con furia y desconfianza.

***

Eli había adoptado una nueva forma de acción, más robusta, focalizando su energía e inteligencia en defenderse y protegerse.

Para su sorpresa, Mark quería hablar con ella, le había enviado un mensaje a través de Sam. Se encontrarían en el viejo mercado de Covent Garden. Esa noticia fue inesperada, considerando que Mark no quería involucrarse. Eli se apresuró a salir para llegar a la hora acordada.

Mark seguía demacrado y turbado. Los acontecimientos, desde la ruptura con Eli hasta la decisión de Omen de lanzar un nuevo producto, lo habían afectado sobre manera. No se trataba solo de la cantidad de trabajo, sino de la incertidumbre y, en el fondo, de la preocupación por ella. Mark la invitó a sentarse en un banco y le anticipó que no tenía tiempo.

—Tenía que avisarte —dijo él—. En Omen están como locos. Siento que en su afán de proteger a la corporación pueden hacerte daño, porque no tienen evidencia en tu contra.

—Sí, lo sé. La auditoría está limpia. Te agradezco la ayuda, pero ¿por qué te expones?

—Aunque la auditoría no les ha arrojado nada, están dispuestos a enterrar tu estudio. Estoy angustiado. Es cierto, hay influentes enfermos. No conozco los detalles, de quiénes, cuántos y qué tipo de enfermedad y si la causa es el Viadélum, pero estoy convencido de que está ocurriendo algo grave. A pesar de ello, prosiguen con el lanzamiento del nuevo producto. El área de investigación insiste en que los efectos son benignos. Yo ya no sé qué pensar.

Eli suspiró con alivio. Mark no la odiaba y seguía preocupado por ella. Ahora ella se preocupaba por él al verlo tan confuso.

—Lo mejor que podemos hacer ahora es mantener la distancia —dijo Eli.

—Solo vine a advertirte que tengas cuidado.

—Te lo agradezco de corazón. Me siento más tranquila sabiendo que la auditoría está limpia. A menos que inventen algo, no hay evidencia para que me acusen de nada.

—No sabes la falta que me haces.

—Yo también te extraño —dijo ella con cariño.

—Quería preguntarte algo personal. Por favor, dime la verdad, no voy a juzgarte. ¿Es cierto que estás intimando con Joseph Harding?

—¿A qué te refieres? —dijo ella, nerviosa.

—¿No es cierto que llevan una relación sentimental?

—No. ¿Quién te ha dicho una cosa así?

—Sam viene atando cabos sueltos hace un tiempo. No me lo dijo con esas palabras, me lo dio a entender.

—Sam se equivoca. Joseph Harding y yo mantenemos una relación social. Me tiene aprecio por la ayuda que le brindé a su hija. En realidad, nos aprecia a las dos, a mí y a Sam, por la amistad con Olivia. Y yo le agradezco la asistencia que me prestó. Eso tú lo sabes.

Ante el rostro incrédulo de Mark, ella lo volvió a negar. Eli sintió que la tensión crecía entre los dos.

—Sam tiene un instinto especial para leer a la gente —dijo él.

—Es tiempo de que te ocupes de ti, Mark —concluyó ella.

***

Al día siguiente, Eli buscó a Sam para conversar. Las últimas semanas habían mantenido la distancia, intentando respetar una muralla tácita entre las dos: representaban a dos partes en pugna. Eli no quería involucrarla haciendo un comentario casual. Era mejor guardar silencio y evitar la interacción por un tiempo. Sin embargo, la información de un amorío con Harding, cierta o no, si se hiciera pública, la perjudicaría.

—Tú sabes que Harding me ayudó brindándome un espacio para trabajar —empezó Eli—. Existe un gran aprecio entre los dos: yo ayudé a su hija en un momento de necesidad y él me ayudó a mí. En realidad, siente aprecio por ti y por mí. Hemos sido una buena influencia para Olivia. Joseph siempre dice que somos «buenas muchachas». Él cree que no tenemos ningún interés económico en nuestra amistad con Olivia, que nuestro cariño es genuino.

—«Joseph»... —repitió Sam y la miró con picardía.

—Sí, «Joseph». ¿Por qué te sorprende tanto que lo llame por su nombre de pila? He trabajado en sus laboratorios y él me pidió que lo llame así. No hay ningún misterio.

—Vengo observándote por largo tiempo. ¿Crees que no he notado que un vehículo sofisticado te ha dejado en casa de madrugada? —sonrió Sam—. Eli, desde que estuviste en sus oficinas, tu cara tiene otro brillo.

—¿De qué hablas? Thomas Price, la mano derecha de Joseph, ha sido gentil conmigo ofreciéndome un auto cuando terminaba tarde de trabajar. ¡Y cómo puedes leer una cara!

—Te enamoraste como una tonta. Tu felicidad era desbordante; el mundo ya no te importaba. ¡A ti, cuya obsesión principal es el estado del mundo! Flotabas, Eli, flotabas. Terminas con Mark... Le rompes el corazón y tú como si nada. Solo un corazón enamorado se olvida de otro tan rápido.

—¿Qué sabes tú, si eres una mocosa?

—Yo también he estado enamorada —dijo Sam—, pero sé ocultar mis sentimientos. Tú no tienes ningún control. La pasión se te ve a flor de piel.

—Estás diciendo tonterías. No hay nada entre Joseph y yo. Y no me he olvidado de Mark, aún lo quiero, con un amor distinto.

—A mí no me engañas. Estás enamorada... Esa tarde que fuimos juntas a visitar a Olivia, me di cuenta. Hasta tuve la impresión de que estabas a punto de besarlo.

—Sam, escúchame, falso o cierto, no puedes abrir la boca. Me perjudicaría en este proceso tortuoso en el que estoy metida. Perjudicaría a Joseph e incluso a Olivia. Se lo has dado a entender a Mark, ¿con qué propósito?

—Fue una conversación casual, no dije nada en realidad. Él sacó sus propias conclusiones.

—Por favor, guárdate las conjeturas para tu entretenimiento.

—No son conjeturas —dijo Sam—. La evidencia cuelga en tu ropero: un vestido negro precioso que solo un hombre adinerado podría comprar. Y una nota de amor, firmada por Joseph, guardada en la libreta de mamá.

—¿Por qué revisas mi cuarto? —reaccionó Eli.

—Estaba buscando mis botas; pensé que las habías tomado. Y la nota la encontré por casualidad. Vi el poemario de mamá debajo de la almohada cuando revisaba debajo de la cama. No eres la única que lee sus poemas.

—Tienes una respuesta para todo, ¿verdad?

—No te angusties, no pienso decir nada. Solo espero que la devoción que tú le tienes a Joseph Harding sea correspondida.

Capítulo 36

L a carta de JTC llegó a tiempo y Eli respiró aliviada. El director de la entidad había enviado la comunicación directamente a Teresa Bishop. Se disculpaba por las irregularidades que cometieron, argumentando que la burocracia y la falta de personal en el sector sin fines de lucro era lamentable, lo que obstaculizaba el eficiente manejo de temas administrativos. Asumía la responsabilidad personalmente. Reiteraba el apoyo incondicional a Eloísa Mars, por su integridad y excepcionalidad. Sin duda alguna, JTC le auguraba un gran futuro en el campo de la investigación científica. Confirmaron que el escáner era un donativo para la organización y ponían a su disposición un nuevo financiamiento.

Bishop se dio por satisfecha; sin embargo, la carta no redimía a Eli de las acusaciones por completo. Ella había mentido en numerosas ocasiones. El director Davies estaba furioso sobre todo por el exabrupto de Eli en la reunión con Omen, una de las principales fuentes de financiación para la institución. Loren McQueen, una antigua amiga, le había ido con el cuento. La misma Bishop había sido reprendida por haber delegado la reunión a la señorita Mars, quien no poseía ni la experiencia ni la madurez para conducirse de acuerdo con la etiqueta que se exigía en ese tipo de situaciones. Bishop, como supervisora, asumió la responsabilidad. Ahora, la universidad se esmeraba para enmendar la relación con un importante promotor.

Bishop le informó a Eli que el secretario del Tribunal Disciplinario había solicitado un informe de su comportamiento y determinaría si existían argumentos para procesar su caso. Era de esperar que recibiera al menos una sanción formal. Quizás le removerían los honores al graduarse. Le darían un «Aprobado», promedio irrelevante, que no le serviría para su futuro. Harding sería en ese caso su única opción para conseguir un trabajo decente.

Se quedó pensando en lo que Mark le había dicho, lo de los influentes enfermos. Se acordó de Justin Taylor. Intentó comunicarse, pero Justin no respondía. Decidió pasar por su departamento y visitarlo. Luego iría al campo a respirar. Habían pasado meses desde que no visitaba el santuario debido al trabajo y a las lluvias. Estaba desesperada por respirar aire fresco y despejar la mente. Desde que aparecieron los rumores acerca de Omen, se había desencadenado con rapidez una serie de eventos y descubrimientos estresantes. Quería echarse sobre la hierba, que aún se mantenía verde, antes de que los rayos del verano la calcinaran. Abril era propicio para ello. La luz del día se alargaba y la temperatura ascendía a un nivel agradable. Durante esa ventana primaveral de abril, que duraba dos o tres semanas, se transitaba de la estación helada de lluvias al incandescente período seco.

Se preparó un pequeño refrigerio y tomó el tranvía hacia Barnet, llevando su bicicleta.

Al llegar al departamento de Justin, llamó a la puerta. Como no obtenía respuesta, se atrevió a molestar a los vecinos. Una mujer gruesa con un niño en brazos le abrió al lado y le contó, sobrecogida, que Justin había fallecido recientemente.

La vecina también había notado el estado deplorable de Justin. Como no salía de su estudio, en varias oportunidades, le había llevado alimentos. «Era un buen chico —dijo la mujer—. Me cuidaba al niño. Su salud se deterioró y, como parecía un cadáver por lo delgado y demacrado que estaba, me abstuve de molestarlo con el niño. Me gustaban sus videos virtuales; no sé por qué dejó de cargarlos».

Una mañana se angustió porque Justin no le abrió la puerta y, presintiendo una desgracia, llamó a emergencias. Los paramédicos intentaron reavivarlo en el piso. Cuando llegó la policía, acordonaron el lugar y prohibieron el paso. La policía la entrevistó en ese mismo instante: si había escuchado ruidos, si vio algún movimiento sospechoso…

—Yo no vi ni escuché nada, ni un alma ni un sonido —dijo la señora—. Les conté lo que sabía, que Justin había estado muy enfermo. Luego la policía empezó con el tema del suicidio. «¿Cree que en su agonía o desesperación se haya medicado?». Dije que no, que Justin quería vivir. No preguntaron nada más y se lo llevaron.

—Pero tú viste el rostro de Justin... Era él quien yacía en el suelo, ¿verdad?

—Pues claro, ¿quién va a ser, si no? —respondió la vecina.

Eli le agradeció la ayuda. No sabía por qué dudaba de los hechos. La paranoia empieza con la desconfianza que luego se torna enfermiza y generalizada. Sobrecogida, exhaló para calmarse. Sentía pena por la pérdida de una vida tan joven y angustia por su propia situación. Debía mantener la mente alerta. Obtendría información acerca de la causa del fallecimiento en los registros públicos de decesos. ¿De qué habría muerto? ¿Podría haberlo matado el Viadélum? Era claro que Justin estaba enfermo: el estómago no le funcionaba bien, padecía de náuseas y no comía. Tal vez la muerte fue consecuencia de un estado de ansiedad extrema a causa de la falta de trabajo y del hostigamiento de Omen. O, quizás, fue el resultado de una psicosis.

O podría tratarse de la enfermedad común del desánimo, la depresión que consumía a la juventud. En su encuesta, se observaban casos parecidos. Los jóvenes, sin oficio, esperanza o propósito, deambulaban perdidos. No había entretenimiento que pudiera mantener a un ser humano distraído de por vida. Las preguntas de tinte existencial siempre irrumpían con fuerza. ¿Cuál es mi propósito? ¿Para qué existo? Y, sin respuestas, sucumbían a la depresión.

Se sintió responsable por la muerte de Justin. Lo abandonó mientras ella batallaba otros demonios. Debió llamarlo, indagar acerca de su salud física y emocional, tranquilizarlo...

Agobiada por la noticia, quiso escapar al campo. Tomó el tren hasta una estación próxima a la represa y luego pedaleó por la superficie siguiendo la ruta de los conductos. Durante los días de calor excesivo usaría los túneles. Continuó pedaleando hacia el norte, respirando el aire puro y observando el verdor limitado que acompañaba el paisaje. El ejercicio le distendió los músculos y oxigenó su mente. Finalmente se calmó con el movimiento rítmico de la bicicleta y se olvidó de su situación por un segundo. Cuando reconoció el gran tejo, se detuvo a descansar. Decidió sentarse a la sombra del árbol y tomar su refrigerio sin pensar en nada. Reposó y persistió en su estado contemplativo. Por un momento, entendió, aunque en un plano instintivo y no racional, que era posible suspender el tiempo, o mejor dicho disolverlo. Se sintió ligera, libre de problemas. No era placer, tampoco se trataba de un espíritu revitalizado por el ejercicio físico y el descanso. Cuando quiso poner palabras a ese estado desconocido, pensó en Justin, en su corta vida, y en la oscuridad del futuro. Volvió a sentir miedo. Al recordar las razones de su sufrimiento, no pudo retornar al éxtasis mental. Su inocencia se desvaneció.

Cuando se iba a marchar, notó el movimiento de gente a la distancia. Vio a la mujer del sari rojo y verde y a su comunidad de hombres y mujeres. Unos recolectaban frutos y otros, leña. Habían regresado al páramo después de pasar la época de lluvias en las colinas. Eli se preguntaba cómo sobrevivían a la inclemencia del tiempo con recursos tan limitados.

Capítulo 37

O men había presentado su informe final luego de considerar la carta de JTC. Lucas y Eli fueron llamados por separado a una reunión con Bishop para finiquitar el asunto. No se les anticipó el contenido de las conclusiones. Lucas había sido citado a las cinco y Eli a las cinco y media, lo que no les daba oportunidad para intercambiar impresiones. A Eli no le preocupó que los hubieran citado a solas porque sabía que la auditoría estaba limpia y que la carta de JTC aclaraba las faltas administrativas.

El día de las entrevistas, Lucas y Eli se reunieron antes en una cafetería cercana al instituto para coordinar algunas respuestas. Eli sabía que sería sancionada por las mentiras, pero quería asegurarse de que Lucas no fuera perjudicado. Él debía argumentar que no había estado a cargo de la administración del proyecto, habiendo depositado su entera confianza en ella. Si bien Lucas se encontraba relajado, creía que recibiría una sanción de todas formas. Su falta de responsabilidad, finalmente, le costaba caro.

Por momentos, los pensamientos de Eli volvían a Justin como una duda punzante. Aún no sabía de qué había muerto. Había buscado el certificado de defunción en los registros en línea de nacimientos y decesos. La información era pública, incluso la causa de muerte. No había registro alguno. Había pasado suficiente tiempo para que apareciera la información. Justin no existía. Al igual que en los casos de Paul Adams y Jenny Williams, no había rastro alguno. ¿De qué habría muerto? ¿Por qué no lo encontraba en la red?

—Lucas, ¿es posible borrar tu identidad digital? —preguntó Eli de pronto.

—Es un trabajo enorme para una persona que no entiende bien cómo funciona la red. Pero se puede contratar a una entidad que lo haga por ti. Con programas potentes, saltan de sitio en sitio, solicitando o forzando la eliminación de tus archivos. Es un servicio bastante oneroso.

—¿Es posible que desaparezcas de la red sin tu intervención?

—Existen criminales que roban tu información y te amenazan con borrarla si no les pagas. Como es un dolor de cabeza recuperarla, hay gente que sucumbe al chantaje.

—¿Podrías desaparecer de los sistemas del Gobierno? ¿Podría desaparecer, por ejemplo, tu número de seguridad social?

—Más frecuente es que los roben; especialmente, los números de seguridad social de los fallecidos para seguir cobrando el subsidio básico de desempleo. Lo único que tienen que hacer es borrar el registro de defunción.

—¿Cuán fácil es hacer eso?

—Un *cracker* puede hacerlo. La seguridad informática no es otra cosa que una serie de obstáculos y hay quienes se especializan en sortearlos; para ellos es un juego, y muy lucrativo. ¿A quién quieres borrar de tu vida?

—Estoy investigando otro rumor, que Omen está borrando a sus influentes enfermos —dijo Eli.

—Técnicamente es posible, pero ¿qué lograrían?

—Amedrentarlos para que no hablen. Como bien dices, recuperar tu identidad es un dolor de cabeza.

—Necesitas juntar la evidencia de quién eres y presentarte ante un juez. Mientras tanto, no cobras tu subsidio y gastas en trámites. Es una forma eficaz para desestabilizarte o presionarte. ¿Crees que Omen está haciendo esto?

—No lo sé. No te preocupes ahora, concentrémonos en la reunión. Eso es lo que importa ahora. ¿Trajiste los números? Los conoces como la palma de tu mano. Recuerda, eres el especialista informático y has hecho un trabajo excepcional. Tu estrategia es convencerlos de que no tuviste nada que ver con la administración del proyecto y que tu participación fue estrictamente técnica. ¿De acuerdo?

Se marcharon al instituto y esperaron a que los llamaran. Mientras aguardaban en la antecámara de la sala de juntas, Eli intentó serenarse. Debía mostrarse calma y contrita y disculparse con la plana directiva. En especial, Lucas no debía salir perjudicado. «Recuerda —le dijo a Lucas—: no participaste en la administración».

En ese momento, alguien llamó a Lucas. Ella se frotó la frente. La hora del juicio final había llegado.

La entrevista de Lucas duró unos quince minutos, lo que Eli consideró positivo, en principio. Sin embargo, él salió de la reunión pálido y ella percibió su turbación. Apretaba su carpeta digital con ambos brazos. Eli intentó hacer contacto visual, pero alguien anunciaba su nombre junto a la puerta de la gran sala. Lucas la miró un segundo y se marchó.

En la sala, sentados en una mesa rectangular larga, aparte de Bishop, la esperaban el director Davies, el profesor Saraf —serio como una estatua— y dos profesores sénior. Eli tragó saliva y se apretó los nudillos ante la formal recepción. Se sentó en una silla frente al comité. Intentó sonreír. Se abstuvo dada la sobriedad de su tribunal, porque era claro que se trataba de un juicio en lugar de una entrevista.

El secretario hizo un resumen de las faltas cometidas por Eli: no había declarado un escáner ultramoderno, obteniéndolo y utilizándolo sin la autorización y guía de su supervisora; mintió con respecto a su lugar de trabajo durante las semanas de las inundaciones; se comportó de una manera inaceptable con un promotor... Eloísa Mars había mostrado una falta de respeto absoluta con dicho socio, acusándolo en esencia de corrupción. No era la primera vez que Eloísa mostraba una actitud conflictiva y de menosprecio hacia sus superiores. El secretario leyó una serie de ocasiones en que ella había ofendido o contrariado a sus profesores, mencionando el examen de nutrición en que acusó de ineptos y criminales a la plana completa de la institución. Eli no podía creer que la universidad llevara la cuenta de los momentos en que había expresado su opinión.

Después del listado de faltas, Davies se dirigió a ella con un tono irritado.

—¿Tiene algo que decir a su favor?

287

—No —dijo Eli—, la mayoría de los cargos son correctos. Actué mal con Omen. No tengo excusa y me disculpo. Sin embargo, durante mis años de estudio, aunque mis modos pueden ser mal vistos por algunos, solo he querido contribuir dando mi opinión sincera. Lamento que mi personalidad cause malestar. Mi intención siempre ha sido defender la verdad.

—¿Defender la verdad? Le ha mentido a esta institución continuamente. ¿Cuántas veces le preguntó la profesora Bishop acerca de las facturas de electricidad? ¿Qué pensaba hacer? ¿Falsificarlas? ¿Quiere hablar de la verdad? Vamos a hablar de la verdad.

Bishop estaba seria y pálida. Se acomodó los anteojos, se movió hacia adelante para acercarse y miró a Eli con compasión:

—Esta es tu oportunidad para decir la verdad —le dijo, suplicante.

—¿Quién la financia? —preguntó el director Davies.

—JTC, Jóvenes Talentos Científicos, una empresa que conocí en una conferencia.

—No mienta. Se lo vuelvo a repetir: ¿quién la financia? ¿Quién es JTC?

—Una organización sin fines de lucro; trabajan en el sector científico, buscan talentos y financian proyectos.

—¿Insiste en que no conoce quiénes son los promotores de JTC?

La tensión se apoderó de Eli, su cerebro iba a explotar. Con el corazón acelerado, susurró que no.

—Más alto, señorita Mars. El secretario está tomando nota.

—No conozco a los promotores de JTC —declaró Eli.

—¿Conoce a Joseph Harding? —siguió el director Davies.

Eli no pudo continuar con la mentira y dijo que sí.

—Hable con claridad, señorita Mars. Esto es un asunto grave. ¿En qué términos conoce al señor Harding?

—Es el padre de una amiga. Yo he ido a su casa y he hablado con él, como amiga de su hija.

—Señorita Mars —elevó la voz Davies—, ¿trabajó o no en las oficinas de Joseph Harding durante las inundaciones?

Eli no podía entender cómo sabían esto. ¿Habría confesado Lucas bajo la presión?

Ella no podía traicionar a Joseph, conocía las consecuencias:

—Para mí eran las oficinas de JTC. Si ambas entidades funcionaban en el mismo edificio, no lo sabía.

—Señorita Mars, ¿no entiende que está a punto de ser expulsada de esta institución? Ya sabemos que Joseph Harding es promotor de JTC y que usted trabaja para él. ¿Por qué persiste en encubrir la relación?

—¡Yo no trabajo para él! —gritó Eli—. He hecho mi estudio con objetividad y rigurosidad, excepto por unos errores administrativos que cometí por querer empujar mi proyecto. Mi estudio ha sido valiosísimo para descubrir un problema con el Viadélum, que puede matar gente.

—Eso no es cierto, porque su trabajo carece de integridad —dijo Davies—. Usted aceptó el dinero, la asistencia y la guía de Tecnologías Libergén para hacer un estudio con el último fin de perjudicar a un competidor.

—¡Harding no es competidor de Omen! —dijo Eli—. Él se dedica a la medicina genética, cura enfermedades; ni siquiera vende productos, desarrolla tratamientos genéticos y vende las patentes. Omen se especializa en el entretenimiento virtual y los tratamientos de belleza.

—No es cierto, Eloísa —inervino Bishop, con el rostro angustiado—. Ambos desarrollan la ingeniería genética embrionaria.

—No es así... —se defendió Eli—. Omen está inventando esta patraña porque tiene un pleito con Harding. No es cierto que sean competidores...

—Le toca a Harding demostrar que no lo es. Lo delata el hecho de que quiso ocultar su financiamiento. Y tú estás comprometida por secundarlo en la farsa. Omen ha presentado pruebas de tu relación íntima con Joseph Harding —concluyó Davies.

El juicio había terminado. Omen había vencido. Ella había perdido. A Harding posiblemente ni le importaba. En su incredulidad, no escuchó las últimas palabras del director; su voz parecía distorsionada... «Una carta», recibiría una carta formal: era expulsada en ese mismo instante. Eli sintió una punzada en el pecho.

—Puedes apelar, pero perderás el tiempo —se levantó Davies.

Sacando fuerza de su interior, Eli intervino:

—Lucas Chiarello no tiene nada que ver. Me tienen que creer, él no cometió falta alguna. Se los ruego.

Sin embargo, el director y los demás profesores ya se habían dado vuelta. La última en dejar la sala fue Bishop, quien la compadeció con la mirada.

*

Eli salió del instituto temblando. Era la víctima de un engaño, lucubrado por una mente retorcida, de la que Lucas quiso advertirle. Ella, por su ceguera romántica o interés propio, no quiso verlo. Se sentó conmocionada en un banco para digerir lo sucedido. Los pequeños detalles y los hechos encajaron al fin en su cabeza: Harding la había engañado. ¿Lo había planeado desde el principio? ¿Vio una oportunidad para utilizar el experimento de una simple estudiante a su favor, con el último fin de socavar a un competidor? ¡Qué fácil sería difundir los resultados del estudio, ciertos o no, y achacarle la culpa a una estudiante que por falta de recursos o experiencia no podría defenderse!

Frío y manipulador, fue capaz de enamorarla para garantizar su lealtad. La engañó prometiéndole trabajo e incluso amor. Sus demostraciones de afecto no significaron nada. Le dolía en el alma el haberse entregado, el haber puesto su confianza absoluta en él. Joseph Harding había manejado cada una de sus dudas e inseguridades con astucia. «¡Cómo he sido tan tonta!». Eli cavilaba en el banco, llorando a la vista de los transeúntes.

Peor aún, su financiador, empleador y amante jugó el papel de padre abnegado. ¿Habría estado esperando que Olivia enfermara para demandarlos? ¿La habría colocado él mismo en Omen? ¡Qué mente perversa podría haber creado esta cadena de insidias? Alguien que no respetaba la vida humana, que había hecho dinero con experimentos cuestionables y ocultaba sus actividades ilícitas. Disimulaba su maldad con el amor al arte. Aparentaba ser generoso y fascinante. Resultó ser un monstruo.

Cerró los ojos, de los que seguían cayendo pesadas lágrimas. Eli temblaba con el rostro empapado y las manos húmedas. Con el engaño, su inocencia quedó destruida para siempre.

Tomó el tranvía para marcharse. Pese a que intentaba reprimir el llanto, se le escapaba el sollozo. Las personas que viajaban

290

con ella se le acercaban: «¿Qué pasa, muchacha? ¿Te encuentras bien? ¿Puedo ayudarte en algo?». Con cada gesto de compasión, ella sucumbía más.

Cuando llegó a su casa, la abuela ponía la mesa. Audrey la vio paralizada en la puerta y dejó los platos. Corrió y la sostuvo en sus brazos, pero no pudo contener su desconsuelo. Eli seguía llorando, aferrada al cuerpo de su abuela.

—Perdóname, Abu, perdóname —suplicó Eli.

—Hija, ¿por qué estás así? ¿Qué ha pasado?

—Me han expulsado.

Sam, que había visto la escena desde el comedor, se tambaleó y se apoyó en la mesa. Una lágrima se desprendió y siguieron otras. Conmocionada se sentó y miró el estado de su hermana: la agonía, sus ojos enrojecidos por las lágrimas, el temblor de los labios, la fragilidad del cuerpo. Eli levantó el rostro y, sin parar de llorar, miró a su hermana con una pena profunda:

—¿Qué hiciste con la nota, Sam? ¿Por qué lo hiciste?

Capítulo 38

E li tomó la última pastilla del frasquito que le había dado Price y le imploró a su abuela que comprara más. Audrey, al ver su estado mental, accedió. Eli pasó los siguientes días sedada. Dormía y, cuando se despertaba, la abuela le rogaba que comiera. Se sentaba a su lado y le daba cucharadas de té, un caldo, un pedazo de pan. Luego le hablaba como a un niño pequeño para que se levantara: «¿Vamos al patio, Eli? El clima está bonito hoy. Vamos a caminar, hija, te lo ruego».

Eli, con mucha dificultad, sacaba sus piernas delgadas de la cama, esperaba unos segundos en el borde con los párpados entreabiertos y se erguía apenas. Apoyándose en su abuela, llegaba al patio y se sentaba en una silla con la mirada vacía clavada en el suelo. «Vas a ver cómo el aire te hace bien», decía Audrey y volvía con algún alimento. La abuela sonreía cuando su nieta daba algunos pasos en el pequeño espacio. Otros días, Eli se quedaba inmóvil en la silla y, en silencio, unas lágrimas gruesas le recorrían el rostro.

Como no mejoraba, la abuela no le volvió a dar el sedante, argumentando que se había acabado. Eli insistió con un dolor de cabeza insoportable y la ansiedad a flor de piel:

—¡Tienes que comprar las pastillas! Las necesito, te lo ruego, por unos días más.

—No hay dinero.

Eli se levantó de la cama, agitada. Buscó su dispositivo personal y se lo dio a la abuela.

—Tengo ahorros, mira, mira. Cómprame las pastillas, por favor. —Se levantó con brusquedad—: ¡Si no vas tú, voy yo! Intentó vestirse, forcejeando con la abuela. Se puso un abrigo viejo e intentó salir de la casa. Aunque siempre había sido delgada y había perdido peso, no era difícil imponerse sobre una octogenaria. Audrey retrocedió y se agarró el pecho. Eli se detuvo ante la imagen de su abuela dolorida.

—¿Qué tienes, Abu?

Audrey se sentó en la sala, jadeante.

—Nada, no es nada; sentí una punzada. Ya pasó.

Eli se secó las lágrimas y abrazó a su abuela.

—Perdóname, Abu. ¿Cómo he podido...? Soy yo la que debería cuidarte.

—No es nada físico. Emociones fuertes, nada más. Es que no te he contado, no quería empeorar tu salud. Pero ya no lo tolero, estoy a punto de quebrarme: Sam se ha ido de la casa.

—¿A dónde ha ido? ¿Con quién? —preguntó Eli, angustiada.

—Se ha ido ayer con Remington Skinner.

Después de la noticia de la expulsión de Eli, Sam enmudeció. Partía de la casa temprano y regresaba en la madrugada. La noche anterior, la abuela encontró a Sam en la puerta con una maleta. Había llegado un vehículo azul para recogerla. Sam no pronunció palabra. La abuela le imploró que no se fuera. Sam le dio un beso frío en la mejilla: «Me voy con Remington. Por favor, llámame si necesitas algo». La interacción duró apenas cinco minutos.

—Lloré en la puerta. ¿Qué podía hacer? Tú dormías y temía despertarte. ¿Para qué? ¿Para que se enfrenten como perro y gato? Quizás la distancia sea mejor por un tiempo, pero me preocupa. Yo sé que Sam no es tonta y va a cuidarse; lo que me angustia es la influencia de ese hombre. Si ella te traicionó, ha sido por la cizaña que él ha sembrado. ¿Ahora entiendes por qué tienes que recuperarte? No puedes esconderte bajo tierra. Tienes que seguir adelante y arreglar tus cosas, como Sam lo ha hecho.

La cabeza de Eli retumbaba. Un escalofrío le recorrió la sien y empezó a temblar.

—Te voy a traer un té caliente —dijo Audrey.

—No, Abu. Quédate aquí. Soy yo la que debo cuidar de ti. Te prometo que me voy a recuperar, solo perdona que llore tanto.

—Llora lo que quieras, hija; no hay vergüenza en eso.

Eli se preparó un tónico con jengibre y menta en polvo para controlar los mareos. Pasó el día con náuseas y una incesante migraña producto de la abstinencia, pero se ocupó de su abuela. La recostó y le trajo un tazón de té. La pobre durmió por horas, agotada por la tensión. Mientras la abuela dormía, Eli decidió limpiar la casa; el ejercicio le haría bien. Abrió las ventanas y empezó a desempolvar y barrer. El día era caluroso y unas gotas de sudor frío le empaparon la frente.

Cansada, se sentó en el patio. Aunque las arcadas habían menguado, el dolor de cabeza persistía. Sabía que no iba a dormir esa noche, pero no compraría las pastillas. Había llegado el momento de restablecer los ciclos normales de sueño y de alimentación. Pensaría con claridad cuando hubiera despejado la mente y revitalizado el cuerpo. Le preocupaba la salud de su abuela y la falta de dinero. Necesitaba encontrar un trabajo con urgencia, lo que fuera. Su pecho se aceleró: la ansiedad volvía a su cuerpo. Cerró los párpados y en esa oscuridad se calmó.

Cuando los abrió, detuvo la mirada en la maceta de Sam. La pequeña rosa que le regaló Mark había florecido nuevamente. Un minúsculo pimpollo rojo se asomaba entre hojas recias. Se conmovió con la imagen incoherente de fragilidad y vigor. Cuando una mariposa blanca, igual de pequeña, se posó en la flor, sintió paz. Una criatura tan insignificante encontraba alimento en una metrópoli monstruosa de cemento y polvo.

***

A los pocos días, Eli se sintió mejor y recobró el apetito. El dolor de cabeza había menguado. Quería vender el vestido, los zapatos y la joya que le regaló Harding para subsistir varios meses mientras pensaba cómo arreglar su vida.

Una mañana, cuando terminaban de desayunar, alguien llamó a la puerta y la abuela fue a ver quién era. Al reconocer a la visitante, Audrey sonrió, recordando los años de juventud de su hija cuando un grupo de muchachos bulliciosos y optimistas se reunían en su casa para organizar una marcha o sembrar algún vegetal de estación.

—Tanto tiempo —dijo la abuela.

—Audrey, ¿cómo está? —saludó Teresa Bishop.

Cuando escuchó la voz de su profesora, Eli se desconcertó. ¿Qué quería con ella?

—Eloísa, perdona que haya venido a tu casa sin avisar. Es la primera vez que un estudiante mío es expulsado y me siento responsable de alguna forma. Quería hablarte en persona.

Audrey le ofreció una bebida y las dejó a solas.

—Lamento lo que ha pasado —dijo Bishop—. Quise intervenir, pero Davies está furioso. Omen tuvo una cita a puerta cerrada con él y, en otras palabras, amenazaron con cortar el financiamiento. Él se ocupa de la reputación del instituto.

—¿Y usted no está furiosa?

—Aunque no lo creas, estoy apenada. Sé el trabajo descomunal que hicieron tú y Chiarello. He revisado los informes de auditoría de Omen. Requirieron seis expertos en la materia durante una semana para procesar la cantidad de información que generaron. Estaban desesperados por encontrar algo, un error, una omisión, un procedimiento mediocre…, fallos que son comunes en estos estudios, y no encontraron nada en absoluto. Excediste el nivel de cualquier tesis. Y te doy la razón: había que usar un escáner para saber la causa de fallecimiento si las muertes eran prematuras. Yo pensaba que no ibas a encontrar nada.

—Entonces, ¿me cree que a largo plazo o con el uso prolongado el Viadélum es peligroso?

—Es posible, aunque, sin un análisis completo de mortalidad o un estudio de mayor escala, no podemos tener certeza. —Al verla preparada para debatir, Bishop la detuvo—: No he venido a discutir contigo acerca del estudio, eso ya terminó. El estudio va a ser enterrado con la etiqueta de «fraude». Argumentan que no se puede confiar en que los datos sean veraces al existir un conflicto de intereses tan serio.

—¿Y usted sí me cree?

—Sé que escondiste tu fuente de financiamiento queriendo impulsar tu proyecto y que cometiste un error mezclándote con ese señor. Sin embargo, no eres capaz de falsificar tus datos. Cada uno de tus datos son genuinos. Aunque no lo creas, Eloísa, yo aprecio tu agudeza mental. Tus arrebatos son un problema, y he ahí mi error. En lugar de guiarte, me puse a tu nivel. Por encima de todo, soy tu maestra y debí orientarte. Dejé que la hostilidad creciera entre las dos y peleé contigo como una adolescente. Este fracaso tuyo es también mío. Jamás imaginé encontrarme en esta situación. Soy tan responsable como tú.

—Sé que mi carácter es explosivo... —dijo Eli—. Pero este hombre me usó, me engañó. Yo no sabía que era competidor de Omen.

—Estoy segura de que no sabías. No hiciste preguntas; confiaste por amor o idealismo. No revelaste el nombre de Joseph Harding porque creías en él, ¿verdad? Eres incapaz de traicionar a nadie. Eres como tu madre, obsesionada y leal —Bishop sonrió con nostalgia.

—Ya me lo insinuó antes... ¿Por qué lo dice? —preguntó Eli.

Con una mirada suplicante, Eli insistió:

—Se lo ruego; mi madre murió cuando yo tenía siete años y me he quedado con tantos interrogantes... ¿Qué pasó entre las dos? ¿Por qué abandonaron la relación, la lucha...?

—Entre nosotras no pasó nada en realidad; el tiempo y la distancia nos separaron. Yo me enfrasqué en mi carrera profesional y no volví a ver a tu madre. No sé qué tipo de crisis interior sufrió Nina. Imagino que fue una de decepción, desilusión, como la mía, con la única diferencia de que mi proceso fue instantáneo. A mí se me pasó el furor por el activismo el día que me arrestaron.

—¿Durante la Revuelta de las Esfinges?

—Sí, fue el gran desengaño de mi vida. Por eso entiendo cómo te sientes con respecto a Joseph Harding. Te sientes traicionada, usada. A mí, el amor por Sanders se me acabó el segundo en que la policía denunció su liderazgo en la violencia.

—Entonces, ¿es cierto que Sanders fue el autor intelectual?

—No me cabe duda. Después del gran arresto, la policía identificó a los delincuentes con facilidad entre miles de académicos, estudiantes y civiles arrestados. No pertenecían a ninguna entidad medioambiental. Algunos incluso ya habían estado presos por delincuencia común. Los criminales, para reducir sus sentencias, confesaron: habían sido reclutados. Una confesión condujo a otra y, al final, bajo la presión de la policía, los allegados de Sanders hablaron.

—¿Y mi madre? ¿De qué forma estuvo involucrada?

—Estuvimos en la misma celda y sé que no tuvo nada que ver. Tu madre ni siquiera podía creer que Sanders fuera el líder. Yo, al contrario, me di cuenta de inmediato. Solo alguien con esa fuerza e inteligencia pudo haberlo orquestado. Quise convencer a Nina, pero, obsesiva, enceguecida por su devoción, peleó conmigo de la manera más brutal. Me insultó, incluso acusándome de que yo firmaría cualquier mentira para salir de la cárcel. Pero no le guardo rencor... Fuimos engañadas y tu madre pagó caro su ceguera. Fue una de las últimas en salir. ¿Sabes qué lo delató ante mis ojos? El odio. El día que lo arrestaron, Sanders elevó el puño, iracundo, como un loco, y decía que había vencido.

—¿En qué sentido venció, si lo arrestaron?

—Se declaró formalmente una crisis.

—Yo no veo victoria alguna —dijo Eli—. Al año siguiente, se dictó la Ley de Emergencia para el Desarrollo Tecnológico. Se privatizó el suelo, el agua, el sol y el aire, y se le dio poderes excepcionales a la empresa privada para que se hiciera cargo. Justo lo contrario de lo que Sanders quería.

—Podemos debatir días seguidos si es o no la solución y no llegaríamos a ningún acuerdo. Tú ya tienes tus ideas hechas y yo las mías.

—¿No odia a Sanders por lo que hizo? ¿Arrastrarlas y comprometerlas en un acto de terrorismo?

—Al principio, sentí decepción y cólera —dijo Bishop—. Con el tiempo, me di cuenta de que Sanders actuó con desesperación. No vio otra salida: él creía que la violencia llamaría la atención. ¿O crees de verdad que a alguien le importa que te encadenes a un árbol?

—Entonces, ¿se debe obrar con más fuerza?

—La violencia es solo un atajo; puede conseguir algo en el corto plazo. A la larga, es un error. Sanders, en su exasperación, se equivocó, porque, con ese acto, el Gobierno pudo arrestarlo y acabar con el activismo ecológico de raíz.

Eli se quedó pensando. Ahora la comprendía mejor y agradecía que hubiera compartido su historia, un pasado que claramente la mortificaba.

—Siento haberme comportado mal con usted, haberle mentido —dijo Eli—. La juzgué sin conocerla en realidad.

—No me juzgaste mal. Hoy soy una mujer muy dura. Después de esa experiencia, se me acabó el idealismo. Esa traición me ha hecho cínica y desconfiada. Te he tratado con desprecio porque creía que querías ponerme en ridículo. Sé ahora que eres ingenua… como tu madre. —Bishop hizo una pausa—. He venido a decirte que apeles la decisión de la universidad. Junta evidencia de que este hombre te engatusó y que actuó solo en la campaña de difamación.

—No tengo nada que me ayude a demostrar lo que hizo.

—Argumenta que hiciste una tontería, que te sedujo para sacarte información y que, enamorada, no te diste cuenta. Debes romper lazos, distanciarte por completo si quieres demostrar tu inocencia.

—He roto con él —dijo Eli—. No lo quiero ver en mi vida.

Bishop suspiró y la miró con compasión. Se levantó para marcharse y abrió su portafolio.

—Me olvidaba, te traje una correspondencia que te llegó al instituto. Lo dejaron en Administración y me lo enviaron a mí por ser tu supervisora. Parece personal, no tiene ni logos ni sellos.

—Profesora Bishop, lo único que le pido es que abogue por Lucas. Él cometió el error de confiar en mí.

—Un investigador profesional debe hacer preguntas; no puede distanciarse del aspecto administrativo simplemente porque no le gusta o confía en otro. Su caso no está decidido aún.

Antes de irse, Teresa Bishop le estrechó la mano y le dijo con el semblante afligido:

—Lamento que no te haya brindado la guía que necesitabas, te creía altanera e insolente. Quise ponerte en tu lugar y perdí el mío en el proceso. El mundo necesita gente como tú. Solo trabaja para moderar tu carácter.

*

Eli suspiró con pena. Pensó en su madre y en Teresa. Jóvenes, enamoradizas, idealistas. Entregaron sus energías, mentes y corazones a la causa. ¡Salvarían al mundo! Exigirían un cambio radical y permanente: había que detener la explotación irracional de la Tierra. De casa en casa, de mente en mente, la protesta mundial más grande de la historia contra el sistema imperante.

Hombres, mujeres y niños, reunidos en lugares simbólicos de la humanidad con un mensaje: «Si no paramos de devorar la Tierra, esta civilización humana, con su riqueza, su sabiduría y su belleza, se extinguirá». Ir a un museo, una biblioteca o una catedral representaba un acto de paz.

En paralelo, Sanders y otros extremistas en el mundo ideaban un ataque. Reclutaron amotinadores y criminales con un propósito perverso: «Genera caos, destruye y roba lo que quieras».

Eli imaginó a su madre y a Teresa durante aquella noche nefasta, agazapadas detrás de alguna columna, de alguna estatua, paralizadas, mientras hombres y mujeres ocultos tras máscaras de esfinges destruían con machetes, martillos o piedras, o incluso con las propias manos, porque unas uñas afiladas podían rasgar un lienzo y unos nudillos violentos podían quebrar cristales. Gritos de desesperación, niños llorando, unos queriendo detener a otros, vidrios y pedazos de mármol en el suelo, libros en llamas... El gas lacrimógeno, los policías con armas eléctricas y bastones, los soldados con rifles mortales.

La ley antiterrorista daba enormes poderes a la policía y al ejército para mantener el orden en las ciudades afectadas por el hacinamiento, la escasez de recursos, la violencia interna a causa del alto nivel de desempleo y la presión inmigratoria. La policía, desesperada por encontrar a los organizadores intelectuales, abusó de su fuerza.

En las celdas se empezó a hablar, a rumorear que este o tal estaba involucrado. Nina Mars no podría creer lo que le contaba una drogadicta sentada a su lado: «Nos han reclutado». Cuando la policía la interrogaba y amenazaba, Nina repetiría que no sabía nada. En la celda murmurarían: «Es culpa de Sanders». Su madre lloraría, temblaría, al ver que los días pasaban. Adelgazaba, no podría dormir. Volvían las preguntas: «¡¿Qué sabes de Sanders?!». Las celdas empezaron a vaciarse y ella permanecía allí.

Por último, el anuncio de la televisión: Sanders era arrestado. Victorioso, levantaba el puño. Él había logrado su cometido. Nina, estupefacta, caía de rodillas. Él la había traicionado, a ella, que lo había admirado por sus brillantez académica, que lo había apoyado en cada etapa de la gran misión que él inspiraba; a ella, que acaso lo había amado.

Eli sintió en su corazón la pena de su madre, que era posiblemente similar a la suya. La traición desgarra y es más dolorosa cuando la comete alguien que amamos estrechamente. Una perfidia perpetrada por un extraño duele menos que una cometida por un amigo, por un amante..., por un hermano. Cuando el perpetrador es una persona cercana, no solo causa un daño físico y emocional, sino que destroza el amor. La infidelidad es la violación del amor, es la destrucción de la confianza puesta en el otro. Se rompe un lazo, un cordón umbilical, se sangra. Y, cuando se pierde esa fe, se quiebra la fe en todo ser humano.

No sabía si podía confiar en Bishop por completo; sin embargo, la reconfortaba saber que su profesora la comprendía. Sus palabras se sintieron sinceras. Eli ahora la entendía mejor: la alevosía de Sanders destruyó su idealismo; ella también fue una víctima.

En esas cavilaciones, Eli abrió la correspondencia. Le sorprendió ver una carta a mano de varias hojas, escritas en una letra torcida, casi ilegible, y dirigida a ella. En la última hoja, encontró los datos personales del remitente: nombre completo, dirección, fecha de nacimiento, número de seguridad social, etc. y el número de registro de su ADN en la base de datos académica. El sobre se lo había enviado Justin Taylor. El muchacho se había tomado la molestia de escribirle una carta y dejársela en el instituto. Tal vez lo había hecho el día que fue a dar su ADN. Se dio cuenta a simple vista de que el autor padecía de inestabilidad emocional. La carta carecía de estructura, de oraciones bien formuladas. Por partes, era ilegible o las frases estaban truncadas. Pero se podía rescatar la esencia:

«Yo, Justin Taylor, identificado con carné de seguridad social número... declaro que he sido víctima del hostigamiento emocional por parte de Tecnologías Omen». Justin enumeraba las ocasiones en que Omen lo había amedrentado y amenazado, y los acusaba de haber borrado su identidad digital. Denunciaba el propósito de las acciones de su empleador: «...para encubrir los efectos nocivos del Viadélum». Incluía una serie de síntomas y detalles de su enfermedad, que él aseguraba había sido causada por la droga. Hablaba de depresión, ansiedad y hasta psicosis.

301

Para autentificar el testimonio, Justin había escrito y firmado con una tinta casera de material genético. Eli sintió un ápice de optimismo. ¿Habría querido Justin, en su paranoia, que ella guardara esa información como garantía de su existencia? ¿Sería suficiente desde el punto de vista legal para interponer una denuncia? La autenticidad del documento era irrefutable; sin embargo, se podría cuestionar la veracidad del contenido. Justin pudo haber escrito desvaríos a causa de su inestabilidad. Era un testimonio a puño y letra, pero el testimonio de un loco.

Capítulo 39

C on la carta de Justin, Eli recobró la esperanza. Debía preparar un informe y apelar. ¿Qué iba a decir? ¿Qué evidencia existía a su favor? De lo único que tenía certeza era que las conclusiones de su estudio eran rotundas. El Viadélum afectaba el cerebro. Si tan solo pudiera demostrar que la verdadera intención de Omen era enterrar su estudio porque denunciaba la verdad... ¿Bastaría el testimonio de Justin? Por otro lado, ¿cómo demostrar que ella no había confabulado en contra de Omen y que todo fue una maquinación de Harding desde el principio?

Eli trabajó en su investigación sin cesar, lo cual la ayudaba a no pensar en su expulsión y le daba esperanzas de encontrar evidencia para redimirse. Primero, se ocupó de Justin. Revisó cientos de medios sociales y registros públicos. Justin Taylor no aparecía en las redes. Justin no existía. Por ende, tampoco había muerto. Hizo un resumen de lo que sabía y una cronología minuciosa de los hechos de acuerdo con el testimonio de Justin. Incluyó una lista de quién lo conocía y podía demostrar su existencia y avalar su testimonio. Tanto la testificación de la vecina como la del médico que lo había visto antes de morir eran cruciales.

Advirtió que Thomas Price le había enviado mensajes. Quería comunicarse con ella. Ella no respondió. No podía confiar ni en Harding ni en su representante. Necesitaba distanciarse y seguir investigando.

Luego de resumir el caso de Justin, concentró su atención en el hombre que la había traicionado. Había llegado el momento de descubrir quién era Joseph Harding. Procesó la información disponible de manera meticulosa: el detalle de las empresas asociadas que Lucas había descubierto, su trayectoria en el campo de la ciencia y lo ocurrido desde que lo conoció hasta el momento de la expulsión. Tenía que descubrir algo en aquel torbellino de confusión que lo comprometiera y que ella pudiera usar, así sea para amenazarlo. Como él bien dijo, su reputación era lo que él más valoraba: cualquier tema que mancillara su prestigio sería suficiente.

Sin embargo, desde el cierre de OL&VITA y los funestos hechos asociados con el tratamiento de longevidad, Harding había sido discreto. Apenas encontraba artículos acerca de sus actividades científicas o empresariales; solo existían algunas referencias a las exhibiciones de arte en su soberbia galería. ¿Qué estuvo haciendo durante años? ¿Recolectar estatuas? Improbable. La actividad en los laboratorios del subsuelo era frenética.

Kasia era la única opción para conseguir información acerca de Harding. Claramente, la mujer había querido denunciar su vileza. Ahora, como exempleada renegada, tal vez estaría dispuesta a explayarse.

Al haber trabajado en un laboratorio tan importante como el de Harding, tenía que aparecer en alguna red profesional. Ayudaba que el nombre era extranjero y que fuera guapa. Imposible de confundir, Eli la identificó en el registro de científicos de Londres: Katarzyna Kowalski. Pensó en mandarle un mensaje, pero, temiendo que ignorara el llamado, decidió buscarla en persona cuanto antes.

Hambrienta, fue a la cocina. ¿A dónde había ido su abuela? ¿Habría ido a comprar alimentos? Nadie se demoraba una tarde entera para ir a la tienda de la esquina.

Se acordó que apenas les quedaban ahorros. No había vendido aún el vestido ni los zapatos ni la joya. Debía conseguir dinero con urgencia, no solo para vivir los siguientes meses, sino para solventar cualquier trámite legal que necesitara. Se preocupó por su abuela y le mandó un mensaje. Se disponía a salir en su búsqueda cuando oyó la puerta. Audrey entraba con un semblante agobiado.

—Abu, ¿qué tienes? Siéntate, te prepararé un té; estás deshidratada. Ya te he dicho que salgas con una botella de agua. ¿A dónde fuiste tantas horas?

La abuela suspiró y le mostró en su dispositivo un ingreso en la cuenta familiar: «Tres mil elibras».

—Me las dio Sam —dijo Audrey—. Me dijo que no me preocupara por el dinero, que nada me iba a faltar.

—¿Hablaste con ella?

—Fui a hablarle, queriendo que recapacite y que vuelva a casa. En realidad, fue ella quien quería verme y, temiendo encontrarse contigo, me pidió que fuera hasta su casa.

—¿Cómo está?

—Excitada con su nuevo departamento.

—Parece que se olvidó de lo que hizo.

—Nadie se olvida de los errores que se cometen; la culpa es siempre una astilla en el zapato, solo que le damos un giro para que no moleste tanto.

—Sí, ¿y cuál es su justificación? —dijo Eli, fastidiada.

—Supervivencia.

—Diría yo ambición.

—Anda a hablar con ella, te lo ruego. Es muy joven para que esté sola y bajo la influencia de ese hombre.

—No puedo hablar con ella; discutiríamos y nos haríamos más daño.

—Sam quiere verte.

—¿Quiere pedir perdón?

—Anda, habla con ella, hazlo por tu abuela; no puedo verlas distanciadas de esta forma tan horrible.

Eli siguió trabajando. Sentía una combinación de pena y rabia por lo que Sam había hecho, furia por la traición de Harding y angustia por su abuela, quien parecía más frágil y envejecida.

Entrada la noche, paró de escribir en su computadora, exhausta. Quería darse un baño. Sin embargo, como el agua escaseaba, solo podía usar paños desinfectantes. Se higienizó y, mientras se ponía un camisón ligero para dormir, notó una llamada perdida de un número desconocido. No quiso devolver la llamada. No confiaba en nadie.

***

Eli esperó a Kasia en la puerta de su nuevo empleo por varios días, tratando de localizarla. Tuvo suerte una tarde, a la salida. Necesitaba cualquier información que pudiera usar en contra de Harding.

Kasia no la reconoció al principio. Eli, despeinada y sudada, con ropa vieja, parecía una indigente. Después de un breve intercambio de palabras, Kasia se acordó y le habló con arrogancia:

—Por lo visto, ya te diste cuenta. Te lo advertí; no eres la única, ni la última.

—¿Podemos ir a un café y hablar con tranquilidad?

—Lo siento. Tengo un nuevo trabajo después de meses de desempleo y a mí Harding ya no me importa. Tengo una nueva vida.

Kasia empezó a caminar hacia la parada del tranvía automático.

—¿Te despidieron? —preguntó Eli.

—¡No! ¡Yo me fui! ¿O crees que voy a aguantar sus cambios de humor y sus desprecios?

—Lo amabas por lo visto.

—Mira, no te metas en mis asuntos.

—¡Tú te metiste en los míos! Te plantaste delante de mí para prevenirme. ¿Qué era lo que querías decirme?

—Nada, tonterías.

Kasia hizo un gesto de indiferencia y se dio media vuelta; su tranvía había llegado.

—¿A qué te referías cuando dijiste que era una de las favoritas? —preguntó Eli con desesperación.

Kasia le dijo en voz baja antes de subir, burlona:

—Joseph está buscando a su Virgen María. —Se rio.

*

Abatida, volvió a su casa. Ya no le quedaban pistas que investigar. ¿De dónde iba a obtener información de Joseph Harding, el hombre más reservado de Londres? Si tan solo se pudiera comunicar con Lucas, el experto de la red... Sin embargo, ni él ni los padres querrían verla.

Otra llamada. Esta vez no era anónima. El mismo demonio continuaba con el hostigamiento. ¿Qué quería? Nunca le había hecho una llamada personal, ni durante el idilio ni cuando ella estaba en crisis. Discreción y paciencia había pedido el conspirador mientras llevaba a cabo su perfidia. Al mismo tiempo, ella le mendigaba cariño y le profesaba amor. Qué imbécil volvió a sentirse.

Se le revolvió el estómago y quiso arrojar el dispositivo contra la pared, como si el impacto fuera a golpearlo a él, aunque las piezas rotas solo la mortificaran a ella. Titubeó con la segunda llamada. El nombre de Joseph Harding reaparecía en la pantalla. ¿Para qué la necesitaba ahora? Se sintió tentada de contestar, insultarlo y finiquitar aquella desafortunada relación. Lo ignoró. No quería que la engatusara de nuevo y, menos, poner en riesgo su apelación.

«Vete al diablo», dijo. Lágrimas gruesas de rabia le surcaron el rostro; era un lamento silencioso. Sintió el escozor del llanto sobre sus mejillas y se le apretó el pecho. Harding había concebido el engaño desde el principio, con la cabeza fría. Peor aún, la sedujo para asegurarse la victoria.

Se echó a gemir sobre la almohada y pensó en Sam, que, en realidad, era joven e ingenua. Por más ambición que recorriera por sus venas, sin duda, actuó sin reflexionar bajo la incitación de Remington, otro demonio, igual de insensible y manipulador que Harding.

Hojeó el poemario de su madre. Lo hacía cuando se sentía triste y buscaba consuelo. Se detuvo en los pequeños versos del año posterior al arresto. ¿De dónde había encontrado su madre fuerzas para seguir adelante cuando el mundo se derrumbaba, el propio y el de afuera? ¿Cómo superó la decepción y optó por un camino de vida? Porque pudo haberse hundido en la depresión ante la realidad de los sueños rotos: ni profesión ni amor ni idealismo. La furia, la desolación o la indiferencia pudieron haber prevalecido, emociones que atormentaban a Eli.

En cambio, su madre optó por trabajar en aquella insignificante área de su especialidad: tónicos y medicinas naturales para aliviar el dolor estomacal, las afecciones de la piel y los males del ánimo. Sus remedios llevaban alivio y esperanza a aquel que no podía afrontar el costo o la dureza de los tratamientos químicos. Y su madre decidió engendrar, dar vida en lugar de destruir.

Eli quería destruir, usar la rabia acumulada para recobrar lo que era suyo: su título profesional que significaba el universo para ella. Era su porvenir y su identidad, su motivación innata. Ella había venido al mundo para estudiarlo con rigurosidad y contribuir al avance de la ciencia. Sin embargo, esas ilusiones se habían desvanecido, no solo por el acontecimiento de su expulsión, sino por aquella desazón que la asaltaba con violencia. Por ratos odiaba a la humanidad entera, por su limitada visión y mediocridad de corazón.

De la exasperación, pasaba a la aflicción y luego a la ira: «¡Que se hunda el mundo! Que se acabe, que muera con sus injusticias e ignorancia. Que acabe la lucha de unos pocos si la mayoría no quiere ver». Y, agotada por sus pensamientos violentos, regresaba a las palabras de su madre:

La mente humana,
siempre ávida,
persigue un espejismo.
Emponzoñada,
no ve el abismo,
mientras el alma
allana el camino.

Se sosegó con ese verso que le hablaba de la respuesta a su interrogante. ¿Había una salida a ese laberinto mental y emocional? ¿Lo había encontrado su madre? A pesar de que Eli forcejeaba con sus sentimientos, deseaba volver a ese origen inocente de sus primeros años de juventud en que, aunque temerosa, albergaba la ilusión por la vida.

En ese camino de regreso, decidió hacer las paces con su hermana. Sam era otra víctima de la insidia de manipuladores y egoístas. Eli debía rescatarla antes de que Sam optara por un camino de odio y destrucción. Ambas estaban a tiempo de enmendarse.

***

Era un edificio pequeño, con una recepción bonita y servicio de seguridad permanente. Sam, por supuesto, había decorado el departamento con buen gusto: se combinaban el blanco, el vainilla y un color almendra que imitaba la madera natural. Cojines mullidos, muebles modernos. La cocina estaba integrada a la sala y contaba con dos dormitorios. El aire encendido y un perfume ligero a flores refrescaban el ambiente. Cuando Sam le abrió la puerta, Eli no sintió desconfianza, sino pena. El llanto de la noche anterior terminó vaciándola. Sam parecía afligida. No se abrazaron; se miraron unos segundos y Sam la invitó a sentarse. Nerviosa, le sirvió una copa de vino.

—¿Remington no vive aquí? —preguntó Eli.

—No, él tiene un departamento en Chelsea.

—¿Y desde cuándo están juntos?

—No estamos juntos, salimos de vez en cuando. Él tiene otras mujeres.

—¿Y no te molesta?

Sam se encogió de hombros y se sirvió una copa.

—Me alegra que te vaya bien en el trabajo —añadió Eli—. Es un departamento muy bonito.

Sam bajó la cabeza y su voz se quebró:

—Si hubiera sabido que te iban a expulsar, jamás hubiera dicho nada. Fueron circunstancias, creí que iba a perder el empleo.

—Ya está hecho y, si no hubieras hablado tú, habrían encontrado alguna otra excusa para deshacerse de mí y del estudio. Tú solo aceleraste el desenlace. Yo oculté información a la universidad. Tarde o temprano, eso me perjudicaría. Entiendo que este tipo te haya enredado, como a mí Harding.

—Remi no me enredó. Me lo preguntó directamente, que dónde estuviste el mes de las inundaciones, y yo se lo dije sin pensar en las consecuencias y luego le di la nota como evidencia. El nivel de tensión en la empresa era horrible, los rumores estaban enloqueciendo a la oficina entera. Mark ni siquiera me hablaba, no quería involucrarse en el asunto. Empezaron a aislarme. Remi puso a otra mujer sobre mí. No me llamaban a las reuniones y me desesperé. Quería conservar el empleo. ¿Qué iba a ser de mi vida, si no? Yo tengo talento para el márquetin, para nada más. ¿De qué iba a trabajar, de qué iba a vivir? Voy a dejar Omen y ¿hacer qué? ¿Estar desempleada como la mayoría y vivir de un subsidio? Yo quería ser alguien.

Sam, con ojos vidriosos, volvió a servirse una copa.

—Deja de beber, el daño ya está hecho. —Eli le apartó la copa con delicadeza—. ¿Has obtenido un puesto seguro con ellos? Es lo que te prometió Remington, ¿verdad? ¿Un nuevo puesto?

—Soy Asociada de Márquetin. Es un puesto bien pagado.

—¿Y este departamento?

—Es mío. Omen Financiero me dio el depósito para la hipoteca.

—¿Estás endeudada con ellos? —preguntó Eli, angustiada.

—Por ello necesito tener éxito y pagar mis cuotas sin retrasos.

—Escúchame, no necesitas nada de eso. Deja Omen, vuelve a casa; puedes ser influente de alguna otra empresa.

—No, mi destino ya está decidido. Yo haré carrera en Omen. Viviré aquí y quiero que la abuela venga conmigo. Es un departamento moderno, sin riesgo de inundaciones y tiene aire acondicionado. Vendamos la casa y dividamos el dinero entre las dos, eso me ayudará a disminuir la deuda con Omen.

—¿De eso querías hablarme? ¿De vender la casa?

—No pueden seguir en ese barrio decadente, en esa casa que se cae a pedazos, con el miedo de que se inunde, con ventiladores viejos, con el riesgo de que la abuela sufra un golpe de calor que la mate. Estoy construyendo una vida nueva y necesito el dinero.

—Sam, esa gente no es buena. Justin Taylor está muerto.

—¿Justin? —reaccionó Sam, incrédula—. ¿Cuándo? ¿De qué se murió?

—No lo sé porque su certificado de defunción no existe. Omen está encubriendo su muerte.

—¡Eso no es cierto!¿Qué evidencia tienes de que está muerto o de que Omen está involucrada?

—Ninguna, no tengo recursos para investigar un caso tan serio.

—Estás diciendo tonterías. Omen jamás haría una cosa así. Eso fue lo que precipitó esta debacle. ¡Lo absurdo de las acusaciones! ¿Que hay gente que abusa de los viajes? ¡Por supuesto! ¿Qué esperas? Si no hay nada que hacer. De ahí a que Omen mate gente como una mafia… ¡Hablas disparates!

—Escucha, podemos salir juntas adelante, con la abuela.

—Te han expulsado, ¿sabes lo que significa eso? Ahora más que nunca, debo retener este trabajo.

—La casa es de la abuela —dijo Eli.

—Abu dijo que la casa es de las dos y que ella no va a interferir.

A Eli se le hundió el corazón. Se levantó lívida y contuvo un reproche. Sam seguía adelante con su ambiciosa empresa.

Cuando cruzaba la puerta, Sam agregó:

—Necesito que me respondas al final de la semana. No me obligues a ponerte una demanda.

Eli se marchó sobrecogida. Estaba perdiendo a Sam. No le quedaba otra opción que enfrentar al otro diablo, su antiguo hostigador, con quien tenía un duelo pendiente: Remington Skinner.

Capítulo 40

El lanzamiento de Omen, que se auguraba espectacular, había sido programado para el último sábado de abril. Solo se podía ingresar con invitación a la gran apertura de un coliseo romano en el majestuoso Royal Albert Hall. Los asistentes presenciarían un espectáculo virtual de gladiadores con leones, osos y panteras. La celebración continuaba con una gran fiesta de fuego y agua. Eli se preparó para el gran evento de su vida.

Llegó temprano al área de servicio y preguntó por Gastón, su exjefe. Él se alegró de verla, aunque le sorprendió notarla tan esmirriada y ojerosa. Ella le preguntó si había algún puesto de trabajo para la noche del espectáculo.

—Estamos completos, Eli —dijo Gastón, quien la miró preocupado al percibir su ansiedad—. ¿Terminaste la tesis?

—Sí; por eso necesito el trabajo, me he quedado sin dinero. Gastón, te lo ruego.

—Tus credenciales están expiradas; hace meses que no trabajas aquí.

—Puedes pedir un pase de emergencia si alguien está enfermo —Eli lo miró suplicante.

—Pero no hay nadie enfermo...

—Gastón, di que alguien te comunicó que estaba enfermo y que tú, precavido, llamaste a un suplente. Debes de tener una carga enorme. Sabes cómo trabajo yo; soy una máquina. Te lo imploro, necesito pagar las cuentas de mi casa.

Gastón caviló por un segundo y suspiró...

—Anda, vístete. Voy a autorizar un pase temporal.

Eli fue a cambiarse. Escondió su rostro detrás de unas gafas ordinarias, se levantó el peinado en un moño para esconder su larga cabellera y se puso un uniforme holgado para disimular su delgadez. Gastón la miró extrañado:

—¿Desde cuándo usas lentes? Vamos, empezamos en media hora a servir champán en cada puerta del coliseo.

En la puerta asignada, Eli se movió entre los invitados suntuosos que llegaban. Exploró alrededor. No lograba divisarlo. Regresó a su puesto. Servía champán, rellenaba sus copas, volvía a merodear. Distinguirlo desde un rincón, en un mar de gente, sería imposible, salvo que apareciera al lado de Loren McQueen.

Aquel obelisco de mujer entró en escena, pavoneándose de balcón en balcón y de sala en sala. Eli empezó a seguirla con la mirada. Sabía que, tarde o temprano, se iba a encontrar con su peón.

Y así fue. Esperó a que Loren se alejara y se apresuró a ofrecerle champán. Él la reconoció enseguida:

—¿Trabajando aquí? Pensé que no ibas a encontrar empleo ni de criada —dijo Remington.

—No te equivocas, has arruinado mi futuro. Este es el último trabajo decente que encontraré.

—No deberías estar aquí. ¿Cómo has entrado?

—¿Qué te importa si sirvo champán los fines de semana?

—Preferiría que limpies nuestros servicios higiénicos —dijo él—. ¿Qué quieres, Eloísa? No has venido a servir champán.

—Quiero que dejes a mi hermana en paz, que no le pongas un dedo encima.

—Tu hermana es libre. Si ella quiere operarse la cara o el cuerpo, es asunto suyo. ¿Qué pretendes que haga?

—Que le rescindas el contrato, déjala ir. Ya han conseguido lo que querían. Omen está a salvo, nadie duda de su reputación, ya han enterrado mi estudio. Están lanzando el producto más espectacular de la historia de Omen. ¿Por qué te metes con una chica inocente que lo único que quiere hacer es márquetin? ¿Por qué no nos dejas en paz?

—¿Inocente? —dijo él con sorna—. ¿Por qué no dejas tú a tu hermana en paz? Tiene una posición, un empleo bien remunerado, una carrera brillante, un departamento nuevo.

¿Quieres que yo acabe con eso porque tú fracasaste? ¿Es envidia lo que sientes, Eloísa?

Remington tomó una copa de champán, se la bebió y la volvió a poner sobre la bandeja.

—Mira, por qué no me traes un *whisky*; a mí me gustan las bebidas con carácter. Tráeme un *whisky* y conversamos. Te voy a hacer una propuesta.

—Dime ahora, porque esta es mi última bandeja. Solo he venido a hablar contigo —dijo Eli con firmeza.

—Hagamos una cosa, déjanos estudiarte y liberamos a tu hermana de las cadenas tan terribles de Omen.

—¿Estudiarme? Pensé que el interés se te había pasado, no volviste a insistir. Ya lo hemos hablado, el gen de la inteligencia no existe.

—Pues te equivocas. En los últimos años se ha avanzado en el entendimiento de la inteligencia con creces. Se han descubierto los genes NET que regulan lo que se denomina la Tríada de la Inteligencia. Y tú los tienes. Sam no los tiene por completo, lo que nos hace pensar que interfirió la línea de su padre.

—¿Sugieres que mi padre biológico sí los llevaba?

—Esa es la teoría. Nuestros estudios sugieren que son genes recesivos.

—¿Y qué más dice tu teoría? —preguntó Eli, incrédula—. La salud de un cerebro es un primer paso, pero sabes bien que, de igual importancia, son la nutrición, la estimulación y hasta el amor de los padres. ¡Por Dios Santo, pensé que habías estudiado el tema!

—Esas pequeñeces marcan la diferencia hoy porque los cerebros son de limitada potencia. ¿Te imaginas una droga o un tratamiento que incremente esa capacidad? Vamos a revolucionar el mercado.

—Están locos.

—Di lo que quieras, me da igual. Yo que tú lo pensaría. Dejamos ir a tu hermana, hasta le encontramos otro empleo, le pagamos el departamento y firmamos un contrato igual de beneficioso para ti. No tendrás que servir champán ni limpiar servicios higiénicos.

—¿Tanto valen mis genes? —preguntó Eli con indiferencia.

—Son cientos de genes y de tendencia recesiva, por eso es muy difícil encontrarlos; se diluyen en la población o no se poseen por completo.

—Persistes en abrirme la cabeza, ¿verdad? Eso es lo que quieres.

—Sabes bien que el cerebro de un cadáver no sirve de mucho para estudiar la actividad mental.

Eli se conmocionó ante la osadía de la propuesta:

—Han llegado al extremo de la codicia.

—Somos una empresa y actuamos de acuerdo con la ley.

—¿No te importa abrir cráneos y dejar atontado o paralizado a tu conejillo de Indias? —preguntó Eli, hastiada frente a la falta de empatía de su interlocutor.

—Ya me estás cansando con tus ataques de moralidad. Mira, somos una empresa dispuesta a negociar: ya sabemos lo que quieres tú y ya sabes lo que queremos nosotros; es un simple tema de negociación. Sentémonos a la mesa. No tienes palanca alguna para exigir nada.

—¡Sí tengo! Justin Taylor. Sé que ha fallecido, la causa y lo que han hecho ustedes para encubrir su muerte. Dime, ¿con qué propósito encubres su muerte si no es para ocultar la asociación con el Viadélum?

—Estás diciendo estupideces. ¿Qué pruebas tienes tú?

—Me asombra que, habiéndome halagado por mi extraordinaria inteligencia, dudes de que no haya hecho una investigación rigurosa. Tengo pruebas y en un lugar seguro. Solo quiero que dejes a mi hermana, no es mucho lo que te pido.

—Te doy hasta la próxima semana para que lo pienses y tengamos una negociación civilizada —sentenció Remington.

—¡Busca a tu conejillo en otro lado! De mí no escucharás y tendrás un nuevo escándalo del que ocuparte.

Remington la miró exasperado y llamó a un guardia de seguridad:

—Acompañen a la señorita afuera. No la quiero volver a ver aquí.

Un hombre corpulento la agarró del brazo y empezó a empujarla por las escaleras. En ese momento, se anunciaba la primera batalla de gladiadores. Los invitados buscaron sus asientos y se pusieron las gafas inteligentes. La función empezó con la salida de leones, panteras, serpientes y domadores.

El hombre de seguridad arrastraba a Eli de mala manera, abriéndose paso entre la multitud que demoraba en encontrar sus asientos o atendía el espectáculo desde los bares del local. Eli se daba de trompicones con la gente, que la miraba como si fuera una de las bestias enjauladas.

Un carruaje de fuego, conducido por un gladiador agigantado, surgió desde el centro del escenario virtual. Cubierto de láminas de oro y con un yelmo de plumas rojas, el hombre batía una espada de acero y vencía a las fieras una tras otra en una cruenta batalla. Los suspiros de asombro y el vocerío de la audiencia se mezclaban con el rugir de los leones hasta que un inmenso oso, que doblaba al luchador virtual en tamaño, emergió en el centro y arrancó de los espectadores un alarido de terror. Algunos se levantaron en pánico y bloquearon los corredores mientras los anfitriones de Omen les recordaban que era un evento virtual. Eli empezó a respirar con dificultad entre la gente estremecida.

—No tienes por qué tratarla mal. Te dijo que la acompañes, no que la arrastres —intervino Mark—. Yo me ocupo.

El hombre la soltó y Mark la escoltó hasta la salida. Mark y Eli se alejaron, pero el hombre fornido los seguía observando desde la puerta. Ella caminaba nerviosa; no había planeado cruzarse con Mark.

—Siempre llegas a tiempo para rescatarme —dijo Eli, quien recobró el aliento.

—Sam te vio con Remi y me avisó de inmediato. No quería que te metieras en problemas.

—No debiste involucrarte, soy *persona non grata* aquí.

—Ya no me importa, estoy cansado. No veo la hora de irme. Me voy en cuanto encuentre un empleo decente. No puedo seguir trabajando para Omen.

—No te voy a preguntar más, no deberías ayudarme… ¿No me guardas siquiera rencor?

—No lo suficiente para que permita que te maltraten. Me mentiste y eso es difícil de perdonar. Pero no puedo guardarte rencor porque ames a otra persona. Ese amor te ha costado caro, tu graduación y tu carrera. Bastante castigo ya has recibido por enamorarte de la persona equivocada como para que yo te desee mal.

—Yo no lo amo —se apresuró a decir Eli.

—Hiciste todo lo que te pidió. Yo desaparecí de tu vida en un segundo y con ello los cuatro años que estuvimos juntos. Lo que duele es pensar que tal vez nunca me quisiste.

—Sí te amé.

—¿Qué importancia tiene ahora? Me amaste, tú lo has dicho; está en el pasado.

Hicieron una pausa y se miraron con cariño. Era hora de partir.

—Eres la persona que siempre me ha rescatado y que nunca me ha traicionado —dijo Eli, con sincero agradecimiento—. Siempre estarás en mis pensamientos. Hoy estoy demasiado vacía como para dar amor. Y no porque tenga el corazón roto, sino porque ya no tengo fe en nada.

—¿Qué piensas hacer?

—No lo sé —dijo ella, agobiada—. Anda, Mark, no te metas en problemas. Y sal de Omen lo antes posible. Por favor, cuida a Sam mientras tanto.

Mark la miró con pena y se dio media vuelta. Eli gimió por dentro. No tenía la menor idea del paso siguiente. Cuando se fue Mark, advirtió que dos hombres de uniforme negro la observaban desde una esquina, y sintió miedo. Los hombres empezaron a seguirla. Eli aceleró el paso y los perdió de vista.

Capítulo 41

E li se levantó desanimada. Ya no le quedaba nada que investigar. Había juntado, procesado y conectado hechos y circunstancias. Sabía que el caso de Justin era serio y se podía usar contra Omen. Un influente había muerto, probablemente a causa del Viadélum, pero su identidad digital había sido borrada. Para Eli, el encubrimiento de Omen era evidente, aunque sabía que la gran corporación podría darle un giro a la historia: «Justin Taylor murió de estrés a raíz de que unos criminales robaron su identidad digital».

Escribió un informe, incluyendo como evidencia el testimonio de Justin. Acerca de Harding no había encontrado nada contundente, ni pruebas de su engaño ni aclaración de sus actividades, por lo que se limitó a contar con lágrimas lo que había pasado desde que lo conoció hasta el día de su expulsión, como le sugirió Bishop: «Enamorada, hiciste una tontería». Un relato humano y sincero quizás despertara la simpatía de sus jueces.

Cuando terminó su informe, dudó. ¿Qué probabilidad existía de salir ilesa? ¿Quién iba a creerle cuando una empresa poderosa la acusaba de confabulación? ¿No sería mejor aceptar la oferta de Remington? Sam quedaría libre y ella misma podría tener un futuro. Les pediría que retiraran la acusación contra ella, que continuaran la disputa únicamente contra Harding, quien al menos podría compensarlos con dinero. Lo único que ella podía ofrecer era su cerebro: absolución a cambio de experimentos cuyos resultados eran inciertos.

Pediría una compensación económica sustanciosa por sus servicios e indemnización en caso de quedar discapacitada. ¿Cómo firmar un contrato de esa complejidad sin la asistencia legal de un experto? El panorama regulatorio era complejo, vago, y tendía a beneficiar a las corporaciones que realizaban «experimentos en beneficio del progreso».

Pensó en la casa de la abuela. Con la mitad podría financiarse la mejor ayuda jurídica posible y firmar un documento a prueba de balas. Sería una inversión. «¡Oh, Dios! —gimió—. ¿Qué voy a hacer?».

Esas operaciones en que se extraían células vivas o en que se introducían implantes eran peligrosas. ¿Cuántas operaciones querría hacer Omen? ¿De qué tipo? Eli no conocía el tema en detalle. Como no podía acceder a los estudios científicos de su universidad, investigó el tema en la red social.

La prensa auguraba una nueva etapa en el campo de la inteligencia. Eli conocía que existían cientos de genes relacionados con la salud de un cerebro. Lo nuevo residía en que a esta salud se le llamaba inteligencia. No obstante la complejidad del tema, para simplificar, habían agrupado estos genes por el momento en tres categorías arbitrarias: Neurogénesis robusta, Extensas dendritas y velocidad de Transmisión, y se les llamó los genes NET de la Tríada de la Inteligencia. Aún no era posible extraer una aplicación comercial de estos nuevos conocimientos. Sin embargo, con un optimismo exagerado, se hablaba de drogas que reforzarían la formación de nuevas células con densas dendritas. Se mencionaban químicos que acelerarían la transmisión de los axones y, el objetivo final, la replicación de los genes a través de la ingeniería embrionaria.

Los artículos carecían de especificaciones científicas, aunque presentaban suficiente información para comprender el alcance de los posibles experimentos. Los electrodos adheridos a la parte exterior del cráneo habían caído en desuso por su limitado alcance. La actividad mental —celebraba la prensa— se estudiaba en detalle desde el interior del cerebro a través de la implantación de microchips —y en un futuro cercano, nanochips— que capturaban y procesaban datos de la función mental en vivo.

Cuanto Eli más lo pensaba, más se estremecía de terror. Pese a que los periodistas minimizaban las contingencias y exageraban los beneficios de tales experimentos, Eli conocía los riesgos: infecciones, parálisis, hemorragias y ceguera. Peor aún, los investigadores no se limitaban a observar de manera pasiva a través de los dispositivos. La interferencia, vía la estimulación química o la atrofia, era una técnica común y, con frecuencia, irreversible. Conociendo los antecedentes de Omen, no cabía duda de que estarían dispuestos a enviar a sus sujetos al infierno con tal de encontrar la píldora mágica que potenciara la inteligencia.

Se sintió morir ante la posibilidad de perder el único recurso que poseía y que más valoraba: el control sobre su vida y la habilidad para enfrentarla. Desesperada, decidió salir a la calle para tomar aire. El estrés y el ambiente caldeado de su casa le causaban dolor de cabeza. Tenía que considerar la propuesta de Remington y decidir la venta de su casa. Al mismo tiempo, no podía demorar su proceso de apelación, pero no confiaba en una resolución favorable.

Vagando por las calles, decidió caminar hacia las puertas de Omen en el centro tecnológico. ¿Y si solicitaba una audiencia preliminar con Remington para resolver algunas dudas? ¿Cuán lejos llegarían en su propósito? Recordó una de las tantas lecciones de Harding: «No debes sondear el terreno porque le anticipas a tu rival lo que quieres».

Presentarse ante Remington con dudas traslucía que estaba considerando la oferta, cuando ella había sido tajante en su negativa. Esa acción expondría su vulnerabilidad. Ella, de proceder, debía conseguir un abogado, escribir un contrato tal como ella lo deseaba y plantearle a Remington: «O lo tomas o lo dejas». Esa era la estrategia. En ese caso, ¿por qué seguía caminando hacia su enemigo como una res sin voluntad a un matadero?

¿Qué haría Harding en su lugar? ¿Qué acciones o precauciones tomaría el taimado hombre de negocios, el autor de insidias y de cálculos fríos? Ella era incapaz de maquinar y torcer destinos. Para Eli, el mundo era blanco o negro y, entre matices de grises, escogía siempre lo más níveo. «No eres astuta», había dicho su alevoso mentor y, aunque él alentó su aprendizaje, ella había fracasado. Nunca sería ladina.

Quizás debía hablar con Harding e implorarle que la ayudara. Sudó con el reflejo del sol en el cemento y lamentó no haber llevado un termo de agua. Comprar alguna bebida en la calle representaba ahora un lujo. Sin embargo, hacía calor y se sentía deshidratada.

Siguió caminando hacia el centro tecnológico, cavilando acerca de sus opciones. Se detuvo ante la entrada de Omen y, viendo la monumental fachada y la altura del rascacielos, su corazón se aceleró con tal fuerza que creyó desfallecer a los pies de una horrenda bestia. Retrocedió al notar que los guardias de seguridad la miraban con desconfianza.

Descansó a la sombra de un edificio. La sed le secó los labios y la garganta. No estaba en condiciones de enfrentar a Remington. ¿Qué iba a proponerle? «¡¡Cuál era el plan?! ¡Maldita sea!». El terror se apoderó de ella y decidió marcharse.

Dos hombres, con el mismo aspecto y uniforme negro que ella había visto antes en la noche del coliseo, aparecieron por la esquina. ¿La habrían reconocido los guardias de seguridad de la puerta? ¿Tenía prohibido acercarse a las oficinas de Omen?

Entró en pánico y apresuró el paso. ¿A dónde iba a ir? Sedienta y mareada, no pensaba con claridad. Si entrara a la Torre Esmeralda, a lo mejor desistirían. Ya había oscurecido y los empleados salían de sus trabajos hacia las paradas del tranvía. Se mezcló entre la gente. Los hombres caminaban detrás sin perderla de vista. Era indudable que la seguían. Vio el tranvía automático que se aproximaba por la vía principal y quiso alcanzarlo. No llegó a tiempo, el último pasajero tomaba su asiento y el transporte partía. Pasó por la puerta de la Torre Esmeralda y titubeó. No, no quería ver al causante de su desgracia, al hombre sin moral ni sentimientos.

Quizás Thomas podría ayudarla, esconderla. Él siempre fue gentil y atento con ella. Llamó a Thomas. Timbró el aparato. Él contestó de inmediato, ella se arrepintió. «No, no...». No podía confiar en alguien que profesaba una lealtad ciega a Harding. Salió desesperada de la torre y corrió sin rumbo, enajenada por la sed y el cansancio.

Después de varias manzanas, paró, agotada, y giró la cabeza. Los dos hombres se aproximaban. Rendida, los esperó en la esquina. Ya no importaba si la alcanzaban. Un vehículo apareció desde el otro extremo y se detuvo frente a ella. Se abrió la puerta.

—Sube, deprisa —dijo Thomas Price.

Asustada, ella accedió.

—Esos hombres te seguían —dijo Thomas.

—¿Y tú no?

—Recibí tu llamada y el sistema de seguridad identificó que te hallabas en la recepción. Pensé que habías cambiado de parecer y que querías conversar. Decidí buscarte enseguida.

—Solo me escondía de esos tipos. Por favor, déjame en la siguiente parada. Agradezco que me hayas echado una mano aquí, pero ya no te necesito.

—Estos tipos te han seguido para amedrentarte y no van a limitarse a caminar detrás de ti. Anda, ven a las oficinas, bebe algo y habla con Joseph. Lo único que quiere es hablar contigo. Escucha lo que tiene que decir.

—No tengo nada que hablar con Harding. Me han expulsado de la universidad por su culpa. ¿Me vas a decir que puedo confiar en él?

—Solo escúchalo.

*

Thomas la llevó a los laboratorios del subsuelo y le ofreció algo de beber. Luego la condujo a una inmensa biblioteca física, que contaba además con puestos de lectura digitales. El lugar era solemne, aunque oscuro. Finas librerías de madera, del piso al techo, exponían ejemplares de tapas de cuero verde, rojo o azul. Lámparas de luz ámbar iluminaban las mesas de lectura. Eli imaginó que Harding también había rescatado valiosos libros del pasado.

No había nadie en la biblioteca, salvo Joseph Harding, quien la esperaba al lado de una computadora. Ambos se miraron con desconfianza. No se habían hablado en semanas. Él, como siempre, se erguía impecable con un traje fino. Su mirada fría se posó en ella sin un destello de luz. La negrura del lugar opacaba sus ojos incluso más. Eli lo vio envejecido.

—¿Qué es lo que quieres decirme? Ya me usaste, ya tienes lo que quieres —dijo Eli—. Me convenciste de hacer un estudio del

Viadélum cuando yo quería hacer un estudio del Supermaná. Esperaste a tener los resultados. Al ser suficientes para levantar sospechas, organizaste una campaña de difamación contra Omen al mismo tiempo que le haces juicio. Un plan perfecto, salvo que perdiste.

Harding, en su usual estilo pausado y calculador, la dejó hablar.

—Perdiste —continuó Eli—. Omen acaba de lanzar al mercado una nueva versión del Viadélum y tú sigues en juicios. Yo soy un daño colateral. La diferencia es que tus pérdidas deben de ser ínfimas, mientras que a mí me has arruinado. Soy una desempleada miserable sin título profesional ni dinero. Así que ¡bravo por utilizar a los más débiles!

—Siéntate, por favor. —Harding activó una pantalla—. Quiero que veas la fecha de este informe. Lo hizo una empresa de investigación privada contratada por mí. Me lo enviaron esta semana. Los rumores no empezaron en enero como consecuencia de tu estudio. Empezaron mucho antes. Mis investigadores han armado el historial de docenas de influentes: fecha de contratación, tiempo de servicio, períodos de ausencia por enfermedad y despido. Además, hay cientos de casos de usuarios también. Yo no difundí nada.

—Los rumores fuertes empezaron en enero.

—Omen perdió el control de la situación con Olivia: una influente de renombre caía enferma y se ausentaba. Sin embargo, ese no fue el detonante de los rumores en enero. Se intensificaron con Jenny Williams, porque desapareció. Una cosa es estar mareado, otra cosa es estar muerto.

»Como puedes ver, yo no soy responsable de la difusión. Interpuse una contrademanda para que dejen a Olivia en paz, eso fue lo único que hice. Era obvio que necesitaban enterrar tu estudio y que iban a utilizar cualquier información a su favor, porque los rumores son ciertos. Cuando descubrieron nuestra relación, encontraron el argumento perfecto: "Un competidor financió un estudio para desprestigiarlos". Es por eso que te pedí discreción desde el principio....

—¿Me culpas a mí de este desastre? —interrumpió Eli—. ¿Me culpas a mí de indiscreción? Yo no fui indiscreta en ningún momento. Mantuve el secreto hasta el final. Sam se dio cuenta sola. Jamás pensé que me fuera a traicionar. ¡Nunca le conté nada!

—No te culpo. Sucedió. Y fue mi error: jamás debí permitir que trabajaras aquí.

—Porque eres un competidor... Me engañaste, debiste haber declarado el conflicto de intereses.

—No somos competidores, esa es otra falsedad. Ellos no saben lo que hago, no pueden saber. Les basta con señalarme; saben que ni ellos ni yo vamos a exponer nuestros proyectos de investigación para demostrar que no somos competidores. Conque pueden declarar cualquier cosa.

—¿Por qué no quisiste declarar tu financiamiento? ¿Por qué ocultarlo?

—Es cierto que exagero con mi privacidad. A raíz de los problemas de Olivia, tengo a la prensa encima a la caza de algo escandaloso. Nunca pensé que el estudio minúsculo de una universitaria fuera a desatar una tormenta. Además, sabes muy bien que eso de la transparencia es una hipocresía... Basta con usar una entidad legal aparte y, mientras ofrezcas dinero, nadie cuestiona nada. Hemos usado JTC en otras oportunidades sin problema alguno. Ponte a pensar, si yo fuera competidor de Omen, ¿le habrían dado trabajo a Olivia? Yo no gano mercado si Omen sufre una caída. Yo no vendo productos, sino patentes.

—¡Ustedes hacen ingeniería genética embrionaria!

—Nosotros modificamos el ADN de embriones para eliminar defectos genéticos. Omen, por el contrario, quiere modificar genes para potenciar al ser humano. Mis fuentes aseguran que trabajan en el campo de la inteligencia.

—Sí, ya lo sé. Lo que no entiendo es qué haces tú. Tanto misterio, tanta incógnita... —dijo Eli, irritada—. Me has manipulado desde el principio ofreciéndome trabajo.

—Ese era el plan para ti, darte un puesto. Siempre fue esa mi idea. Quise financiar tu estudio porque me pareció interesante. A mí la nutrición no me interesa en absoluto. La gente tiene que comer y lo que hay es Supermaná. En cambio, el Viadélum afectaba a mi hija. Me intrigó lo que dijiste, que era adictiva. Te di una oportunidad para satisfacer mi curiosidad. Al mismo tiempo, vi en ti a una potencial empleada, honesta y diligente.

Jamás pensé que mi hija fuera a enfermar en tal grado que su vida corriera peligro.

—¿Y les pones una demanda justo cuando mi estudio dice que la droga es dañina?

—Ellos empezaron. Jamás le hice juicio a Omen; fue una contrademanda a raíz de la exigencia legal de que Olivia cumpliera con su contrato.

—Me han expulsado por tu culpa, por serte fiel hasta el final. ¡Cuántas veces me preguntaron quién estaba detrás! Ellos ya sabían, me estaban dando una oportunidad. Protegí tu identidad, porque yo confiaba en ti.

—Sí, lo sé, pero no sé cómo remediarlo.

—Declara tus proyectos a la universidad, demuestra que no eres competidor de Omen, escribe un maldito informe.

—No puedo hacer eso. Nadie compraría las patentes después de haberlas expuesto a un tercero. Sería el fin de décadas de investigación. Mi negocio no valdría nada. No tienes de qué preocuparte; te dije que tengo planes para ti, puedes trabajar aquí.

—¡Quiero un título! Ser una persona que pueda caminar con dignidad —dijo Eli con firmeza—. ¿Sabes lo que es arrastrar la etiqueta de fraude de por vida? Siempre me dijiste que mis principios te llamaban la atención…, que para ti la reputación era lo más importante… ¡Me echaron de Omen como a un perro!

—Entiende, Omen continuará la lucha hasta enterrar ese estudio. No hay nada que se pueda hacer al respecto.

—Haz una negociación con ellos, zanja la disputa. Diles que no me acusen a mí de colusión para que la universidad limpie mi nombre. ¡Tienes un informe que los compromete!

—No puedo usar ese reporte. Obtuvimos la lista de influentes enfermos de manera ilegal —aclaró Harding.

—Williams no es la única que ha muerto. Usa el caso de Justin Taylor. Lo que he obtenido es legal. No necesitas cientos de nombres, basta con uno para provocar una tormenta. Justin ha muerto. Enfermó, dejó de vender, lo hostigaron, le cerraron la cuenta, borraron su identidad digital. Eliminaron su certificado de defunción para que no salga a la luz la causa de la muerte. Tengo su historial, sus datos, prueba de que vivió y su testimonio personal.

—Escúchame, no tienes de qué preocuparte. Estás cubierta de por vida. Cada una de mis patentes vale millones. Puedes continuar tus investigaciones aquí.

—¿Investigaciones? Las que tú quieras, las que a ti te interesen. ¿O acaso me vas a dejar que investigue el Supermaná o cualquier otro tema que no sea comercial, que no te represente una ganancia? ¡Me importa un cuerno tu imperio! A mí lo que me importa es mi título, recobrar mi dignidad. ¿Sabes por qué sé que eres un farsante y que me usaste? Si me quisieras de verdad, no me dejarías vivir con mi reputación arruinada... —Eli hizo una pausa—. ¿Por qué no lo admites? Me usaste.

—¿Crees que, si mi propósito era usarte, estarías aquí? ¿Por qué me molestaría en demostrarte la verdad? ¿Qué importancia tiene un título? Todo esto puede ser tuyo.

—¿Qué quieres conmigo, Joseph? ¿Por qué tu obsesión? Ya me usaste, ¡ahora déjame!

—Yo no te usé... Al principio pensé que podíamos tener una relación laboral. Me impresionó tu pasión y honestidad, aparte de tu inteligencia. Yo contrato gente leal...

—¡Yo nunca voy a servirte! ¿Crees que puedes manejarme hasta que sea un perro obediente como Thomas?

—Déjame hablar. Nuestra relación se complicó. No debí aceptar que trabajaras aquí durante esas semanas. Era un riesgo enorme, pero no pude decirte que no, quería ayudarte. Mis planes cambiaron.

—¡Por Dios Santo! ¡¿Qué planes?!

—Es cierto que te vi como una potencial empleada, incluso una socia. Eso cambió cuando intimamos. Antes de nada, quiero que sepas que, si he pensado en esto, es porque te amo, de verdad.

—¡¿Qué quieres, maldita sea?!

—Quiero que seas la madre de mi hijo.

Eli enmudeció, un escalofrío le recorrió la espalda. De repente las piezas encajaron. La lucubración mental inconsciente le daba las respuestas con claridad. Las advertencias de Lucas, el secretismo de Harding, la insistencia en el «plan», su obsesión con ella: los fragmentos del rompecabezas que la habían torturado durante semanas, dando vueltas en un torbellino de furia, desconfianza y caos, se ensamblaron a la perfección.

—¿Y tú dices que no me usas? —dijo Eli.

—Al principio iba ser una propuesta y, de proceder, un contrato. Sin embargo, fuimos más allá de la mera relación profesional. Me enamoré y yo sé que tú también.

—Somos compatibles, ¿verdad? Es eso. Tú llevas los genes NET, ¿no es cierto? Eso es lo que quieres. ¿Estudiaste mi ADN sin mi autorización? —preguntó ella, atónita.

—Sabes que son políticas ordinarias de una empresa —dijo él, quien no encontraba las palabras para justificarse—. El sistema de seguridad exige una toma del ADN y, legalmente, tenemos propiedad sobre la base de datos. Yo te iba a hacer una propuesta a su debido tiempo. No tuvimos oportunidad de conversarlo. El proyecto se descarriló cuando Omen se metió con mi hija.

—Ahora entiendo. ¿Y tú dices que no buscas potenciar al ser humano? Dices que trabajas para remediar enfermedades... No has logrado crear el procedimiento para replicar los genes NET, ¿cierto? No te queda otra opción que la combinación genética natural.

—Nosotros no hemos intentado la replicación. A estas alturas, es solo una teoría, no hay estudios firmes que demuestren su validez. Nosotros no trabajamos en el campo de la inteligencia porque abrir cráneos vivos es peligroso. Nuestro foco es la eliminación de defectos genéticos.

—Tú lo has dicho, es solo una teoría, y muy vaga. ¿Por qué tu obsesión con esto? Sabes que la genética es un marcador. Sam no los lleva y es la persona más inteligente y creativa que conozco; a los dieciocho, ha conseguido todo lo que quiere. Yo no tengo un título, no tengo dinero y sufro de insomnio y de ansiedad. ¿Y tú? No tienes empatía, eres narcisista y egocéntrico.

—Quiero darle a mi hijo el mejor comienzo... —continuó Harding.

—¿Sí? ¿Y qué otras mejoras vas a introducir? ¿Va a ser bello? ¿Ya escogiste el color de ojos? ¿Qué prefieres, celestes como los tuyos, negros como los míos o te apetece un color especial? ¿Cuán alto va a ser?

—No tendrá enfermedades ni defectos genéticos. Eso es lo importante.

—Tu hijo será un engendro —exclamó Eli, absorta.

—Quiero que sea inteligente…

—No necesitas de la ingeniería genética para ello. Dale amor y atención. ¡Dedícale tiempo! ¿Qué vas a hacer cuando empiece a decepcionarte? ¿Descartarlo como a Olivia?

—Olivia nunca se ocupará de mi legado. Rehúsa incluso ver el tema de la galería.

—Porque quieres usarla, quieres una empleada fiel que se ocupe de tus piezas de arte de acuerdo con tus expectativas. Si la amaras, le darías espacio para que crezca, para que tome sus decisiones y se equivoque. Supongo que Olivia fue una decepción para ti. A engendrar un nuevo hijo, una versión mejorada. ¿No entiendes que no somos objetos que puedes manipular a tu gusto, que tenemos sentimientos e identidades propias?

—Por eso quiero que seas tú… Mi hijo será criado por una mujer que tiene pasión e integridad. Y él y tú continuarán con mi proyecto.

—¡Dios! Jamás pensé que esa mujer estaba cuerda —dijo Eli, incrédula—. Quieres a la Virgen María que te dé un superhombre, ¡un semidiós!

Eli seguía atónita, intentando encontrarle sentido a lo que escuchaba.

—¿Y qué te hace pensar que yo aceptaría tu propuesta? —preguntó ella.

—Porque me amas.

—¿Cómo puedo amar a alguien que quiere un nuevo hijo porque la hija que tiene le decepciona? Olivia no tiene los genes de la inteligencia o no quiere hacerse cargo de tu galería. Yo soy la mujer perfecta: tengo los genes, puedo criar a tu hijo con decencia y hacerme cargo de que expanda tu imperio. ¿Cuántos años llevas buscando a tu vientre perfecto? ¿Cuántas muestras de ADN has cotejado? Has perdido la cordura.

—Yo amo a Olivia. Ella sí lleva los genes, pero nunca se va a ocupar de esto.

—¿No te das cuenta por lo tanto de que no significa nada? ¡Ella sufre de depresión, yo de obsesión y tú de narcisismo!

—Necesito dejar a alguien que asuma la legacía.

—¿Legacía…? ¿De qué sirven tus investigaciones? —preguntó Eli con desprecio.

—Niños sanos, sin defectos…

—Dirás niños ricos sin defectos. Porque dime, ¿qué vale un tratamiento embrionario? Quinientos mil, un millón…

—Con el tiempo se puede democratizar.

—Sabes que eso no es cierto. El progreso dejó de democratizarse hace tiempo. La expectativa de vida de un hombre de tu clase es de cien años cuando la de un hombre de las barracas…

—En mi caso, eso no es cierto… —musitó Harding.

—No te creo —dijo ella—. Esta es otra de tus mentiras.

—Por más sueros y tratamientos, no puedo contener la enfermedad. La frecuencia de las transfusiones ha aumentado; llegará un momento en que serán diarias y luego permanentes.

—Por tu propia culpa, ¿verdad? —dijo Eli con indiferencia—. ¡Tú te lo has ocasionado a ti mismo por tus ambiciones!

—Yo creía a ciegas en el tratamiento.

—¿Y qué esperas de mí? ¿Que me quede a tu lado y te cuide? ¿Que te dé un hijo hecho a medida como último deseo en tu vida? Aunque fuera verdad lo que dices, ¿no te pones a pensar si yo quiero traer un niño sin padre? —Eli bajó la voz.

—El dinero no te faltará.

—¿Tú crees que el dinero es suficiente? ¿Qué sería del niño si yo me muero? —dijo Eli con dolor—. ¿No sabes lo que yo he sufrido sin padres? Mi madre se empecinó en tener un hijo porque quería llenar un hueco. Se murió y nos dejó en un mundo enviciado. ¿Quién te dice que quiero traer un niño a este mundo? ¿Quién te dice que quiero ser madre?

Eli contuvo las lágrimas y Harding le acarició el cabello. Ella se apartó conmocionada.

—No te creo —dijo ella—. Eres una persona sin amor, sin compasión, que busca su interés propio. Ya no me engañas.

—Estoy muriendo. Por eso estoy enviando a Olivia a Canadá con su madre. Puedes leer la carta que le envié a mi exmujer. Abre los correos.

Eli tembló de la rabia y buscó el correo.

—Por eso mismo quería finiquitar el asunto con Omen —continuó Harding—, que dejaran a Olivia en paz. Pese a mis esfuerzos, no logro hacerlo. No veo otra solución que sacarla de aquí, a otra jurisdicción legal. Si yo me muriera, ella quedaría a merced de Omen.

Eli leyó el correo y la respuesta de su exmujer.

—No te creo en absoluto —dijo ella—. ¿Sabes lo único que creo? Que quieres que lleve a tu hijo. Quieres eternizarte de esa manera. ¿Quieres que yo te crea? Devuélveme mi título. Obra sin esperar recompensa.

—Pero ¿no has leído la carta?

—Lo único que leo en esa carta es que temes que Omen se quede con tus patentes.

—No puedes juzgarme por una línea —se defendió Harding.

—Sí puedo. Porque no se trata de una línea, es la ausencia de líneas: ¿dónde está el amor por Olivia?

—Quiero que se vaya con su madre porque no podré velar por ella…

—¡Eso no lo escribes en la carta! —exclamó Eli con furia.

—Pero es cierto.

—Tú no tienes amor, no sabes lo que es el amor. Estás acostumbrado a ver transacciones comerciales en todo lo que haces o dices. Hasta lo más minúsculo o abstracto tiene un precio de intercambio. Si descubres algo, se embotella y se vende. Si conoces a alguien, evalúas si puedes emplearlo. Incluso lo más simple tiene que servirte. Mi estudio tenía que servirte para algo, aunque sea solo para satisfacer una curiosidad. Olivia no te sirve… Yo sí te sirvo y mucho. Pero yo no tengo precio. No me puedes comprar.

—Te amo…

—Dirías cualquier cosa para obtener lo que quieres. ¿Quieres que te crea? Haz algo sin esperar nada a cambio, por primera vez en tu vida.

Capítulo 42

E li había ido a ver a Lucas a la finca, necesitaba pedirle un gran favor. Él la recibió con una sonrisa fraterna en la pequeña sala de la casa y, luego de mirarla con un aire de compasión, se sentaron a conversar.

Lucas se sentía más relajado porque no lo habían expulsado y le permitirían terminar la carrera. Eli se disculpó por haberlo arrastrado en un asunto tan grave y le pasó la carta que ella había enviado a la Dirección de la universidad en defensa de los dos. Él leyó la carta con atención, abriendo los ojos por partes e inclinando ligeramente la cabeza, pensativo...

Londres, 17 de mayo de 2066

Estimados señores de la Universidad de St John, Instituto Biotécnico de Londres:

Agradezco la oportunidad que me han brindado para apelar la decisión de expulsión.

En primer lugar, quisiera disculparme por mi comportamiento inaceptable en el pasado. Hoy entiendo que el carácter, aunque es una parte esencial de nuestra personalidad, debe controlarse y moderarse. Reconozco que en varias oportunidades fui descortés y hasta ofensiva. Una actitud hostil no promueve el diálogo, sino que lo corta de raíz y pone al receptor de mis opiniones a la defensiva. Nunca fue mi intención ofender a nadie. Fue producto de una tendencia a hablar sin filtros, que fue empeorando debido al estrés del trabajo, la presión en los estudios y por razones personales.

No obstante, siempre me he conducido con integridad. En los siete años que llevo en esta institución, solo me han llamado la atención por opiniones subidas de tono. Mi rendimiento académico es encomiable. Solo fracasé en un curso, Nutrición Bioquímica Avanzada, debido a que me expresé en el examen final de una manera insultante, poniendo en tela de juicio la reputación de mis profesores y de la institución.

En especial, quiero disculparme con la doctora Bishop, quien siempre me ha guiado de acuerdo con la más estricta ética.

He preparado en mi defensa un informe sobre la base de rigurosas investigaciones, el cual se adjunta a esta carta. En primer lugar, existe información anecdótica de que los rumores acerca de los efectos nocivos del Viadélum empezaron un tiempo atrás y no en enero de este año como Omen declara.

En segundo lugar, creo firmemente que estos rumores son ciertos y que, por ello, Omen pretende censurar mi estudio. Al no encontrar errores y omisiones en mi trabajo, Omen no ha tenido más remedio que atacar mi ámbito personal, inventando una colusión en su contra. Como ustedes podrán ver en mi cuestionario cualitativo, con más de 700 respuestas, el Viadélum está afectando a los usuarios.

Tercero, incluyo el caso de Justin Taylor, quien ha fallecido. Conocí a Justin a través de mi estudio cualitativo y tuve oportunidad de seguir su situación de cerca. Su historial, desde sus inicios como influente de Omen hasta su muerte, está incluido en detalle en el anexo. Justin murió; sin embargo, el certificado de defunción no existe. Su identidad digital también ha sido eliminada. Justin Taylor sí existió. Su ADN está registrado en la base de datos de St John. Y adjunto copia de un testimonio, escrito y firmado por Justin Taylor días antes de su muerte, en que denuncia el efecto nocivo del Viadélum y acusa a Omen de haberlo hostigado.

Quería declarar que mi relación con Joseph Harding fue personal y no de negocios. J. Harding es el padre de Olivia, quien es amiga cercana de mi hermana. Jamás le he prestado al señor Harding servicios de ningún tipo ni recibido compensación económica.

Mi relación con J. Harding surgió porque la Universidad declinó mi solicitud de financiamiento para mi tesis. Ansiosa por llevar a cabo un estudio riguroso y de magnitud, busqué financiamiento externo, que conseguí a través del señor Harding. Por motivos que él no quiso declarar, me pidió discreción acerca de nuestra relación. J. Harding es un hombre manipulador que siempre consigue lo que quiere. Me usó y me sedujo con el único fin de propulsar su plan. Yo desconocía que Harding fuera competidor de Omen.

Quisiera reiterar que mi colega Lucas Chiarello ignoraba mi relación sentimental con este señor y que su único error en este asunto fue confiar en mí. Lucas Chiarello estaba convencido de que el financiamiento provenía de una entidad sin fines de lucro y ha obrado éticamente en todo momento.

Lucas y yo hemos trabajado con dedicación y diligencia durante meses para producir un estudio del que la Universidad pudiera sentirse orgullosa. He de enfatizar que la auditoría no encontró ninguna deficiencia. Además, he completado el estudio con un cuestionario cualitativo que provee información adicional acerca de los efectos del Viadélum y la salud mental de los usuarios. Hemos contribuido al progreso de la ciencia.

Ignorar mi estudio por conflictos comerciales que conciernen solo a J. Harding y a Omen es un grave error. La salud de la población está en riesgo. Es el deber de un científico defender la verdad en toda circunstancia, dejando la política y los intereses mercantilistas a un lado.

Si no creen que mi estudio es veraz, se puede replicar en seis meses.

El código de honor de la Universidad, en su principio número uno, señala:

«Los miembros de esta comunidad científica sirven únicamente a la verdad».

Yo reitero mi compromiso con la verdad y estoy a su disposición para responder preguntas y brindar cualquier información adicional que sea necesaria.

Sinceramente,

Eloísa Mars

—«Es el deber de un científico...». Empiezas disculpándote por tus actitudes y ¿les dices qué hacer? —Se rio Lucas cuando terminó de leer la carta.

—Si ellos entierran mi estudio, confirmo que son unos corruptos y que siempre tuve razón —dijo Eli y lo miró sobrecogida—. Lamento tanto lo que ha pasado, Lucas. No sabes cómo siento haberte arrastrado.

—No te preocupes, ya me siento mejor. Bishop me ha contactado. Me voy a graduar con la nota mínima, sin la licenciatura. Es mejor que nada. ¿Cuándo te responden?

—Puede durar meses. Mientras las disputas entre Omen y Harding continúen, la universidad no va a resolver mi caso. Omen dice que Harding es un competidor y Harding dice que no lo es.

—¿Y qué vas a hacer ahora?

—Necesito alejarme por un tiempo. Omen me ha estado siguiendo. Tuve un enfrentamiento con Remington en que lo amenacé con publicar lo de Justin. Me quiso ofrecer dinero proponiéndome una aberración. Tengo miedo.

—Puedes esconderte aquí —sugirió Lucas.

—Saben quién eres tú. Lo saben todo de los dos. Escúchame, he venido en persona para darte copia de mi informe y el testimonio original de Justin. Quiero que tus padres conserven y escondan una copia en caso de que yo desapareciera...

—¡Quédate aquí! Mis padres y la red ecológica pueden protegerte.

—No, Lucas, nos pueden descubrir con facilidad. Quiero que le lleves el original a Harding. Él podría ampliar la investigación sobre Justin y presionar a Omen. Yo no tengo los recursos. Te he escrito una carta para que Harding te reciba sí o sí. Tengo algo que decirte; tienes que saber.

Lucas la miró extrañado.

—Olivia se va a Quebec a vivir con su madre —dijo Eli—. Harding no ha logrado contener las demandas de Omen y el conflicto entre las partes ha empeorado con las acusaciones de difamación. Si Olivia estuviera en Canadá, Omen tendría que obtener una orden de extradición, lo que es difícil, ya que solo se trata de un tema laboral no resuelto. Incluso, aunque Omen abuse de su poder, es improbable que Canadá acceda, considerando la salud mental de Olivia. Omen terminaría abandonando el caso de Olivia y se focalizaría en las demandas contra Harding, donde hay mucho más que ganar.

—¿A Canadá? —repitió Lucas, sobrecogido—. ¿Cómo sabes esto?

—Leí la carta que Harding le envió a la madre de Olivia.

—¿Hablaste con Harding? ¿Por qué confías en él después de todo lo que te ha hecho?

—No tengo opción; Harding es el único que puede batirse con Omen. La universidad no va a hacer nada. ¿Pelearse con un promotor? ¿Cuántos estudios financia Omen cada año? Harding me dijo otra cosa: se está muriendo.

—¿Cómo sabes que está diciendo la verdad? —dudó Lucas—. Es un hombre que no tiene escrúpulos y capaz de inventar algo tan mórbido para conseguir lo que quiere.

—¡Por supuesto que no le creo! Pero él es mi última opción. Él puede presionar a Omen con el caso de Justin para que abandonen las demandas. Harding lo va a hacer porque le conviene. No lo hará por mí, sino por él. De zanjarse el asunto, tengo mejor probabilidad de que me devuelvan mi título.

—¿Estás segura de que me recibirá? ¿Y Olivia…?

—Pregunta por Harding, le das mi carta y mi archivo. Cuando termine de leer la carta, te va a dejar hablar con Olivia. Si no puede darte un momento para que digas adiós, es más despiadado de lo que pensaba.

—Es que no quiero decir adiós…

—Lucas, no he sido franca contigo y me avergüenzo de ello —dijo Eli—. Otra de las maquinaciones de Harding en la que caí como una ilusa… No tengo excusa. Nunca le dije a Olivia que estuviste enfermo, que la esperaste en la puerta de su casa bajo la lluvia, que estuviste grave. Nunca le dije que tú la amabas. Harding me convenció de que la relación no podía terminar bien, que Olivia necesitaba un hombre con dinero…

—¿Dinero? ¿Eso es lo que tú crees que Olivia necesita? ¡Si tiene todo el dinero del mundo! Cómo has podido...

—Perdóname —suplicó Eli—. Yo pensaba que la distancia les haría bien y que cuando Olivia estuviese mejor…

—¿Qué? Después de hacernos daño mutuamente con nuestro silencio y nuestro rechazo, ¿íbamos a recobrar el amor como si nada?

Lucas se levantó agitado. La separación física y emocional que él había sufrido fue producto de las interferencias de Harding y de Eli.

—Te prometí que te iba a ayudar a recuperarla —dijo ella.

—¿Y qué vas a hacer? ¿Mandarme en avión a Canadá? Ni tú ni yo tenemos dinero.

Eli sacó de su bolso un paquete envuelto.

—Aquí hay un vestido, un par de zapatos y un pendiente. Véndelos y vete con Olivia.

—¡No alcanza! —exclamó Lucas—. ¿Qué voy a hacer en Canadá? Sabes muy bien qué les hacen a los inmigrantes ilegales: van presos de por vida a un campo de concentración.

—Puedes ir como su esposo. Ella tiene la nacionalidad y el dinero. Puede hacer los trámites por ti.

—¿Ahora nos vas a casar? Nos casas y nos mandas de luna de miel. ¿Tú crees que puedes jugar con las personas y disponer de sus vidas? Era fundamental que Olivia no se sintiera sola o abandonada por mí; era fundamental que supiera que la amaba. No importaba si ella no me amaba, ella debía saber que era amada.

—Lucas, perdóname —suplicó Eli.

—Escúchame tú a mí. Voy a hacer lo que me pides porque se trata de ti y estás metida en un asunto muy grave, pero me has hecho tanto daño que no sé si volveré a confiar en ti. Anda, quédate con tu vestido y tu joya. Los vas a necesitar. Y quítate de la cabeza a Harding. Entiende: no puedes confiar en él, te lo dije desde el principio.

Lucas se dio media vuelta, estremecido, y salió al campo a continuar con su labor. Los limoneros daban fruto y era tiempo de la cosecha.

Capítulo 43

Lucas se encaminó a la casa de Harding con el archivo y el mensaje de Eli como habían acordado. En la puerta de la mansión se presentó diciendo que traía una carta de parte de Eloísa Mars que debía entregar al señor Harding en persona. Le abrieron de inmediato.

Lucas se armó de valor para enfrentar al hombre que había hecho lo imposible por separarlo de Olivia. Harding estaba en un sillón, pálido y encogido. Junto a él había un equipo médico sofisticado de monitoreo con un sistema de transfusión. En cuanto Lucas entró a la sala, el enfermero a cargo los dejó a solas.

—¿Es cierto que está enfermo? —preguntó Lucas.

—Acabo de recibir un suero. Lo recibo cuando mis marcadores vitales bajan a cierto nivel.

—¿Se puede saber cuál es la causa?

—El tratamiento que desarrollé para rejuvenecer la sangre genera una especie de fagocitosis con el tiempo. —Harding tosió e hizo una pausa.

—No funciona…

—La esencia de la vida es cíclica. Puedes prolongarla por un tiempo, pero el final se impondrá, y con mayor fuerza. Anda, sírvete un café y dime qué quiere Eloísa, que no has venido a filosofar.

Lucas se sentó y le dio la carta.

—¿Tienes el archivo? —preguntó Harding después de leer las primeras líneas.

—Aquí está. —Lucas sacó de su mochila el archivo y un dispositivo informático—. Eli cree que usted puede ampliar la investigación acerca de Justin Taylor y demostrar el encubrimiento de Omen. Es un trabajo bien hecho y la evidencia ha sido obtenida de manera legal.

—Mi equipo ya está trabajando en ello.

Harding terminó de leer la carta.

—¿Cree que puede ser de utilidad? —preguntó Lucas.

—La información es sólida. Podemos darle un dolor de cabeza a Omen y presionar para alcanzar un acuerdo. Pero el estudio de Eloísa está muerto.

Releyó la carta y agregó:

—Quieres ver a Olivia, por lo visto. No te preocupes, no lo voy a impedir. Como ves, no tengo fuerzas hoy para discutir al respecto.

—¿Por qué me odia tanto? ¿Por qué no soy un buen hombre para Olivia?

—No te odio, me molesta tu inconsciencia. Yo al menos quería algo, prolongar la vida, desarrollar la genética. Tú no sabes lo que quieres, vives de una manera inconsciente.

—No sé a qué se refiere; soy un hombre común pero honesto, con principios.

—Eres un hombre común; tú lo has dicho.

—Usted se considera especial, pero su vida no ha servido para mucho, solo para envenenar a su hija, luego a Eloísa, y terminar en una unidad de cuidados intensivos por sus propias manipulaciones.

—He hecho descubrimientos en genética embrionaria —dijo Harding, cansado.

—¿Y para qué sirvieron? Dígame, ¿quién se beneficia de ello mientras la civilización entera colapsa? ¿Quién es más inconsciente? ¿Yo, que sobrevivo en un mundo de escasas oportunidades, o usted, que tiene el poder para hacer algo al respecto?

—Yo no puedo resolver los problemas del mundo.

—Usted puede influir. Tiene los recursos, los contactos… Está en la cima de la sociedad.

Harding llamó a su enfermero y le pidió un analgésico.

—No tenemos nada más que conversar; por favor, vete. Como te dije, no tengo fuerzas para discutir contigo. —Harding carraspeó para limpiarse la garganta y tomó un vaso de agua—. Olivia está en el jardín.

El enfermero le inyectó un analgésico. Harding gimió y se adormeció.

*

Lucas sintió fuertes palpitaciones. Hacía meses que no veía a Olivia. Caminó inseguro el corto trayecto desde la sala a la caseta del jardín, queriendo ordenar sus pensamientos. ¿Qué le iba a decir? ¿Que la amaba? ¿Qué sentido tenía ahora? Estarían separados. En el fondo, lo único que quería era abrazarla.

Desde la ventana, Olivia notó la figura de un hombre que caminaba hacia ella y lo reconoció al instante: delgado, desgarbado, con los rulos desordenados y una barba incipiente. Lucas se detuvo a medio camino y luego aceleró la marcha. Olivia le abrió la puerta y lo recibió conmovida, feliz de verlo. Él la estrechó y ella se aferró.

Entraron a la caseta y se volvieron a abrazar.

—Pensé que no te volvería a ver —dijo Olivia entre sollozos—. No sabes la felicidad que me has causado.

—¿No me has olvidado?

—No, cómo podría...

—¿No dudaste de mí todo este tiempo? ¿No te preguntaste por qué no hacía un esfuerzo por venir a verte, por mandarte un mensaje?

—Es lo que yo debería preguntarte a ti —dijo ella, con los ojos húmedos—. Yo fui la que no hice ningún esfuerzo; lo dejé morir. Perdóname de corazón.

—¿Por qué he de perdonarte? Fuimos separados por tu padre, incluso por Eli.

—Lucas —ella se secó las lágrimas—, yo sé que estuviste enfermo; que, esa noche que esperaste frente a mi casa bajo la lluvia, caíste enfermo y que estuviste en cuidados intensivos. Sam me lo contó un tiempo después y yo no hice nada por verte. Me bastó saber que te habías recuperado.

—¿Por qué no me buscaste? —suspiró él.

—Preferí dejarlo ahí; mi padre iba a darme batalla y hacerte la vida imposible. No tenía ni el ánimo ni el coraje.

—¿Y ahora?

—Me voy a Quebec. Mi padre se está muriendo y quiere que me vaya para complicarle el panorama legal a Omen.

—Entonces, ¿es cierto que se está muriendo?

—Su salud ha empeorado en el último tiempo de una manera acelerada. En apenas dos semanas, ha envejecido diez años.

—Y tú, ¿te quieres ir?

—¿Cómo irme si se está muriendo? —dijo Olivia—. Le he dicho que me quiero quedar hasta su muerte. Me lo va a impedir. Me voy en cuanto la doctora ya no pueda hacer nada por él, que temo será pronto.

—¿Ya no le tienes rencor?

—Mi padre es un hombre extraño. Su cerebro pareciera que funciona solo para medir el precio de las cosas y negociar; es cerebral y frío. En el último tiempo, he comprendido que me quiere, a su manera. Creo que su enfermedad lo ha sensibilizado.

—¿Por qué lo dices?

—Elogia mis pinturas y quiere que sea una artista porque es lo que yo quiero —dijo Olivia con una sonrisa triste—. Me dijo que no espera que me ocupe de la galería. Mi padre, en el umbral de la muerte, se está humanizando.

—¿Y nosotros? ¿Ha tenido un giro de corazón también?

—Me dijo que necesito un hombre fuerte.

—¿Y yo no lo soy?

—Tengo miedo de recaer, de que mi vida se descarrile y que pierda la serenidad que he alcanzado. Voy a depender de químicos por el resto de mi vida. ¿Quieres cargar con una persona dependiente y frágil? ¿No crees que juntos estamos en peligro de tentarnos con drogas? ¿Que tú y yo preferimos evadir la realidad?

—Yo puedo cambiar, enfrentar la vida como es —suplicó Lucas—. Dame una oportunidad, te lo ruego.

—Es tarde, parto pronto. Él no quiere que lo vea morir convertido en una abominación. Voy a cumplir su deseo.

—¿Regresarás?

—No sé qué pasará con los juicios de Omen después de su muerte. Es un tema complicado y quizás yo no esté libre de volver —dijo Olivia con los ojos llorosos.

—¿Significa que este es el final?

344

Se besaron y lloraron juntos un rato.

Cuando él se levantó para marcharse, ella lo detuvo. Rebuscó entre sus lienzos y sacó varios cuadros.

—Quiero que te lleves unas pinturas para que no me olvides —dijo ella—. Aquí estamos los dos, juntos y felices; por favor, recuérdanos así. Este cuadro es para Sam. Y este es para Eli. Mi padre me pidió que lo pintara hace un tiempo para ella. Nunca pudo dárselo. Los juicios enredaron las cosas para ellos.

Eran unas mariposas monarcas de un color naranja brillante sobre un cielo azul cobalto, pintadas con tal realismo que parecían revolotear sobre el lienzo.

—¿Para Eli? ¿Sabes tú del romance?

—Sí. Mi padre me lo contó. Te dije que es un hombre frío, pero no lo es cuando habla de Eli, se le enciende el rostro, se le llena el corazón.

Se dieron un último abrazo. Lucas sonrió con los ojos húmedos: «Te esperaré», le dijo y se marchó.

***

Lucas no llegó a tiempo. Frente a la casa de la familia Mars, una furgoneta cargaba las escasas pertenencias de la abuela y de Sam. A Lucas le sorprendió ver un anuncio de venta.

—Se fue ayer —dijo Audrey—. No me quiso revelar a dónde. Dijo que, si hubiera una emergencia, nos comuniquemos con Mark, que él sabe dónde se esconde.

—Está angustiada —dijo Lucas—. Dice que la siguen, que la vigilan.

—Dios quiera que solo sea una de sus obsesiones y que no corra peligro. Me ha pedido que no la busquemos para no exponer su paradero. Va a estar sin conexión por un tiempo. Me ha prometido enviarme un mensaje cada semana para decirme que está bien. Esperemos a que terminen los juicios y se emita una respuesta a su apelación. Bishop ha prometido comunicarse conmigo en cuanto sepa algo.

—Pero ¿se fue sin nada? ¿Se llevó al menos dinero?

—Se fue con lo que sacó de ese vestido, una mochila y algunos recetarios de su madre. Se fue en su bicicleta. No quiso aceptarme nada, ni siquiera un adelanto de la venta de la casa. Dijo que la casa era mía y me rogó que la vendiera y que usara el dinero para pagar la hipoteca del departamento de Sam. No quiere que penda sobre su cabeza una deuda financiera con Omen.

—¿Cuándo te mudas tú?

—Me voy en unos días. Estamos vaciando la casa, deshaciéndonos de los muebles y las cosas viejas.

—¿Puedes guardar estos cuadros? Uno es de Eli, el de las monarcas, y el otro es de Sam, el de las rosas. Por favor, envíanos un mensaje confirmando que Eli se encuentra bien. Adiós, Audrey, ya sabes dónde encontrarnos si necesitas algo.

Parte Final

Capítulo 44

E l verano había transcurrido abrasador y virulento, evidenciando la realidad de un planeta en llamas. Las olas de calor afectaron el hemisferio norte levantando asfalto, secando reservas de agua y exterminando vida humana y animal. En Portland, Seattle y Vancouver, las temperaturas superaron los 50°C. Se abrieron los refugios de emergencia donde se proporcionaba aire acondicionado, agua y atención médica. Los incendios forestales en California continuaron a lo largo del verano. El huracán Zelena devastó las islas del Caribe, por fortuna deshabitadas. Altas temperaturas mataron cerca de treinta mil personas en Europa. El norte de la India sufrió fuertes tormentas de arena, lo que causó complicaciones respiratorias y miles de muertos. Severas sequías e inundaciones asolaron distintos puntos del planeta. El flujo migratorio continuó hacia las metrópolis más avanzadas que ofrecían protección, con la consiguiente edificación masiva de barracas o tugurios, bajo control militar, alrededor de las grandes urbes.

La temperatura en Inglaterra también había sido intolerable. El hacinamiento y la fluctuación de electricidad ponían a prueba la resistencia física y emocional de sus residentes. La situación era lamentable en las zonas marginadas.

Eli se adaptó bien a la vida rural. Sara, la mujer del sari rojo y verde, no se opuso a su presencia con la condición de que colaborara y no interfiriera. Mantenían una relación respetuosa pero distante.

La comunidad subsistía con recursos básicos en una antigua aldea abandonada. Habían reparado las casas, pero no contaban con luz ni agua corriente. En la época seca, sin miedo a las inundaciones, sembraban y recogían nueces y frutos. Incluso salían de caza. En la época de lluvias, se mudaban a otra villa, a lo alto de una colina. Llevaban la vida primitiva de los ancestros de la isla.

Eli seguía la rutina sin protestar ni proponer cambios, tal como se lo había pedido la mujer líder. Se levantaba al amanecer, desayunaba un pan casero insulso y realizaba labores de campo o domésticas. Recogía agua de pozos, cocinaba o cuidaba la huerta. Como a ella el trabajo no le asustaba, se entregó a la faena con buena disposición. Cada semana, viajaba en bicicleta hasta la estación de tren más cercana y le mandaba un mensaje a su abuela. Aprovechaba para enterarse de las noticias y recargar la batería de su bicicleta y de su brazalete.

Aunque el trabajo fuera pesado, las tareas manuales la sosegaban. Mantenerse en movimiento era revitalizador y le permitía dormir con soltura. En el campo, con la brisa natural o bajo la sombra de los árboles, la temperatura no se sentía excesiva. En realidad, prefería la vida al aire libre. En la ciudad no se podía respirar.

Las primeras semanas imitó a los demás. No quería causar ningún problema y deseaba estar sola. No había tenido tiempo para procesar los sucesos en cascada que terminaron en revelaciones explosivas. Había hecho lo imposible por limpiar su nombre y recuperar su título. Enfrentó a Remington y a Harding. Como su mente estaba exhausta, se dedicó a hacer y no pensar.

Su tarea preferida consistía en amasar el pan y hornearlo al aire libre. Identificar y recoger hierbas medicinales también la serenaba. Caminaba a solas por la campiña y analizaba el forraje. Encontraba con facilidad manzanilla, jazmín y diente de león. Con suerte, descubría plantas más potentes como la ortiga o el cenizo. Algunas de las malezas hasta se podían comer. Con los recetarios de su madre, preparaba ungüentos y tónicos y trataba picaduras, fiebre, indigestión e insolación. Sara se lo permitía siempre y cuando sus procesos e ingredientes fueran naturales. La comunidad misma sembraba áloe y menta, entre otras plantas.

En soledad, sobre la hierba fresca y bajo los cálidos rayos del sol, Eli se sosegaba y dormitaba. Siempre la serenó el contacto con la tierra, la brisa sobre el rostro y el murmullo de la naturaleza. Esos oasis entre campos de Supermaná, turbinas de viento y aldeas abandonadas eran los manotazos de ahogado que daba la naturaleza para sobrevivir.

***

Dos semanas después de su llegada, se despertó angustiada antes del amanecer. Salió a la campiña, desesperada por una bocanada de oxígeno. Había soñado con su madre, que se moría. En el sueño, Eli miraba la escena desde el umbral de un cuarto oscuro. Su madre yacía agonizante y moría desprendiendo su último aliento. Eli se despertó en el momento en que el abuelo cubría el cuerpo blanco e inerte con una sábana.

Eso había sucedido realmente. Eli la había visto morir en la casa de los abuelos. Con sus siete años, no entendía por qué su madre no la reconocía, y lloró junto a su cama. Nina padecía los efectos de un tumor cerebral producto de la metástasis del cáncer. El abuelo quiso llevarse a Eli, pero la niña no se desprendía de la mano de su madre.

«Eli, dale un beso a mamá y vamos a dormir», le había dicho él. Sin embargo, ella no se soltaba y la seguía mirando, suplicante, como diciéndole: «Ma, ¿por qué no me hablas? Soy Eli». El abuelo la cargó en sus brazos. Se durmió llorando y, a la hora, se levantó angustiada. Se escuchaban voces y movimiento en la sala de la casa. Ella corrió al cuarto de su madre. Se detuvo en la puerta. Allí yacía el cuerpo, inmóvil y lívido. Solo lo observó en silencio, pasmada.

No había querido recordar esa imagen en años, pero esa madrugada, le vino a la memoria en sueños y se levantó conmocionada como cuando tenía siete años. Sollozó mientras recorría la llanura y se clavó de rodillas en el suelo. Su madre había muerto. Lloró inconsolable por ello y por las desventuras del último tiempo. Lloró por Sam, por las opciones que había elegido; lloró por Mark; por ese amor no resuelto; por la pérdida de su título, y sollozó por Joseph, porque de verdad lo amaba. Lloró durante el crepúsculo, hasta que los rayos de sol, con su luz y calor, la calmaron.

Regresó a paso lento y pidió que la disculparan. Volvió a acostarse y se durmió.

Cuando despertó, Sara, la mujer líder, estaba sentada a su lado y le ofrecía un té de manzanilla. Los día siguientes, permaneció en silencio, procesando el dolor de sus pérdidas. Debía dejarlas ir. Aferrarse a ellas era como querer juntar los pecios de un naufragio. Tenía que dejarse arrastrar hasta la orilla y abandonar las piezas rotas.

***

Los días transcurrieron y Eli se animó a interactuar con la gente, en particular con los niños, que se mostraban menos desdichados que los adultos. Matty, el pequeño que conoció meses atrás, la seguía con frecuencia. La ayudaba a recoger hierbas y la observaba cuando ella preparaba pomadas y tónicos.

La comunidad seguía creciendo. Sara le había contado que, al principio, habían sido apenas cincuenta personas. Con el tiempo, pasaron a cientos. La gente venía de la ciudad en bancarrota por deudas contraídas. Unos eran drogadictos y otros simplemente renegaban de la vida. Las metrópolis no ofrecían ni trabajo ni respuestas, por lo que preferían someterse a la ventura del campo, con sus limitados recursos, bajo la inclemencia del tiempo: una sociedad paralela de marginados e indigentes crecía fuera de las urbes.

Era una comunidad apática. Trabajaban al unísono, se ayudaban unos a otros y celebraban rituales. Sin embargo, se percibía desesperanza en los rostros.

Sara, al ver que Eli era inofensiva y que se atenía a las reglas, se abrió más. Eli indagaba con discreción acerca de los antecedentes de la comunidad y Sara respondía sobria.

—Esperan la muerte —dijo la mujer del sari—. Saben que pueden morir por falta de agua o alimento, o en una ola de calor o en una helada. La mayoría ha venido a morir y lo saben, aunque algunos se quedan por poco tiempo y regresan a sus vidas anteriores, insatisfechos también con el campo.

—Pensé que la comunidad les ofrecía una alternativa de esperanza —dijo Eli.

—Es de hecho mejor para la mayoría. La locura de la gran ciudad no es una opción. Sin embargo, fuera de la metrópoli están expuestos a la volatilidad de la naturaleza y eso asusta a algunos.

—Podrían introducir algunas mejoras y vivir con menos sufrimientos…

—¡No! —interrumpió Sara—. Están aquí porque quieren escapar de la tecnología que los esclaviza.

—Existe una red de granjas ecológicas que hacen las cosas respetando a la naturaleza.

—No entiendes. No hay que respetar a la naturaleza, hay que someterse a ella. El hombre se ha alejado de su verdadera esencia y debe regresar a ella.

—¿No te preocupa que los niños mueran? Están malnutridos y enfermos. ¿Qué va a ser de la comunidad?

—Nuestra comunidad, como la humanidad entera, perecerá porque es el destino de toda civilización primitiva. El hombre de esta civilización ha llegado a su límite, no ha logrado superarse.

—La tecnología de esta civilización es asombrosa…

—La tecnología no es sinónimo de avance, es solo una herramienta. ¿Ves este mortero? —preguntó Sara, tomando un cuenco de piedra que usaban para moler el cereal—. Nuestros ancestros construían herramientas de piedra o de madera. Luego desarrollaron las de acero, las químicas y las digitales. Son solo herramientas. Somos la misma especie primitiva con herramientas más peligrosas. No ha habido maduración interna.

—¿No tienes fe en el corazón humano? —preguntó Eli. Ella misma se había planteado esa pregunta a menudo y dudaba acerca de la respuesta.

—¿El corazón humano? Dale algo al corazón humano y se aferrará a ello. Y lo abandonará cuando ya no le sea útil.

—Somos una civilización egoísta…

—Puedes usar ese adjetivo peyorativo, aunque ya no significa nada. Se le llama egoísta tanto al niño que no quiere compartir un juguete como al avaro —dijo Sara—. El ego es la fuerza dominante, claro está, pero yo diría que somos una civilización inconsciente.

—Entonces, ¿nos extinguiremos?

—Mientras nuestros deseos sean insaciables y no seamos conscientes de ello…

Capítulo 45

Los días pasaron y Eli procesaba lo que Sara le había dicho. Echada en la hierba, advirtió los deseos insaciables de su corazón: control, seguridad, permanencia, amor. El ser humano perseguía espejismos y ni siquiera se daba cuenta de ello. Al mismo tiempo, tenía miedo. ¿Miedo a qué? ¿A sufrir?

Eli no quería sufrir más pérdidas. No quería sentir ese torbellino de desesperación y ansiedad. Sus músculos se tensaron, apretó los puños y gimió. No quería sufrir. Distendió el cuerpo y exhaló. Volvió a tensar y relajar los músculos hasta que se cansó. No quería sufrir... Se durmió con el murmullo de la naturaleza, el crujir suave de las ramas, el siseo de las hojas.

Una sombra la despertó y ella se incorporó somnolienta.

—¡Lucas! ¿Cómo has llegado hasta aquí? —preguntó Eli, sorprendida y contenta de verlo.

—Mark me dejó en la represa y me dio instrucciones. Sabía que estarías con esta comunidad —dijo él—. ¿Quiénes son?

—Renegados, desesperanzados, no lo sé. No le hacen mal a nadie, solo a sí mismos.

—Sé que debíamos mantener este lugar en secreto, pero tienes que saber. Olivia parte a Canadá esta noche. El doctor le ha dado unos días de vida a su padre. Es cierto: se va a morir y creo que dice la verdad. Todo lo que ha hecho era para salvaguardar a Olivia, así lo cree ella.

Eli suspiró, sobrecogida. Lucas se sentó a su lado.

—No vine antes porque me preocupaba exponer tu ubicación —continuó él—. Mark me dijo que Omen estaba perdiendo el control de la situación y que podían hacerte daño. Cuando Olivia me confirmó que a su padre le quedaba poco, decidí buscarte. Tienes que saber.

Eli cerró los ojos y una lágrima le recorrió el rostro. Joseph moría. No había querido creerlo en un principio; tanto su mente desconfiada como su corazón enamorado habían rechazado esa posibilidad. Ahora se presentaba Lucas como un heraldo convertido, luego de profesarle odio y rencor. Lucas le creía y Eli, en el fondo de su alma, también. Lo que no sabía a ciencia cierta era si sus errores fueron tan solo de medición o producto de un egoísmo acérrimo. ¿Lo perdonaría a pesar de que priorizó su interés sobre el de ella y, en su narcisismo, la perjudicó de por vida? Entre memorias contradictorias apareció una imagen entrañable de su rostro.

***

Harding yacía en una habitación oscura. Un enfermero lo atendía. Había dejado de comer, aunque seguía bebiendo. Hacía unos días, le habían desconectado el suero. La doctora había dicho que ya no producía efecto y que bebiera agua. Ahora recibía una dosis de analgésicos para el dolor. Era sorprendente que aún se mantuviera consciente, aunque divagaba con frecuencia.

Cuando Eli llegó, dos enfermeros revisaban el programa de los fármacos. La dejaron pasar. «Está despierto», le dijeron.

Harding había envejecido prematuramente. Eli, haciendo cuentas de fechas y asociando eventos de su vida, le había calculado una edad cronológica de unos cuarenta y siete años; ahora parecía de setenta, contraído, empequeñecido, con el cabello escaso y blanco, la piel fruncida, los labios finos. A pesar de la chocante y desvalida imagen, mantenía cierta dignidad y un semblante sereno. Eli permaneció unos segundos de pie frente a su cama contemplando al hombre que tantas emociones fuertes le había infundido. Se le desgarró el corazón al verlo moribundo y caminó titubeante hacia su lado.

Como a Harding le molestaba la luz porque le daba dolor de cabeza, la inmensa habitación estaba alumbrada por una pequeña lámpara que emitía una centella dorada. Cuando Eli se acercó a la tenue luz, él distinguió su rostro. Ella se sentó en un sillón al lado de la cama y contuvo las lágrimas.

—Viniste —dijo él en un tono muy bajo.

—Pensé que querías una decisión final a tu propuesta.

—No, esta vez no tengo planes para ti. Al final de la vida, ya no exiges nada, solo te preguntas si valió la pena.

—¿Y cuál es el veredicto?

—Lamento decir que no. Es la verdad o, al menos, lo que siento. Dejo a mi hija con una frágil salud mental y a ti, sin una carrera, que era lo que más querías.

—Ya no tiene importancia; aprenderé a vivir con mis decepciones.

—¿Me has perdonado?

—¿Planeaste este desastre desde el principio para perseguir tus intereses? —preguntó Eli sin afán de reproche.

—No, pero pude manejar las cosas mejor. Pude haberte dado el financiamiento que querías con transparencia, y no lo hice porque pensé que no me convenía. Sopesé los pros y los contras de cada situación y opté por la acción de mejor provecho para mí.

—¿Me amaste?

—Mucho. Me despertaste la ilusión por vivir. A pesar de esa ansiedad tuya, tienes un brillo propio. Eres como esta luz, brillas en la oscuridad.

—¿Por qué me ocultaste lo de la enfermedad? ¿Sabías que te ibas a morir…?

—Pensé que el tratamiento me salvaría. Con tu presencia, mis marcadores incluso repuntaron. Albergué una ciega esperanza. Pensé que podíamos ser felices.

Ella lo tomó de la mano y lo miró con ojos empañados. Su rabia se había desvanecido y, en su lugar, sintió un profundo amor. No quiso perder el tiempo con reproches. El hombre que amaba dejaría de existir y no tenía cómo retenerlo. No había ni poder ni riqueza ni tratamiento que le devolviera la vida. Así de frágiles e inútiles eran los seres humanos frente a la muerte. Los ojos se le llenaron de lágrimas, pero lloró en silencio, oculta en las sombras de la opulenta habitación.

—¿Aún conservas el pendiente? —dijo Harding, quien vio el reflejo dorado en el pecho de Eli.

—Vendí el vestido y los zapatos. No pude deshacerme del colgante.

—¿Por qué?

—Yo también te amé —dijo ella con un temblor en la voz—. Aún te amo...

Él cerró los párpados y se aferró a su mano con el último vigor que le quedaba. Por un momento pareció dormido. Un enfermero entró de repente; había recibido una señal de alerta.

—¿Qué sucede? —preguntó Eli.

—El ritmo cardiaco se ha deteriorado y su temperatura ha bajado —dijo el enfermero—. Por favor, solo un minuto más, le daremos un analgésico y se dormirá.

Eli le acarició el cabello y él entreabrió sus párpados. Pidió un vaso de agua, tenía la boca reseca. Eli lo ayudó a beber. Harding se fue adormeciendo. Eli se quedó en la habitación contemplando su semblante sedado y se aferró a su frágil imagen. El hombre insuperable y recio se encogía bajo el efecto de los analgésicos que apenas le brindaban alivio. Una respiración fatigosa le alzaba y hundía el pecho. Eli posó la mano sobre él con suavidad para sentir su corazón. Lo perdonó de verdad; la soberbia y el egoísmo.

Aunque le desgarraba el alma que estuviera muriendo, Eli no reprimió su sufrimiento. El dolor que la quebraba era la consecuencia de su amor. Esperaba que, al menos, su presencia y su perdón hubieran sido reconfortantes y que muriera en paz.

—Adiós, Joseph —sollozó—. No sufras en vano, siempre estarás en mi corazón.

Ella posó los labios sobre los de él y se marchó.

*

Antes de irse, Thomas Price quiso hablar con ella para ponerla al día acerca de las investigaciones y el estado de los litigios. Le ofreció un té de hierbas y le dio unos minutos para que se repusiera.

Cuando ella se sintió mejor, fueron al despacho de Joseph y escuchó con detenimiento. El panorama era incierto. Lo único bueno era que Omen había abandonado el asunto de Olivia. Dada su frágil salud mental, sabían que no había forma de ganar un juicio de extradición y, menos aún, forzarla a cumplir un contrato. La demanda por difamación y perjuicio contra Harding continuaba. Era allí donde tenían mucho que ganar.

—¿No han podido hacer nada en contra de Omen? —preguntó Eli—. El caso de Justin Taylor, ¿no tiene peso alguno?

—Desde el punto de vista legal, el asunto es complicado. Tienen el argumento perfecto: Harding, un competidor, le pagó a una estudiante para falsear un estudio con el fin de difamarlos. Los acontecimientos y las fechas encajan. Omen ha sacado un estudio reciente que contradice el tuyo y lo han publicado en medios sociales y revistas científicas. Lo de Justin lo atribuyen a su inestabilidad emocional.

—¿No hay nada que se pueda hacer?

—Lo único que hemos podido hacer con lo recopilado es dárselo a un político amigo. Es ahí donde en realidad se mueven las piezas. Va a hacer ruido contra Omen.

—¿A cambio de qué? —preguntó Eli, perpleja.

—Déjanos las negociaciones a nosotros… Lamento que no podamos ayudarte con tu título. Tu universidad está de lado de Omen. Mientras las demandas estén vigentes, tu situación no se resolverá. Lo siento mucho.

Capítulo 46

El parlamentario amigo de Joseph Harding había cumplido. El Gobierno inició una investigación a raíz de un informe anónimo que acusaba a Omen de ocultar los potenciales daños del Viadélum. Se procedió a entrevistar a influentes, empleados y directores de la empresa, así como a personas independientes: científicos, usuarios y médicos.

El reporte anónimo mencionaba el caso de Justin Taylor y nombraba como testigos potenciales a la vecina de Justin, a su médico, a la doctora Bishop y a Lucy Chang, entre otros. Además, Thomas Price sugirió incluir el nombre de un especialista de excelente reputación para que diera su opinión científica con objetividad. Ninguno de los deponentes propuestos en el informe fue llamado por el Gobierno, salvo Lucy Chang.

Si bien las entrevistas eran privadas, se filtraba en la prensa parte del proceso, en especial las declaraciones que favorecían a Omen. Influentes devotos, científicos de cuestionable independencia y empleados de la corporación garantizaban la integridad de la empresa y sus productos.

Omen gozaba de los beneficios de su campaña de renovación de imagen. El producto lanzado al mercado, Viadélum, Travesías Virtuales, Generación 3.1, había sido un éxito. Una nueva camada de influentes alcanzaba ventas récord y las revistas científicas incluían nuevos estudios que confirmaban la posición de Omen. Los medios populares amplificaban las buenas noticias alrededor de la empresa y dejaban zanjado que no había riesgo alguno con la droga.

Respaldados por la estelar publicidad y confiados en el buen rumbo del proceso, los ejecutivos de Omen relajaron la guardia. No anticiparon la honestidad de uno de los empleados entrevistados. Un tabloide publicó un extracto de la entrevista:

Presidente del Comité (PC): Su nombre completo y asociación con Omen, por favor.

MW: Mark Wells, exempleado de Omen del Departamento de Ingeniería Neurosensorial.

PC: ¿Hace cuánto que no trabaja para la empresa?

MW: Desde este momento... Renuncio en este mismo instante.

El presidente consultó con un colega, quien le dijo que prosiguiera.

PC: ¿Existen en su opinión bases para cuestionar la integridad del producto?

MW: Sí. El Viadélum es en esencia un alucinógeno que le permite al usuario percibir como reales las imágenes virtuales proyectadas a través del equipo de Omen. La realidad virtual sin la droga es limitada y el usuario es consciente de que está usando un casco. Con la droga, el usuario cae en un sueño semiconsciente y pierde la conexión con el dispositivo.

PC: ¿Quiere decir que se olvida del dispositivo?

MW: En efecto. Es como soñar. Cuando soñamos, pensamos que es real.

PC: ¿Y cuál es el problema?

MW: El usuario tiene una alucinación guiada por las imágenes del viaje virtual. A la larga, con la inmersión excesiva o prolongada, se puede causar psicosis; peor aún, si no se usa con imágenes benignas.

PC: ¿Quiere decir que la gente usa el Viadélum sin el equipo de Omen?

MW: Sí. Existe un mercado negro de realidad virtual que combina la droga con imágenes de extrema violencia física, sexual o psicológica, y se perciben como reales. Otros usan la droga sin imágenes en busca de un efecto psicodélico espontáneo.

PC: ¿Tiene el fabricante culpa de ello?

MW: No, pero...

PC: ¿Causa o no psicosis el uso de la droga?

MW: Sí, con el uso prolongado o excesivo. El cerebro puede tener episodios psicóticos espontáneos.

PC: ¿Y cuál es su evidencia?

MW: Hay varios casos de influentes y usuarios enfermos. Y puede causar la muerte. El caso de Justin Taylor es verídico. Justin existió. Fue un influente que desarrolló psicosis permanente y, a raíz de esto, cambios fisiológicos que le causaron la muerte: incremento de la presión arterial, elevación del ritmo cardiaco y, en este caso, hemorragia cerebral. Omen está al tanto.

PC: Un ejemplo aislado no constituye evidencia. Además, el caso de Justin Taylor no ha sido demostrado aún... ¿Tiene alguna otra evidencia?

Después de que se difundiera el extracto por los medios sociales, la prensa a favor de Omen publicó una entrevista con Loren McQueen, quien desmintió la información y acusó al señor Wells de ser un empleado renegado, quien había sido despedido con anterioridad a la entrevista por faltas éticas.

Cuando salió a la luz pública el nombre de Justin Taylor y se hablaba de un muerto, se amplió la investigación. Incluso, se invitó a la vecina y al médico de Taylor a testificar. La batalla continuó con información a favor y en contra de Omen. La empresa, a su vez, intensificó la publicación de estudios nuevos que confirmaban su posición. Se acumularon cientos de horas de entrevistas.

***

Sam trabajaba largas jornadas en la campaña de renovación de imagen de Omen y no llegaba a casa hasta pasadas las diez. Cuando lo vio en la puerta de su departamento, desastrado, con la barba crecida, sudado y hasta hediondo, le dijo que se fuera.

—¿Qué haces aquí? —dijo ella—. Tú y yo no tenemos nada que hablar. Has arruinado tu carrera y pones en peligro la mía.

—Sam, escúchame, tienes que saber la verdad. Dame una oportunidad para explicarte —imploró Mark.

—Por favor, márchate si no quieres que llame a seguridad.

—Por el amor que le tenemos a Eli, escúchame.

—Aquí no; la abuela no está bien y se estresa con cada novedad. ¡Además, apestas! ¿No pudiste hacer el esfuerzo de arreglarte antes de verme?

Sam accedió a subirse al auto de Mark y se trasladaron hacia una calle oscura. Cuando Mark detuvo el auto, él continuó:

—Perdona mi aspecto, no he ido a mi casa en días. He estado durmiendo en el auto. Omen no se ha quedado satisfecho con inventar patrañas acerca de mi expediente laboral, me ha mandado unos matones para que me retracte.

—¡Qué esperas! Los atacas de una forma ruin; eres un informador de la peor calaña.

—¿No te importa que me amenacen? ¿No me crees? Hace tiempo que sospecho. Empecé mi propia investigación y hay cientos de influentes y usuarios enfermos. Omen lo sabe y quiere encubrirlo.

—¡Porque no siguen las instrucciones! —exclamó Sam.

—Sabes bien que la gente se deja llevar; no todos tienen una voluntad de hierro para limitar el uso de lo único que les da placer. Es cierto: el Viadélum es un alucinógeno y genera psicosis a la larga.

—Tú lo has dicho también: les da placer. ¿Por qué quieres acabar con ello?

—Yo no quiero acabar con ello, solo reformular el Viadélum. Omen no quiere alterar la dosificación. Saben que la realidad virtual sin el elemento psicodélico no convence a nadie y se les acabaría el negocio de la noche a la mañana.

—¿Y qué quieres de mí? ¡Qué puedo hacer yo!

—Déjalos ahora, en los mejores términos. Te vas a dar de bruces y no vas a poder salir de allí.

—¿Qué pasó contigo? Pensé que eras sensato, que trabajabas para un futuro seguro y confortable. El idealismo de Eli llegó a infectarte.

—¿No te importa que la gente muera o viva drogada?

—Es lo que hay. Si no fuera por el Viadélum, estaríamos desgarrándonos unos a otros. Un mal menor por una sociedad estable. ¿Acaso no has visto el estado del mundo?

—¿Qué te pasó a ti, Sam?

Ella se encogió de hombros y casi soltó una lágrima:

—Siempre he sido así —retomó el control de la situación con un tono firme.

—No es cierto —dijo Mark—. Cuando te regalé esa pequeña flor…, cuando comíamos *pizza* en el patio, cuando hacías los videos con tu abuela… eras otra, más inocente y feliz con lo que tenías.

—Porque no conocía a dónde podía llegar. Hoy sé lo que puedo alcanzar y voy a lograrlo; en especial, en este mundo viciado.

—¿A costa de qué?

Sam abrió la puerta del auto para bajarse y agregó:

—Tu problema es que te mareas con preocupaciones inmateriales y, al hacerlo, pierdes la vista del blanco. Yo sé lo que quiero.

Caminó unos metros hacia su edificio y una lágrima gruesa le recorrió el rostro. Cuando subió a su departamento, la abuela por suerte dormía. Había vuelto a apagar el aire para ahorrar. Sam lo encendió y se sacó los zapatos de cuero. Se sirvió una copa de vino y contempló alrededor lo que había alcanzado: seguridad, confort y un futuro. Apagó el interruptor; solo seguía encendida la luz azul de emergencia que alumbraba el corredor del departamento. Sollozó en la oscuridad. «Adiós, Mark, esta vez para siempre». Intentó calmar su ímpetu interior. Recobró su centro y miró el cuadro de las monarcas colgado en la pared. Los destellos naranjas colmaban la habitación. Descolgó la pintura con rabia.

Capítulo 47

Eli seguía viviendo en la comunidad. Cada semana, pedaleaba hasta la estación más próxima, cargaba su dispositivo y le enviaba un mensaje a su abuela. Descorazonada, leía las noticias acerca de la investigación, que tendían a favorecer a Omen.

No sabía cuánto tiempo estaría allí; por lo menos, hasta que la universidad le respondiera. Mientras tanto, se concentraba en sus labores: amasar el pan, recolectar hierbas y preparar ungüentos. Trataba a los niños por condiciones dermatológicas y molestias estomacales. La falta de vitamina C era evidente en la piel seca y escamosa.

A lo lejos, vio a Sara que, sentada junto a un grupo de gente en un círculo, parecía conducir una charla. Los oyentes recibían sus palabras como un bálsamo y los semblantes se serenaban. Eli esperó a que terminaran y fue a buscar a la mujer líder.

—Los niños tienen síntomas de escorbuto —dijo Eli—. He identificado encías inflamadas y heridas en la piel que no sanan. Podríamos pedir al Seguro Social una dosis de vitamina C. No tendrán problema alguno en dárnoslo.

—Y después de la vitamina, ¿qué vas a pedir? ¿Antibióticos? ¿Vacunas? Yo no tomo las decisiones aquí. Soy un miembro más. Hui de la ciudad y otros me siguieron. La comunidad sigue creciendo porque la gente quiere escapar. Se aglomeran alrededor mío, me llaman Madre, pero soy simplemente Sara, una drogadicta que se ha recuperado con el poder de la naturaleza y la reflexión. ¿Por qué cargas en mí el peso de estos miserables? Son libres.

—Tú eres Sara Sanders; hace tiempo que lo sé. Pensé que no tenía importancia. ¿Para qué remover el pasado? Hoy quieres ser la mujer sin nombre y no te culpo; sin embargo, no quieres reconocer que has heredado la fortaleza y poder de influencia de tu padre.

Sara se quedó muda y su rostro se ensombreció.

—Yo no heredé nada de nadie —dijo la mujer—. No sé de qué hablas.

—Tú tienes poder sobre ellos: te escuchan. Eso te hace responsable. Cuando se sentaron alrededor tuyo, te hicieron responsable. El día que les permitiste sentarse alrededor, tú te hiciste responsable. No tienen nada más.

—No me digas tú de qué soy responsable, no tienes ninguna potestad sobre mí —dijo Sara elevando la voz.

Eli, turbada, se disculpó con la mirada. No tenía derecho a exigirle nada. Había desafiado a la mujer que le había brindado alimento y asilo. Volvió a pensar en su propio descontento: siempre existía motivo para resistir la realidad y querer cambiarla. En tonos de protesta, se enfrentaba a otros. En esta oportunidad, lo hizo con una mujer pacífica que la amparó en momentos de necesidad. Se dio media vuelta y caminó hacia el campo para respirar.

Matty la siguió. El pequeño solía hacerlo cuando ella recolectaba hierbas. Le gustaba imitarla y le preguntaba acerca de los nombres y las propiedades.

—¿Vamos a recoger manzanilla? —dijo el niño.

Eli quería estar sola, pero lo dejó. Había aprendido a no someterse a la tiranía de sus propios deseos. Estaría sola después, cuando Matty se cansara y regresara con su madre. Le pareció buena idea juntar algunas hierbas para distraer la mente y, mientras se arrodillaban frente a un campo violeta de flores silvestres, Eli le habló al niño.

—Matty, ¿dónde está tu padre?

—No sé.

—¿Lo conoces?

—No.

—¿Y desde cuándo estás aquí? ¿Te acuerdas?

—No sé… Vinimos cuando murió nana.

—¿Tu abuela?

—Sí. Partió al cielo y mamá vino aquí.

—¿Y te gusta estar en el campo?

—A veces tengo hambre. Se me pasa con el té de manzanilla. ¿Podemos tomar té cuando terminemos?

—Claro. ¿Y a tu mamá le gusta vivir aquí?

—No sé, a veces llora —dijo Matty.

—¿Y te acuerdas de cuando vivías con nana? ¿Qué hacías?

—Tenía videojuegos.

—¿Y ya no quieres jugar con tus videojuegos?

—A veces… Ahora quiero hacer magia como haces tú con tus pomadas. ¿Me enseñarás algún día? —dijo Matty con anhelo.

—Claro que sí. Ahora ven, vamos a tomar un té de manzanilla. ¿Te parece?

*

Durante la tarde, Eli, más relajada, se puso a amasar y pensó en Matty, ese niño desnutrido que soñaba con el futuro pese a su precaria situación. Quería aprender los secretos de Eli y «hacer magia». Eli pensó que ella había corrido mejor suerte. ¿Qué hubiera sido de ella y de Sam si hubieran terminado en la calle como indigentes al igual que Matty, sin un techo fijo ni alimentos? Los abuelos y los Chiarello se ocuparon de ellas. Cuando fueron adolescentes, Audrey las mantuvo lejos de las drogas. Gozaron de una buena educación y, por ello, tuvieron oportunidades para salir adelante. Fueron afortunadas. Ese niño no había tenido igual suerte.

Eli estaba segura de que se trataba de Sara Sanders. La edad correspondía. Si hoy frisaba los cuarenta, habría sido una muchacha cuando sus padres fueron arrestados. Las fotos digitales en línea de la joven Sanders coincidían con el rostro suave y simétrico de Sara. Su conocimiento acerca de la naturaleza era sin duda el resultado de años de educación en la materia, brindada por padres expertos y apasionados.

Eli sabía que la hija de Sanders intentó reavivar el movimiento; no obstante, a raíz de los sucesos cruentos del 2039, la represión contra el activismo ecológico fue implacable. Los Chiarello mantuvieron el perfil bajo, sembrando girasoles; su madre, formulando pomadas; Teresa Bishop, subiendo peldaños académicos. La joven Sara había caído en las drogas, posiblemente corrompida por la desilusión. Sara tampoco había tenido suerte. Además de que se había quedado sin la guía de sus padres, su recuerdo era uno de destrucción y violencia. Luego de luchar contra el sistema, exhausta, Sara se pasó al otro extremo, uno de abandono. Al menos, había logrado escapar de las drogas y llevaba una existencia pacífica. Eli no tenía derecho a juzgarla.

Se encontraba cavilando cuando Matty fue a buscarla; un hombre preguntaba por ella. Eli, asustada, le pidió al niño que llevara al visitante junto a la leña. «Dile que he ido a recoger madera y que regresaré pronto», pidió Eli. Ansiosa, buscó su dispositivo y armó la mochila. Se escondió en una cabaña desde la cual podía espiar la rima de palos e identificar de quién se trataba. Si Omen había descubierto su paradero a raíz de la visita de Lucas y mandaba un emisario, se escurriría entre la maleza y se ocultaría en los túneles de la represa.

Matty siguió sus indicaciones. Eli suspiró, contenta de ver un rostro amigo y al héroe que tuvo la valentía y decencia de denunciar la corrupción frente a una cámara de cínicos. Ella fue a su encuentro de inmediato.

Mark la recibió con una sonrisa, aunque su aspecto de cerca era el de un hombre agotado. Se abrazaron y volvieron a sonreír. Se alejaron de la villa y se sentaron a la sombra de un árbol solitario.

—Hay que tener coraje para hacer lo que tú hiciste —dijo Eli.

—Al principio no quise verlo... No entendía por qué los estudios de Omen no mostraban ningún efecto. Pero yo sé cómo trabajas tú y, en el fondo, sabía que decías la verdad.

—Son las dosis, ¿cierto?

—Los estudios de Omen se han hecho con dosis muy bajas y la realidad es que la gente abusa. Los viajes están llenando un hueco muy hondo en la sociedad.

—¿Y qué crees que va a pasar?

—No lo sé —respondió Mark—. Al Gobierno no le importa. Si algunos abusan, no es problema de ellos. Omen les ha resuelto el grave problema de cómo mantener ocupada a la población. ¿Qué hacen millones de personas sin empleo o intereses, confinados en una gran urbe? Alguien dijo, después de mi denuncia, que, tarde o temprano, todos desarrollaremos depresión o psicosis.

—¿Y qué vas a hacer ahora?

—Intenté cambiar de trabajo. No encuentro nada. Y, con el despido falso de Omen, estoy arruinado. Soy *persona non grata* como tú —esbozó media sonrisa.

—¿Vas a abandonar tus ambiciones y tus sueños? —preguntó Eli, sorprendida.

—Hace años que estoy cansado. Hoy recupero el entusiasmo. Soy libre de vivir como quiero, sin deberle nada a nadie. Me voy a trabajar con los Chiarello. Estoy vendiendo la casa y compraré un terreno cerca de la finca.

Él la miró con intensidad y la tomó de las manos:

—Eli, he venido a buscarte; trabajemos juntos. ¿Qué haces aquí con esta gente?

—Pues esta gente ha hecho lo mismo que tú, abandonar la vida de la metrópoli. Unos sufren de adicción y otros de cansancio. La gran mayoría está endeudada. No tienen nada ni quieren nada.

—¿Y tú te sientes igual?

—He encontrado quietud en la soledad; mi turbación interna se ha aplacado. Solo quiero respirar.

—No he venido a pedirte que vuelvas conmigo. Estamos preocupados por ti; Lucas, tu abuela… Ya no es necesario que te escondas. Omen no puede perjudicarte; lo que tú sabías ya ha salido a la luz y encontrarán la forma de girarlo a conveniencia.

—Necesito tiempo, procesar lo que me ha sucedido.

—Te prometo que mis intereses son otros, que no voy a insistir en… nosotros. Tú y yo pasamos del amor a la amistad hace tiempo —dijo Mark—. Lucas me contó que fuiste a verlo y sé que estás en duelo.

—No te voy a negar que estoy sufriendo. Han sido duras pérdidas, aunque estoy aprendiendo a dejarlas ir. Y este es el lugar para hacerlo.

—¿Aquí? Tú misma lo has dicho, esta gente no tiene ni quiere nada. ¿Qué comen?

—Cultivan y recolectan lo que pueden, cazan aves y pescan en estanques. Para el invierno, recolectan sacos expirados de harina de Supermaná de una planta de producción de Montecristo —explicó Eli.

—¿Qué sucedería si hay una infección de malaria o tifoidea? ¿Qué transporte tienen? ¿Cómo podrían llegar a un hospital? Se puede tardar horas en alcanzar un centro urbano... ¿Y el agua?

—Tienen pozos.

—Puede venir una ola de calor fatal —dijo él, angustiado.

—Mark, no te preocupes, por favor. Necesito estar sola y he encontrado paz interna. Me he vaciado por dentro. No sé cómo explicarlo. Ya no tengo nada a qué aferrarme y me dejo llevar.

—Te estás aferrando a este lugar porque te da paz. Quieres paz y temes que si regresas al mundo la perderás. Dime, ¿qué vas a sentir si alguien de la comunidad muere por hambre o enfermedad? Te conozco, te vas a culpar.

—Sufriré... y luego aprenderé a dejarlo ir.

Mark exhaló rendido, no quiso insistir. Pese a que le preocupaban las condiciones de vida de esa comunidad enajenada, no había argumento que pudiera convencerla. Eli necesitaba darle sentido a sus pérdidas para seguir adelante. Él esperaba de corazón que no tardara en encontrar un camino y que no pusiera su vida en riesgo.

Eli prometió comunicarse con su abuela cada semana.

—¿Y Sam? ¿Cómo está Sam? —preguntó Eli.

—No te preocupes por Sam. Ella sabe cuidarse, algo que tú aún no aprendes.

Él se marchó y caminó entre las casas de piedra que conformaban la villa, que crecía rápidamente. Miles de personas abandonaban la opresión de la ciudad. Niños raquíticos lo miraban desde las puertas. Algunos jugaban con palos y otros recolectaban piedras. Los hombres y las mujeres se ocupaban en tareas varias. Sus rostros eran extraños. Mark pudo ver la misma pesadumbre que lo agobiaba a él, aunque más devastadora, porque al menos él quería encontrar una salida a su desesperanza, esa gente se aferraba a ella, como Eli a su soledad. Era el cansancio del que ya no quiere ni espera nada, sin turbación. No era paz, sino apatía, el peso de la renuncia. La gente de la comunidad se movía anémica, esperando el fin, como la tierra árida de la que apenas brotaban malas hierbas.

Ante la atmósfera espeluznante de muerte, Mark se espabiló. Él recuperaría las ganas de vivir. Solo rogaba que Eli también lo hiciera y pronto.

Las semanas transcurrieron y Eli había alcanzado la serenidad en el medio de la turbación. Sin embargo, las discusiones con Sara, aunque moderadas, se hicieron más frecuentes. «Si la comunidad es libre, como argumenta Sara, que la gente decida su destino», pensaba Eli. Su amor por la medicina y su conocimiento le impedían adoptar una postura indiferente. Eli, después de obtener vitamina C, consiguió una dosis de vacunas contra la malaria, anticipando una ola de calor.

A continuación, quiso organizar una pequeña clínica. En la población había enfermeros y técnicos de salud. Era posible armar un equipo de emergencia que les permitiera superar una ola de infecciones.

—Tú no entiendes —dijo Sara—. Esta gente ha venido a morir y tú les estás alargando la vida.

—Dijiste que son libres, que pueden escoger.

—Ellos no quieren escoger; tú quieres que ellos elijan. Sigues sin entender… Tarde o temprano, esta civilización va a perecer. ¿Para qué prolongar el sufrimiento? Hemos cavado nuestra propia tumba a lo largo de los años bajo una ilusión de superioridad. Sí, lo somos sobre las bestias, pero en esencia somos seres primitivos, encandilados con el brillo de la tecnología, como hacían los aborígenes ante un espejo. ¿No lo comprendes?

—Nadie desea morir…

—El hombre primitivo no quiere morir. El evolucionado acepta la muerte. Aquí vivimos en paz porque aceptamos el sufrimiento y el fin. Son inevitables. Cada vez que hay un indicio de conflicto entre nosotros, se acaba al instante porque pensamos en la muerte. ¿Para qué pelear por un pedazo de tierra, una identidad, una posición o un ideal? Es innecesario e inútil. ¿No entiendes que resistir el sufrimiento es la causa del sufrimiento?

—Hay sufrimientos innecesarios. Tener hambre es uno, cuando hay soluciones en nuestras manos. Tampoco es necesario enfermar, si se puede prevenir. Es un tema de moderación —dijo Eli.

—El ser humano no quiere templanza, quiere exceso. Cuando aprende que puede tener más, quiere más. Tú quieres darles medicinas… Acto seguido, te pedirán comodidad. Después, entretenimiento y lujo. Y luego más distracción y más lujo.

—Podemos aprender a moderarnos; es cuestión de reflexionar. Hay quienes viven con prudencia.

—¡No! No tenemos la inteligencia para ello. Al corazón humano hay que satisfacerlo constantemente. Tú quieres ser útil y sentirte responsable. Al ocuparte de los indefensos, llenas tu corazón, puedes decir que de manera más loable, pero no logras aceptar el vacío inherente de tu existencia. Te vaciaste por un momento y volviste a tu hábito viejo.

—¿Y tú no? Llenas tu corazón con una identidad. Te reverencian, te buscan, ¡te aman! El corazón humano debe ser llenado de las cosas que valen la pena.

—El hombre siempre opta por las cosas equivocadas —dijo Sara.

—Porque el sistema le ofrece las cosas equivocadas.

—En parte sí, pero dale dos caminos y escogerá el más corto o el menos pronunciado o el más grato.

—No es un tema de hedonismo…

—Es en realidad uno de percepción subconsciente: elegimos el camino equivocado porque no nos damos cuenta.

—Sara, lo que dices carece de sentido. Es nuestra esencia querer vivir y tú los invitas a morir.

—¡No! —respondió Sara con furia—. Yo los invito a sufrir lo que tengan que sufrir. Solo acogiendo tu sufrimiento podrás liberarte de él.

—Aquí hay gente que sigue sufriendo, hombres y mujeres que no han encontrado la paz de la que hablas.

—Aquellos que no la encuentran son libres de volver a la ciudad. Y tú, ¿la has encontrado?

—Tú dices que lleno mi corazón haciéndome responsable de los vulnerables. Es cierto. Siento paz. ¿Significa que quiero más, que quiero crear una secta que me adore y me reverencie? ¡No, jamás! ¡Lo único que quiero es que se vacunen!

Ambas hicieron una pausa y se miraron con intensidad.

—Márchate, Eloísa.

—Sara, tienes un ejército de gente que puede construir. Entre la gente, tienes enfermeros, maestros, técnicos… Y tú dejas que caigan en la desesperación y abandonen la lucha por la vida. Tú tienes influencia y has optado por la indiferencia. ¿Sabes lo que podrías conseguir con tu influencia?

—Yo no tengo poder; esta es una comunidad libre.

—Eso no es cierto. Yo quiero organizar un equipo básico de salud y me ordenas que me marche. Y no es cierto que queramos morir. Cada célula de nuestro cuerpo quiere vivir, solo la enfermedad de la mente o del corazón nos hace renunciar. Seremos limitados hoy, pero podemos aprender.

—Ya te lo dije, no tenemos la capacidad de aprender.

—¡Sí, porque hay humanos que lo han hecho! —exclamó Eli—. No todos viven inconscientes como tú proclamas. Y, si ellos han aprendido, los demás también pueden hacerlo. Debemos aprender de ellos.

—Ha llegado el momento de partir, Eloísa. Te acordarás de mí cuando cada nación de este mundo entre en una pugna violenta con su vecino para frenar la inmigración; cuando la guerra interna por agua y tierra fértil desangre poblaciones enteras; cuando las llamas alcancen los confines de las urbes y calcinen manos y pies; cuando los hermanos se maten entre sí por un pedazo de pan; cuando las madres ahoguen a sus propios hijos; cuando la locura arremeta y solo exista el suicidio como ruta de escape...

Después de su cruenta profecía, Sara se dio media vuelta con brusquedad y caminó hacia la villa. Eli, anonadada con las visiones de destrucción y muerte, se quedó inmóvil.

Pero algo la conmocionó por dentro. No, había otra ruta, lo sabía en su corazón, porque ella quería vivir y lucharía por la vida y el corazón humano. Ella misma había aprendido a aceptar las pérdidas inevitables y a controlar sus deseos. Había alcanzado la serenidad en el medio de la turbación. Aún le faltaba encontrar ese punto medio, ese equilibrio que los sabios profesan. Aunque presentía en su interior las dificultades, estaba determinada a trabajar en ello. En especial, estaba dispuesta a luchar por aquellos que habían tenido peor suerte que ella. Firme en su propósito, juntó sus escasas pertenencias y se despidió de las personas con las que había entablado relación.

Antes de irse, Matty y su madre fueron a su encuentro. Cargaban un costal con sus pertenencias y querían irse con ella.

—Le dije a mamá que me ibas a enseñar a hacer remedios —dijo el niño.

Eli abrió los ojos, esperanzada:

—Claro que sí, Matty. Vamos.

Los tres avanzaron por un camino de maleza, turnándose con la bicicleta, y dejaron atrás una villa moribunda de almas en pena.

Capítulo Final

Tres meses después

Capítulo 48

Tres meses después, septiembre, 2066

E l Reino Unido no fue ajeno a los desastres naturales del verano del 2066 y se registraron olas severas de calor y sequías extremas. En la ciudad de Londres, hacia finales de agosto, las temperaturas superaron los 42°C y la población se resguardó en las viviendas. Se canceló el transporte público y se cerraron los comercios.

El uso intensivo del aire acondicionado ocasionó cortes de suministro eléctrico. Aunque se pedía a la población conservar electricidad y agua y solo utilizar los equipos en las horas pico de calor, la gente usaba el suministro sin restringirse. La sobrecarga del sistema causó un apagón general que duró cerca de doce horas. Durante los días siguientes, el servicio fue inestable, en especial en las zonas marginadas de la ciudad, lo cual afectó a cientos de miles durante la peor ola de calor del verano.

La abuela Audrey sufrió con el exceso de temperatura. Su intolerancia al calor había empeorado en el último tiempo y su presión arterial había alcanzado niveles peligrosos. Sam le había dicho que mantuviera el aire acondicionado encendido, que ella, por su edad, no debía privarse. Sin embargo, la abuela respetaba las directrices del Gobierno y no encendía el aire durante las horas designadas. Se sentaba en la oscuridad para guarecerse del calor insoportable.

Durante el Gran Apagón de Londres, como se nombró al día funesto, Audrey sucumbió. La noticia turbó los corazones de las hermanas Mars y de los amigos cercanos. Cuando Eli supo de la noticia, sintió una punzada y, estremecida, lloró en silencio: no había ni lágrimas ni palabras que expresaran su sufrimiento. Audrey había sido madre, padre y abuela, y su partida dejaba un vacío irremediable.

Sam se ocupó de organizar una breve ceremonia conmemorativa. Los Chiarello, Mark, Teresa Bishop y unos antiguos vecinos asistieron al funeral.

Eli pensó que, acaso con la ausencia de la abuela, Sam estaría dispuesta a reconsiderar su situación: se había quedado sola. Las hermanas se abrazaron y sonrieron con compasión en reconocimiento del gran dolor que compartían.

—¿Cómo estás? —preguntó Eli.

—Bien. ¿Y tú? Me alegra que vivas con los Chiarello, son familia.

—Son tu familia también. Sam, deja Omen y vente con nosotros —suplicó Eli.

—¿Por qué renunciaría? ¿Con qué fin? Tengo una vida aquí, un trabajo y un futuro.

—Perdona, no debí mencionarte el tema. Has escogido un camino diferente.

—Un camino prometedor… y perfectamente decente.

—Sé que no tienes culpa alguna de las acciones corporativas de Omen, pero…

—¿Pero qué? —interrumpió Sam—. Omen cumple con la ley. Todo ha terminado ya, Eli. Te han dejado en paz. Ahora, déjalos tú.

—Solo quiero que sepas que, si te encontraras en una situación que te desagrade o que no te convenga, nos busques enseguida. No lo dudes.

—No tienes nada de qué preocuparte. Por favor, déjalo ya.

Eli asintió. No quería alterar a su hermana y entendía que la decisión de Sam era inmutable.

—¿Vendrás a vernos, al menos? —dijo Eli.

—Pues lo mismo te digo a ti. Tengo unas cosas de la abuela y de mamá que tal vez quisieras conservar. No hay mucho. Con la venta de la casa nos deshicimos de los objetos viejos.

—He decidido viajar ligera, consérvalas tú.

—Me olvidé. Tengo un cuadro para ti de Olivia, de unas mariposas monarcas. Se lo encomendó Joseph para ti.

—Iré a buscarlo; tendré una excusa para ir a verte.

—No necesitas excusa alguna... —dijo Sam con un temblor en la voz.

—Claro que iré a verte. —Eli sonrió y abrazó a su hermana—. Puedes venir tú al campo como un viaje de vacaciones, ¿no?

Sam asintió con sinceridad.

***

Bishop había citado a Eli en el instituto para discutir el estado de su apelación. Con el fin de la investigación del Gobierno y a raíz de un suceso de gran importancia —que se le haría conocer en su debido momento—, habían reconsiderado su caso.

Eli creía que el proceso de investigación del Gobierno la había favorecido; sin embargo, lo ocurrido durante meses de interrogatorios tuvo poco peso. El Gobierno, después de emitir un informe exiguo, concluía que Omen había actuado de acuerdo con la Ley de Emergencia para el Desarrollo Tecnológico y había seguido protocolos rigurosos de investigación. El único cambio que se le exigía fue que aclarara las advertencias en la descripción del producto. Omen procedió a incluir la siguiente línea en los frascos del Viadélum: «El uso prolongado o excesivo de este producto puede ser dañino para la salud mental».

Meses de escrutinio culminaban en una línea irrelevante. No se exigían detalles adicionales ni se imponían sanciones de ningún tipo. El tema era archivado. Eli sintió que enrojecía de la rabia. Se reprimió; de nada servía insistir en el asunto. Al menos, se había incluido una advertencia, que era lo que ella había pretendido inicialmente.

—No subestimes el resultado —dijo la profesora Bishop con una sonrisa de satisfacción—. En las circunstancias actuales, es una gran victoria. Ahora, vamos a lo que importa: tu apelación. La universidad reconoce que Omen no tiene bases para acusarte de difamación. Hemos confirmado que los rumores han circulado tiempo atrás. Tampoco se te puede acusar de colusión cuando el mismo Harding no se beneficiaba con la caída de Omen.

—¿Cómo saben eso? —preguntó Eli, desconcertada.

—Tenemos conocimiento detallado de sus actividades a través de sus patentes. Harding trabajaba en ingeniería embrionaria contra defectos genéticos. Omen trabaja en el campo de la inteligencia.

—¿Quiere decir que expuso las patentes antes ustedes?

—Las donó, son nuestras.

—En ese caso, no tienen ningún valor… —musitó Eli.

—No tienen ningún valor comercial, por eso Omen abandonó el pleito. No van a obtener nada y, para insistir en que son competidores, deberían declarar ellos mismos sus proyectos, lo que jamás van a hacer.

—Entones, eso significa…

—Que se levanta la etiqueta de fraude contra ti. No tenemos ninguna base para acusarte de colusión. Las sanciones por mentir permanecen: no te graduarás con honores, obtendrás un título promedio. Tú y Chiarello pueden defender la tesis a fin de mes.

Eli enmudeció de pronto, no sabía qué decir: no cabía duda de que Harding había dicho la verdad y además le devolvía su título. Conmovida, Eli le agradeció a Bishop la ayuda.

—No he tenido mucho que hacer —dijo la profesora—. Como imaginarás, una donación de este tipo ha sido recibida con brazos abiertos. Se le crean enormes oportunidades a la Facultad de Genética. ¿Qué piensas hacer tú cuando termines la tesis? Necesitamos manos.

—De eso ya me di cuenta, se necesitan manos en todas partes —sonrió Eli—. Por lo pronto, iré al campo. Allí se necesitan manos con urgencia. Le hago la misma pregunta, ¿no quiere regresar a sus raíces y colaborar con la red ecológica? La genética puede esperar, la tierra no.

—Quizás encontremos el gen que nos permita tolerar altas temperaturas… —sonrió Bishop e hizo una pausa. Luego, con el semblante serio, típico de ella, agregó—: Estoy demasiado arraigada en el sistema como para dejarlo. Soy consciente de que se necesita hacer más y que Omen se salió con la suya, pero prefiero el orden de este sistema a la incertidumbre y al caos de la lucha.

—No tiene por qué ser una lucha virulenta.

—Eso te lo dejo a ti.

Se despidieron con un apretón de manos y el mutuo respeto. Eli conservaría la relación, aunque discreparan en la visión del mundo. Bishop, inspirada en el coraje de Eli, recobraba algo de su espíritu activista.

***

El verano se prolongó en septiembre. Incluso, se esperaban olas de calor para octubre. El año 2066 terminaría siendo otro *annus horribilis*. Sin embargo, por unos días, la Tierra tomó un descanso y el Sol suavizó sus rayos. Las lluvias regresaron a los lugares secos. Una sensación de calma y equilibrio reinó en la comunidad ecológica después de meses de duro trabajo. La red florecía porque la demanda de productos naturales era robusta. Las granjas habían formado una sociedad cooperativa para la comercialización de los productos, eliminando al intermediario usurero. El flujo de dinero ahora permitía la expansión.

El día del evento, una brisa fresca alegró los rostros de los presentes. La casa de piedra, adornada con flores silvestres, recibía amigos y vecinos, que traían fuentes de platillos preparados con los frutos de las huertas. Era una fiesta de vitalidad entre girasoles amarillos y buganvillas rosas. Pequeñas vasijas con lavanda perfumaban el ambiente.

Eli y Lucas celebraban su graduación. Eli había recuperado lo que más quería, su dignidad, y planeaba trabajar con los Chiarello y aprender de ellos —«los mejores maestros»— no solo acerca de la biodiversidad, sino sobre la vida. Lucas, menos inclinado a las actividades agrícolas, estaría a cargo de la red comercial.

—Mis felicitaciones, querido ingeniero. —Eli se acercó a Lucas, levantando una copa en brindis—. ¿Cuándo vuelve Olivia?

—Espero que pronto. Con los juicios sepultados, ya no hay impedimentos. Ahora solo hay uno: ¡el dinero!

—Vamos, Olivia todavía conserva la casa de Hampstead, ¿no?

—Sin las patentes, el imperio de Harding vale muy poco. Lo prefiero así: Olivia pasa al mundo de los mortales.

—¿Y cuándo es la boda? —preguntó Eli con una sonrisa.

—«*Piano piano si va lontano*», dirían mis padres.

—¿Y ella qué quiere hacer?

—¡Vivir en el campo! Quiere aire fresco y ensuciarse las manos. ¡Y pintar! Me ha dicho que volverá a pintar.

Mark, quien había estado jugando con Matty a lo lejos, se sentó a conversar con la madre del niño.

—¿Y Mark? —preguntó Lucas—. ¿Le vas a dar una oportunidad?

—Es muy pronto para pensar en el amor…

—¿Lo dices por Harding?

Eli asintió y agregó:

—Aún estoy buscando mi lugar en la vida.

—¿Sabes a quién extraño? A la abuela —dijo Lucas—. Me da mucha pena que Audrey no nos vea graduados, le hubiera encantado. Sí que la hicimos rabiar, ¿no?

—¡Yo no! Tú y Sam.

Eli se entristeció, pensando que su pequeño núcleo familiar ya no existía. En ese instante, vio un vehículo negro ovalado que se aproximaba a la granja. Eli se alegró y se le aceleró el pecho: ¿Sam habría venido a fin de cuentas?

Pero no era Sam. Thomas Price bajó del auto y buscó a Lucas y a Eli. Venía a entregar un regalo de graduación de parte de Olivia. Ella les mandaba diez mil elibras a cada uno y un saludo digital. Les anticipaba su fecha de llegada. Olivia volvería antes del Año Nuevo, una vez que Thomas finiquitara los asuntos de su padre.

Los Chiarello lo atendieron, ofreciéndole bebidas y platillos. Thomas agradeció la cálida bienvenida.

—Pensé que no había quedado nada de las empresas Harding —dijo Eli.

—En efecto, no queda mucho, pero Olivia es generosa —dijo Thomas—. Lo que tiene lo quiere compartir. Espero que Lucas sea más frugal e inteligente en el uso del dinero.

—No te preocupes. Mientras Olivia viva cerca de los Chiarello, practicará la moderación —sonrió Eli. De pronto recordó algo—: ¿Y qué va a pasar con las piezas de arte?

—Al término de la concesión o con el fallecimiento del concesionario, si no hay un sucesor autorizado, vuelven a su lugar de origen.

—¡Qué increíble! Se dedicó a juntar esas obras y a construir su imperio durante años y al final no le quedó nada.

—La vida es así, una gran concesión.

Thomas quería conversar en privado. Dejaron atrás el jolgorio de la gente, que seguía brindando y disfrutando, y caminaron hacia el área de los olivos. Con el murmullo atrás y bajo el arrebol del cielo, él le habló:

—He venido a conversar en persona, es importante. Joseph hubiera querido que te encargues de las patentes; sin embargo, sabía que, aunque te las regalara, tú nunca las ibas a aprovechar y que preferías a toda costa vivir con dignidad.

—Su labor va a continuar en la universidad.

—Él hubiera querido que tú te hicieras cargo...

—Voy a trabajar aquí. Este es mi lugar, por lo pronto —dijo Eli.

—Sí, lo sé. Eres libre y no le debes nada. Al contrario, él te debe su epifanía a la hora de su muerte. Por una vez en su vida, actuó sin esperar nada a cambio.

—Pues su nombre será inmortal. La universidad ha organizado sus licencias bajo una entidad benéfica llamada Fundación Harding.

—No es parte del contrato. La universidad puede llamar como quiera a esos activos.

—¿Y qué más dice ese contrato?

—Hemos redactado un documento con el fin de que no se lucre con los avances.

—Algo idealista, ¿verdad?

—Sí, lo sé, pero Joseph quiso intentarlo. Tu influencia... Y ahora lo que importa: como es un tema administrativo y legal complicado, cuanto más pronto lo veamos mejor.

Eli recordó la propuesta pendiente. Nunca dio una respuesta final. En el duelo del momento, quiso enterrar el asunto y pensó que había terminado. Sin embargo, Thomas, leal como siempre, continuaba su labor al pie de la letra. El último deseo de Joseph era limpiar su ADN de defectos genéticos para que tuviera un hijo sano. Eli era libre de engendrar con o sin el ADN de Joseph. Ella podría elegir al padre.

—Aunque parece una ofrenda, no entiendo el propósito —dijo Eli.

—Llevas ciertos genes, de la línea de tu madre, que podrían hacerte susceptible al cáncer. Aunque no podemos evitarlo en ti, sí podemos librar a tu descendencia. Como sabes, no es un diagnóstico definitivo.

—Parece un incentivo calculado para que lleve a su hijo.

—Eres libre de elegir al padre.

—Sabes bien que, de proceder, lo escogería a él —dijo Eli.

—No desconfíes. Joseph nunca vio su proyecto concluido, un niño libre de defectos, y quiso realizar su sueño a través de ti.

—No entiendo por qué su obsesión. Joseph ya aseguró su legado al donar sus patentes. La fundación incluso llevará su nombre.

—Lo que hay en el corazón de un hombre es un misterio, incluso para él mismo. Pero de verdad siento que es solo un regalo. Él te amó y mucho.

—Yo también lo amé, por eso llevo el colgante que me regaló y lo recordaré siempre, pero sigo sufriendo y no voy a suplir su ausencia con el amor de una criatura. Si decido tener un niño o una niña, lo haré con los pies firmes en tierra. Tengo mucho trabajo por hacer, aquí en estas granjas y aquí en mi corazón.

—Eli asió el pendiente y miró a Thomas con serenidad.

—Entiendo —dijo él, afable—. Cerraremos los laboratorios.

Thomas se despidió y la celebración continuó de noche bajo la luz ámbar de pequeñas lámparas solares. Lucas desbordaba de alegría, pirado por el alcohol y las buenas noticias acerca de la llegada de Olivia.

Eli pensó en la propuesta de engendrar un niño sin defectos genéticos, la obra cumbre de Joseph, en la cual había invertido su riqueza y décadas de esfuerzo. Claro que la oferta era tentadora, cómo no querer lo mejor para los hijos, que empiecen con el pie derecho en la vida, que es de por sí imperfecta y turbulenta.

Eli caminó entre los girasoles, recordando a su abuela con afecto. Pensó en Sam, que no había asistido a la fiesta porque tenía otro compromiso social más importante. A la distancia, miró a los Chiarello, seres dadivosos y sabios, que no paraban de atender a los invitados. Lucas recuperaba la alegría con las noticias de Olivia y sentaba cabeza. Joseph... Ya no latía su corazón, sus riquezas no valían nada, pero su legado perduraría. ¡Cuántos recorridos diferentes! Querer empezar firme un trayecto era loable. Querer controlar cada segmento era una obsesión. Maximizar la felicidad y minimizar el sufrimiento implicaban un esfuerzo agotador en el que se ignoraba la bondad natural de la vida.

Respirando el aire puro, Eli percibió la grandiosidad de la existencia. La vida en la Tierra era un accidente milagroso no explicado por completo. Tanto ella como el común de los humanos caían bajo el sopor de estados inconscientes, como los viajes del Viadélum, cuando la realidad era preciosa, si tan solo se aceptara su imperfección. Evocó a su madre, que nunca perdió la ilusión por vivir, y se aferró a ese recuerdo. Le agradecía que le hubiera dado la vida, no porque se sintiera particularmente feliz, sabía que el dolor era inevitable y que vendrían tiempos muy difíciles, sino porque se había dado cuenta de que existir era un fenómeno extraordinario.

Eli no sabía qué le depararía el destino, qué enfermedad, mal o desgracia, o qué felicidad. Lo que sí sabía era que su trayecto aún no había concluido y que lo viviría con plena consciencia.

Fin

Gracias

Gracias por leer este libro. Espero que te haya gustado. Si dispones de unos minutos, ¿podrías dejar tu opinión y valorización en la tienda donde lo compraste?

En agradecimiento, quisiera regalarte una copia digital del libro *Sol & Sombras*, que contiene 100+ microcuentos y reflexiones. Puedes reclamar tu regalo en el siguiente enlace:

https://paulaemmerich.com/ebook-gratis/

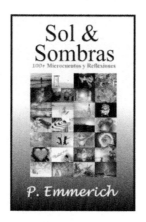

Printed in Great Britain
by Amazon

15477520R00233